ALBERT CAMUS

# LA PESTE

**페스트** 오리지널 초판본 표지 디자인

**1판 1쇄 펴냄**   2025년 7월 21일

| | |
|---|---|
| **지은이** | 알베르 카뮈 |
| **역자** | 이주영 |
| **해설** | 변광배 |
| **펴낸이** | 하진석 |
| **펴낸곳** | 코너스톤 |
| **주소** | 서울시 마포구 독막로3길 51 |
| **전화** | 02-518-3919 |
| **ISBN** | 979-11-90669-76-4  03860 |

차례

1부 • 7

2부 • 87

3부 • 219

4부 • 245

5부 • 347

작품 해설 • 403

1부

이 연대기가 주제로 다루는 이상한 사건들은 194X년 항구 도시 오랑에서 일어났다. 일반적인 의견으로는, 흔히 일어나기 힘든 사건이 벌어질 만한 곳은 아니었다. 얼핏 보면 오랑은 그저 평범한 하나의 도시로, 알제리 해안과 마주한 프랑스의 어느 도청 소재지일 뿐이다.

솔직히 말해 오랑이라는 도시 자체는 멋이라고는 없다. 언뜻 한가로워 보이는 이 도시가 전 세계 곳곳에 있는 수많은 상업 도시들과 어떻게 다른지 알기까지는 어느 정도 시간이 걸린다. 예를 들어 비둘기도, 나무도, 공원도 없어서 새들이 날갯짓하는 소리도, 나뭇잎이 바스락거리는 소리도 들을 수 없다. 그러니까 매력이라고는 없는 밋밋한 이 도시를 어떻게 설명해야 상상할 수 있을까? 여기에서는 하늘을 봐야 계절의 변화를 겨우 알 수 있을 정도다. 봄이 오는 것도 불어오는 바람이나 어린 상인들이 변두리 지역에서 가져오는 꽃바구니를 봐야지만 알 수 있다. 그러니까 시장에서 파는 봄인 것이다. 여름이 되면 바싹 말라버린 집에 불이라도 지를 듯이 햇빛이 내리쬐어서 벽들은 전부 뿌연 재로 뒤덮인다. 그래서 덧문을 닫고 그 그늘 속에서 지낼 수밖에 없다. 반대로 가을에는 진흙이 넘쳐난다. 맑은 날씨는 겨울이 되어야 찾아온다.

어느 도시를 쉽게 알려면 그곳에 사는 사람들이 어떻게 일하고 사랑하며 죽는지를 살펴봐야 한다. 기후 때문인지는 모르겠지만, 우리의 이 작은 도시에는 이러한 모든 것이 열정적이면서도 무덤덤하게 펼쳐진다. 그러니까 이 도시에 사는 사람들은 지루함에 절어 있다가도 여러 가지 습관을 가져보려고 애쓰고 있는 것이다. 우리 시민들은 그저 부자가 되겠다는 욕심 때문에 일을 많이 한다. 그들은 특히 사업에 관심을 쏟는다. 이들의 표현을 빌리자면, 사업하는 일에 집중하는 것이다. 물론 순수하게 즐거워서하는 취미도 있기는 하다. 이들이 좋아하는 것은 여자, 영화, 해수욕이다. 하지만 시민들은 일과 취미를 엄격히 분리해, 즐기는 것은 토요일과 일요일로 미루고 주중에는 돈을 많이 벌려고 애쓴다. 시민들은 저녁때 퇴근하면 정해진 시간에 카페에 모여 앉아 있거나 늘 똑같은 큰길을 걷거나 자기 집 베란다에 나와 앉아 있다. 젊은 사람들은 격렬하면서도 찰나의 욕망을 품지만, 나이 많은 사람들이 빠지는 취미는 그저 모여서 공굴리기나 하고 친목 목적의 회식이나 트럼프 놀이에서 돈내기를 하는 것뿐이다.

어쩌면 여기 시민들은 이런 풍경이 우리 도시에서만 볼 수 있는 것이 아니라 같은 시대를 사는 사람들이라면 누구나 비슷할 것이라고 말할지도 모르겠다. 어쩌면 요즘 사람들은 아침부터 저녁까지 일을 한 다음, 개인 생활로는 카드놀이를 하거나 카페에서 수다를 떨며 시간을 때울지도 모른다. 이것이 자연스러운 모습일 수도 있다. 하지만 사람들이 무엇인가 다른 것을 느낄 수 있는 도시나 동네도 있다. 일반적으로 그 느낌 때문에 삶이 달라지는 않는다. 그저 무엇인가를 느꼈을 뿐이다. 이와 반대로 오랑은 어떤 특별한 느낌이 없는 도시, 그러니까 현대적인 도시 그 자체다. 그러므로 우리 동네에서는 사람들이 어떻게 사랑을 하는지 굳이 설명할 필요가 없다. 남자들과 여자들은 소위 성관계에 몰두해 짧은 시간 동안 서로를 흠뻑 탐하거나 둘만이 빠지는 오랜 습관에서 헤어나지를 못한다. 이 두 가지 극단적인 사랑 방식에서 중간은 찾아보기 힘들다. 그렇지만 이 역시 특별한 것은 되지 못한다. 다른 곳에서와 마찬가지로 오랑에서도 사람들은 시간도 깊이 생각할 여유도 없기 때문에 사랑이 무엇인지 모른 채 그냥 사랑이라는 행위를 한다.

우리 도시에서 그나마 특별한 것이 있다면 죽음을 앞에 두고 겪는 어려움이다. 사실, 어려움이라는 표현은 적절하지 않다. 이보다는 불편함이라고 해야 더 적절할 것이다. 병을 앓는 것이 기분 좋을 리 없으나 병을 앓아도 의지할 수 있는 존재가 있어서 마음 편히 있을 수 있는 도시나 동네가 있기는 하다. 사람은 병이 들면 따뜻한 위로를 필요로 하거나 무엇인가에 의지하고 싶어 한다. 이는 자연스러운 일이다. 그러나 오랑에서는 혹독한 날씨, 정신을 바짝 차리고 해야 하는 사업, 눈 깜짝할 사이에 지나가는 저녁노을, 몰두하는 쾌락 등 모든 것이 몸이 건강해야 버틸 수 있다. 오랑에서는 병에 걸린 사람은 사무치는 외로움을 맛보게 된다. 같은 도시에 살고 있는 모든 사람들이 전화를 붙잡고 있거나 카페에 앉아서 어음이나 선하 증권(화물의 인도 청구권을 표시한 유가 증권-옮긴이)이나 할인 같은 이야기를 하는 동안, 더위 때문에 불꽃이라도 튈 것 같은 수많은 벽 뒤에서 덫에 걸린 것처럼 다 죽어가는 사람은 어떨지 상상해보자. 아무리 현대적이어도 정서가 메마른 동네에서 갑자기 죽음과 마주하면 그로 인한 거추장스러운 일들과 마주하게 될 것이다.

위에서 설명한 몇 가지 특징을 통해 우리의 도시가 대략 어떤 곳인지 어느 정도 감이 잡힐지도 모르겠다. 그래도 과장해서는 안 된다. 분명히 강조하고 싶은 것은 도시와 일상생활의 평범한 풍경이다. 사람은 일단 습관이 붙으면 하루하루 힘들이지 않고 지낸다. 우리의 도시에서는 이처럼 쉽게 습관을 붙이게 되니 어떻게든 전부 잘될 것 같다. 이렇게 보면 인생이란 아주 흥미롭지는 않다. 우리 동네에서 사람들은 무질서라는 것은 모르고 산다. 주변 사람들이 솔직하고 사교적이고 활동적이기 때문에 여행 온 사람들은 여기 도시 시민들이 언제나 합리적이라는 생각을 하게 된다. 특별히 눈길을 끌 만한 것도 없고 '나무와 풀도 없고 영혼도 없는' 도시이지만, 여행자들은 정이 넘치는 곳이라는 생각이 들어 마침내 여기에서 묵기로 한다. 그러나 자를 대고 그은 것처럼 선이 확실하게 그어진 만이 멀지 않고 볕이 쨍쨍 내리쬐는 언덕들에 둘러싸인 이 도시는 허허벌판 고원 한가운데를 중심으로 어디서도 보기 힘든 경치를 자랑하기도 한다. 이 말은 덧붙이고 싶다. 다만 도시가 만을 뒤로하고 있어 바다를 바라볼 수 없기에 바다를 보려면 일부러 찾아가야 한다는 점이 안타깝다고 말이다.

이 정도로 이야기했으니 이 도시의 시민들이 그해 봄에 발생한 작은 사건들이 나중에 일어날 중요한 사건들의 신호탄일 줄은 왜 상상도 하지 못했을지 이해가 될 것이다. 연속적으로 일어날 중대한 사건들은 이번 연대기에 자세히 기록하려고 한다. 앞으로 일어날 사건들을 당연하게 받아들이는 사람들도 있을 것이고 말도 안 된다고 생각하는 사람들도 있을 것이다. 어쨌든 연대기 작가는 이렇게 서로 다른 시각이 있어도 어떻게 해볼 도리가 없다. 연대기 작가가 하는 일은 그런 사건이 실제로 일어났고 그 사건이 보통 사람들 전체와 관계가 있으며 증인 수천 명이 있을 때, '그 사건은 정말 일어났다'라고 들려주는 것뿐이다.

또한 언젠가 때가 되면 연대기 작가가 누구인지 밝혀질 수도 있을 것이다. 다만 이번 연대기 작가는 우연히 어느 정도 진술을 얻을 수 있는 입장이 되었고 앞으로 들려줄 모든 사건에 얽히게 되었다. 만일 이런 일이 없었다면 연대기 작가가 이런 글을 쓸 이유는 없었을지도 모른다. 나름 이유가 있기에 연대기 작가는 역사가와 같은 사명감으로 이번 연대기를 쓰게 된 것이다. 물론 연대기 작가는 아마추어 역사가이긴 하지만 늘 자료를 곁에 두고 있다. 이번 연대기의 작가도 마찬가지로 자료를 가지고 있다. 여기서 말하는 자료는 우선 연대기 작가 자신의 증언과 다른 사람들의 증언이다. 연대기 작가라는 위치 덕분에 연대기에 나오는 사람들 모두가 솔직하게 들려주었던 이야기를 수집할 수 있었다. 끝으로 연대기 작가가 손에 넣게 된 자료들도 자료에 들어간다. 연대기 작가는 필요한 자료라고 생각되면 이를 바탕으로 자유롭게 글을 쓸 것이다. 그리고 연대기 작가의 다음 계획은… 하지만 서론은 이 정도로 하고 이야기의 본론으로 들어가야 할 것 같다. 처음 며칠 동안 무슨 일이 있었는지에 대해서는 자세히 설명해야 한다.

•

　4월 16일 아침, 진료실에서 나오던 의사 베르나르 리외는 계단 한복판에 죽어 있는 쥐 한 마리를 보게 되었다. 당시 그는 별로 대수롭지 않게 생각하고 죽은 쥐를 발로 밀고는 계단을 내려갔다. 하지만 거리를 걷던 그는 쥐가 나올 곳이 아니라는 생각에 발길을 돌려 수위에게 죽은 쥐 이야기를 했다. 수위인 미셸 영감의 반응에 베르나르 리외는 그냥 넘길 일은 아니라는 느낌을 받았다. 그에게 계단에서 죽은 쥐는 기이한 일에 불과했지만, 수위에게는 자칫 비난을 받을 수 있는 큰일이었던 것이다. 정말로 수위는 매우 단호하게 이 건물 안에 쥐가 있을 리 없다고 말했다. 의사가 건물의 계단에 쥐 한 마리가 있고 분명 죽은 것 같았다고 말해도, 수위는 절대 그럴 일이 없다며 고집을 부렸다. 미셸 영감은 이 건물 안에는 쥐가 없기 때문에 누군가가 외부에서 쥐를 가져다 놓았을 것이라고 말했다. 그러니까 장난일 거란 얘기였다.

　그날 저녁, 베르나르 리외는 건물 복도에 멈춰 서서 집으로 올라가려고 열쇠를 찾고 있었다. 그때, 복도의 어두침침한 구석에서 털이 젖어 있는 커다란 쥐 한 마리가 갑자기 나타나 비틀거리며 걷고 있는 모습이 보였다. 커다란 쥐는 잠시 멈춰서 자세를 바로잡는 듯하더니 의사를 향해 빠르게 다가왔고, 다시 멈춰 섰다. 이어서 쥐는 조그만 울음소리 같은 것을 내며 제자리에서 빙그르르 돌더니 입을 벌려 피를 토한 후 쓰러지고 말았다. 의사는 한참 그 광경을 보다가 집으로 올라갔다.

그가 쥐를 생각했던 것은 아니었다. 쥐가 피를 토하고 죽은 장면이 영 꺼림칙했던 것이다. 1년째 병을 앓고 있는 그의 아내는 내일 어느 산속에 있는 요양소로 갈 예정이었다. 아내는 그의 지시대로 침대에 누워 있었다. 집을 떠나 요양소로 가는 길이 피곤해질 수 있기에 아내는 미리 몸을 챙기고 있었다. 아내는 미소를 지으며 말했다.

"기분이 아주 좋아요."

의사는 침대 머리맡의 조명을 받으며 자신을 향해 있는 아내의 얼굴을 바라보았다. 아내는 나이 서른에 병으로 초췌해졌으나 리외에게는 여전히 아내의 얼굴이 젊었을 때의 얼굴처럼 보였다. 어쩌면 모든 생각을 다 잊게 해주는 아내의 미소 때문일지도 모르겠다.

"눈 좀 붙여요." 그가 말했다. "간병인이 11시에 올 거예요. 그러면 12시에 기차 타는 곳까지 데려다줄게요."

그는 땀에 살짝 젖은 아내의 이마에 입을 맞췄다. 그가 방문을 나설 때까지 아내는 미소로 배웅했다.

다음 날인 4월 17일 8시. 수위는 지나가는 의사를 붙들고 어떤 짓궂은 인간들이 죽은 쥐 세 마리를 복도 한가운데에 놓았다며 투덜거렸다. 쥐들이 피투성이인 것을 보니 커다란 쥐덫으로 잡은 것이 분명하다는 것이 수위의 생각이었다. 수위는 장난친

놈들이 혹시 웃으면서 나타나지 않을까 하는 마음에 쥐들의 다리를 잡은 채 한참을 문지방에 서서 기다리고 있었다.

"에이, 나쁜 놈들, 꼭 잡고 말 겁니다." 미셸 영감이 말했다.

리외는 왠지 불안했다. 그는 가장 가난한 환자들이 사는 변두리 지역부터 왕진을 시작했다. 그 동네에서는 쓰레기가 늦게 수거되었다. 그래서 먼지로 뒤덮인 쭉 뻗은 길을 자동차를 타고 달리면서 포장도로 가에 놓인 쓰레기통을 스쳐 지나가게 되었다. 의사는 그렇게 어느 골목을 지나가다가 채소 찌꺼기와 지저분한 헝겊 조각들 위에 내팽개쳐진 쥐를 열 마리도 넘게 보았다.

그가 제일 먼저 방문한 환자는 방의 침대에 누워 있었다. 환자가 있는 방은 침실 겸 식당으로 사용하는 곳으로 맞은편에는 거리가 보였다. 환자는 비쩍 말라 얼굴이 퀭해 보이는 스페인 노인이었다. 환자의 이불 위로 완두콩이 그득한 냄비 두 개가 놓여 있었다. 의사가 들어오자 침대에 앉아 있던 그는 몸을 뒤로 젖혀 늙은 환자가 흔히 내는 거친 숨을 몰아쉬고 있었다. 환자의 아내가 세숫대야를 가지고 왔다.

"그런데, 선생님, 쥐들이 나오는 것을 보셨죠?" 환자가 주사를 맞으면서 의사에게 말했다.

"정말 그래요." 환자의 아내가 거들었다. "옆집에서는 쥐를 세 마리나 쓸어냈대요."

늙은 환자는 손을 비비며 말했다.

"쥐들이 계속 나와요. 쓰레기통마다 쥐가 보입니다. 배가 고픈 거죠."

그 후 리외는 동네 사람들 모두 쥐 이야기를 하고 있다는 것을 알게 되었다. 리외는 왕진을 끝내고 집으로 돌아왔다.

"선생님께 전보가 와서 갖다 놓았습니다." 미셸 영감이 말했다.

의사는 수위에게 혹시 쥐를 또 봤는지 물었다.

"전혀요!" 수위가 말했다. "제가 철통처럼 지키고 있으니 장난치는 고약한 놈들이 감히 쥐들을 가져오지는 못하죠!"

전보는 그다음 날에 어머니가 온다는 내용이었다. 며느리가 요양원에 가 집에 없을 테니 아들의 집안일을 봐주러 오겠다는 것이었다. 의사가 집에 들어가보니 간병인은 벌써 와 있었다. 리외는 아내가 침대에서 일어나 옷을 제대로 갖춰 입고 화장까지 한 모습을 바라보았다. 그는 아내에게 미소를 지으며 말했다.

"보기 좋군요. 아주 좋아요."

잠시 후 역에 도착한 그는 아내가 침대차에 앉는 것을 도와주었다. 아내는 열차 안을 둘러보았다.

"우리 형편에 너무 비싼 자리 아닌가요?"

"그래도 쓸 때는 써야죠." 리외가 말했다.

"그 쥐 이야기는 도대체 뭐죠?"

"모르겠어요. 이상한 일이기는 하지만 잘 해결되겠죠."

그리고 리외는 아내에게 좀 더 잘 돌봐주지 못해서 미안하다고 빠른 어조로 용서를 구했다. 아내는 그에게 그러지 말라는 듯이 고개를 저었다. 그래도 리외는 계속 말했다.

"당신이 돌아올 때쯤에는 모든 일이 다 잘되어 있을 거예요. 다시 시작합시다."

"그렇게 해요." 아내가 눈을 반짝이며 말했다. "다시 시작해요."

잠시 후 그녀는 남편에게 등을 돌린 채 차창 밖을 내다보았다. 플랫폼에서는 사람들이 급히 오가느라 서로 부딪치고 난리였다. 리외는 아내의 이름을 불렀다. 돌아보는 아내의 얼굴은 눈물로 젖어 있었다.

"울지 말아요." 그가 다정하게 말했다.

눈물로 젖은 아내의 두 눈에 떨리는 듯한 옅은 미소가 다시 잡혔다.

아내가 숨을 깊게 들이쉬었다.

"그만 가보세요. 전부 다 잘될 거예요."

그는 아내를 꼭 껴안았다. 플랫폼으로 내려온 그의 눈에 보이는 것은 오직 차창 너머 아내의 미소뿐이었다.

"건강 잘 챙겨요." 그가 말했다.

그러나 아내는 그의 말을 듣지 못했다.

리외는 출구 근처 플랫폼에서 어린 아들의 손을 잡고 있는 예심 판사 오통과 마주쳤다. 의사는 판사에게 여행을 가는 거냐고 물었다. 키가 크고 머리카락이 검은 오통은 사교계 인물처럼 보이기도 했고 장의사 직원처럼 보이기도 했다. 오통은 친절한 목소리로, 하지만 짧게 대답했다.

"제 가족에게 다녀오는 아내를 기다리고 있습니다."

그때 기관차가 기적 소리를 냈다.

"쥐들이…." 판사가 말했다.

리외는 기차 쪽으로 가다가 다시 출구 쪽으로 돌아섰다.

"예." 리외가 말했다. "하지만 별일 아닙니다."

그 순간, 리외의 시선에 들어온 것은 죽은 쥐로 가득한 상자를 겨드랑이에 낀 채 지나가는 역무원의 모습이었다.

바로 그날 오후 진료가 시작될 즈음, 한 사람이 찾아왔다. 리외는 신문 기자라는 사람이 아침에 이미 한 번 찾아왔다고 들은 적이 있었다. 그의 이름은 레몽 랑베르라고 했다. 키는 작지만 다부진 어깨에 의지가 강해 보이는 얼굴 그리고 맑고 총명해 보이는 눈빛의 랑베르는 활동적인 옷차림을 하고 있었는데 편하게 인생을 살아가는 사람 같았다. 랑베르는 자신이 찾아온 이유를 단도직입적으로 말했다. 파리의 어느 큰 신문사에서 일하는 그는 아랍인들이 어떤 상황에서 생활하고 있는지 취재하고 있는데 아랍인들의 보건 상태에 대한 정보를 얻고 싶다고 했다. 리외는 아랍인들의 보건 상태가 좋지 못하다고 말했다. 그러나 리외는 더 자세한 정보를 주기에 앞서 신문 기자가 진실을 보도할 수 있는 사람인지 알고 싶다고 했다.

"당연히 진실을 보도하죠." 신문 기자가 말했다.

"그러니까 철저하게 고발하는 기사를 쓸 수 있냐는 뜻입니다."

"사실, 장담은 못 합니다. 그리고 그런 식의 고발은 근거가 없을 것 같은데요."

리외는 그러한 고발은 근거가 없을지도 모르지만 랑베르의 증언이 거리낌 없이 이루어질 수 있는지 아닌지를 알고 싶어서 질문했을 뿐이라고 부드러운 목소리로 말했다.

"생 쥐스트(18세기 프랑스의 정치가-옮긴이) 같은 말투로군요." 신문 기자가 미소를 지으며 말했다. 리외는 그런 말투가 무엇인지는 전혀 모르지만, 자신의 발언은 비록 살고 있는 세상에는 지쳤어도 동시대를 살아가는 사람들에 대해서는 여전히 관심이 있고, 또한 불의와 타협하지 않겠다고 결심한 사람으로서 발언한 거라고 나지막하게 이야기했다. 랑베르는 목을 움츠리며 의사를 바라보았다.

"무슨 말씀인지 알 것 같습니다." 마침내 신문 기자가 자리에서 일어나며 말했다.

의사가 신문 기자를 문까지 배웅해주었다.

"그렇게 생각해주셔서 감사합니다."

랑베르는 짜증이 난 것처럼 보였다.

"예, 알겠습니다. 귀찮게 해드려서 죄송합니다."

의사는 신문 기자와 악수를 하고는 요즘 이 도시에서 발견되는 수많은 쥐들에 대해 쓰면 흥미로운 기사가 될 수 있을 것 같다고 말했다.

"아! 그거 재미있겠네요." 랑베르가 탄성을 질렀다. 리외는 오후 5시에 새로운 왕진을 가려고 병원을 나섰다가 계단에서 우람한 체격에 얼굴이 홀쭉하면서도 큼직하고 눈썹이 짙은 한 청년과 마주쳤다. 리외는 그 청년을 건물 꼭대기 층에 사는 스페인 무용가들의 집에서 만난 적이 있었다. 장 타루라는 이름의 청년은 층계 위에서 열심히 담배를 피우면서 자기 발 앞에서 고꾸라진 채 마지막으로 경련을 일으키는 쥐 한 마리를 관찰하고 있었다. 청년은 침착하지만 어딘가를 응시하는 듯한 회색빛 눈으로 의사를 보며 인사를 하고는 쥐들이 이런 식으로 나타나는 건 이상한 일이라고 말했다.

"그렇죠. 결국 심각한 일이 일어날 겁니다." 리외가 말했다.

"어떤 의미에서는요, 선생님. 오로지 어떤 의미에서만 그렇습니다. 다만 전에는 이런 일을 한 번도 본 적이 없다는 것뿐이죠. 아무튼 흥미로워 보이는 일입니다. 예, 확실히 흥미롭습니다."

타루는 손으로 머리를 쓸어 뒤로 넘기고는 이제는 움직임이 전혀 없는 쥐를 다시 한번 바라본 후 리외에게 미소를 지었다.

"하지만 선생님, 결국 수위가 할 일이죠."

바로 그때, 의사는 집 앞에서 수위를 발견했다. 입구 근처 벽에 등을 기대고 있는 수위의 늘 혈색 좋던 얼굴에는 피곤한 기색이 역력했다.

"예, 알고 있습니다." 쥐가 또 나타났다고 알려주는 리외에게 수위가 말했다. "이제는 두세 마리씩 나타납니다. 다른 집들도 마찬가지입니다."

수위는 지치고 심란해 보였다. 그는 연신 목을 주무르고 있었다. 리외는 수위에게 몸이 어떠냐고 물었다. 수위는 몸 상태가 안 좋은 것은 아니지만 뭔가 불편하다면서, 그의 생각으로는 정신적인 문제 때문인 것 같다고 했다. 수위는 쥐 때문에 스트레스를 받은 상태라 쥐들만 없어지면 모든 것이 괜찮아질 것이라고도 했다.

그러나 그다음 날인 4월 18일 아침, 역에서 자신의 어머니를 모시고 온 의사는 수위 미셸 씨의 얼굴이 좀 더 수척해졌음을 깨달았다. 지하실에서 다락방에 이르기까지 계단에 십여 마리의 쥐들이 널브러져 있었다. 이웃집 쓰레기통에도 쥐들이 우글거렸다. 의사의 어머니는 그 소식을 듣고도 놀라지 않았다.

"그럴 수도 있단다."

의사의 어머니는 은발에 눈동자가 검고, 키가 작은 여성이었다.

"네 얼굴을 보니 너무 기쁘구나, 베르나르." 그녀가 말했다. "쥐들이 나왔다고 해서 큰일이야 있겠니?"

리외도 어머니 말에 동의했다. 사실, 어머니와 함께 있으면 모든 일이 언제나 수월하게 느껴졌다.

그래도 리외는 시청의 쥐잡이 담당과에 전화를 했다. 그는 그 부서의 과장을 알고 있었다. 과장은 쥐들이 떼를 지어 밖으로 나와 죽는다는 이야기를 들은 적이 있었을까? 메르시에 과장은 그 이야기를 들었으며 부둣가에서 멀지 않은 자신의 사무실에도 쥐가 쉰 마리도 넘게 발견되었다고 대답했다. 하지만 서장은 심각한 일인지는 잘 모르겠다고 말했다. 리외도 심각한 일인지는 확신할 수 없지만 쥐잡이 담당과에서 나서야 할 것 같다고 말했다.

"그럼, 지시가 떨어져야지." 메르시에가 말했다. "자네 생각이 그러하다면 지시가 내려지도록 손을 써볼 수는 있네."

"당연히 그렇게 생각하지." 리외가 말했다.

가정부가 리외에게 오더니 자기 남편이 일하는 큰 공장에서는 죽은 쥐 수백만 마리가 나왔다고 했다.

어쨌든 대략 그 시기부터 우리 도시의 시민들은 불안해하기 시작했다. 18일부터 공장과 창고에서 실제로 수백만 마리의 시체를 치웠으니 말이다. 죽음의 고통이 너무 오래 지속되는 쥐들을 직접 죽여야 할 때도 있었다.

그러나 도시의 변두리에서 시내까지 리외가 지나가는 곳 어디서나, 우리 시민들이 모여 있는 곳 어디서나, 쥐들은 쓰레기통 안에서 기다리고 있거나 도랑 속에 길게 줄을 선 채 기다리고 있었다. 석간신문은 그날부터 쥐 사건을 집중적으로 다루면서 시 당국은 과연 행동에 나설 의지가 있는지, 시 당국은 역겨운 쥐들의 습격에서 시민들을 보호하고자 어떤 긴급 대책을 세우고 있는지 모르겠다며 의문을 제기했다. 시 당국은 아무런 제안이나 대책도 마련하지 않았지만, 우선은 문제에 대해 논의하기 위해 회의를 열었다. 매일 아침 새벽에 죽은 쥐들을 수거하라는 지시가 쥐잡이 담당과에 떨어졌다. 쥐들이 수거되면 쥐잡이 담당과의 차 두 대가 와서 죽은 쥐들을 쓰레기 소각장으로 가져가 태워버리기로 했다.

그러나 그 후 며칠이 지나자 상황은 더 심각해졌다. 죽은 쥐들의 수는 점점 증가했고, 매일 아침 수거되는 쥐 사체는 더욱 많아졌다. 나흘째 되는 날부터 쥐들은 무리를 지어 나와 죽기 시작했다. 집 안 구석진 곳에서, 지하실에서, 지하 창고에서, 하수구에서 쥐 떼가 길게 줄 지어 비틀거리면서 기어 나왔다. 그러고는 햇빛 앞에서 어지러워하며 휘청거리더니 그 자리에 빙빙 돌다가 사람들 곁에서 죽었다. 밤에는 복도나 골목길에서 쥐들이 죽기 전에 내는 울음소리가 생생하게 들렸다. 아침에 변두리 지역에서는 뾰족한 주둥이에 꽃처럼 피를 묻힌 채, 어떤 쥐들은 퉁퉁 부어 썩어가고 어떤 쥐들은 몸이 빳빳이 굳어 수염만 꼿꼿이 세운 채 개천 바닥에 널브러져 있었다. 시내에서도 층계참이나 안마당에 쥐 떼가 보였다. 쥐들은 행정 부서의 복도에서, 학교의 체육관에서, 카페의 테라스에서 한 마리씩 따로 죽은 채 발견되기도 했다. 시민들은 시내에서 사람들이 가장 많이 오가는 장소에 쥐들이 나타나자 깜짝 놀랐다. 아름 광장, 간선도로, 프롱드 메르 산책로 같은 곳도 쥐들로 오염되었다. 새벽에는 죽은 쥐들이 깨끗하게 치워졌으나 낮 동안 도시에는 쥐들의 수가 조금씩 늘어났다. 밤에 도보 위를 걷다 죽은 지 얼마 안 되는 쥐의 사체를 밟는 일도 있었다. 마치 우리의 집들을 지탱하는 땅 자체가 안에 고인 고름을 짜내고 지금까지 곪아 있던 덩어리와 더러운 피를 표면 위로 쏟아내는 것 같은 풍경이 펼쳐졌다. 건강한 사람의 진한 피가 갑자기 역류하기 시작하듯, 늘 조용했다가 며칠 사이에 갑자기 날벼락을 맞은 이 작은 도시가 얼마나 당혹스러움으로 가득했을지 상상이라도 해보자!

상황이 어느 정도였을까? 모든 주제에 대한 기사를 제공하는 〈랑스도크 통신〉이 25일 단 하루 동안 6,231마리의 쥐가 수거 후 소각되었다고 무료 라디오 방송을 통해 보도할 정도였다. 그 숫자는 이 도시에서 매일 눈으로 보는 광경이 어떤 의미인지 분명히 알려주기에 혼란은 더해만 갔다. 그때까지만 해도 사람들은 그저 조금 역겨운 사건으로만 보고 투덜거리기만 했다. 그러나 이제는 상황이 어느 정도로 돌아가고 있는지, 원인은 무엇인지 알 수 없으니 위협을 느꼈다. 오직 천식을 앓고 있는 스페인 영감만이 계속 손을 비비며 "저것들이 나온다, 나와"라는 말을 노인 특유의 유쾌한 말투로 반복했다.

그러나 4월 28일에 약 팔천 마리의 쥐가 수거되었다는 〈랑스도크 통신〉의 뉴스가 나오자 도시의 불안은 절정에 달했다. 사람들은 근본적인 대책을 요구했고 바닷가에 집이 있는 사람들은 거기로 피신하겠다는 말까지 했다. 그러나 그다음 날, 통신사는 이상한 현상이 갑자기 멈췄고 쥐잡이 담당과에서 수거한 쥐의 사체 수는 얼마 안 되니 심각하게 생각하지 않아도 괜찮을 것 같다고 보도했다. 시민들은 안도의 한숨을 내쉬었다.

그런데 바로 그날 저녁에 의사 리외는 자택 건물 앞에 차를 세우다가 길 끝에서 수위가 고개를 푹 숙이고 팔다리는 축 늘어뜨린 채 허수아비처럼 힘겹게 걸어오는 모습을 보았다. 수위는 의사도 알고 있는 어느 신부의 팔을 잡고 걸어오고 있었다. 파늘루 신부였다. 리외도 전에 가끔 만난 적이 있는 아는 것이 많고 적극적인 성격의 예수회 신부로, 종교에 관심 없는 사람들에게도 존경을 받고 있는 인물이었다. 의사는 두 사람이 다가올 때까지 기다렸다. 미셸 영감은 눈을 번뜩였고 숨소리가 거칠었다. 미셸 영감은 몸이 너무 안 좋아서 바람을 쐬고 싶어서 나왔는데, 집으로 돌아오는 중에 목, 겨드랑이, 사타구니의 통증이 너무 심해서 어쩔 수 없이 파늘루 신부에게 도움을 청했다고 했다.

"멍울인가 봐요." 미셸 영감이 말했다. "피곤했던 모양이에요."

의사는 차창 밖으로 팔을 내밀어 미셸 영감이 내민 목 아래를 손가락으로 더듬었다. 단단한 멍울 같은 것이 만져졌다.

"가서 누워 계세요. 체온도 재보시고요. 오후에 가서 봐드리죠."

수위가 자리를 뜨자 리외는 파늘루 신부에게 쥐 사건에 대해 어떻게 생각하는지 물었다.

"아!" 신부가 말했다. "전염병일 겁니다." 신부가 동그란 안경 너머로 눈웃음을 쳤다.

리외가 점심을 먹고 아내가 잘 도착했다는 소식을 알리는 요양소의 전보를 다시 읽으려던 바로 그때 전화벨이 울렸다. 예전 환자 중 하나였던 시청 서기의 전화였다. 그는 오랫동안 대동맥 협착증을 앓았는데 가난했기 때문에 리외가 무료로 치료해준 적이 있었다.

"예." 시청 서기가 말했다. "저를 기억하시는군요. 그런데 이번에는 다른 사람 때문에 전화를 드렸습니다. 빨리 좀 와주세요. 이웃집에 문제가 생겼습니다."

숨 가쁜 목소리였다. 리외는 수위 생각이 났지만 나중에 가기로 했다. 몇 분 후, 리외는 변두리에 있는 페데르브 거리의 나지막한 건물로 들어섰다. 차갑고 냄새가 나는 계단 중간에서 리외는 마중 나온 서기 조제프 그랑을 만났다. 오십대인 그 남자는 노란색 콧수염을 길고 동그란 모양으로 길렀고 어깨는 좁고 팔다리가 가늘었다.

"지금은 좀 나아졌습니다." 그가 리외에게 다가오며 말했다. "그런데 아까는 꼭 죽는 줄만 알았어요."

서기는 코를 풀었다. 마지막 층인 3층 왼쪽 문에는 붉은색 분

필로 글씨가 쓰여 있었다. '들어오십시오. 나는 목을 매달았습니다.'

두 사람은 안으로 들어갔다. 테이블은 한쪽 구석으로 치워져 있고 방 한가운데에는 뒤집힌 의자 위로 천장에서부터 밧줄이 길게 늘어져 있었다. 그러나 밧줄에는 아무것도 매달려 있지 않았다.

"제가 마침 발견해 밧줄을 풀어주었습니다." 그랑이 말했다. 그는 늘 가장 단순하면서도 적당한 말을 찾고 있는 것 같았다. "외출을 하려는데 무슨 소리가 들렸습니다. 문에 적힌 글씨를 봤을 때는, 뭐랄까 장난인 줄 알았어요. 그런데 이웃집 사람이 이상한 소리, 거의 으스스한 신음 소리 같은 것을 내더군요."

그랑은 머리를 긁적였다.

"과정이 고통스러웠을 것 같아요. 물론 저는 안으로 들어갔습니다."

두 사람은 문을 밀었고 빛이 밝게 비치지만 살림살이는 초라한 방의 문턱으로 들어섰다. 둥근 얼굴에 땅딸막한 남자가 구리 침대에 누워 있었다. 남자는 숨을 거칠게 몰아쉬며 충혈된 눈으로 두 사람을 바라보았다. 의사가 멈춰 섰다. 사내의 숨소리 사이로 쥐들의 울음소리가 자그맣게 들리는 것 같았다. 하지만 방구석 어디에도 움직이는 것은 없었다. 리외가 침대 쪽으로 갔다. 남자는 아주 높은 곳에서 떨어진 것도, 급하게 떨어진 것도 아니었기에 허리는 멀쩡했다. 물론 호흡 곤란 증상은 어느 정도 있었다. 엑스레이를 찍어봐야 할 것 같았다. 의사는 심장을 튼튼하게 하는 주사를 한 대 놔주고는 며칠 있으면 괜찮을 것이라고 말했다.

"감사합니다, 선생님." 남자가 숨 막힌 목소리로 말했다.

리외가 그랑에게 경찰서에 신고했느냐고 묻자 서기는 난감한 표정으로 대답했다. "아, 아뇨, 제 생각에 가장 급한 것은⋯."

"물론이죠." 리외가 말을 끊었다. "그럼 제가 신고하죠."

그러나 그 순간, 환자는 몸을 뒤틀더니 침대 위에서 벌떡 일어나 자신은 괜찮으니 경찰서에 알릴 필요가 없다고 말렸다.

"진정하세요." 리외가 말했다. "별일 아닙니다. 그러니 제가 신고하겠습니다."

"아!" 남자가 외쳤다.

그리고 그 남자는 뒤로 자빠지면서 흑흑하고 울었다. 아까부터 콧수염을 만지작거리던 그랑이 남자에게 다가갔다. "자, 코타르 씨." 그랑이 말했다. "생각해보세요. 의사로서는 책임감을 느낄 수 있습니다. 만일 다음에 코타르 씨가 또 그런 짓을 시도한다면⋯." 그러자 코타르는 다시는 그런 짓을 하지 않을 것이며 순간적으로 정신이 이상해져 그랬던 것이니 그저 가만히만 놔두었으면 좋겠다고 말하며 울먹였다. 리외는 처방전을 써주었다.

"알겠습니다." 리외가 말했다. "이번 일은 그냥 넘어가죠. 이삼 일 후에 다시 오겠습니다. 어리석은 행동은 하지 마십시오."

층계참에서 리외는 그랑에게 경찰서에 신고를 해야 하지만 형사에게는 이틀 후에나 조사를 해달라고 부탁할 것이라고 말했다.

"오늘 밤에는 저분을 지켜봐야 하는데 가족은 있습니까?"

"가족은 모르겠지만 저라도 곁에서 지킬 수는 있습니다."

그는 고개를 저었다.

"사실은 저 사람과 잘 아는 사이라고는 할 수 없지만 서로 도와야죠."

복도에서 리외는 무의식적으로 구석진 곳을 살피며 그랑에게 사는 동네에는 쥐들이 완전히 없어졌냐고 물었다. 시청 서기는 전혀 아는 바가 없다고 했다. 그런 이야기는 들었지만 동네의 소문에는 크게 관심을 두지 않았다는 것이다.

"따로 신경 쓸 것이 있어서요." 시청 서기가 말했다.

리외는 벌써 그에게 손을 내밀어 악수를 청하고 있었다. 아내에게 편지를 쓰기 전에 수위를 봐줘야 해서 마음이 급했던 것이다.

길에서 석간신문을 파는 사람들이 쥐들의 습격은 끝났다고 외쳤다. 그러나 리외는 환자가 상반신을 침대 밖으로 내밀고 한 손은 배를, 또 한 손을 목덜미를 쥔 채 무척 힘들어하며 불그스름한 토사물을 오물통에 뱉는 것을 보았다. 오랫동안 그렇게 고생하던 수위는 숨을 헐떡이며 다시 누웠다. 체온은 39.5도였고 목의 멍울과 팔다리가 부풀어 올랐고 옆구리에는 거무스름한 반점 두 개가 번지고 있었다. 이제 그는 속이 아프다며 신음했다.

"불덩이가 있는 것 같습니다. 이 빌어먹을 것 때문에 속이 타들어 가는 것 같아요."

악취가 뿜어져 나오는 입에서는 말이 잘 나오지 않았다. 그는 의사 쪽으로 툭 불거진 눈을 돌렸다. 두통 때문에 그의 눈에는 눈물이 글썽였다. 수위의 아내는 말없이 가만히 있는 리외를 불안한 얼굴로 바라보았다.

"선생님, 왜 그런 거죠?" 수위의 아내가 물었다.

"원인은 여러 가지 있겠지만 아직 확실한 것은 모르겠습니다. 일단 오늘 저녁까지는 금식을 하고 피를 맑게 해주는 약을 복용해보도록 하죠. 물을 많이 마시게 하십시오."

마침 수위는 목이 너무 마르다고 했다.

집으로 돌아온 리외는 시내에서 가장 유명한 의사 중 하나로 꼽히는 리샤르에게 전화했다.

"아뇨." 리샤르가 말했다. "특별한 점은 전혀 안 보였습니다."

"국부 염증을 동반한 열도 없었습니까?"

"아! 있었습니다. 염증이 심한 멍울이 생긴 환자가 두 명 있었죠."

"비정상이라고 할 정도로요?"

"그게 정상 여부라고 말씀드리기에는…." 리샤르가 말했다.

어쨌든 그날 저녁 수위는 헛소리를 중얼거렸고 열이 40도나 오른 채 쥐들을 원망하고 있었다. 리외는 염증 치료를 해보았다. 테레빈이 몸속에 들어오자 살이 타는 듯한 고통이 퍼지면서 수위는 소리를 질러댔다. "아! 망할 놈들!"

멍울은 더 커졌고 손으로 만져보니 딱딱했으며 심도 박혀 있었다. 수위의 아내는 두려움으로 제정신이 아니었다.

"밤새 잘 지켜보십시오." 의사가 수위의 아내에게 말했다. "무슨 일이 생기면 전화 주세요."

다음 날 4월 30일에는 벌써 따뜻한 미풍이 파랗고 습한 하늘에 불고 있었다. 미풍에 실려 가장 먼 교외에서 온 꽃들이 향기를 내뿜었다. 거리에서 들려오는 아침의 소리는 평소보다 활기차고 유쾌하게 들렸다. 일주일 동안 겪은 막연한 불안에서 벗어난 이 작은 도시에서 이날은 새로운 날이 되었다. 리외도 아내의 편지를 받고 안심이 돼서 가벼운 마음으로 수위의 방으로 내려갔다. 아침이 되자 열은 38도로 떨어져 있었다. 쇠약해진 환자가 침대에 누워 미소를 지었다.

"좀 나아진 것 같죠, 선생님?" 수위의 아내가 말했다.

"좀 더 지켜보죠."

그러나 정오가 되자 열이 갑자기 40도로 올라갔고 환자는 끝없이 헛소리를 하며 다시 구토를 했다. 목의 멍울은 건드리기만 해도 아파서 수위는 가능한 한 목을 몸에서 멀리 두고 싶어 하는 것 같았다. 수위의 아내는 침대 발치에 앉아 두 손을 이불 위에 놓고 환자의 두 발을 살살 눌렀다. 수위의 아내가 리외를 바라보았다.

"저기요." 리외가 말했다. "환자를 격리해 특별 치료를 해야겠습니다. 내가 병원에 전화를 할 테니 환자를 구급차로 옮기도록 하죠."

두 시간 후 구급차 속에서 의사와 수위의 아내는 몸을 숙여 환자를 바라보았다. 갈증이 풀린 환자의 입에서 말이 끊기며 나왔다. "쥐새끼들!" 푸르스름한 입술은 촛농 같았고 눈꺼풀은 무겁게 아래로 축 처졌으며 호흡은 밭았고 멍울의 통증 때문에 몸이 갈갈이 찢기는 것처럼 보였다. 수위는 몸 위로 이불을 끌어 올리고 싶어 하는 것인지 아니면 땅속 깊은 곳에서 무엇인가의 부름을 받은 것인지 알 수 없었으나, 이불 속에서 몸을 웅크리고 있었고 보이지 않는 무거운 것에 짓눌려 숨이 막혀오는 것 같았다. 수위의 아내가 눈물을 흘리면서 물었다.

"더 이상 가망이 없는 건가요, 선생님?"

"돌아가셨습니다." 리외가 말했다.

•

　수위의 죽음을 기점으로 미스터리한 징조들이 가득한 시기가 막을 내리고 상대적으로 더 어려운 새로운 시기가 시작되었다고 할 수 있었다. 초반의 놀라움은 점점 두려움으로 변해갔다. 앞으로 알게 되겠지만 우리 시민들은 이 작은 도시가 쥐들이 밖으로 나와 죽고 수위들이 이상한 병으로 죽는 곳으로 특별 지정될 것이라는 생각은 한 번도 해본 적이 없었다. 하지만 이런 시각은 시민들이 안이하게 생각한 것이었다. 시민들은 다시 생각을 해야 했다. 만약 모든 일이 거기에서 멈췄다면 그 일은 일상 속에서 그렇게 잊히고 말았을지도 모른다. 그러나 시민들 중에서도 수위도 아니고 가난한 사람이 아닌데도 미셸 씨가 밟은 길을 따라가게 된 사람들이 생겼다. 공포가 시작되고 공포에 이은 반성이 시작된 것은 바로 그때부터였다.

　그러나 새로운 사건을 자세히 다루기 전에 서술자는 지금까지 설명한 시기에 대해 또 다른 증인의 의견을 전할 필요가 있다고 생각한다. 이 이야기의 도입부에서 만난 적이 있는 장 타루는 몇 주 전 오랑에 자리를 잡고, 그 후로 시내 중심가에 있는 호텔에 살고 있었다. 그는 자신의 수입으로 여유로운 생활을 할 수 있어 보였다. 그의 얼굴은 오랑 시에서 점점 알려졌지만 그가 어디에서 왔고, 왜 여기로 왔는지 아는 사람은 한 명도 없었다. 그는 모든 공공장소에 모습을 드러냈다. 봄이 되자 해변에서 상당히 즐기면서 수영하는 그의 모습을 자주 볼 수 있었다. 쾌활하고 늘 미소 짓는 그는 정상적인 쾌락이라면 모두 즐기되 쾌락의 노예는 되지 않았다. 실제로 사람들에게 알려진 그의 유일한 습관은 우리 도시에 있는 스페인 무용수와 악사들과 만나는 것이었다.

어쨌든 그의 수첩은 어려운 이 시기를 연대기적으로 기록한 내용을 담고 있기도 했다. 그러나 그것은 큰 의미가 없는 자질구레한 것들에만 주목하는 특이한 연대기였다. 언뜻 보면 타루는 사람이나 사물을 어느 정도 담담하게 바라보려 한 것 같았다. 전반적으로 혼란한 상황에서 그는 주목을 받지 못하는 내용을 기록하는 역사가가 되려 하고 있었다. 어쩌면 우리는 그가 하는 일을 안타깝게 생각하고 혹시 그가 감정이 메말라버린 사람이 아닐까 하고 의심할지도 모르겠다. 하지만 어쨌든 그의 수첩들은 그 시기에 시간적 순서대로 일어나는 일 중에서 나름 중요한 세부 정보를 많이 제공하고 있었다. 그 자잘한 정보들은 나름 기묘해서 장 타루라는 흥미로운 인물에 대해 성급한 판단을 내리지 못하게 만들었다.

장 타루가 초기에 적은 기록은 오랑에 도착한 날부터 시작되었다. 그 기록을 보면 그가 멋이라고는 없는 이 도시에 와서 지내게 된 것을 신기하게도 처음부터 매우 만족스러워하고 있다는 사실을 알 수 있다. 기록에는 시청에 장식용으로 만들어진 청동 사자상이 자세히 묘사되어 있고 시내에 나무가 한 그루도 없는 풍경, 볼품없어 보이는 집들, 계획성 없는 도시 구조도 긍정적으로 평가되어 있었다. 또한 타루는 전차와 거리에서 들은 대화 내용도 여기에 섞어 적고 있었다. 그러나 그것에 해설을 붙이지는 않았다. 다만 나중에 캉이라는 사람에 대한 대화 내용만은 예외적으로 해설을 달았다. 타루는 전차 승무원이 하는 이야기를 듣게 되었다.

"캉을 잘 알지?" 승무원 중 한 사람이 말했다.

"캉? 키가 크고 검은 수염을 기른 사람?"

"맞아. 전철轉轍 담당이었지."

"그래, 그랬지."

"그런데 그 사람이 죽었다는데, 알아?"

"아! 언제?"

"쥐 사건 다음에."

"이런, 무슨 일이 있었던 건데?"

"모르겠어, 열이 심했대. 그런데 그 사람은 몸도 튼튼하지 않았어. 겨드랑이에 멍울이 생겼는데 고비를 넘기지 못했다는군."

"그래도 특별히 약해 보이지는 않았는데."

"아니, 폐가 약한 사람이었어. 그런데도 관악대에서 음악을 했지. 계속 나팔을 불면 폐가 나빠지거든."

"아!" 두 번째 승무원이 말을 끝맺었다. "아플 때는 나팔을 불면 안 되지."

타루는 이 같은 내용을 기록하고는 왜 캉이 몸을 해칠 수도 있는데 관악대에 들어갔는지, 무슨 말 못 할 사연이 있기에 목숨까지 걸며 일요일 시가행진을 했는지 궁금해했다.

그다음에 타루는 자기 집 창문 맞은편에 있는 발코니에서 종종 보이는 어떤 장면에 좋은 인상을 받은 것 같았다. 실제로 그의 방에서는 어느 작은 뒷골목이 보였다. 그 골목길에는 고양이들이 벽의 그늘 아래에서 잠을 잤다. 하지만 매일 점심 식사 시간이 지나고 도시 전체가 더위 속에서 졸고 있는 시간이 되면 길 맞은편 집의 발코니에 땅딸막한 영감이 나타났다. 흰머리는 단정하게 빗질이 되어 있고 군복처럼 보이는 옷차림에 자세가 꼿꼿하고 엄격해 보이는 그는 담담하면서도 부드럽게 "야옹아, 야옹아"라고 고양이들을 불렀다. 고양이들은 아직 몸을 움직이지 않은 채 잠이 덜 깨 흐리멍덩한 눈을 치켜들었다. 거리에서 그 남자가 고양이들의 머리 위에 종잇조각들을 뿌리면 고양이들은 비처럼 떨어진 흰 종잇조각들에 이끌려 길 한복판으로 걸어 나와 마지막으로 떨어지는 종잇조각들을 향해 머뭇거리며 한쪽 발을 내밀었다. 그때 키 작은 영감이 고양이들의 머리 위에 강하면서도 정확하게 침을 뱉었다. 침이 정확히 목표에 맞기라도 하면 영감은 웃었다.

타루가 결정적으로 반한 것은 상업적 성격이 짙은 도시의 모습 같았다. 도시의 겉모습, 활기, 심지어 쾌락까지 거래의 필요성에 의해 조종되는 것처럼 보였던 것이다. 그 특이함(그의 수첩에서 사용된 표현이다)에 타루는 도시를 찬양했다. 찬사로 가득한 그의 표현 중 하나는 감탄사 '드디어!'로 끝을 맺었다. 그 여행자의 기록에서 유일하게 개인적인 감상이 나타나는 부분이다. 다만 그 글이 무슨 의미이며 어느 정도 진지한지는 판단하기 힘들었다. 타루는 호텔의 회계원이 죽은 쥐 한 마리를 발견한 후 계산서를 잘못 적는 실수를 했다고 적었다. 그 후 평소보다는 흘려 쓴 글씨로 다음과 같이 덧붙여 적었다.

질문: 시간 낭비를 안 하려면 어떻게 해야 하지?

답변: 시간의 길이를 체험할 것.

방법: 치과 대기실에서 불편한 의자에 앉아 며칠을 보낼 것. 일요일 오후를 집 발코니에서 보낼 것. 알아듣지 못하는 외국어로 된 강연을 들을 것. 가장 길고 불편한 철도 코스를 고른 후 당연히 입석으로 여행할 것. 공연장 매표소 앞에서 줄을 서서 기다리다가 차례가 되면 표를 사지 말 것 등.

그러나 수첩에는 이러한 일탈적인 생각이 나타난 내용 다음에 바로 이어서 우리 도시의 전차들, 그러니까 조각배처럼 생긴 모양이라든지 불분명한 색깔이나 지저분함 등에 대해 상세히 묘사되기 시작하더니 '이는 주목할 부분이다'라는 아무 설명도 안 되는 글로 생각이 마무리되어 있었다.

어쨌든 타루가 쥐 사건을 적은 내용은 다음과 같다.


오늘은 앞집의 키 작은 영감이 곤란해했다. 고양이가 더 이상 보이지 않았던 것이다. 거리에서 많이 발견되는 쥐들 때문인지 실제로 고양이들이 사라졌다. 고양이들이 죽은 쥐를 먹을 것 같지는 않다. 죽은 쥐를 질색하던 우리 집 고양이들이 생각나기 때문이다. 그래도 고양이들은 분명히 지하실에서 쥐들을 쫓으며 달리고 있을 테니 키 작은 영감은 곤란해할 것이다. 그는 빗질도 제대로 하지 못했는지 전보다 머리카락이 부스스하고 생기도 덜하다. 그는 불안해 보였다. 잠시 후 그는 안으로 들어갔다. 그런데 허공에 한 번 침을 뱉었다. 오늘 죽은 쥐가 발견되어 전차가 멈춰 섰다. 사람들은 허둥댔다. 여자 두세 명이 내렸다. 누군가 죽은 쥐를 내던졌고, 전차는 다시 출발했다.

호텔의 야근 담당자는 믿을 만한 사람인데 내게 오더니 많은 쥐들 때문에 결국 불길한 일이 생길 것 같다고 말했다. "쥐들이 배를 떠나면….." 나는 그에게 배에서라면 몰라도 도시에서는 그럴 가능성은 없다고 대답했다. 그러나 그의 믿음은 확고했다. 나는 그에게 어떤 불길한 일이 생길 것 같냐고 물었다. 그는 불길한 일은 미리 알 수 없으므로 잘 모르겠다고 했다. 그러나 그 불길한 일이 지진이라고 하면 놀라지는 않을 것 같다고 했다. 내가 그럴 수 있겠다고 인정했더니 그는 내게 그래서 불안하지 않냐고 물었다.

"내가 관심 있는 것은 오직 하나입니다." 내가 그에게 말했다. "마음의 평화를 얻는 것이죠."

"무슨 말씀인지 완벽하게 이해되었습니다."

호텔 식당에는 아주 재미있는 가족이 있다. 아버지 되는 사람은 키가 크고 말랐으며 빳빳한 칼라가 달린 검은색 양복을 입고 있었다. 정수리는 벗어졌고 양옆은 흰머리로 덮여 있었다. 작은 두 눈은 동그랗고 엄격해 보였고 코는 가늘고 입은 길게 다물고 있어서 마치 교육을 잘 받은 올빼미처럼 보였다. 그는 언제나 맨 먼저 문 앞에 도착해 옆으로 비켜서서 자그마한 아내를 들여보냈다. 그다음에는 똑똑한 개처럼 옷을 입은 어린 아들과 딸을 꽁무니에 달고 들어간다. 그는 테이블로 가 아내가 앉을 때까지 기다렸다가 앉는다. 그제야 비로소 아들과 딸도 의자에 앉을 수 있다. 그는 아내와 아이들에게 존댓말을 쓰는데, 아내에게는 예의 바르게 핀잔을 주고 두 아이들에게는 단호하게 말한다.

"니콜, 적당히 좀 해요!"

그러면 딸이 울려고 한다. 당연히 그렇다. 오늘 아침 어린이들은 쥐 이야기로 완전히 흥분해 있었다. 아들은 테이블에서 그 이야기를 꺼내려 했다.

"식사할 때는 쥐 이야기를 하는 게 아니에요, 필리프. 그런 이야기는 입 밖에도 내지 말아요."

"아버지 말씀이 맞아요." 검은 생쥐 같은 어머니가 말했다.

강아지 같은 두 아이들은 코를 박듯 접시 위로 고개를 푹 숙였고 올빼미 같은 아버지는 별 의미 없는 고갯짓으로 감사를 표시했다.

이런 본보기도 있었지만 도시에서는 사람들의 입에 쥐 이야기가 많이 오르내린다. 신문도 이를 거든다. 평소 다양한 사건들로 채워졌던 지방 신문의 지면은 시 당국에 대한 공격으로 가득하다.

'우리 시 당국자들은 썩은 쥐 떼 사체들 때문에 어떤 위험이 발생할지 알고나 있는 것일까?'

호텔 지배인은 더 이상 다른 이야기는 하지 않는다. 당황한 것처럼 보이기도 했다. 점잖은 호텔의 엘리베이터 안에서 쥐가 발견된다는 것은 그에게 생각지도 못할 일이었으니까.

나는 그를 위로할 마음에 "누구나 그렇죠"라고 말했다.

"바로 그겁니다." 그가 내게 대답했다. "이제 우리는 다른 호텔과 마찬가지가 되었습니다."

그는 내게 초기에 일어난 이야기를 들려주었다. 사람들이 걱정하기 시작한 갑작스러운 열병에 관한 이야기였다. 호텔의 메이드 중 한 명이 열병에 걸렸다고 했다.

"하지만 물론 전염병은 아닙니다." 그는 얼른 말했다. 나는 그에게 전염병이든 아니든 마찬가지라고 말했다.

"아! 알겠습니다. 선생님도 저처럼 운명론자시군요."

"그런 말 한 적 없습니다. 더구나 나는 운명론자가 아닙니다." 내가 그에게 말했다.

사람들 사이에서 불안을 일으키는 원인 모를 열병에 관해 타루의 수첩이 자세히 언급하기 시작한 것은 이때부터였다. 쥐들이 사라지고 고양이들이 다시 나타나면서 그 키 작은 영감이 인내심을 가지고 조준해 가래침 사격을 한다는 기록을 하면서, 타루는 열병에 걸린 환자의 수가 이미 십여 명이고 그중 대부분 생명이 위험한 상태라고 덧붙였다. 참고 자료 삼아 끝으로 여기에 타루가 묘사한 의사 리외의 모습을 다시 적어두어도 될 것이다. 연대기 작가 입장에서 봐도 묘사가 매우 충실하다.

　서른다섯 살 정도로 보임. 중간 정도의 키. 딱 벌어진 어깨. 직사각형에 가까운 얼굴. 색이 짙고 타협이 없어 보이는 눈, 턱이 불쑥 튀어나옴. 반듯하면서 굳세 보이는 콧날. 아주 짧게 깎은 검은 머리. 입술은 활처럼 둥글고 두꺼운 입술은 거의 언제나 다물어져 있는 상태. 햇볕에 그을은 피부, 검은색 털, 언제나 짙은 색이지만 잘 어울리는 옷 때문에 시칠리아 농부처럼 보임.

　걸음걸이가 빠름. 걸음걸이를 바꾸지 않고 보도를 내려가지만 세 번 중에 두 번은 가볍게 껑충 뛰어 반대편 보도로 올라감. 자동차를 몰 때는 방심해서 길모퉁이를 회전한 후에도 깜빡이를 끄지 않고 갈 때가 많음. 모자를 쓰지 않음. 이미 모든 것을 다 안다는 표정.

・

타루의 숫자는 정확했다. 몇몇은 리외도 알고 있는 사람이었다. 그는 수위의 시체를 격리한 후 겨드랑이의 발열에 관해 묻기 위해 리샤르에게 전화했다.

"전혀 모르는 일입니다." 리샤르가 대답했다. "사망자는 두 명인데, 한 명은 사십팔 시간 만에, 또 한 명은 사흘 만에 사망했습니다. 나중에 생긴 환자는 어느 날 아침에 회복되는 것 같아 그대로 놔두었습니다."

"환자들이 또 생기면 알려주십시오." 리외가 말했다. 그는 다른 의사들 몇 명에게 또 전화를 걸었다. 이렇게 알아보니 며칠 동안에 비슷한 사례가 스무 건 정도 발생했다는 것을 알게 되었다. 거의 전부 치명적인 경우였다. 그래서 그는 오랑 시 의사회 회장인 리샤르에게 새로운 환자들을 격리하라고 요청했다.

"저도 어쩔 수 없습니다." 리샤르가 말했다. "도청의 조치가 있어야 할 겁니다. 도대체 전염 위험이 있다고 누가 그럽니까?"

"확신할 수는 없지만 증세가 심상치 않습니다."

그러나 리샤르는 자신에게는 그만한 권한이 없다고 생각했다. 그가 할 수 있는 일이란 도지사에게 보고하는 것뿐이었다.

그러나 이렇게 말만 하는 동안 날씨가 더 안 좋아졌다. 수위가 죽은 다음 날 짙은 안개가 하늘을 뒤덮었다. 도시에 갑작스러운 폭우가 쏟아졌고, 이어서 푹푹 찌는 더위가 찾아왔다. 바다도 푸른빛을 잃고 안개 낀 하늘 아래에서 은빛으로 혹은 쇠와 같은 빛깔로 눈이 따가울 정도로 반짝였다. 습기 섞인 봄의 더위보다는 한여름의 뜨거운 열기가 그리웠다. 높은 언덕에 달팽이 모양으로 세워져 바다와는 거의 통하지 않는 이 도시에는 우울한 허망함이 느껴졌다. 거리마다 진흙을 바른 기나긴 벽으로 둘러싸여 있고 먼지가 내려앉은 쇼윈도들이 있었다. 누런색 전차 속에서 사람들은 마치 하늘 아래 갇힌 죄수가 된 기분이었다. 오직 리외의 노인 환자만이 천식을 이겨내고 이런 날씨를 즐기고 있었다.

"몸이 달궈질 정도로 덥군." 노인이 말했다. "기관지에는 좋은 날씨야."

정말로 몸이 달궈질 정도로 더웠다. 열병 같은 더위였다. 도시 전체가 열병을 앓고 있는 것 같았다. 적어도 그날 아침 코타르의 자살 미수 사건 조사 참관을 위해 페데르브 거리로 가던 리외의 머릿속에 떠도는 생각은 그랬다. 하지만 말도 안 되는 느낌이었다. 신경이 예민해져 있고 머릿속을 가득 채운 걱정 때문인 것 같다며 우선 머릿속부터 정리해야겠다고 생각했다.

그가 도착했을 때 형사는 아직 오지 않은 상황이었다. 그랑이 층계참에서 기다리고 있었다. 그들은 그랑의 집으로 들어가 문을 열어놓기로 했다. 시청 서기는 방 두 개짜리 집에 살고 있었는데 가구는 매우 소박했다. 눈에 띄는 것이라고는 사전 두세 권이 꽂혀 있는 흰색 나무 선반과 칠판 하나뿐이었다. 칠판에는 반쯤 지워졌어도 알아볼 수 있을 정도로 '꽃이 핀 오솔길'이라는 글자가 적혀 있었다. 그랑 말로는 코타르는 전날 밤에 잠을 잘 잤다고 했다. 그러나 아침에 잠을 깬 뒤부터 두통과 무기력을 호소했다고 한다. 그랑은 피곤하고 예민해 보였다. 그는 방 안을 이리저리 돌아다니며 탁자 위에 있는 두꺼운 서류철을 열었다 닫았다 했다. 서류철에는 손으로 쓴 원고가 가득했다.

그러면서 그랑은 의사에게 자신은 코타르에 대해 잘은 모르지만 재산은 좀 있는 것 같다고 말했다. 코타르는 이상한 사람이라, 계단에서 마주치면 인사나 나누는 정도의 사이라고도 했다.

"코타르와는 두 번 이야기를 나눴을 뿐입니다. 며칠 전 분필 상자 한 통을 집으로 가져오다가 계단 위에서 떨어뜨려 쏟은 적이 있습니다. 붉은색 분필과 푸른색 분필이 들어 있었죠. 그때 마침 코타르가 층계참으로 나오다가 분필을 줍는 저를 도와주었습니다. 그러면서 그가 이렇게 여러 가지 색깔의 분필을 어디에 사용하냐고 물었죠."

그래서 그랑은 라틴어를 다시 공부해볼까 한다고 대답했는데, 고등학교를 졸업한 후로 라틴어 실력이 점점 줄어들어서였다.

"그럼요." 그가 의사에게 말했다. "프랑스어 단어의 뜻을 잘 알려면 라틴어를 아는 것이 좋다고 들었습니다."

그래서 그는 칠판에 라틴어 단어를 적었던 것이다. 그리고 그는 격변화와 활용법에 따라 변하는 단어는 푸른색 분필로, 변하지 않는 단어는 붉은색으로 다시 적었다.

"제대로 알아들었는지는 모르겠으나 코타르도 관심을 보이더군요. 제게 붉은색 분필을 하나 달라고 부탁했어요. 어쨌든 저는 놀랐죠. 물론 그 분필이 그가 계획한 일에 사용되리라고는 생각지도 못했습니다."

리외는 두 번째로 나눈 대화는 무엇이었는지 물었다. 그런데 때마침 보좌관을 대동하고 나타난 형사가 그랑의 진술부터 듣겠다고 말했다. 의사는 그랑이 코타르의 이야기를 할 때 늘 코타르를 '절망에 빠진 사람'이라고 부른다는 점에 주목했다. 그는 언젠가 '운명적인 결정'이라는 표현까지 사용했다. 두 사람은 코타르가 자살을 하려던 이유에 대해 의견을 주고받았다. 그랑은 어휘 선택에 신경을 썼다. 마침내 '마음속 슬픔'이라는 표현으로 정해졌다. 형사는 코타르의 태도에서 '그의 결심'이라고 말한 그 행동을 부추긴 것이 무엇인지 아느냐고 물었다.

"코타르가 어제 제 집 문을 두드렸습니다." 그랑이 말했다. "성냥을 빌리러 왔더군요. 그래서 성냥갑을 통째로 주었습니다. 코타르는 이웃끼리 실례한다고 하더군요. 그가 나중에 돌려준다고 해서 그냥 가지라고 했죠."

형사는 시청 서기에게 혹시 코타르가 이상해 보이지는 않았느냐고 물었다.

"이상한 점이 있다면 제게 말을 시키고 싶어 하는 것 같았어요. 하지만 저는 일을 하는 중이었거든요."

그랑은 리외 쪽으로 고개를 돌리며 어색한 표정으로 덧붙였다.

"개인적인 일이었습니다."

형사는 환자를 만나보고 싶어 했다. 그러나 리외는 우선 코타르가 마음의 준비를 하도록 하는 것이 낫다고 생각했다. 리외가 방에 들어오자 코타르는 회색 플란넬 잠옷만 입은 채 침대에서 일어나 앉아 걱정스러운 표정으로 문 쪽을 바라보았다.

"경찰이죠?"

"그렇습니다." 리외가 말했다. "걱정할 필요는 없습니다. 두세 가지 형식적인 질문만 하면 더 이상 귀찮은 일은 없을 겁니다."

그러나 코타르는 그래 봐야 소용없는 일이며 경찰이 싫다고 대답했다. 리외가 그대로 쏘아붙였다.

"저도 경찰이 싫습니다. 하지만 그래도 경찰의 질문에 신속하고 제대로 대답해야 한 번으로 끝날 수 있습니다."

코타르는 입을 다물었다. 그러자 의사는 문 쪽으로 돌아섰다. 그러나 키 작은 남자는 리외를 불렀다. 리외가 침대 곁으로 다가오자 그는 리외의 손을 잡았다.

"설마 환자, 그것도 목을 매달았던 사람을 건드리지는 못하겠죠. 그렇죠, 선생님?"

리외는 잠시 그를 바라보다가 그런 걱정은 전혀 할 필요가 없으며 환자를 보호하기 위해 이 자리에 와 있는 거라고 힘주어 말했다. 코타르가 마음을 놓는 것처럼 보이자 리외가 형사를 들어오게 했다.

형사는 코타르에게 그랑의 증언 내용을 읽어주고는 목을 맨 이유가 무엇인지 자세히 알려줄 수 있냐고 물었다. 코타르는 형사의 얼굴을 보지 않고 "마음속의 슬픔, 바로 그겁니다"라고 대답했다. 형사는 다음에 그런 짓을 또다시 저지를 거냐고 다그쳤다. 코타르는 격앙되어서는 그럴 생각은 없다면서 그저 자신을 가만히만 놔두었으면 좋겠다고 대답했다.

"분명히 말씀드리지만 지금 사람들을 귀찮게 하는 사람은 댁입니다." 형사가 짜증스러운 말투로 말했다. 그러나 형사는 리외의 눈짓에 더 이상 아무 말도 하지 않았다.

"그런데." 밖으로 나오면서 형사가 한숨을 쉬었다. "그 열병 이야기는 뭘까요? 그게 생긴 이후로 할 일이 많아졌는데 말이죠…."

형사는 의사에게 상황이 심각하냐고 물었고 리외는 아는 게 전혀 없다고 말했다.

"그냥 날씨 때문이겠죠." 형사가 결론지었다.

어쩌면 날씨 때문일지도 몰랐다. 낮 동안에는 모든 것이 손에 끈적끈적 달라붙었다. 리외는 집집마다 왕진을 갈수록 마음이 더욱 불안해졌다. 그날 저녁, 변두리에 살던 노인 환자가 사타구니를 붙잡고는 헛소리를 해대더니 구토를 했다. 노인의 멍울은 수위의 것보다 컸다. 멍울 하나는 곪기 시작했고 얼마 지나지 않아서 썩은 과일처럼 갈라졌다. 집으로 돌아온 리외는 도청의 약품 보관소에 전화를 걸었다. 그런데 다른 곳에서도 비슷한 증상으로 왕진을 부탁하는 전화가 걸려왔다. 곪은 곳은 반드시 짜내야 했다. 메스로 두 번 열십자 모양으로 째니 멍울에서는 피가 섞인 고름이 쏟아졌다. 환자들은 피를 흘렸다. 어떤 멍울은 더 이상 곪지 않다가 다시 부풀어 올랐다. 대부분의 환자들은 끔찍한 악취를 풍기며 죽었다.

쥐 사건을 떠들어대던 언론은 더 이상 아무 소리도 내지 않았다. 쥐들은 길에서 죽었지만, 사람들은 방 안에서 죽었으니까. 그래서 신문은 거리에서 일어나는 일에만 신경을 썼다. 그러나 도청과 시 당국이 의문을 갖기 시작했다. 아직까지 의사마다 제각기 두세 건의 경우만 알고 있었기에 아무도 움직일 생각을 하지 않았다. 하지만 결국 누군가 합해볼 생각을 하는 것만으로도 충분했다. 결과는 충격적이었다. 며칠 만에 사망자 수가 배로 늘어났다. 당연히 이 알 수 없는 병에 관심을 둔 사람들은 이것이 분명 전염병이라고 생각했다. 리외와 같은 의사이지만 나이는 훨씬 많은 카스텔이 찾아온 것은 그 무렵이었다.

"당연히, 자네도 이게 뭔지 알고 있겠지?" 그가 말했다.

"분석 결과를 기다리고 있습니다."

"결과는 알고 있어. 분석은 필요 없지. 난 중국에서 의사 생활을 한 적이 있고 파리에서도 몇몇 비슷한 경우를 봤어. 이십여 년

전의 일이지. 다만 당장에 그 증상에 병명을 붙일 엄두가 안 났을 뿐이야. 여론이 무서우니 함부로 행동해서는 안 되지. 절대로 함부로 행동해서는 안 된다네. 어느 동료 의사가 이런 말을 한 적이 있어. '이럴 수가, 모두 그 병이 서구권에서는 사라졌다고 알고 있었는데.' 그래, 모두가 알고 있었지. 죽은 사람들만 빼고는. 자, 리외, 자네도 나만큼이나 이 병이 무엇인지 알고 있잖나."

리외는 생각에 잠겼다. 그는 사무실의 창문 저 너머 물굽이 쪽으로 등을 돌리고 있는 낭떠러지 바위의 등성이를 바라보았다. 하늘은 푸른색이었으나 오후가 되어가면서 흐릿한 빛이 부드러워졌다.

"그래요, 카스텔." 리외가 말했다. "믿기지는 않지만, 페스트 같습니다."

카스텔은 자리에서 일어나 문 쪽으로 다가갔다.

"사람들이 우리에게 무엇이라 대답할지 알고 있나?" 나이 든 의사가 말했다. "페스트는 따뜻한 기후의 나라에서는 여러 해 전에 없어졌다고 할 거야."

"없어졌다니 무슨 뜻이죠?" 리외가 어깨를 으쓱하며 말했다.

"그래. 파리에서도 약 이십 년 전에 그 병이 돌았다는 것을 기억해야지."

"좋습니다. 그때보다는 지금이 심각하지 않은 상황이길 바라야죠. 하지만 정말 믿을 수가 없군요."

•

'페스트'라는 말이 이제 처음으로 막 사람들의 입에서 나왔다. 이 대목에서 베르나르 리외를 창문 뒤에 놔둔 채, 의사인 그가 이토록 의심하고 놀라워하는 것이 당연한지에 대해 연대기 작가로서 설명해야 한다. 왜냐하면 뉘앙스에 약간의 차이가 있긴 하지만, 그가 보인 반응은 대부분의 우리 시민들이 보인 반응과 같기 때문이다.

사실, 재앙은 누구나 겪는 일이지만 막상 자신의 머리 위로 떨어지면 믿기 힘든 법이다. 이 세상에는 전쟁만큼이나 많은 페스트가 있었다. 그러나 페스트건 전쟁이건 사람들은 언제나 손을 쓰지 못했다. 의사 리외 역시 우리의 시민들처럼 어쩔 줄 몰랐다. 그의 망설임을 그렇게 이해해야 한다. 그리고 그가 걱정과 믿음 사이에서 왔다 갔다 하는 것도 그렇게 이해해야 한다. 전쟁이 일어나면 사람들은 말한다. "곧 끝날 거야. 너무나 어리석은 짓이니까." 전쟁은 확실히 어리석은 짓일지도 모른다. 하지만 그렇다고 해서 전쟁이 오래가지 말란 법도 없다. 어리석음은 언제나 끈질기다. 만일 사람들이 자기 생각에만 정신이 팔려 있지 않다면 깨달을 수 있는 사실이다. 그런 점에서 우리 시민들은 다른 사람들과 마찬가지로 자기 생각만 하고 있다. 다시 말해서 이들은 휴머니스트였다. 즉 재앙을 믿지 않았다. 재앙은 인간의 기준으로 이해할 수 있는 것이 아니다. 그래서 사람들은 재앙이 비현실적이고 지나갈 악몽이라고 생각한다. 그러나 재앙은 항상 지나가는 것은 아니다. 악몽이 더해지면서 제일 먼저 사라지는 사람들은 휴머니스트들이다. 왜냐하면 이들은 대비를 하지 않았기 때문이다. 우리 시민들이 다른 사람들보다 잘못을 많이 저질러서가 아니다. 그저 겸손함을 잊은 것뿐이다. 그래서 자신에게는 아직 모든 것이 가능하며, 그래서 재앙은 일어날 수 없다고 어림잡아 생각한 것이다. 시민들은 비즈니스를 계속했고 여행 준비를 했으며 나름의 의견도 갖고 있었다. 미래나, 여행이나, 토론 같은 것을 막아버리는 페스트를 어떻게 생각이나 했겠는가? 시민들은 스스로를 자유롭다고 믿었으나 재앙이 생기면 그 누구도 자유로울 수 없다.

심지어 의사인 리외 역시 여기저기서 생겨나는 몇몇 환자들이 아무 예고도 없이 페스트로 떠난 지 얼마 되지 않았다는 사실을 친구 앞에서 인정했으나 여전히 페스트의 위협이 그에게 현실적으로 다가오지는 않았다. 다만 직업이 의사라 고통을 생각하고 상상력이 좀 더 있을 뿐이다. 의사는 아무것도 변하지 않은 도시의 풍경을 창문으로 내다보면서 가슴속에서 무엇인가가 피어나는 것을 느꼈다. 흔히 '걱정'이라 부르는 감정이다. 미래를 생각할 때 생겨나는 가벼운 구역질 같은 감정. 리외는 페스트에 대해 자신이 알고 있는 것을 머릿속으로 종합하고 정리하려 애썼다. 기억속에서 숫자들이 떠다녔다. 그는 역사상 일어난 서른 건이 넘는 페스트 대유행 사건으로 약 일억 명이 사망했다는 사실을 생각했다. 그러나 일억 명의 사망자는 과연 무슨 의미일까? 전쟁이 나면 죽음이 무엇인지 어느 정도 알게 된다. 사람이 죽는다는 것은 진짜로 죽은 모습을 눈으로 볼 때 실감이 나는 것이기에 단순히 역사를 통해 곳곳에 일억 구의 시신들이 있었다는 내용은 그저 와닿지 않는 상상의 한 가닥에 불과하다. 의사는 콘스탄티노플에 있었던 페스트를 떠올렸다. 비잔틴 역사학자 프로코프에 따르면 하루 만에 사망자가 만 명이나 생겼다고 한다. 만 명의 사망자는 커다란 영화관을 가득 채운 관중의 다섯 배에 해당한다. 이렇게 해봐야 한다. 극장 다섯 곳에서 관람을 마치고 나오는 사람들을 전부 도시 광장으로 데려가 죽여버린 후 무더기로 쌓아놓는 수와 같다고 상상하면 쉽다. 이렇게 이름 모를 시체 더미 위에 낯익은 사람들의 얼굴을 붙여 상상하면 된다. 물론 현실적으로는 불가능한 일이다. 그러나 만 명이나 되는 사람들의 얼굴을 누군들 알 수 있을까? 더구나 프로코프 같은 사람들은 숫자를 잘 세지 못한다고 알려져 있다. 칠십 년 전 중국 광둥에서 페스트가 주민들을 덮치기 전, 쥐 사만 마리가 페스트로 죽었다. 그러나 1871년에는 쥐를 셀 수 있는 방법이 없었다. 전부 대충 계산했을 테고 오차가 생겼을 가능성도 매우 컸다. 하지만 쥐 한 마리의 길이를 삼십 센티미터라고 할 때 쥐 사만 마리를 연달아 줄지어 놓는다면….

그러나 의사는 초조했다. 그냥 어떻게든 되겠지 하고 있었으나 그래서는 안 될 것 같았다.

환자 몇 명만 보고는 전염병이라고 할 수 없으니 예방책만 세우면 된다. 마비, 탈수 증세, 눈의 충혈, 지저분해지는 입술, 두통, 가래, 극도의 갈증, 헛소리, 전신에 돋는 반점, 혼미한 정신, 그리고 마침내…. 그가 알고 있는 이러한 증상들을 이렇게 정리하다가 그 끝에서 한마디 말이 머릿속에서 되살아났다. 그가 읽은 의학 서적에서 이 같은 증세를 열거한 후 결론처럼 끝맺는 말이었다. '환자는 맥박이 실낱같이 미약해지고 몸을 약간 움직이고는 숨이 끊어진다.' 그렇다. 이러한 증상들 다음에 환자는 마치 실에 매달린 것 같은 상태가 되었다. 정확히 환자들 중 4분의 3은 자신의 죽음을 재촉하는 이 희미한 움직임을 하려고 애쓰는 것이었다.

의사는 여전히 창밖을 바라보았다. 창문 저쪽으로 상쾌한 봄하늘이 보였고, 이쪽에서는 아직도 방 안에서 '페스트'라는 단어가 울리고 있었다. 그 단어는 과학적으로 설명되지 않는 신기한 이미지를 줄줄이 담고 있었다. 이 도시와는 어울리지 않는 이미지, 그러니까 이 시간이면 어느 정도 활기를 띠지만 소란스럽기보다는 낮게 웅성대는 도시, 만일 인간이 행복하면서 동시에 우울할 수 있다면 결국 행복하다고 볼 수 있는 누렇고 회색빛을 띠는 도시의 이미지와는 어울리지 않았다. 너무나 평화롭고 무심한 도시를 보면 이와 어울리지 않는 역사 속 페스트의 이미지들은 손쉽게 사라졌다. 페스트의 창궐로 새들이 사라진 아테네, 소리

없이 고통스럽게 죽어가는 사람들로 가득한 중국의 도시들, 썩은 시체들을 구덩이에 넣는 마르세유의 죄수들, 페스트라는 광풍을 막기 위해 프로방스에 세워진 거대 성벽, 페스트가 퍼진 도시 자파와 그 도시의 추악한 거지들, 콘스탄티노플 병원의 진흙 바닥에 납작하게 깔려 썩어가는 축축한 침대들, 페스트가 창궐하는 와중에 갈고리에 찍혀 끌려가는 환자들, 가면을 쓰고 카니발에 참가한 의사들, 살아남은 사람들이 밀라노의 묘지에서 벌인 짝짓기 의식, 끔찍한 런던의 시체 운반 수레들, 여기저기서 끝없이 들리는 인간들의 비명으로 가득한 낮과 밤. 아니, 그 모든 것도 오늘 하루의 평화를 없애기에는 충분하지 못했다. 창문 저편으로부터 눈에는 보이지 않는 전차의 경적이 울리면서 순식간에 잔혹함과 고통을 흘려버렸다. 희미한 바둑판처럼 펼쳐진 집들 저 끝에서 바다만이 불안하고 마음 편히 있을 수 없는 이 세상의 무엇인가를 증언하고 있었다. 그때 리외는 물굽이를 바라보며 루크레티우스가 말한 화장터의 장작더미를 생각했다. 페스트에 휩싸인 아테네 사람들이 바다 앞에 세운 화장터의 장작더미. 사람들은 밤에 시체들을 그곳으로 옮겼으나 자리가 모자랐기에 산 사람들은 아끼는 이들의 시신을 그곳에 옮기기 위해 횃불을 휘두르며 싸웠고 시신들을 포기하느니 피투성이가 되더라도 이기려 했다. 고요하고 어두운 바다 앞에서 빨갛게 타오르는 모닥불 화장대, 불꽃과 연기로 번뜩이는 밤에 일어나는 횃불 싸움, 조용히 내려다보는 하늘로 올라가는 독을 품은 짙은 연기, 이 모든 것은 누구나 상상할 수 있었다. 그리고 두려운 것은….

그러나 이 머리 아픈 상상도 이성 앞에서는 계속 이어지지 못했다. '페스트'라는 말이 언급된 것도 사실이고, 지금 이 순간에도 페스트라는 재앙이 두세 명의 희생자들을 흔들어 쓰러뜨리고 있는 것도 사실이었다. 그러나 멈출 수 있는 상황이었다. 꼭 해야 할 것은 현실을 분명히 인정한 후 쓸데없는 의심의 그림자를 몰아내고 적절한 대책을 세우는 것이다.

그러면 페스트는 멈출 것이다. 왜냐하면 페스트는 상상이나 망상에서 나온 대상이 아닌 현실이기 때문이다. 만일 페스트가 멈춘다면(페스트는 언젠가 멈출 가능성이 크다) 모든 것은 저절로 해결될 것이다. 하지만 그 반대라면 우리는 페스트가 무엇인지 알게 되고 이에 대한 대비책을 취한 후 페스트와 싸워서 이길 방법은 없는지 알게 될 것이다.

의사는 창문을 열었다. 그러자 도시의 소리가 갑자기 커졌다. 옆에 있는 공장에서 기계톱이 내는 짧고 반복되는 소리가 들려왔다. 리외는 머리를 흔들었다. 매일 하는 일, 거기에 확신이 있었다. 나머지는 실에 엮인 무의미한 움직임이었다. 거기에서 멈출 수는 없었다. 해야 할 일을 잘하는 것이 중요했다.

•

　리외가 이런 생각을 하고 있을 때 조제프 그랑이 찾아왔다. 시청 직원이라 맡은 일이 여러 가지였으나 그는 정기적으로 통계 부서 혹은 호적 부서에 불려가 업무를 했다. 그는 사망자 수를 집계하는 일을 하고 있었다. 성격이 싹싹한 그는 집계 결과 사본 한 통을 리외에게 가져다주겠다고 했다.

　의사는 그랑이 그의 이웃 코타르와 함께 들어오는 것을 보았다. 시청 직원이 종이 한 장을 흔들었다.

　"통계 숫자가 올라가고 있습니다, 선생님." 그가 말했다. "사십팔 시간에 열한 명씩 사망하는 꼴이죠."

　리외는 코타르에게 인사하고 나서 좀 어떠냐고 물었다. 그랑은 코타르가 리외에게 감사 인사를 전하고 폐를 끼친 데 대해 사과하고 싶어 한다고 설명했다. 그러나 리외는 통계표를 보고 있었다.

　"자, 이제는 그 병의 이름을 그대로 불러야겠습니다. 지금까지 우리는 제자리걸음만 했습니다. 저와 함께 가시죠. 검사소에 가는 길입니다." 리외가 말했다.

　"예, 예." 그랑이 의사 뒤를 따라 계단을 내려가면서 말했다. "무엇이든 원래의 이름대로 불러야죠. 그 이름이 무엇입니까?"

　"지금은 말할 수 없습니다. 도움도 안 될 거고요."

　"그것 보세요." 서기가 미소를 지었다. "그렇게 쉬운 일이 아닙니다."

세 사람은 아름 광장 쪽으로 향했다. 코타르는 계속 말이 없었
다. 길은 사람들로 가득 차기 시작했다. 짧은 저녁노을은 이미 어
둠에 밀려서 물러났고 아직은 뚜렷한 지평선에서 별들이 나타나
기 시작했다. 잠시 후, 거리마다 가로등이 켜지며 하늘이 전부 어
두워졌고 사람들이 주고받는 말소리가 한 톤 높아지는 것 같았다.

"죄송합니다." 그랑이 아름 광장의 모퉁이에서 말했다. "저는
전차를 타려고요. 저의 저녁 시간은 성스럽거든요. 저희 고향 사람
들의 말처럼 '절대 다음 날로 미루지 말라'는 원칙을 지키거든요."

리외는 이미 그랑의 특이한 말버릇에 주목했다. 몽텔리마르
에서 태어난 그랑은 자기 고향의 사투리를 이야기하고 '꿈같은
날씨' 혹은 '요정 같은 불빛'처럼 출처를 알 수 없는 진부한 문구
를 덧붙였다.

"아!" 코타르가 말했다. "정말이에요. 저녁 식사 이후에는 그
누구도 저 사람을 밖으로 불러낼 수가 없거든요."

리외는 그랑에게 시청에서 일하기 때문이냐고 물었다. 그랑
은 그런 것이 아니라 개인적인 일을 하기 때문이라고 대답했다.

"아!" 리외가 무슨 말이건 해야 할 것 같아 입을 열었다. "그
일은 잘되어 갑니까?"

"여러 해 전부터 하고 있으니 당연히 그렇죠. 그러나 어떤 의
미에서 보면 별로 진전이 없고요."

"그런데, 대체 어떤 일입니까?" 의사가 걸음을 멈추고 물었다.

그랑은 둥근 모자를 커다란 두 귀까지 푹 눌러 쓰면서 얼버무렸다. 리외가 막연하게나마 이해한 것은 인격 개발에 관한 일이라는 것이다. 그러나 서기는 두 사람에게서 멀어지며 마른 거리의 무화과나무 밑을 빠르게 걸어가고 있었다. 검사소 문 앞에서 코타르는 리외에게 한 번 찾아가 조언을 구하고 싶다고 말했다. 호주머니 속에 손을 넣고 통계표를 만지작거리던 리외는 진찰 시간에 찾아오라고 했다가 말을 바꾸어 이튿날 그 동네에 갈 일이 있으니 오후 늦게 들르겠다고 했다.

의사는 코타르와 헤어지면서 자신이 그랑을 생각하고 있음을 알았다. 그는 페스트 한복판에 있는 그랑을 상상했다. 그것도 별로 심각하지 않은 페스트가 아니라 역사에 남을 대규모 페스트의 한복판에 있는 그랑을 말이다. '그런 경우에도 살아남을 사람이야.' 그는 페스트가 몸이 약한 사람들은 가만히 놔두고 오히려 건장한 사람들을 쓰러뜨린다는 내용을 읽은 생각이 났다. 그 생각을 계속하던 의사는 그랑에게서 설명하기 힘든 어떤 신비를 본 것 같았다.

사실, 조제프 그랑은 겉으로 봐서는 평범한 하급 서기였다. 호리호리하고 마른 몸의 그는 오래 입을 수 있다는 생각에 늘 지나치게 큰 옷만 골라 걸쳤다. 아랫잇몸에는 치아가 대부분 있었으나 윗잇몸에는 치아가 하나도 없었다. 웃을 때면 입술이 특히 당겨 올라가서 마치 유령의 입술처럼 보였다. 이런 모습뿐만 아니라 신학교 학생 같은 태도, 벽을 쓸 듯이 지나가 문 안으로 스르르 미끄러지듯이 들어가는 걸음걸이, 지하실 냄새와 담배 연기 냄새가 어울리는 듯한 분위기, 무심함이 그대로 느껴지는 표정도 있다. 이것들을 전부 합하면 책상에 앉아 시내의 공중목욕탕 요금을 검토하는 것 같은 일에 집중하는 이미지와 연결될 뿐이었다. 선입견을 갖지 않고 생각해봐도 그랑은 일당 육십이 프랑 삼십 상팀을 받는 시청의 계약직 보조 서기처럼 화려하지는 않아도 꼭 필요한 일을 하기 위해 세상에 태어난 사람처럼 보였다.

그랑은 봉급표에 기재되어 있는 자신의 일당에 대해 말해주었다. 일당 이야기를 하기 전에 그는 '자격'이라는 말을 했다. 이십이 년 전에 대학을 졸업했을 때 돈이 없어 더 이상 공부를 할 수 없어서 서기 일을 하기로 했단다. 그런데 윗선으로부터 빠르게 '정식 발령'을 받게 될 수도 있다는 이야기를 들었다고 말했다. 우리 시의 행정에서 생기는 까다로운 문제를 어떻게 처리하는지 그의 능력을 얼마간 시험해본 후 결정할 것이라는 말을 들었던 것이다. 그다음에는 여유로운 생활이 가능한 문서 작성 업무를 맡을 수 있을 거라 확언도 받았다. 물론 그가 우울한 미소를 지으며 장담한 것처럼, 조제프 그랑은 야심 때문에 움직이는 사람은 아니었다. 그러나 정직한 방법으로 생활의 경제적인 문제를 해결할 수 있다는 전망, 그렇게 해서 좋아하는 일에 실컷 몰입할 수 있으리라는 가능성을 생각하며 그는 활짝 미소를 지었다. 그가 제안받은 자리를 받아들인 것은 이처럼 명예로운 이유에서였다. 즉 어떤 이상에 대한 충실성 때문이었다.

하지만 계약직 상태가 지속된 채 어느새 오랜 세월이 지났다. 물가는 정신없을 정도로 올랐으나 그랑의 월급은 몇 번 전반적으로 인상되었을 뿐 여전히 보잘것없었다. 그는 리외에게 이런 불만을 토로하기도 했지만, 사실 아무도 그 문제에 신경 쓰는 것 같지는 않았다. 그랑의 특이한 점, 적어도 그의 특징 중 하나가 거기에 있었다. 사실 다른 건 몰라도, 그가 약속을 받은 것에 대해서는 권리를 내세울 수 있었다. 그러나 그를 처음 채용해준 국장이 오래전에 사망한 데다 직원으로 채용된 그랑 본인부터가 처음 채용되었을 때 약속받은 말이 정확히 무엇인지를 기억하지 못했다. 한마디로 조제프 그랑은 무슨 말을 해야 할지 몰랐다. 리외가 알아봤듯이 이러한 특징이 우리의 시민 그랑의 모습을 잘 보여주고 있었다. 또한 그러한 특징 때문에 그랑은 생각이 깊었으나 청원서를 쓰는 일이든 사정이 되면 필요한 운동을 하는 일이든 늘 결단을 내리지 못했다. 그는 늘 확실하지는 않은 '권리'라는 말이라든지, 자신이 받아야 할 것을 요구하면 자신의 보잘것없는 직책과 어울리지 않는 당돌한 인상을 줄 것 같아 '약속'이라는 말 같은 것은 사용할 수 없을 것 같다고 했다. 한편, '호의', '부탁', '감사'와 같은 용어들은 자존심과 잘 어울리지 않아 사용하지 못하겠다는 것이었다. 우리의 시민 그랑은 이처럼 적절한 용어를 찾지 못해 나이가 어느 정도 되어서도 이 일을 계속하고 있었다. 이것도 리외가 그랑에게 들은 말이었다. 그랑은 수입에 맞춰 지출을 하기에 물질생활은 충분히 보장되어 있다는 것을 습관을 통해 깨달았다. 따라서 그는 우리 시의 시장이 선호하는 말 하나가 얼마나 적절한지 인정하게 되었다. 우리 시의 사업을 크게 맡아 하는 시장은 결국(그는 자신의 이론에서 전체적으로 무게가 있는 '결국'이라는 말을 강조했다). 그러니까 결국 지금까지 한 번도 굶어 죽는 사람을 본 적이 없다고 확신했다. 어쨌든 조제프 그랑은 거의 고행에 가까운 검소한 생활을 했기에 생계 문제 같은 고민에서는 자유로웠다. 그는 계속해서 자신이 생각하는 적절한 말을 찾고 있었다.

어떤 의미에서 그의 생활은 모범적이었다. 다른 곳이든 우리 도시든 보기 드문 사람에 속한 그는 늘 착한 마음에서 우러나온 용기를 지니고 있었다. 그는 자신에 대해 별로 털어놓을 말이 없었다. 그나마 그가 자신에 대해 할 수 있는 말은 요즘 사람들이 차마 고백하지 못하는 선의와 애정이었다. 그는 유일한 혈육인 조카들과 누이를 사랑하고 있었고 이 년에 한 번씩 프랑스로 찾아가 만난다는 이야기를 얼굴 하나 붉히지 않고 했다. 그는 아직 젊었을 때 돌아가신 부모님을 생각하면 슬프다고도 했고, 또한 오후 5시쯤이 되면 부드럽게 울려 퍼지는 동네의 종소리를 들을 때 너무 좋다고도 했다. 그러나 이처럼 단순한 감정을 표현하기 위해 아주 작은 말 하나도 허투루 고르지 않기 위해 노력하는 것은 그에게 꽤 힘든 일이었다. 결국 그에게는 이것이 가장 큰 걱정거리가 되었다.

"아! 선생님. 표현을 시원하게 할 수 있으면 좋겠습니다." 그랑이 리외를 만날 때마다 하는 말이었다.

그날 저녁 의사는 시청 서기가 돌아가는 모습을 보며 문득 그가 무슨 말을 하고 싶어 했는지 이해가 갔다. 아마도 그는 책 같은 것을 쓰고 있는 것 같았다. 마침내 검사소에 도착해서도 그 사실을 알게 된 리외는 안심이 되었다. 바보 같은 생각일지도 모르겠으나 이처럼 특이하고 고상한 습관에 몰두하는 공무원이 있는 이 도시에 정말로 페스트가 퍼지고 있다니 믿을 수가 없었다. 정확히 말해서 리외는 페스트가 퍼지는 가운데 그랑 같은 특이한 습관이 생길 여유가 있다는 걸 상상할 수 없었다. 그래서 우리 시민들 사이에서는 페스트가 오래가지 못할 거라고 생각하고 있었다.

•

　적절치 못하다는 주변의 만류에도 리외가 끝까지 고집을 부린 덕분에 그다음 날 도청에 보건위원회를 소집할 수 있었다.

　"실제로 사람들이 불안해하고 있습니다." 리샤르가 인정했다. "그리고 소문이 돌면 모든 것은 부풀려지기 마련입니다. 지사가 내게 '원한다면 서두릅시다. 하지만 조용히 해야 합니다'라고 말하더군요. 어쨌든 지사도 괜히 놀라서 호들갑을 떤다고 믿고 있습니다."

　베르나르 리외는 도청으로 갈 생각에 카스텔을 차에 태웠다.

　"도청에 혈청이 없다는데 알고 있나?" 카스텔이 말했다.

　"알고 있습니다. 의약품 저장소에 전화를 했죠. 소장이 깜짝 놀라더군요. 파리에서 가져오도록 해야 합니다."

　"오래 걸리지 않았으면 좋겠군."

　"전보는 벌써 보냈습니다." 리외가 대답했다.

　지사는 친절했으나 신경질적이었다.

　"시작합시다, 여러분." 그가 말했다. "제가 상황을 요약해서 설명해야 하나요?"

　리샤르는 그럴 필요는 없다고 생각했다. 의사들은 상황을 알고 있었다. 어떤 조치가 적절할지 알아내는 것만이 중요했다.

　"문제는 말이죠." 나이 지긋한 카스텔이 갑자기 말했다. "페스트인지 아닌지를 아는 것이 중요합니다."

의사 두세 명이 신음을 흘렸다. 다른 사람들은 망설이는 것 같았다. 한편, 지사는 자리에서 벌떡 일어나 반사적으로 몸을 문 쪽으로 돌렸다. 마치 이 황당한 말이 복도로 새어 나가지 않는지 확인하려는 것 같았다. 리샤르는 흥분해서는 안 된다고 생각한다고 말했다. 사타구니의 통증과 부작용을 동반한 열이 문제인 것이며, 가정이란 것은 과학에 있어서나 일상생활에 있어서나 언제나 위험한 것이라고도 했다. 누런 콧수염을 조용히 씹고 있던 나이 지긋한 카스텔이 맑은 눈으로 리외를 쳐다보았다. 그러고는 다정한 눈으로 참석자들을 둘러보면서 병명이 페스트라는 것을 잘 알지만 이를 공식적으로 인정하면 단호한 조치를 취할 수밖에 없을 것이라고 말했다. 그는 동료들이 뒤로 물러나는 이유도 그 점 때문이라는 사실을 잘 알고 있기에 동료들이 페스트가 아니라고 애써 부정해 안심하고 싶어 한다는 생각을 했다. 지사는 흥분하면서 어쨌든 적절한 논리는 되지 못한다고 주장했다.

"중요한 것은 말이죠." 카스텔이 말했다. "그것이 적절한 논리냐 아니냐가 아닙니다. 그 논리를 계기로 우리가 깊이 생각해 본다는 점이 중요하죠."

리외가 아무 말도 하지 않자 사람들이 의견을 물었다.

"장티푸스 같은 열병이지만 멍울과 구토증을 동반하고 있습니다. 멍울을 수술한 적이 있습니다. 그리고 수술한 멍울을 분석해달라고 요청했는데 연구소로부터 뭉쳐진 페스트균 같은 것이 발견되었다고 들었습니다. 그러나 자세히 말씀드리면 균이 어느 정도 특수하게 변이를 일으켜 과거의 전통적인 페스트균과 다른 특징을 보인다는 점을 지적해야겠군요."

리샤르는 이 때문에 주저한다며 적어도 며칠 전부터 시작된 일련의 분석 통계 결과가 나올 때까지 기다려야 한다고 강조했다.

"어떤 세균이 말이죠." 잠시 침묵을 지키던 리외가 말했다. "사흘 만에 비장의 크기를 네 배로 부풀리고 장간막의 임파선을 오렌지 크기만큼 불리고 물컹하게 만든다면 그야말로 매우 긴급한 사태라고 봐야 합니다. 병에 감염된 가정의 수는 계속 증가하고 있습니다. 감염 속도로 봐서는 지금의 상황이 멈추지 않는 한 두 달 안에 이 도시의 시민 절반이 목숨을 잃을 수 있습니다. 따라서 이번 병을 페스트라 부르든 지혜열(태어난 지 반 년쯤 지난 유아에게 일어나는 원인 불명의 열-옮긴이)이라 부르든 이름은 별로 중요하지 않습니다. 시민들의 절반이 목숨을 잃지 않도록 막는 것이 중요합니다."

리샤르는 무엇이든 어두운 쪽으로만 봐서는 안 되고 자신이 치료하는 환자들의 가족이 아직은 무사한 것을 보니 전염병인지도 확실하지는 않다고 말했다.

"하지만 다른 사람들은 죽었습니다." 리외가 지적했다. "물론 전염성이 절대적이지는 않습니다. 그렇지 않으면 감염 환자가 끝없이 증가하면서 인구 감소가 심각하게 일어났겠죠. 무엇이든 어두운 쪽으로만 보자는 것이 아닙니다. 예방책을 취하자는 것이죠."

하지만 리샤르는 이번 병을 멈추려면 병 자체가 저절로 멈추지 않는 한 법률로 정해진 중대한 예방책을 취해야 한다고 했다. 이를 위해서는 이번 병이 페스트라는 사실을 공식적으로 인정해야 하지만 절대적인 확신이 없다면 심사숙고해야 한다고 말했다. 정확히 사태를 요약하자는 생각이었다.

"문제는." 리외가 계속 주장했다. "법률로 정해진 예방책이 중요하냐의 여부가 아니라 이 도시의 인구 절반이 목숨을 잃지 않도록 그 조치가 필요하냐의 여부입니다. 그 외는 행정적인 문제인데 이 문제를 해결하고자 만들어진 것이 현행 제도입니다. 그래서 도청의 지사 직도 만들어진 거죠."

"그럴지도 모릅니다." 지사가 말했다. "하지만 우선 여러분이 이번 병이 페스트라는 전염병이라고 인정을 해주셔야 합니다."

"만일 우리가 이를 인정하지 않아도." 리외가 말했다. "이번 병으로 시민의 절반이 죽을 수 있습니다."

그러자 리샤르가 약간 짜증을 내며 끼어들었다.

"사실, 제 동료는 페스트라고 생각하고 있습니다. 그가 들려준 병의 증상을 보니 그렇다는 것이죠."

리외는 병의 증세를 말한 것이 아니라 직접 눈으로 본 것을 말하는 것이라고 대답했다. 그가 눈으로 본 것은 멍울, 반점, 헛소리를 할 정도의 고열, 사십팔 시간 내의 사망이었다. 이 전염병이 엄중한 조치 없이 알아서 멈출 거라고 확신하는 데 따른 책임을 리샤르 씨가 질 수 있다는 뜻이냐고 물었다. 리샤르가 주저하며 리외를 바라보았다.

"솔직히 말씀해주시죠. 페스트라고 확신하십니까?"

"질문이 틀렸습니다. 어휘의 문제가 아니라 시간 문제입니다."

"선생님의 생각은 설령 페스트는 아니더라도 페스트가 생겼을 때 하는 예방책이 실시되어야 한다는 것이군요." 지사가 말했다.

"저의 생각이 필요하시다면 말씀드리죠. 지사님께서 말씀하신 것이 저의 의견입니다."

의사들은 서로 이야기를 나누었다. 마침내 리샤르가 말했다.

"그러므로 우리는 마치 그 병을 페스트처럼 취급해 그에 맞는 책임을 져야 합니다."

이 말은 열렬한 찬성을 받았다.

"이봐요, 동료 선생님, 같은 의견이죠?" 리샤르가 물었다.

"표현에는 관심 없습니다." 리외가 말했다. "다만 시민의 절반이 죽을 리가 없다는 듯이 행동해서는 안 된다는 것입니다. 그럴 가능성은 있으니까요."

모두가 얼굴을 찌푸리는 가운데 리외는 자리를 떴다. 잠시 후 튀김 기름 냄새와 소변 지린내가 나는 변두리 동네에서 어떤 여자가 나타났다. 그녀는 사타구니에 피를 흘린 채 죽을 것 같다고 소리를 지르며 리외 쪽을 바라보았다.

회의가 열린 다음 날, 열병은 조금 더 확산되었다. 신문에도 기사가 났으나 논조는 가벼웠다. 열병에 대한 몇 가지 암시만 언급되었다. 그다음 날, 어쨌든 리외는 도청에서 시내의 가장 후미진 골목마다 서둘러 붙인 작은 흰색 게시문을 읽을 수 있었다. 하지만 그 게시문만 봐서는 당국이 사태를 정면으로 바라보고 있다고 생각하기는 힘들었다. 조치들은 엄중하지 않았으며, 여론을 불안하게 만들지 않으려는 의도만 엿보였다. 게시문의 첫머리에서 전하는 내용은 이랬다. 즉 아직까지는 전염병이라 할 수 없으나 오랑 시에 매우 심각한 열병 환자가 몇 명 생겼다. 증상은 현재 걱정할 정도는 아니기에 시민들 또한 냉정을 유지하리라고 믿는다. 시민들이 납득할 수 있도록 신중을 기하고자 지사는 몇 가지 예방책을 취하기로 했다. 시민들이 깊이 이해하고 협조해준다면 이러한 조치로 유행병의 위협을 철저히 막을 수 있을 것이다. 따라서 지사는 자신의 노력에 시민들이 적극 협조해줄 것으로 믿는다. 대략 이런 내용이었다.

　　이어서 게시문에는 전반적인 대책들이 나와 있었는데, 여기에는 하수구에 독가스를 주입해 쥐를 잡는 과학적 방법, 식수를 신중하게 관리하는 방식 같은 것들이 있었다. 시민들에게는 최대한 청결이 요구되었고 몸에 벼룩이 있는 사람들은 시립 병원에 가야 한다는 내용까지 있었다. 한편, 의사의 진단이 있으면 증상이 있는 가족을 의무적으로 신고해야 하고 해당 환자를 병원의 특수 병실에 격리하는 데 동의해야 한다고도 적혀 있었다. 특수 병실은 최단기간 동안 최대한 환자들의 완치를 돕도록 설비를 갖추고 있다고 했다. 환자의 방과 운송 차량은 의무적으로 소독해야 한다는 등 몇 가지 부가 조항도 있었다. 나머지는 환자 주변 사람들에게 위생을 철저히 하라고 권고하는 조항에 그쳤다.

리외 의사는 게시문을 보다가 갑자기 몸을 돌려 자신의 진료실을 향해 걸어갔다. 그를 기다리고 있던 조제프 그랑이 리외를 보자 두 팔을 들었다.

"그래요." 리외가 말했다. "사망자 숫자가 증가하고 있습니다. 알고 있습니다." 전날 밤에 환자 십여 명이 쓰러져 죽었던 것이다. 의사는 그랑에게 코타르를 찾아가려고 하니 저녁때 보자고 했다.

"잘 생각하셨어요." 그랑이 말했다. "선생님이 옆에 계시면 코타르 씨에게는 도움이 될 거예요. 벌써 좀 달라진 것 같더군요."

"어떻게요?"

"예의가 발라졌거든요."

"전에는 안 그랬나요?"

그랑은 머뭇거렸다. 코타르가 예의가 없었다고 말할 수는 없었다. 그런 표현은 적절하지 않았기 때문이다. 코타르는 늘 집 안에 틀어박혀 지냈으며, 말이 없고 약간 산돼지처럼 생긴 남자였다. 자신의 방, 소박한 식당, 매우 수상쩍은 외출, 그것이 코타르의 일상이었다. 공식적으로 알려진 사실에 따르면 그는 주류 판매 대리점에서 일을 한다고 한다. 간혹 고객처럼 보이는 남자 두세 명이 찾아오기도 했다. 가끔 저녁에 코타르는 집 맞은편에 있는 영화관에 갔다. 시청 서기는 코타르가 갱스터 영화를 좋아한다는 사실도 눈 여겨 보았다. 늘 그 주류 판매원은 혼자였고 경계심이 많았다.

그랑의 말에 따르면 코타르의 이런 모습이 많이 달라졌다는 것이었다.

"어떻게 말해야 할지 모르겠지만 제가 느끼기엔 그래요. 그는 모든 사람들과 친구가 되려는 것 같아요. 제게 말도 자주 걸고 같이 나가자 하기도 하죠. 매번 거절할 수도 없더군요. 더구나 그 사람에게 관심이 있는지라. 제가 그의 목숨을 구해주었으니까요."

자살 미수 사건 이후 코타르를 찾아오는 사람은 더 이상 없었다. 그는 거리에서든 거래처에서든 다른 사람으로부터 동정을 받으려고 애썼다. 식료품 가게 주인들과 이야기할 때 그토록 사근사근한 사람도 없었고 담뱃가게 여주인의 이야기에 그토록 흥미를 갖고 들어주는 사람도 없었다.

"그 담뱃가게 여자는 말이죠." 그랑이 설명했다. "독사가 따로 없었습니다. 코타르에게도 이야기해주었지만 내가 잘못 보았다고 하면서 그 여자에게도 좋은 점이 있으니 그 점을 찾아볼 수 있어야 한다고 하더군요."

코타르는 그랑을 두세 번 시내의 호화로운 식당과 카페에 데리고 간 적이 있었다고 한다. 그는 실제로 그런 곳을 자주 드나들기 시작했다.

"여기 있으면 기분이 좋습니다." 코타르가 말했다. "여기 드나드는 손님들도 좋고요."

그랑은 종업원들이 그 주류 판매원을 깍듯이 대접하는 모습을 눈여겨보았다. 코타르가 두고 가는 상당한 팁을 보니 이해가 되었다. 코타르는 팁을 준 대가로 받는 친절에 만족하는 것 같았다. 어느 날은 배웅 나와 외투 입는 것을 도와주는 종업원에 대해 코타르가 그랑에게 이렇게 말했다.

"좋은 직원입니다. 증인이 되어줄 수 있을 것 같군요."

"무슨 증인이요?"

코타르는 주저했다.

"그러니까 내가 나쁜 사람이 아니라는 것에 대한 증인이죠."

그런데 코타르는 기분이 오락가락했다. 어느 날은 식료품 가게 주인이 평소보다 친절하지 않다면서 버럭 화를 내며 집에 돌아왔다.

"그 사람도 다른 놈들과 한패가 되었어요. 망할 자식." 그가 몇 번이고 말했다.

"다른 사람들이요?"

"다른 모든 사람들 말입니다."

그랑은 담뱃가게 여주인이 있는 곳에서 이상한 장면을 목격하기도 했다. 열심히 대화하던 중 여주인이 알제에서 한창 화제가 된 어떤 체포 사건 이야기를 했다. 어느 무역회사에 다니던 청년이 해변에서 아랍인을 죽인 사건이었다.

"그런 나쁜 놈들을 전부 감옥에 넣으면 말이죠." 여주인이 말했다. "성실한 사람들이 숨 좀 쉬고 살 수 있을 거예요."

그런데 코타르가 갑자기 흥분해서는 가타부타 말도 없이 가게 밖으로 뛰어나갔다. 그랑과 여주인은 놀라서 두 팔을 축 늘어뜨린 채 그대로 있었다.

그랑은 그 외에도 코타르의 성격 변화를 알 수 있는 상황들을 리외에게 알려주었다. 코타르는 언제나 자유주의적인 의견을 표현했다. 그가 즐겨 쓰는 표현 '큰 것이 작은 것을 먹는 법이다'가 이를 잘 보여주었다. 그런데 얼마 전부터 코타르는 오랑의 온건파 신문밖에 사지 않았고, 이를 공공장소에서 우쭐거리며 읽는 것처럼 보였다. 그리고 병석에서 일어나고 얼마 후, 코타르는 마침 우체국을 가려던 그랑에게 우편을 좀 부쳐달라고 부탁한 적이 있었다. 멀리 떨어져 사는 누이동생에게 매달 보내는 백 프랑의 우편이라고 했다. 그런데 그랑이 막 나가려고 하자 "이백 프랑을 보내주세요" 하고 코타르가 부탁했다. "그러면 누이동생이 깜짝 놀라며 좋아할 거예요. 내가 자기 생각을 전혀 안 한다고 믿거든요. 하지만 사실 나는 누이동생을 무척 사랑합니다."

어느 날 코타르는 그랑과 이상한 대화를 나눈 적이 있었다. 그랑은 저녁마다 무슨 일에 몰두하는 거냐는 코타르의 질문에 대답하지 않을 수 없었다.

"그렇군요." 코타르가 말했다. "책을 쓰시는군요."

"그렇게 보셔도 되지만 조금 더 복잡한 일이죠."

"아!" 코타르가 외쳤다. "나도 그런 일을 해보고 싶어요."

그랑이 놀라는 것 같자 코타르는 예술가가 되면 여러 문제가 해결될 것 같다며 얼버무렸다.

"왜죠?" 그랑이 물었다.

"그러니까, 예술가는 그 누구보다 권리가 더 많으니까요. 모두 알고 있는 일이죠. 예술가에게는 여러 가지가 허용되잖아요."

게시문이 붙은 날 아침에 리외가 그랑에게 말했다. "저런, 쥐 사건 때문에 머리가 어떻게 되었나 보군요. 다른 사람들처럼 말이죠. 그뿐일 겁니다. 아니면 열병을 두려워하고 있는 것이겠죠."

그랑이 대답했다.

"그건 아닌 것 같습니다. 선생님, 제 생각을 말씀드리면…."

그때 쥐 청소차가 엔진 소리를 요란하게 내며 창문 앞을 지나갔다. 리외는 자신의 말소리가 그랑에게 들릴 때까지 입을 다물고 있다가 무심코 그랑의 생각이 무엇인지 물어보았다. 그랑은 심각한 표정으로 리외를 바라보았다.

"그 사람은, 뭔지는 몰라도 양심의 가책을 느끼고 있는 것 같습니다." 그랑이 말했다.

의사는 어깨를 으쓱했다. 형사의 말처럼 신경을 써야 할 일이 많았던 것이다.

오후에 리외는 카스텔과 회의를 했다. 혈청이 도착하지 않은 것이다.

"그런데 혈청이 과연 효과가 있을까요? 이번 세균은 이상한데." 리외가 물었다.

"오!" 카스텔이 말했다. "내 생각은 다르네. 세균은 매번 특이해 보여도 결국 근본적으로 똑같거든."

"선생님의 짐작이겠죠. 그러나 우리가 세균에 대해 아는 것은 아무것도 없습니다."

"물론 내 짐작일세. 그러나 누구나 그렇지 않겠나."

하루 종일 의사는 페스트를 생각할 때마다 밀려오는 가벼운 현기증이 점점 더 심해지는 느낌이 들었다. 결국 그는 그것이 두려움 때문이라는 것을 인정했다. 그는 사람들로 붐비는 카페에 두 번 들어갔다. 리외 역시 코타르처럼 사람의 온기가 필요했던 것이다. 바보 같은 짓임을 알고 있었지만, 그렇게 카페에 있다 보니 주류 판매원에게 찾아가겠다고 한 약속을 떠올리게 되었다.

저녁에 의사가 찾아왔을 때 코타르는 식탁 앞에 앉아 있었다. 의사가 들어가서 보니 식탁 위에는 추리 소설 한 권이 펼쳐져 있었다. 그러나 저녁이 깊어지는 중이었기에 어둑한 방 안에서 책을 읽기란 어려워 보였다. 조금 전까지만 해도 코타르는 어두침침한 방 안에서 생각에 잠겨 있었을 것이다. 리외는 그에게 몸은 좀 어떠냐고 물었다. 코타르는 자리에 앉으면서 몸은 괜찮다면서 다른 사람들이 신경만 꺼준다면 몸이 더 좋아질 것 같다고 중얼거렸다. 리외는 인간이란 혼자서는 살 수 없다고 알려주었다.

"오! 그런 뜻이 아닙니다. 귀찮게 하는 사람들을 말하는 거죠."

리외는 잠자코 있었다.

"저의 이야기는 아니라고 분명히 말씀드립니다. 어쨌든 이 소설을 읽고 있었습니다. 어느 날 아침 갑자기 체포를 당한 불쌍한 남자가 나옵니다. 그는 사람들이 자신의 일에 참견하고 있다는 것을 전혀 몰랐습니다. 사무실에서는 그의 이야기가 나왔고 장부에 그의 이름이 올랐습니다. 이런 것이 정당하다고 생각하시나요? 다른 사람에 대해 그럴 권리가 있다고 보십니까?"

"상황에 따라 다르죠." 리외가 말했다. "어떻게 보면 사실 그럴 권리가 전혀 없습니다. 그러나 이 모든 것은 그리 중요한 문제는 아닙니다. 너무 오랫동안 집 안에만 틀어박혀 있으면 좋지 않습니다. 외출을 하셔야 해요."

코타르는 짜증이 난 듯 자신이 하는 것은 외출밖에 없다고 말했다. 그러고는 만일 필요하다면 온 동네 사람들이 정말로 자신이 그런지 증언해줄 것이라고도 말했다. 심지어 동네 밖에도 아는 사람이 많다고 했다.

"리고 씨를 아십니까? 건축가요. 그 사람도 제 친구입니다."

방 안은 점점 어두워졌다. 변두리 거리에는 활기가 돌았고 바깥에서는 나지막하면서도 안도감이 섞인 탄성이 들리면서 가로등마다 불이 켜졌다. 리외는 발코니로 갔다. 코타르도 뒤를 따라갔다. 우리 도시의 저녁 풍경이 그렇듯 주변의 모든 동네에서는 사람들의 웅성거리는 소리와 고기 굽는 냄새가 미풍에 실려 왔다. 뿐만 아니라 떠들썩한 젊은이들이 점차 점령한 거리에는 자유의 유쾌하고 향기로운 소음이 더 크게 실려 왔다. 어둠, 보이지 않는 선박들의 요란한 소리, 바다와 지나가는 사람들에게서 올라오는 웅성거리는 소리. 이미 잘 알고 있으며 전에는 좋아했던 이 무렵의 시간이 오늘은 그가 알고 있는 모든 일 때문에 무겁게만 느껴졌다.

"불을 켤까요?" 코타르가 리외에게 물었다.

불이 들어오자 키가 작은 코타르가 눈을 깜빡이며 리외를 바라보았다.

"그런데요, 선생님. 만일 제가 병이 들면 선생님 병원에 입원을 해도 되는 건가요?"

"그럼요."

그러자 코타르는 진료소나 병원에 입원한 사람이 체포된 일이 있냐고 물었다. 리외는 그런 일을 본 적이 있긴 했으나 환자의 상태에 달려 있다고 대답했다.

"저는," 코타르가 말했다. "선생님을 믿습니다."

그리고 코타르는 의사에게 시내까지 차를 태워줄 수 있느냐고 물었다.

도심의 거리에는 이미 인기척도 없어졌고 불도 거의 꺼져 있었다. 아이들은 아직 현관 앞에서 놀고 있었다. 코타르의 부탁에 무리 지어 놀고 있는 아이들 앞에 차를 멈추었다. 아이들은 소리를 지르며 돌 차기 놀이를 하고 있었다. 그중에서 검은 머리를 착 붙여 가르마를 반듯하게 탔으나 얼굴이 지저분한 아이가 맑으면서도 겁먹은 눈으로 리외를 뚫어지게 바라보았다. 의사는 눈길을 돌렸다. 코타르는 인도에 서서 리외의 손을 잡았다. 주류 판매원은 목이 쉬어 가까스로 나오는 목소리로 말했다. 그는 두세 번 뒤를 바라보았다.

"사람들이 전염병 이야기를 하고 있습니다. 그게 정말인가요, 선생님?"

"사람들은 늘 떠들죠. 당연합니다." 리외가 말했다.

"맞습니다. 열 명 정도만 죽으면 세상이 끝난 것처럼 떠들죠. 정말 필요한 것은 그런 것이 아닌데도요."

자동차 모터가 벌써 부르릉 소리를 냈다. 리외는 기어의 손잡이를 잡고 있었다. 그러나 그는 다시 한번 그 아이를 바라보았다. 아이가 여전히 심각하면서도 침착한 표정으로 리외를 뚫어지게 바라보고 있었다. 그런데 갑자기 아이가 이유 없이 리외에게 치아를 드러내며 활짝 미소를 지었다.

"그럼, 꼭 필요한 것은 무엇일까요?" 의사는 아이에게 미소를 지으며 코타르에게 물었다.

그러자 갑자기 코타르는 차 문 손잡이를 꽉 잡고는 눈물과 분노로 가득한 목소리로 외치고는 가버렸다.

"지진이요. 진짜 지진!"

그러나 지진은 일어나지 않았다. 그다음 날 리외는 환자 가족들과 씨름하고 환자들과도 이야기하고 시내를 여기저기 오랫동안 뛰어다니느라 하루를 다 보냈다. 전에는 환자들이 리외의 일을 편하게 해주었고 그에게 완전히 자신을 맡겼다. 그런데 처음으로 의사는 환자들이 뭔가를 숨기고, 불신으로 인한 정신적 동요 때문에 자신의 병 속에 깊이 파묻혀 숨어 있는 것처럼 느꼈다. 리외에게는 아직 익숙하지 못한 싸움이었다. 그래서 그런지 그날 밤 10시쯤 마지막 왕진으로 들른 늙은 천식 환자의 집 앞에 차를 세웠을 때 리외는 좌석에서 몸을 일으키기가 매우 힘들었다. 그는 어두운 거리를 바라보고 캄캄한 밤하늘에 나타났다 사라졌다 하는 별들을 바라보며 그대로 있었다.

늙은 천식 환자는 침대 위에 몸을 일으켜 앉아 있었다. 호흡은 전보다 나아진 것처럼 보였다. 노인은 콩을 이 냄비에서 저 냄비로 옮기고 있었다. 그는 반가운 얼굴로 의사를 맞이했다.

"그런데 선생님, 콜레라인가요?"

"어디서 들으셨습니까?"

"신문에서요. 라디오에서도 그러던데요."

"아니, 콜레라가 아닙니다."

"어쨌든," 영감이 매우 흥분하며 말을 이었다. "해도 너무해요. 높은 사람들 말입니다!"

"그런 거 너무 신경 쓰지 마세요." 의사가 말했다.

그는 노인을 진찰한 후 초라한 그 집 주방 한가운데에 앉아 있었다. 그렇다. 그는 겁이 났다. 이 변두리 동네에서도 다음 날 아침이면 몸에 난 멍울 때문에 허리를 구부린 채 자신을 기다리고 있을 환자가 열 명도 넘게 있을 거라는 것을 알기 때문이었다. 멍울 절개 수술로 효과를 본 것은 두서너 건뿐이었다. 대다수 환자들은 입원을 할 것이다. 하지만 가난한 사람들에게 입원이 무엇을 뜻하는지 리외는 알고 있었다.

"그이가 실험 대상이 되는 것이 싫어요." 어느 환자의 아내가 들려주었던 말이다. 그 환자는 실험 대상이 아니라 죽어가고 있었다. 그뿐이었다. 대책은 허술했다. '특수 시설을 갖춘' 병실이 무엇인지 리외는 잘 알고 있었다. 다른 입원 환자들을 급하게 옮긴 후 창문을 밀폐하고 주변에 위생 차단선을 친 병동 두 개가 다였다. 전염병이 저절로 멈추지 않는 한, 당국이 생각한 조치들로는 다스릴 수 없을 것이다.

그런데도 저녁에 나온 공식 성명은 낙관적이었다. 다음 날 〈랑스도크〉 통신은 도청 당국의 조치가 평온하게 전달되었고 이미 서른 명이 넘는 환자가 자진 신고를 했다고 보도했다. 카스텔이 리외에게 전화했다.

"별관 병동에는 병상이 몇 개나 제공되나?"

"여든 개요."

"시내에는 환자가 서른 명이 넘겠지?"

"겁이 나서 신고를 하지 않는 사람들도 있고 신고할 틈이 없는 사람들이 제일 많겠죠."

"사망자를 매장하는 문제는 제대로 신경을 쓰고 있나?"

"아니요. 리샤르에게 전화를 했습니다. 말만 하고 있을 것이 아니라 완벽한 조치가 필요하고 전염병을 차단할 수 있는 진짜 방벽을 치거나 아예 그만두던가 해야 한다고요."

"그랬더니?"

"권한이 없다고 하더군요. 점점 심해질 것 같다는 생각이 듭니다."

정말로 사흘 만에 병동 두 개가 가득 찼다. 리샤르는 당국이 어느 학교를 보조 병동으로 사용할 것 같다고 했다. 리외는 백신을 기다리며 멍울 수술을 했다. 카스텔은 예전에 읽은 책을 다시 꺼내 봤고 도서관에 틀어박혀 오랜 시간을 보내기도 했다.

"쥐들은 페스트 혹은 그와 비슷한 병으로 죽었네." 그가 결론을 내렸다. "그 쥐들은 수만 마리의 벼룩을 퍼뜨려 놓았지. 제때에 이를 막지 않으면 벼룩은 기하급수적으로 병을 옮길 거야."

리외는 아무 말도 하지 않았다.

그 순간 시간이 멈춘 것 같았다. 태양은 지난번 내린 소나기로 생긴 웅덩이의 물을 펌프질하듯 빨아들이고 있었다. 황금빛이 퍼진 아름다운 푸른 하늘, 이제 시작되는 더위 속에서 소리를 내며 날아가는 비행기들, 계절의 온갖 모습이 차분한 분위기를 만들고 있었다. 그러나 나흘 만에 열병은 4단계에 걸쳐 놀랍게 발전했다. 사망자가 열여섯 명에서 스물넷, 스물여덟, 서른둘로 늘어났다. 나흘째 되던 날 유치원에 보조 병동을 연다는 발표가 있었다. 그때까지 애써 농담을 하며 불안감을 감춘 시민들이 거리에서 낙심한 표정을 지으며 말을 잃었다.

리외는 지사에게 전화를 걸기로 했다.

"지금 조치만으로는 안 됩니다."

"숫자를 보고 받았습니다." 지사가 말했다. "정말로 상황이 걱정스럽군요."

"걱정스러운 정도가 아니라 정확한 상황을 숫자가 보여줍니다."

"총독부에 명령을 요청하겠습니다."

리외는 카스텔 앞에서 전화를 끊었다.

"명령이라니! 상상력을 발휘해야지."

"그런데 혈청은?"

"이번 주 중으로 도착할 겁니다."

도청은 리샤르를 통해 리외에게 요청했다. 명령을 내려주도록 식민지 수도에 보낼 보고서를 작성해 달라는 요청이었다. 리외는 보고서에 임상적 진술과 숫자를 적었다. 같은 날에 마흔 명 정도의 사망자가 생겼다. 지사는 말한 대로 자신의 책임 아래 바로 다음 날부터 이미 발표된 조치를 강화하기로 했다. 의무적인 신고와 격리는 계속되었다. 환자가 생긴 집은 폐쇄 후 소독이 이루어졌고 가족은 안전 격리 조치에 따라야 했다. 매장은 이후 결정될 조건에 따라 시 당국이 맡기로 했다. 하루가 지나자 혈청이 항공편으로 도착했다. 현재 치료 중인 상황에서는 충분했다. 그러나 전염병 환자가 더 퍼지면 부족해질 게 분명했다. 리외가 보낸 전보에 구급용 재고는 다 떨어졌고 새로 제조에 들어갔다고 답변이 왔다.

그동안 이웃 외곽 동네들로부터 봄이라는 계절이 여러 시장에 찾아왔다. 장미꽃 수천 송이가 인도를 따라 놓인 꽃장수들의 바구니 속에서 시들어가면서 달콤한 꽃향기가 시내 곳곳에 감돌았다. 겉으로 봐서는 아무것도 달라지지 않았다. 러시아워 때는 전차가 만원이었으나 낮이 되면 텅텅 비고 지저분한 모습을 드러냈다. 타루는 땅딸막한 영감을 뚫어지게 바라봤고 그 영감은 고양이들에게 침을 뱉었다. 그랑은 자신만이 알고 있는 일을 하기 위해 저녁에 집에 돌아갔다. 코타르는 쳇바퀴 돌듯 주변을 맴돌고 있었고 예심 판사 오통 씨는 여전히 동물원 같은 가족을 이끌고 다녔다. 천식 환자 노인은 콩을 옮겨 담고 있었다. 담담하면서도 은근히 호기심 넘치는 표정의 신문 기자 랑베르도 가끔 눈에 띄었다. 저녁이면 거리마다 사람들로 가득했고 영화관 앞에는 사람들이 길게 줄을 섰다. 전염병은 수그러지는 것 같았다. 며칠 동안 사망자의 수는 십여 명밖에 되지 않았다. 그러다가 갑자기 전염병이 급속도로 퍼져나갔다. 사망자의 수가 다시 서른 명이 넘던 날 베르나르 리외는 "사람들이 두려워하고 있습니다"라고 지사가 말하며 내민 공문을 받아 읽었다. 전보에는 이렇게 적혀 있었다.

"페스트 사태를 선언하고 도시를 폐쇄할 것."

2부

그때부터 페스트는 우리 모두의 문제가 되었다고 말할 수 있다. 그전까지는 이상한 사건들이 단편적으로 발생해 놀라움과 불안을 안겨주긴 했어도 시민들은 각자 여느 때와 마찬가지로 맡은 일을 계속했었다. 그리고 이는 계속될 예정이었다. 그러나 시의 출입구가 폐쇄되자 시민들 모두(연대기 작가도 포함해) 같은 자루 안에 잡힌 쥐와 같은 신세가 되었고 여기에 적응해야 했다. 이에 따라 사랑하는 사람과의 이별 같은 개인적인 감정도 처음 몇 주부터 갑자기 모든 사람들이 공감하는 감정이 되었다. 그리고 이 감정은 공포심과 함께 오랜 격리 시간을 무척 힘들게 만들었다.

시가 폐쇄되면서 벌어진 아주 중요한 일들 중 하나는 아무런 준비 없이 갑자기 사람들이 맞이한 생이별이었다. 어머니와 자식, 부부, 연인들은 그때까지만 해도 그냥 잠시의 이별이겠구나 하고 생각하면서 우리 도시의 역 플랫폼에서 몇 마디 당부를 하고 입맞춤을 주고받으며 며칠이나 몇 주 후에는 다시 보게 되리라 확신했었다. 이런 어리석은 인간의 믿음에 사로잡힌 나머지, 이들은 이 같은 작별로 평소의 근심도 잠시 잊었다. 그러나 이제는 서로 멀리 떨어져 만나지도 못하고 소식을 주고받지도 못하고 말 그대로 생이별을 하고 말았다. 그렇다고 어디에다가 호소할 수도 없다. 도시 폐쇄는 도청의 명령이 공표되기 몇 시간 전에 이루어졌고 당연히 예외적인 경우까지 봐주기는 힘들었기 때문이다. 즉 전염병의 무자비한 습격이 계속되면서 우리 시민들은 개인적인 감정 같은 것은 버리고 살아갈 수밖에 없었다. 명령이 실시된 처음 몇 시간 동안 도청은 사정을 봐달라며 특별 신청하는 사람들 때문에 애를 먹었다. 사람들은 전화를 하기도 하고 공무원들을 찾아와서는 절절하게 사정을 호소하기도 했다. 하지만 예외를 두고 봐주기는 힘든 상황이었다.

사실, 우리는 이제 타협을 할 상황이 아니었다. '타협', '특별한 사정', '예외' 같은 말이 더 이상 의미가 없다는 사실을 모두 이해하기까지 여러 날이 걸렸다.

편지를 쓰는 작은 기쁨마저 느낄 수 없게 되었다. 이제 이 도시는 평소의 통신 방법으로는 다른 지역과 연락을 할 수 없게 되었다. 편지가 전염의 매개물이 될 수 있으니 서신 교환은 일체 금지한다는 새로운 명령이 내려왔던 것이다. 초기에 특권층 일부가 시의 입구에서 보초병들과 연락해 외부로 편지를 보내기도 했다. 당시는 아직 전염병 확산 초기 단계였고 보초병들도 딱한 사정을 이해해줄 수 있는 시기여서 가능했다. 그러나 얼마 지나지 않아 그 보초병들마저 사태가 심각하다는 것을 알게 되면서 괜히 편지를 외부로 통과시켰다가 어떤 결과를 낳을지 예상하지 못해 아예 자신이 책임질 상황을 만들지 않으려고 거절했다. 초반에는 시외 전화가 허용되었으나 공중전화 부스와 전화 회선이 지나치게 과열되면서 며칠 동안 전면 중지되었다가 사망, 출산, 결혼식과 같은 급한 경우에만 허용하는 방향으로 엄격하게 제한되었다. 그래서 전보가 우리의 유일한 연락 수단이 되었다. 지성, 마음, 혈연을 통해 서로 연결된 사람들이 이제는 전보의 글 속에서 옛정의 자취를 찾는 존재로 전락해버리고 말았다. 그리고 실제로 전보에서 사용할 수 있는 문구에는 한계가 있기 때문에 오랫동안 공동생활이나 공통으로 품고 있는 마음 아픈 열정 같은 것도 '잘 있어요. 당신을 생각하며, 애정을 담아'와 같은 상투적인 문구를 정기적으로 주고받는 행위로 축소되고 말았다.

끈질기게 편지로 외부와 연락을 시도하려고 이런저런 방법을 궁리하는 시민들도 있었으나 결국 별 소용이 없다는 것을 깨닫게 되었다. 우리가 생각한 방법 중 몇 가지가 성공했어도 답장을 받을 수 있는 방법이 없으니 우리는 아무것도 알지 못했다. 몇 주 동안 우리들은 같은 편지를 계속 다시 쓰고 같은 호소의 말을 다시 똑같이 쓸 수밖에 없는 상황이 되었다. 그렇게 어느 정도 시간이 흐르자 우리의 심장에서 피처럼 솟아오른 말이 의미를 잃고 공허한 것이 되었다. 그러니 우리들은 기계적으로 그 말을 베끼고 의미가 죽어버린 말을 통해서라도 고달프게 산다는 신호를 나타내보려고 기를 쓰고 있었다. 그러다가 마침내 겨우 내뱉는 독백이나 벽에 대고 주고받는 무정한 대화처럼 오가는 것이 없는 것보다는 차라리 전보문에 나타난 상투적인 말이 나아 보이게 되었다.

그런데 며칠 후, 그 누구도 이 도시에서 나갈 수 없다는 것이 분명해지자 전염병이 발생하기 전에 도시 밖으로 나간 이들은 이 도시로 돌아올 수 있는지 알아보았다. 도청은 며칠 생각해보더니 가능하다는 답변을 내놓았다. 하지만 일단 돌아온 사람은 어떤 일이 있어도 다시 도시에서 나갈 수 없으며 들어오는 것은 자유지만 다시 나가지는 못한다는 것을 분명히 알렸다. 이런 와중에도 상황을 별로 심각하게 생각하지 않아 조심하기보다는 가족을 만나고 싶다는 욕심이 큰 나머지 도시를 나간 가족들에게 이번 기회를 이용하라고 말하는 사람들도 일부 있었다. 그러나 페스트로 도시에 꼼짝없이 갇혀 포로가 된 대부분의 사람들은 잘못하다가는 가족이 위험해질 수도 있다는 것을 알았기에 생이별의 아픔을 견디겠다며 체념했다. 전염병이 가장 심각한 상황일 때 고문과도 같은 죽음의 공포보다 인간적인 감정이 더 큰 경우는 오직 하나뿐이었다. 흔히 우리가 생각하는 것처럼 아무리 어려워도 사랑을 주고받는 연인의 경우가 아니었다. 오히려 아주 오랜 세월 동안 결혼 생활을 해온 나이 든 의사 카스텔과 아내가 그런 경우였다. 카스텔 부인은 전염병이 돌기 며칠 전에 이웃 도시에 가 있었다. 카스텔 부부의 가정은 세상 사람들에게 모범적인 행복한 가정에 속한 것은 아니었다. 모든 가능성을 종합해보면 연대기 작가가 보기에 카스텔 부부는 지금까지 자신들의 결혼 생활이 만족스러운지 확신도 없이 살아온 평범한 가정이라고 할 수 있었다. 하지만 갑작스럽게 일어난 별거 생활이 길어지자 두 사람은 서로 떨어져 살 수 없다는 것을 확신했다. 동시에 갑자기 환하게 드러난 이 같은 진실에 비하면 페스트 같은 것은 별것 아니라는 생각이 더욱 단단해졌다.

그러나 카스텔 부부의 사례는 단 하나뿐인 예외였다. 대부분의 경우 전염병이 사라져야 생이별 문제도 사라질 것 같았다. 그래서 우리 모두에게 일상생활에서 느낀 감정, 더구나 우리가 잘 알고 있다고 생각한 감정(이미 말했듯이 오랑 시민들은 단순한 정열을 지니고 있다)이 새로운 면모를 나타냈다. 배우자를 가장 깊이 믿어오던 남편들이나 연인들이 질투심을 느꼈다. 사랑을 가볍게 생각한다고 스스로 믿었던 남자들이 다시 성실해졌다. 어머니와 함께 살면서도 어머니의 얼굴을 거의 보지 않던 아들들이 기억속에 다시 살아나는 어머니 얼굴의 주름살 하나에서도 모든 불안과 후회를 떠올렸다. 황당하면서도 어떻게 될지 알 수 없는 갑작스러운 생이별로 우리는 어떻게 해야 할지 모르고 있었다. 그 상태에서 우리는 아직 이토록 가깝지만 이미 저만큼이나 멀어진, 그러면서도 지금은 하루하루의 삶을 가득 차지하는 그 존재의 추억을 뿌리칠 수도 없었다. 사실, 우리는 이중으로 고통을 겪고 있었다. 우선은 우리 자신이 느끼는 고통이고, 그다음에는 집에 없는 사람들, 그러니까 아들, 아내 혹은 연인으로 인한 고통이었다.

더구나 전염병이 아닌 다른 경우라면 우리 시민들은 좀 더 외부적이고 활동적인 생활 속에서 탈출구를 발견했을지도 모른다. 그러나 페스트로 인해 시민들은 할 일이 없어졌다. 시민들은 우울한 도시를 맴돌며 매일 추억 놀음이라는 부질없는 활동만 되풀이했다. 목적 없는 상태에서 그들은 언제나 같은 길을 또 지나가게 되었다. 도시가 워낙에 작아서 시민들이 다니는 길은 대부분 이제는 곁에 없는 사람과 전에 같이 다니던 길과 일치했다.

이처럼 페스트가 우리 시민들에게 제일 먼저 가져다준 것은 유배 생활이었다. 연대기 작가와 시민들이 동시에 같은 것을 느꼈기에 연대기 작가는 당시 느낀 것을 모든 시민을 대표해 여기에 써도 될 거라 믿는다. 그렇다. 당시 우리가 계속 마음속에 품고 있던 공허함, 정확히 말해 과거로 돌아가고 싶은 불가능한 욕구 혹은 반대로 시간의 흐름을 재촉하고 싶은 어이없는 욕구, 저 불타는 화살처럼 스치는 기억, 이것이 바로 유배의 감정이었기 때문이다. 간혹 우리는 상상 놀이에 빠져 있기도 했다. 집에 돌아온 사람의 초인종 소리나 계단을 올라오는 낯익은 소리를 재미 삼아 기다리기도 하고, 기차 운행이 중지되었다는 것을 잊기로 결심하기도 하고, 야간 급행열차로 온 여행객이 우리 동네에 도착할 수 있는 시간에는 밖에 나가지 않고 집에서 기다려보기도 했다. 물론 이런 놀이가 오래 지속될 수는 없었다. 기차가 오지 않는다는 현실을 깨닫는 순간이 언제고 오기 마련이었다. 그래서 우리는 지금 겪는 이별이 앞으로도 계속될 것이니 시간을 두고 해결하도록 노력해야 한다는 것을 깨달았다. 그때부터 우리는 감금된 현실로 돌아와 지나간 과거만 생각하며 살 수밖에 없었다. 그러다 보니 미래를 생각하며 살려는 유혹을 느끼는 사람들이 있다고 해도 괜히 상상을 믿었다가 결국 상처만 입어 더 고통스러워질 것을 알기에 재빨리 그런 유혹을 물리치곤 했다.

특히 우리 시민들은 이별 기간이 얼마나 될지 따지던 습관을 가능한 한 빨리 버리게 되었다. 왜 그랬을까? 가장 비관적인 성향의 사람들은 육 개월을 기다렸다가 이후 그 육 개월 사이에 여러 어려움을 겪으면서 시련을 견딜 수 있는 용기를 기르게 되었다. 그토록 오랜 세월 동안 이루어진 고통 속에서도 약해지지 않게 마지막 힘을 다하고 있다가도 우연히 만난 친구 이야기를 듣거나, 신문에 실린 전망 기사를 읽거나, 근거 없는 의혹에 사로잡히거나, 갑자기 깨달음이 생겨서 잘하면 전염병이 육 개월 이상 갈 수도 있고 일 년이나 그 이상 갈지도 모른다는 생각을 하게 되기 때문이다. 이 순간 이들은 용기, 의지, 인내심이 갑자기 꺾이면서 수렁에서 다시는 올라올 수 없을 것처럼 보였다. 결국 이들은 전염병에서 해방될 날이 언제가 될지 전혀 생각하지 않고 더 이상 미래를 바라보지 않게 되었다. 그러니까 시선을 피하면서 지내려고 나름 애쓰고 있었다. 그래도 고통을 숨기고 그것을 막기 위해 경계를 소홀히 하는 이런 방법은 그리 효과가 없었다. 이렇게 하면 붕괴까지는 피할 수 있을지 몰라도, 앞으로 있을 재회를 상상하며 페스트를 잊을 수 있는 그 순간은 영원히 놓칠 수 있기 때문이다. 그러면 그 수렁과 절정의 중간쯤에 좌초해 갈 곳 없는 하루하루와 메마른 추억 속에 방치될 수 있다. 결국 고통의 대지 속에 뿌리를 박지 않고서는 힘을 얻을 수 없는 방황한 망령처럼 살아있다기보다는 둥둥 떠다니는 삶을 살게 된다.

이처럼 별로 쓸모없는 기억을 간직하며 사는 모든 죄수들처럼 사람들도 같은 고통을 느끼고 있었다. 끝없이 곱씹는 과거조차도 남은 것은 후회의 쓴맛뿐이었다. 사실, 사람들은 지금 자신들이 기다리는 남자나 여자와 무엇인가를 할 수 있었을 때 무엇인가를 하지 못했던 것이 안타깝게 느껴졌을 것이다. 그래서 하지 못한 모든 것을 가능한 한 그 과거에 덧붙여보고 싶었을 것이다. 또한 감옥에 갇힌 것 같은 모든 생활 환경은 역으로 생각하면 휴가 같은 상태라고도 할 수 있으나 사람들은 현재 곁에 없는 사람들을 생각하고 있었다. 이 상태로는 무엇을 해도 만족하기 힘들었다. 현재 처한 상황이 지겹고 과거로 돌아가기도 힘들고 미래를 빼앗긴 우리들은 마치 인간적인 정의나 증오 때문에 철창

속에 갇힌 신세와 같았다. 결국 이 견딜 수 없는 휴가에서 벗어나려면 상상을 하며 기차를 달리게 하고 악착같이 침묵만 지키는 초인종을 계속 울려 시간을 채우는 방법밖에 없었다.

비록 유배여도 대부분 자기 집에서 하는 가택 연금 같은 생활이었다. 서술자는 모든 사람들이 겪는 유배만 경험했으나 반대로 신문 기자 랑베르나 그 외의 사람들 같은 경우도 잊어서는 안 된다. 여행을 왔다가 페스트의 습격을 받은 이 도시에 억류된 이들은 아끼던 사람들뿐 아니라 고향과도 멀리 떨어지게 되어 생이별의 고통이 더욱 컸다. 모두가 하는 유배 생활 속에서 이들의 유배 생활은 더욱 괴로웠다. 왜냐하면 이들은 모든 사람들과 마찬가지로 시간이 만드는 특유의 고통에 시달리는 동시에 공간에서도 방황하기 때문이었다. 페스트에 감염된 객지와 당장 갈 수 없는 고향 사이에 놓인 벽에 계속 부딪치고 있는 상황이었다. 먼지 투성이의 도시를 계속 헤매고 다니며 자신들만이 아는 저녁과 고향의 아침을 소리 없이 외쳐 부르는 사람들이 이에 속할 것이다. 제비 떼가 날아다니는 풍경, 해 질 무렵에 맺히는 이슬 혹은 가끔 인적 없는 거리에 태양이 뿌리는 묘한 광선처럼 의미를 알 수 없는 여러 징조와 난해한 메시지 때문에 이들은 더욱 불편했다. 늘 모든 것을 구원해줄 수 있는 것은 바깥세상에 있지만, 오히려 이들은 바깥세상에서 눈을 돌린 채 너무나 생생하게 느껴지는 꿈을 어루만지기만 했다. 빛, 언덕 두세 개, 마음에 드는 나무와 여자들의 얼굴을 볼 때마다 이들은 그 무엇으로도 바꿀 수 없는 고향의 분위기를 떠올리며 거기에 매달렸다.

마지막으로 가장 흥미 있는 이야기, 어쩌면 서술자가 이야기 하기에 가장 유리한 입장에 있을지도 모르는 연인들에 대해 구체 적으로 말하려고 한다. 연인들은 다른 여러 가지 고민으로 괴로 워하고 있었는데 그중 하나가 후회라 할 수 있었다. 그때의 상황 이 그랬기에 그들은 자신들이 느끼는 감정을 마치 열에 들뜬 것 처럼 객관적으로 바라볼 수 있었다. 그렇게 객관적으로 바라보면 스스로 저지른 실수가 무엇인지 분명히 드러나게 된다. 특히 곁 에 없는 사람의 행동을 정확히 상상하기 힘든 상황에서 자신의 실수를 마침내 깨닫는 기회와 처음으로 마주할 수 있게 된다. 그 래서 이들은 연인이 시간을 어떻게 보내는지 알 수 없기에 슬퍼 했다. 전에는 연인에게 어떻게 시간을 보내느냐고 적극적으로 묻 지 않았고 연인이 소소하게 하는 일이 무조건 자신의 기쁨은 아 니라고 생각한 척을 한 경솔함을 스스로 반성하는 것이었다. 여 기에서 출발하면 연인들은 연애의 역사를 생각해보며 부족했던 점을 검토하기가 한결 쉬워졌다.

평소 우리들은 누구나 의식적이든 무의식적이든 사랑은 생 각지 못한 힘을 발휘할 수 있다는 사실을 잘 알고 있었다. 또한 우 리들의 사랑이 별것 아니었다는 사실도 어느 정도 담담한 태도로 인정하고 있었다. 그러나 추억은 더욱 까다로운 것이다. 지극히 당연한 결과지만 외부에서부터 습격해 도시를 강타한 불행은 우리에게 해를 끼치는 것으로 끝나지 않았다. 우리 입장에서는 분노를 느낄 수밖에 없는 부당한 고통이었다. 그것 때문에 우리들은 스스로 괴로워했고 그 고통에 동조하게 되었다. 전염병이 사용하는 흔한 방법이 하나 있다. 우리의 관심을 딴 곳으로 돌리면서 이겨내겠다는 의지를 나오지 못하게 하는 것이었다.

이처럼 우리들은 각자 그날그날 하늘만 마주 보며 고독하게 살아갈 수밖에 없었다. 그렇게 전반적으로 체념하다 보니 결국에 사람들은 성격을 강하게 단련하기보다는 오히려 우유부단해졌다. 예를 들어 몇몇 시민들은 해가 나느냐 비가 오느냐에 따라 마음이 변하는 노예 같은 상태에 빠지고 말았다. 그들의 표정을 보면 생전 처음으로 날씨에 직접 반응을 보이는 것 같았다. 그들은 황금빛 햇빛이 비치기만 해도 즐거워했으나 비가 오는 날에는 표정과 생각이 두꺼운 베일에 싸여버린 듯 어두웠다. 몇 주 전만 해도 그들은 이 같은 나약함이나 황당한 노예 상태에는 빠지지 않았다. 이는 자신들 혼자만 외롭게 세상과 마주하는 것이 아니라 어떤 의미에서는 함께 살아가는 사람이 그들의 우주 앞에 자리를 잡고 있었기 때문이다. 예전과 달리 이제 그들은 하늘의 변덕에 따라 기분이 바뀌어버리는 처지가 되었다. 즉 그들은 이유도 없이 괴로워하거나 희망을 품었다.

이 같은 극도의 외로움 속에서는 그 누구도 이웃의 도움은 바랄 수 없었고 각자 자신만의 고민에 잠겼다. 만일 우리들 중 누군가 우연히 속마음이나 감정을 털어놓는다 해도 들을 수 있는 대답은 종류와 관계없이 대부분 마음을 아프게 하는 대답이었다. 상대방과 자신이 서로 다른 이야기를 하고 있다는 사실을 깨닫게 되는 순간인 것이다. 사실은 마음속으로 오랫동안 되뇌다가 너무 괴로워 마음을 상대에게 표현하면서 나름 기대한 것이 있었는데, 반대로 상대방은 습관적인 감동이나 시장에서 쉽게 살 수 있는 것처럼 흔한 괴로움이나 뻔한 감상 정도로 받아들였다. 호의든 악의든 그 대답은 기대와 달랐기에 더는 바라지 않고 단념하는 수밖에 없었다. 그래도 더 이상 침묵은 지키기 힘들어진 사람들은 다른 사람들이 진정으로 마음에서 우러나오는 말을 사용하지 못하게 되자 결국 자신도 시장에 흔히 돌아다니는 말을 쓰고 마찬가지로 단순한 이야기나 잡담, 즉 일간지 기사와 비슷한 말투로 이야기하는 상투적인 방식을 사용하게 되었다. 그러자 가장 큰 슬픔이 흔한 대화의 상투적인 표현으로 변해버렸다. 페스트의 포로가 된 사람들은 이런 대가를 치르고 나서야 겨우 아파트 수위의 동정이나 옆 사람들의 관심을 끌 수 있었다.

이 점이 제일 중요한 부분이라 할 수 있다. 아무리 고뇌가 쓰라리고 공허하다고 해도, 무거운 마음이 아무리 견디기 힘들다 해도, 페스트 초기 단계에서 이들은 그래도 특권층에 속했다. 실제로 시민들은 평정심을 잃기 시작한 그 순간에는 온통 생각이 기다리는 사람에게만 쏠려 있었다. 전반적으로 낙담하는 상황 속에서 사랑만 생각하는 이기주의가 나름 방패막이 되어주었다. 간혹 페스트 생각을 한다고 해도 페스트 때문에 생이별한 상황이 영원히 계속될까봐 걱정되어서 하는 생각일 뿐이었다. 이처럼 사람들은 전염병이 한창 기승을 부리는 중에도 마치 평정심을 유지하는 것처럼 건전한 여유를 누리고 있었다. 사람들은 절망을 느끼면서 공포에서 벗어났다. 그들이 겪는 불행에는 나름 장점도 있었다. 예를 들면 누가 병으로 목숨을 잃어도 대부분 본인은 죽음을 깨달을 시간적 여유도 없었다. 눈앞에 보이지 않는 그림자 같은 존재를 계속 상대한 오랜 마음속 대화에서 끌려 나오자마자 갑자기 가장 무거운 침묵만이 흐르는 흙 속으로 던져졌다. 괴로워할 시간적 여유가 없었다.

•

　우리 시민들이 갑작스러운 유배 생활과 타협하려고 노력하는 동안, 페스트 때문에 모든 문에 보초가 세워졌고 오랑으로 향하던 선박들이 뱃머리를 돌렸다. 도시가 폐쇄된 이후로 단 한 대의 차도 들어오지 않았다. 그날부터 마치 자동차들은 시내 안에서 뱅뱅 도는 것처럼 보였다. 대로의 높은 곳에서 바라보는 사람들에게는 항구도 이상하게 보였다. 연안 최고의 항구 중 하나로 만들어준 평소의 활기가 갑자기 사라졌다. 여전히 검역 중인 선박 몇 대가 보였다. 그러나 부두에는 작동하지 않는 커다란 기중기들, 뒤집힌 소화물 운반차와 무더기로 쌓여 있는 술통, 줄지어 놓인 포대 자루가 무역 역시 페스트로 죽어버렸다는 것을 그대로 보여주었다.

　이처럼 낯선 광경에도 우리 시민들은 자신들에게 어떤 일이 닥쳐오고 있는지 제대로 이해하지 못했다. 사람들은 생이별의 아픔이나 두려움처럼 누구나 공통으로 느끼는 감정은 있지만 여전히 개인적인 관심사를 우선으로 생각하고 있었다. 그래서 대부분 평소 하던 습관을 방해하거나 개인적인 이해관계에 부정적인 영향을 주는 것에 대해 특히 예민하게 반응했다. 사람들은 짜증이나 화도 냈으나 그런다고 페스트와 맞설 수 있을 정도로 강한 감정은 가지지 못했다. 사람들이 맨 처음 보인 반응은 행정 당국에 대한 비난이었다. 신문이 여론을 반영해 '마련된 조치를 완화할 수는 없을까?'라고 비판을 하자 이에 대해 지사가 내놓은 답변은 꽤 예상을 벗어났다. 지금까지 신문이나 〈랑스도크〉 통신사는 전염병에 관한 공식적인 통계 자료를 받지 못했다. 이제 지사는 매일 통신사에 자료를 보내면서 매주 이를 보도해 달라고 부탁했다.

하지만 역시 이에 대한 대중의 반응은 즉각 나오지 않았다. 사실, 페스트가 발생한 지 삼 주 만에 사망자가 302명이라는 보도가 나와도 사람들의 상상력은 크게 자극 받지 않았다. 한편으로 생각하면 그 302명이 전부 페스트로 사망한 것은 아닐지도 모른다는 생각을 한 것이다. 또 한편으론, 평소 그 도시에서 한 주에 몇 명이 사망하는지 아는 사람은 아무도 없었다. 도시의 인구는 이십만 명이었으니 말이다. 사람들은 302명이라는 사망자 수가 정상적인지도 알지 못했다. 이러한 사망률은 분명히 관심을 가져야 할 일이었으나 사람들이 정확히 알고 싶어 하는 문제는 아니었다. 말하자면 대중에게는 비교의 기준이 없었다. 시간이 한참 지나 누적된 사망자의 수가 확실히 증가하자 여론도 그제야 현실을 깨달았다. 오 주 만에 321명, 육 주 만에 345명이 사망했다. 적어도 이 같은 사망률의 증가는 상황이 어느 정도인지를 말해주고 있었다. 하지만 이 정도의 사망률 증가로는 부족했는지 시민들은 불안해하면서 마음 아픈 사건으로 바라봤으나 그래도 일시적인 상황일 거라는 생각에서 여전히 벗어나지 못했다.

그래서 시민들은 여전히 거리를 돌아다니고 카페 테라스에 앉아 있었다. 전반적으로 시민들은 겁쟁이처럼 굴지 않았고 앓는 소리보다는 농담을 더 많이 주고받았으며 일시적인 불편함이 분명하니 자연스럽게 받아들이는 척을 했다. 체면은 살릴 수 있었다. 그러나 월말이 가까워지면서 앞으로 설명할 기도 주간이 되자 더욱 심각한 여러 변화들이 우리 도시의 모습을 바꿔놓았다. 무엇보다도 지사는 차량 운행과 식량 보급과 관련된 조치를 단행했다. 식량 보급은 제한되고 휘발유는 배급이 이루어졌다. 전기 절약 대책도 실시되었다. 다만 생활필수품만이 육로나 항공을 통해 오랑으로 들어왔다. 이에 따라 차량 운행은 점차 줄더니 마침내는 거의 보이지 않았다. 사치품 가게는 하룻밤 사이에 문을 닫았다. 다른 가게들도 진열창에 품절이라는 쪽지를 붙였으나 가게마다 문 앞에는 손님들이 줄을 서 있었다.

이처럼 오랑 시의 모습이 이상해졌다. 걸어 다니는 사람들의 수가 늘어났고 대낮 중 한산한 시간에도 가게의 휴업이나 사무실의 휴무로 일이 없어진 많은 사람들이 거리와 카페를 가득 메웠다. 아직까지 이들은 실업자가 아니라 일시적으로 휴가 중이었다. 예를 들어 오후 3시쯤에는 밝은 하늘 아래에서 마치 도시가 축제 중인 것 같은 착각이 들 정도였다. 마치 오랑 시가 공개적인 행사를 하려고 교통을 차단하고 가게 문을 닫았고 시민들이 거리를 메우며 즐거운 파티에 참석하고 있는 풍경처럼 보였다.

당연히 영화관들은 이 대규모 휴가를 이용해 돈을 많이 벌었다. 그러나 도시에 들어오던 영화의 배급이 중단되었다. 이 주 후에는 영화관들이 필름을 서로 교환할 수밖에 없었다. 얼마 후에는 결국 영화관마다 늘 같은 영화를 상영할 수밖에 없었다. 그래도 영화관의 수입은 줄어들지 않았다.

끝으로 이 도시는 와인과 알코올음료의 거래가 가장 중요한 자리를 차지하기에 예전부터 쌓인 재고품이 상당해 카페들도 손님들의 수요에 맞출 수 있었다. 사실, 사람들은 술을 많이도 마셨다. 어느 카페에서 '좋은 품질의 와인이 세균을 죽인다'라는 광고문을 붙이자 알코올이 전염병을 예방해준다는 생각이 사람들 사이에서 상식이 되었다. 그래서 술을 마셔야 한다는 생각이 여론 속에서 더욱 강해졌다. 매일 새벽 2시 정도가 되면 카페에서 쏟아져 나오는 많은 주정뱅이들이 거리를 가득 메우며 낙관적인 이야기를 주고받았다.

하지만 어떤 의미에서 보면 이 모든 변화는 너무나 희한했고 지나치게 빨리 이루어졌다. 때문에 이런 변화가 정상적이고 오래 갈 것이라고 쉽게 생각할 수는 없었다. 그 결과 우리는 계속해서 개인적인 감정을 가장 중시했다.

시의 문이 전부 폐쇄된 지 이틀이 지난 후, 리외는 병원에서 나오다가 코타르를 만났다. 코타르는 만족스러워 보이는 얼굴을 하고 있었다. 리외는 코타르에게 안색이 좋아 보인다며 축하 인사를 건넸다.

"예, 아주 잘 지냅니다." 키 작은 코타르가 말했다. "그런데 선생님, 그놈의 페스트 말이죠! 점점 심각해지고 있습니다." 의사는 그렇다고 했다. 그러나 코타르는 유쾌한 듯한 말투로 확신했다.

"이제 와서 페스트가 멈출 이유는 없죠. 모든 것이 엉망진창이 될 거예요."

두 사람은 잠시 같이 걸었다. 코타르가 들려준 이야기에 따르면 동네에 있는 어떤 큰 식료품 상인이 식료품을 비싸게 팔고자 매점하고 있었다고 한다. 병에 걸린 그 상인을 병원에 데려가려고 사람들이 왔다가 침대 밑에 통조림 깡통들이 쌓여 있는 것을 발견했다고 한다. "그 사람은 병원에서 죽었습니다. 페스트에 걸리면 방법이 없죠." 이처럼 코타르는 진짜인지 거짓인지 모르겠으나 전염병에 관한 이야기들을 많이 알고 있었다. 예를 들어 어느 날 아침 시내 중심가에서 페스트 증세가 있던 어떤 남자가 병으로 머리가 어떻게 되었는지 밖으로 뛰어나가 처음 마주친 여자에게 달려들어 꼭 껴안더니 페스트에 걸렸다고 외쳤다고 한다.

"그럼요." 코타르가 확신하는 태도와는 어울리지 않는 다정한 말투로 말했다. "우리 모두 미쳐버릴 거예요. 정말 그럴 겁니다."

바로 그날 오후에 조제프 그랑이 마침내 리외에게 속마음을 털어놓았다. 그는 의사의 책상 위에 있는 리외 부인의 사진을 보더니 의사를 쳐다보았다. 리외는 아내가 시외에서 요양 중이라고 말했다. "어떻게 보면 차라리 다행입니다." 그랑이 말했다. 의사는 어쩌면 다행일지도 모른다며 아내가 쾌유하기를 빌 수밖에 없다고 대답했다.

"아!" 그랑이 말했다. "이해됩니다."

그리고 그는 리외와 알게 된 후 처음으로 속마음을 터놓고 이야기하기 시작했다. 그는 여전히 적절한 용어를 선택하고자 애쓰는 것처럼 보였으나 현재 하고 있는 이야기를 마치 오래전부터 생각해놓은 것처럼 거의 매번 적당한 말들을 잘 찾아냈다. 그는 아주 젊었을 때 이웃에 사는 젊은 여자와 결혼했다. 공부를 그만두고 일을 한 것도 결혼을 하기 위해서였다. 그의 아내 잔도, 그랑도 동네 밖은 나가본 적이 없었다. 그는 잔을 만나기 위해 집으로 찾아가곤 했다. 잔의 부모는 말 없고 어설픈 구혼자를 조금 비웃곤 했다. 잔의 아버지는 역에서 일하는 사람이었다. 그는 일이 없을 때는 언제나 역의 한구석에 앉아 커다란 두 손을 허벅지에 얹고 생각에 잠긴 얼굴로 거리의 움직임을 바라보았다. 잔의 어머니는 전업주부라 늘 집안일을 했고 잔이 어머니의 살림을 도왔다. 그랑은 너무나 갸냘픈 잔이 길을 건널 때 조마조마해 보고 있을 수가 없을 정도였다. 그때 그랑의 눈에는 차량들이 비정상적일 정도로 커 보였다. 어느 날 잔이 크리스마스 선물 가게 앞 쇼윈도를 바라보다가 감탄하며 "정말 아름답네요!"라고 하면서 그랑에게 몸을 기댔다. 그는 그녀의 손목을 꼭 잡았다. 이렇게 해서 결혼이 결정되었다.

그랑에 따르면 나머지 이야기는 아주 간단했다. 모든 사람들의 경우가 다 그렇다. 즉 결혼하고 계속해서 조금 사랑하고 일을 한다. 사랑한다는 것을 깜빡 잊을 정도로 일을 한다. 잔도 일을 해야 했다. 국장이 그랑에게 한 약속을 지키지 않았기 때문이다. 이 대목에서 그랑이 하는 이야기를 이해하려면 어느 정도 상상력이 필요했다. 피곤해서 그래서였겠지만 그는 무심한 성격이 되었고 말수도 적어져서, 젊은 아내에게 사랑받고 있다는 믿음을 주지 못할 정도였다. 일하는 남자, 가난, 점점 앞이 보이지 않는 미래, 식탁에 앉아도 말이 없는 저녁 시간의 침묵, 이러한 세계에 정열적인 사랑이 들어올 자리는 더 이상 없었다. 분명 잔은 괴로웠을 것이다. 그래도 그녀는 떠나지 않고 그대로 있었다. 고통이 고통인 줄 모른 채 오랫동안 괴로워하는 사람에게 흔히 있는 일이었다. 몇 년이 지났다. 나중에 잔은 떠나버렸다. 물론 말없이 떠난 것은 아니었다. "당신을 정말 사랑했어요. 하지만 이제는 피곤하네요. 떠나는 것이 행복하지는 않아요. 하지만 꼭 행복해야 새 출발을 하는 것은 아니죠." 대략 잔이 그랑에게 쓴 편지 내용이었다.

이번에는 조제프 그랑이 괴로웠다. 리외가 일깨워주었듯이 그도 새 출발을 할 수 있었을 것이다. 하지만 그랑은 자신이 없었다.

다만 그는 늘 아내 생각을 했다. 그가 바라는 것이라면 편지 한 통을 써 변명을 하는 일이었다. "그런데 어려운 일이더군요." 그가 말했다. "그런 생각을 한 지는 오래되었습니다. 서로 사랑하면 말을 하지 않아도 서로 이해를 할 수 있었습니다. 그러나 사람이 항상 사랑을 하는 것은 아니죠. 적당한 때에 아내를 잡아줄 수 있는 말을 찾았어야 했는데 그러지 못했습니다." 그랑은 체크 무늬가 새겨진 손수건처럼 생긴 헝겊에 코를 풀고는 콧수염을 닦았다. 리외가 그랑을 바라보았다.

"죄송합니다, 선생님." 그가 말했다. "하지만 뭐라고 해야 할까요? 저는 선생님을 믿습니다. 선생님과 함께 있으면 뭐든 이야기를 할 수 있습니다. 그래서 감정이 북받쳐 오릅니다."

분명히 그랑은 페스트와는 천 리나 떨어져 있었다.

그날 저녁 리외는 아내에게 전보를 쳐서 도시가 폐쇄되었지만 자신은 잘 지내고 있으니 계속 건강 챙기기를 바라며 그녀를 생각하고 있다고 알렸다.

시의 문들이 폐쇄되고 삼 주가 지난 후, 리외는 병원에서 나오다가 자신을 기다리고 있던 어느 젊은 남자와 마주쳤다.

"저를 알아보실지 모르겠습니다." 젊은이가 말했다.

리외는 알 것도 같았지만 머뭇거렸다.

"이번 일이 터지기 전에 뵈러 왔었죠." 그가 말했다. "아랍인들의 생활 조건에 대해 말씀을 듣겠다고 찾아온 적이 있습니다. 레몽 랑베르입니다."

"아! 그래요." 리외가 말했다. "그럼 이제는 훌륭한 특종 기삿거리를 얻으셨군요."

남자는 초조해 보였다. 그는 기삿거리가 아니라 리외에게 부탁을 하나 하려고 왔다고 했다.

"죄송합니다." 그가 말을 덧붙였다. "하지만 이 도시에서 아는 사람이라고는 한 명도 없고, 저희 신문사의 주재원은 안타깝게도 멍청해서요."

리외는 그에게 시내 중심가에 있는 어느 진료소까지 같이 걸어가자고 했다. 몇 가지 지시사항을 전달할 일이 있기 때문이었다. 두 사람은 흑인들이 사는 동네의 골목길을 걸어 내려갔다. 저녁때가 다가오고 있었으나 전에는 이 시간대에 떠들썩하던 시내가 이상하게도 적적해 보였다. 황금빛으로 물든 하늘에 여전히 울려 퍼지고 있는 나팔 소리만이 군인들이 할 일을 하고 있다는 것을 증명하고 있었다. 가파른 길을 따라 무어식 집들의 푸른색 벽, 붉은색 벽, 자주색 벽 사이를 걸어가며 랑베르는 몹시 흥분한 어조로 말했다. 그는 파리에 아내를 남기고 왔다. 사실, 정식으로 결혼한 사이는 아니지만 아내와 다름없었다. 도시가 폐쇄되자 그는 아내에게 전보를 쳤다. 처음에는 일시적일 거라 생각하며 아내와 편지를 주고받을 방법을 생각하고 있었다. 오랑의 동료 신문 기자들은 별 방법이 없다고 했고 우체국은 나가라며 쫓아냈고 도청의 어느 여자 서기는 코웃음을 쳤다. 마침내 그는 두 시간이나 줄을 서서 기다린 끝에 '모든 것이 괜찮음. 다시 봐요'라고 쓴 전보를 접수할 수 있었다.

그런데 아침에 잠자리에서 일어났을 때 그는 이 상황이 얼마나 계속될지 모르겠다는 생각에 사로잡혔다. 그는 떠나기로 했다. 그는 소개장이 있었기에(신문 기자가 직업이다 보니 누릴 수 있는 혜택이 있었다) 도청의 비서실장과 접촉할 수 있었다. 랑베르는 비서실장에게 자신은 오랑과 아무런 관계도 없고 여기에 머물 일도 없는데 우연히 여기에 있게 되었다면서 일단 나가서 격리 수용돼도 좋으니 어떻게든 여기서 나가게 해달라고 말했다. 비서실장은 사정은 잘 알겠으나 예외적으로 봐줄 수는 없다면서, 검토는 해보겠지만 사태가 심각하기에 그 무엇도 확실히 결정을 내릴 수는 없다고 대답했다.

"하지만 저는 이 도시와 아무 관계도 없습니다." 랑베르가 말했다.

"그렇겠죠. 하지만 어쨌든 전염병이 오래가지 않기를 바랍니다."

결국 그는 랑베르를 위로하면서 오랑에서 흥미로운 기삿거리를 얻게 될지도 모르고 무슨 일이든 잘 생각해보면 반드시 좋은 점이 있다고 말해주었다. 랑베르는 어깨를 으쓱했다. 두 사람은 시내의 중심지에 도착했다.

"어리석은 일입니다, 선생님. 저는 기사를 쓰려고 세상에 태어난 것이 아닙니다. 그보다는 어떤 여자와 살기 위해 세상에 태어난 것 같습니다. 그것이 더 논리적이지 않나요?"

리외는 어쨌든 그것이 더 논리에 맞을 것 같다고 말했다.

중심가의 대로에는 평소와 같은 군중은 없었다. 몇몇 행인들이 멀리 떨어진 집을 향해 발걸음을 재촉하고 있었다. 웃는 사람은 아무도 없었다. 리외는 그날 발표된 〈랑스도크〉 통신사의 보도 때문이라고 생각했다. 하루만 지나면 우리 시민들은 다시 희망을 품기 시작할 것이다. 그러나 발표 당일에는 그들의 기억 속에 너무나 생생한 통계 숫자들이 여전히 남아 있었던 것이다.

"그러니까 말이죠." 랑베르가 갑자기 말했다. "그 여자와 만난 지 얼마 되지 않았으나 마음이 잘 통했거든요."

리외는 아무 말도 하지 않았다.

"선생님께는 지루한 얘기겠네요." 랑베르가 말을 이었다. "다만 선생님께 부탁하고 싶은 것은 제가 그 고약한 전염병에 걸리지 않았다는 것을 확인하는 증명서를 써주셨으면 하는 겁니다. 그렇게 해주신다면 도움이 될 것 같습니다."

리외는 그냥 고개를 끄덕였다. 그는 자신의 다리 사이로 뛰어든 어느 남자아이를 안아 부드럽게 세워주었다. 두 사람은 다시 걸어 연병장까지 왔다. 무화과나무와 종려나무 가지들이 먼지를 뒤집어쓴 채 조용히 늘어서 있었다. 주변에 있는 공화국 여신상 역시 먼지투성이에 지저분했다. 두 사람은 여신상 아래에서 멈추었다. 리외는 흰 먼지로 뒤덮인 신발을 한 짝씩 치며 털었다. 리외는 랑베르를 바라보았다. 펠트 모자를 조금 뒤로 젖혀 쓰고 넥타이 아래 와이셔츠 칼라 단추를 풀어 헤친 채 면도도 제대로 하지 않은 그 신문 기자는 무뚝뚝하고 퉁명스러워 보였다.

"이해합니다." 마침내 리외가 말했다. "하지만 선생님의 논리는 맞지 않습니다. 저는 그 증명서를 써드릴 수 없습니다. 사실, 선생님이 병에 걸렸는지 어떤지 모릅니다. 안다고 해도 저의 병원을 나가는 순간부터 도청에 들어가는 순간까지 전염이 안 될 거라는 보장도 없으니까요. 그리고 만약…."

"그리고 만약이라뇨?" 랑베르가 말했다.

"그리고 만약 제가 증명서를 써드린다고 해도 아무 도움이 안 될 겁니다."

"왜죠?"

"이 도시에는 선생님과 사정이 비슷한 사람들이 수천 명 되지만 나갈 수가 없으니까요."

"페스트에 안 걸린 사람들도요?"

"그 이유만으로는 충분하지 않습니다. 어리석은 이야기죠. 저도 잘 압니다. 하지만 이 이야기는 우리 모두와 관계됩니다. 현실을 있는 그대로 보아야 합니다."

"하지만 저는 이 도시 사람이 아닙니다!"

"유감이지만 지금부터는 선생님도 여기 사는 모든 이들처럼 이 도시의 사람입니다."

랑베르는 흥분했다.

"이것은 인도적인 문제입니다. 서로 마음이 잘 맞는 두 사람에게 이런 생이별이 어떤 의미인지 선생님은 이해 못 하실 겁니다."

리외는 곧바로 대답하지는 않았다. 그러다가 자신도 그 상황을 잘 이해한다고 말했다. 리외는 랑베르가 아내와 다시 만나고 서로 사랑하는 다른 사람들도 모두 다시 만나기를 진심으로 바라지만 명령과 법이 있으며 페스트와 관련해 자신이 해야 할 일을 다하는 것이 자신의 역할이라고 말했다.

"아뇨." 랑베르가 씁쓸하게 말했다. "선생님은 이해 못 하세요. 선생님은 이성에서 나오는 말씀을 하십니다. 선생님은 추상적이세요."

의사는 공화국의 여신상 위로 시선을 돌렸다. 그리고 그는 자신의 말이 이성에서 나오는 것인지는 모르겠지만 어쨌든 확실한 논리에서 나오는 말을 하는 것이며 이성과 논리가 반드시 같지는 않다고 말했다. 신문 기자가 넥타이를 고쳐 맸다.

"그렇지만 제가 달리 어떻게 해야 할까요? 어쨌든 말이죠." 그는 도전적인 말투로 말을 이었다. "이 도시를 떠날 겁니다."

의사는 그의 마음을 여전히 이해하지만 그 일은 자신과는 관계없다고 말했다.

"아뇨, 관계가 있습니다." 랑베르가 갑자기 큰소리로 외쳤다. "이번에 취해진 결정에 선생님의 역할이 컸다는 말을 들었습니다. 그래서 찾아온 겁니다. 선생님이 적어도 한 건 정도는 해결해주실 줄 알았습니다. 하지만 선생님에게는 상관없는 일이군요. 선생님은 그 누구도 생각해본 적이 없습니다. 생이별한 사람들에 대해서는 생각해본 적도 없으시겠죠."

리외는 어떤 의미에서는 랑베르의 말이 사실이라 했고 그런 부분을 생각해보지 않았다고 인정했다.

"아! 알겠습니다." 랑베르가 말했다. "공적인 일이라는 뜻이죠. 그렇지만 공공복지도 개개인의 행복으로 이루어집니다."

"자," 의사는 딴생각에서 깨어난 듯이 말했다. "그런 점도 있고 다른 점도 있죠. 함부로 판단해서는 안 됩니다. 하지만 그렇게 화를 내면 안 됩니다. 만일 선생님이 이번 어려움에서 벗어난다면 정말로 기쁠 겁니다. 다만 직무상 제가 할 수 없는 일입니다."

랑베르는 성급하게 머리를 흔들었다.

"예, 화를 낸 것은 제 잘못입니다. 그리고 이렇게 시간을 빼앗아서 죄송합니다."

리외는 랑베르에게 앞으로 하는 일이 어떻게 될지 알려달라고 했고 자신을 원망하지 말라고 부탁했다. 두 사람이 서로 맞을 수 있는 부분이 있을 것이라고 했다. 랑베르는 갑자기 당황하는 것 같았다.

"저도 그렇게 생각합니다." 랑베르가 침묵을 지킨 후 말했다. "그래요, 머리로는 그렇게 생각하지만 마음속으로는 그렇지 않지만요. 선생님의 말씀을 들어도 아직 잘 모르겠습니다."

그는 망설였다.

"하지만 선생님의 말에 동의할 수는 없습니다."

그는 펠트 모자를 이마 위로 푹 눌러쓰고 빠른 걸음으로 가 버렸다. 리외는 그가 장 타루가 묵고 있는 호텔로 들어가는 모습을 보았다.

잠시 후 의사는 고개를 흔들었다. 신문 기자가 행복에 조바심을 내는 것도 이해는 되었다. 하지만 그가 리외에게 한 비난은 옳은 것일까? "선생님은 추상적이세요." 페스트가 더욱 기승을 부려 일주일 동안 사망한 환자 수가 평균 오백 명이나 되는 병원에서 보낸 나날이 정말로 추상적이었을까? 그렇다. 불행 속에는 추상적이고 비현실적인 면이 있다. 하지만 추상이 우리를 죽이기 시작할 때는 그 추상과 열심히 맞서야 한다. 다만 리외는 그것이 쉽지 않다는 사실을 알고 있었다. 예를 들어 그가 맡고 있는 임시 병원(이제는 세 곳)을 관리하는 것은 쉬운 일이 아니었다. 그는 진찰실과 맞은편에 있는 방에 접수실을 마련했다. 땅을 판 후 크레졸 액체를 탄 물로 연못을 만들고 그 가운데에는 벽돌로 작은 섬을 만들었다. 환자가 그 섬으로 운반되면 재빨리 옷을 벗기고 옷은 물속에 떨어뜨렸다. 몸을 씻고 말린 후 꺼끌꺼끌한 병원용 옷으로 갈아입은 환자는 리외의 손을 거쳐 병실로 운반되었다. 학교의 실내 체육관까지 사용해야 할 상황이었다. 그 안에 마련한 오백 개의 침대는 거의 전부 환자가 차지했다. 리외는 오전에 환자 접수를 지휘하고 백신 주사 접종과 멍울 수술을 마친 뒤 다시 통계를 검토했고, 그다음에는 오후 진찰을 하러 자신의 병원으로 돌아왔다. 끝으로 저녁에 왕진을 가서 밤늦게야 집에 돌아왔다. 전날 밤, 리외의 어머니는 며느리의 전보를 아들에게 전해주다가 아들의 손이 떨리는 것을 보았다.

"그래요." 리외가 말했다. "하지만 참고 견디면 마음이 더 진정될 겁니다."

그는 튼튼하고 잘 견뎠다. 사실 아직 피곤하다는 생각은 들지 않았다. 하지만 왕진은 지긋지긋했다. 유행성 열병이라는 진단을 내리면 환자는 당장 끌려가게 되어 있었다. 그러면 추상과 어려움이 실제로 시작되었다. 왜냐하면 환자의 가족은 환자가 다 낫거나 죽기 전에는 다시 만날 수 없다는 것을 알고 있었기 때문이다. "가엾게 생각해주세요, 선생님!" 타루가 묵고 있는 호텔에서 청소 일을 하는 여자의 어머니인 로레 부인이 했던 말이다. 이는 무슨 뜻일까? 물론 의사는 남을 가엾게 생각하는 마음을 가졌다. 하지만 그런다고 해서 그 누구에게도 도움이 되는 것은 없었다. 지금은 전화를 걸 수밖에 없었다. 곧이어 구급차의 사이렌 소리가 울렸다. 처음에는 이웃 사람들이 창문을 열고 내다보았다. 나중에는 사람들이 재빨리 창문을 닫았다. 그러면 싸움, 눈물, 설득, 요컨대 추상이 시작되었다. 열과 불안으로 뜨거워진 아파트 안에서 여러 정신없는 장면이 펼쳐졌다. 그러나 환자는 끌려갔다.

그러면 리외는 자리를 뜰 수 있었다.

처음 몇 번 리외는 전화를 걸고 구급차가 올 때까지 기다리지 않고 다른 환자에게 갔다. 하지만 이제는 환자의 부모들이 결과가 뻔히 보이는 이별보다는 페스트와 마주하는 것이 낫다고 생각해 집 문을 닫고 열지 않았다. 소동이 벌어지고 명령이 내려지다가 경찰이 개입했다. 그다음에는 환자들이 강제로 끌려갔다. 초기 몇 주일 동안 리외는 구급차가 올 때까지 기다릴 수밖에 없었다. 그 후 왕진 의사 한 명당 자원봉사 감독관이 따르면서 리외는 이 환자에게서 저 환자로 달려갈 수 있었다. 그러나 초기에 매일 저녁은 그가 로레 부인의 집에 들어간 날 저녁과 비슷했다. 부채와 조화로 장식된 작은 아파트 방에 들어가자 환자의 어머니가 어색한 미소를 지으며 그를 맞이하면서 이렇게 말했다.

"모든 사람이 이야기하는 열병은 아니기를 바랍니다."

그는 이불과 속옷을 들추고 배와 허벅지에 생긴 붉은 반점과 부은 임파선을 들여다보았다. 어머니는 딸의 허벅지를 들여다보다가 견디지 못하고 소리를 질렀다. 매일 저녁 어머니들은 여러 치명적 증상을 보이는 자식의 벌거벗은 배를 앞에 두고 추상적으로 변한 표정으로 그렇게 소리를 질렀다. 매일 저녁 사람들은 리외의 팔을 잡고 놓지 않았다. 쓸모없는 말, 약속 그리고 눈물이 터져 나왔다. 그리고 매일 저녁 울리는 구급차의 사이렌은 모든 고통과 마찬가지로 헛된 감정의 발작을 일으켰다. 늘 비슷한 모습으로 이어지는 저녁을 오래 겪고 난 후 리외는 끝없이 반복되는 비슷한 광경의 연속 외에는 아무것도 기대하지 못했다. 그렇다, 페스트는 마치 추상처럼 단조로웠다. 단 하나 달라진 것은 리외 자신이었다. 그날 저녁 그는 공화국의 여신상 아래에서 마음속에서만 차오르기 시작한 커다란 무관심을 의식하며 랑베르가 들어간 호텔의 문을 바라보다가 그 사실을 느끼게 되었다.

힘겨운 몇 주가 지나자 시민들은 모두 거리로 쏟아져 나왔다. 제자리에서 맴도는 저녁노을이 지나가자 리외는 더 이상 동정심과 싸울 필요가 없다는 것을 깨달았다. 동정이 소용없다면 동정하는 것도 지친다. 그리고 의사는 천천히 닫히는 마음속 감각을 통해서만 피곤하고 지친 나날의 위안을 얻었다. 그는 그 덕에 일이 더 수월해질 것이라는 사실을 알았다. 그래서 그는 이런 상태가 되어 기뻤다. 새벽 2시에 아들을 맞이한 어머니는 자신을 바라보는 아들의 공허한 눈빛에 안타까워했다. 그러나 그 순간 그녀는 리외가 받을 수 있는 유일한 위안을 안타까워하고 있는 셈이었다. 추상과 맞서려면 조금은 추상과 비슷해져야 한다. 그러나 랑베르가 어떻게 추상을 느낄 수 있겠는가? 랑베르의 입장에서는 자신의 행복을 방해하는 것이야말로 전부 추상이었다. 그리고 사실, 리외는 그 신문 기자가 어떤 의미에서는 옳다는 것도 알고 있었다. 그러나 그는 추상이 행복보다 더 강한 모습으로 나타날 수도 있기 때문에, 이런 경우에만 추상을 고려해야 한다는 사실도 알고 있었다. 이는 랑베르에게 앞으로 닥쳐올 일이었다. 리외는 나중에 랑베르가 들려준 속사정 이야기를 통해 그 사실을 자세히 알게 되었다. 그래서 리외는 개인의 행복과 페스트라는 추상 사이에 일어난 음울한 투쟁을 꾸준히 그리고 새로운 각도에서 계속 따라가 관찰할 수 있었다. 그 기나긴 시간에 걸쳐 우리 도시의 삶 전체를 좌지우지한 투쟁이었다.

그러나 어떤 사람들에게는 추상으로 보이는 것도 다른 사람들에게는 진리로 보였다. 페스트가 발생한 첫 달이 끝나갈 무렵에는 다시 기승을 부리는 페스트와 미셸 영감이 처음 증세를 보였을 때 도와준 적이 있는 예수회의 파늘루 신부가 한 열정 넘치는 설교로 분위기가 우울해졌다. 파늘루 신부는 오랑 지리학회 회보에 자주 기고를 해서 이름이 알려져 있었다. 그는 금석문 고증 분야의 권위자였다. 한편 그는 근대 개인주의를 다룬 일련의 강연을 하면서 관련 연구 전문가보다 더 많은 청중을 모은 일이 있었다. 그는 근대의 방종이나 지난 수 세기에 걸쳐 나타난 몽매주의와는 거리가 먼, 매섭고도 열렬한 기독교의 수호자를 자처했다. 그렇기 때문에 그는 청중에게 가혹한 진실을 그대로 마주하게 했다. 그에 따라 그의 명성은 계속 높아졌다.

하지만 그달이 끝나갈 무렵에 우리 시의 고위 성직자들은 집단 기도 주간을 정해 나름의 방법으로 페스트와 싸우기로 했다. 대중의 믿음을 보여주는 이 행사는 일요일에 페스트에 걸려서 죽은 성 로크에게 드리는 장엄한 미사로 마무리될 예정이었다. 파늘루 신부는 그 미사에서 설교를 해달라는 의뢰를 받았다. 그는 성 아우구스티누스와 아프리카 교회에 관한 연구를 통해 소속 교단에서 특별한 지위를 얻은 상태였다. 약 이 주 전부터 그 연구에서도 겨우 손을 뗄 수 있었다. 그는 성격이 급하고 열정적이라 부탁받은 사명을 굳은 의지로 받아들였다. 설교의 내용은 예정된 날보다 훨씬 전부터 이미 사람들의 입에 오르내렸고, 이날은 페스트 시기에서 나름 중요한 날짜로 기억되었다.

기도 주간에는 많은 사람들이 모여들었다. 그렇다고 평소 오랑 시민들이 독실한 신자였던 것은 아니었다. 예를 들어 일요일 아침 미사의 가장 큰 경쟁 상대는 해수욕이었다. 그렇다고 시민들이 갑자기 개종이라는 계시를 얻은 것은 더욱 아니었다. 기도 주간에 사람들이 많이 보인 것은 한편으로는 도시가 폐쇄되고 항구가 차단되어 해수욕을 못 해서였고, 또 한편으로는 시민들이 갑자기 일어난 여러 사건들을 아직은 마음속 깊이 제대로 인정하지는 못해도 분명 어떤 변화가 있다고 느껴 일종의 절실한 마음이 되면서 머리도 복잡해졌기 때문이었다. 그래도 많은 사람들은 전염병이 곧 멈출 것이고 가족들과 함께 무사히 전염병을 피할 수 있을 것이라는 희망을 품었다. 그래서 사람들은 전혀 초조해하지 않았다. 사람들에게 페스트는 지금은 불쾌해도 언젠가는 사라질 방문자로 보일 뿐이었다. 페스트도 일단은 찾아왔으니까 조만간 떠날 거라고 생각했다. 사람들은 두려워는 해도 절망하지는 않았다. 페스트가 아직은 일상으로 파고드는 단계는 아니었고 사람들이 평소 하던 생활 방식 자체를 잊어버리는 시기도 아직 오지 않았다. 요컨대 사람들은 무엇인가 기대를 하고 있었다. 다른 여러 문제와 마찬가지로 페스트는 종교에도 영향을 끼쳤다. 사람들의 정신 상태가 묘해진 것이다. 열정과도 거리가 멀고 무관심과도 거리가 먼 정신 상태. '객관성'이라는 표현으로 충분히 정의할 수 있는 정신 상태였다. 기도 주간에 참가한 사람들이 그랬다. 예를 들어 신자 한 사람이 리외 앞에서 "어쨌든 해를 끼치지는 않을 테니까요"라고 한 말에 사람들은 공감할 수도 있었을 것이다. 타루도 비슷한 내용을 자신의 수첩에 적어놓은 적이 있다. 이 경우 중국인들은 페스트라는 귀신 앞에서 북을 두드릴 것이며, 실제로 북이 각종 의학적 예방 조치보다 효과가 있는지는 알 수 없다는 내용이었다. 여기에 그 문제를 해결하려면 페스트라는 귀신에 대해 알아야 하는데 이에 대해 우리가 무지하다 보니 떠올릴 수 있는 모든 의견을 의미 없이 만든다는 내용이 덧붙여졌다.

어쨌든 우리 시의 대성당은 기도 주간에 신자들로 연일 문전성시를 이루었다. 처음 며칠 동안 많은 시민들이 성당 문 앞에 죽 늘어선 종려나무와 석류나무 숲에 앉아 거리까지 들리는 여러 소망과 기도 소리에 귀를 기울였다. 점차 청중은 앞사람들을 따라 성당으로 들어갔다가 모인 사람들의 답창에 어색한 목소리로 참가했다. 그래서 일요일에는 군중 상당수가 중앙 홀을 꽉 채웠고 앞뜰과 마지막 층계까지 가득 메웠다. 그 전날부터 하늘이 컴컴해지더니 소나기가 내렸다. 밖에 서 있던 사람들은 우산을 펴서 들고 있었다. 성당 안에 향로와 축축한 옷 냄새가 피어올랐다. 그 가운데 파늘루 신부가 설교단에 올라갔다.

그는 키가 중간 정도였으나 몸매가 다부졌다. 그가 커다란 손으로 나무틀을 붙들고는 설교단 가장자리를 꼭 짚고 섰을 때 사람들의 눈에 그는 금속으로 된 안경테 아래 불그스름한 양쪽 볼이 두 개의 얼룩처럼 툭 튀어나온 거대하고 시커먼 모습으로만 보였다. 멀리까지 울려 퍼지는 그의 목소리는 힘이 넘치고 열정적이었다. 그래서 그가 "여러 형제들, 여러분은 그 불행을 겪을 만합니다"라는 격렬하고 단호한 한마디로 청중을 때리자 소용돌이 같은 것이 일며 그 말을 청중을 거쳐 성당 앞뜰까지 전했다.

이어지는 말은 논리적으로 따졌을 때 비장한 첫 구절과 일치하는 것 같지는 않았다. 그다음 말은 그럴듯했다. 신부가 교묘한 말로 설교 전체의 주제를 마치 한 대 때리듯이 단숨에 시민들이 알아차리게 하는 수법이었다. 실제로 파늘루 신부는 그 말 바로 다음에 이집트에서 발생한 페스트를 언급하며 출애굽기의 한 구절을 인용해 이렇게 말했다. "이 재앙이 처음으로 역사상에 나타난 것은 신에게 대항한 자들을 무찌르기 위해서였습니다. 파라오는 하느님의 영원한 뜻을 거역했기에 페스트에 무릎을 꿇었습니다. 태초부터 신의 재앙은 오만한 자들과 눈먼 자들을 발아래 무릎을 꿇게 했습니다. 이 부분을 잘 생각해 무릎을 꿇으십시오."

밖에서는 비가 더 심하게 내렸다. 완전한 침묵 속에 던져진 그 한마디는 유리창을 두드리는 빗소리 때문에 더욱 깊은 의미가 되면서 강하게 메아리쳤다. 그 강렬함에 청중 몇 명은 잠시 주저하다가 의자에서 미끄러져 내려와 기도대 위에서 무릎을 꿇었다. 다른 사람들도 이들의 모범을 따라야 한다고 생각해서인지 차례로 청중이 전부 다 무릎을 꿇고 말았다. 가끔 의자가 삐걱거리는 소리만 날 뿐 그 이외의 소리는 전혀 들리지 않았다. 그때 파늘루 신부가 다시 몸을 일으켜 깊은 숨을 들이쉬더니 점점 더 강하게 말을 이었다. "오늘 페스트가 여러분의 일이 된 것은 반성을 할 때가 왔기 때문입니다. 올곧은 사람들은 페스트를 조금도 두려워할 필요가 없습니다. 그러나 사악한 사람들은 당연히 덜덜 떨게됩니다. 우주라는 거대한 곳간 속에서 차가운 재앙은 낟알을 고르기 위해 인류라는 밀을 타작할 것입니다. 낟알보다는 불순물인 짚이 더 많고 선민들보다는 부름을 받은 사람들이 더 많을 것입니다. 그러나 이 불행은 신이 원하신 것은 아닙니다. 다만 그동안너무나 오랫동안 이 세상은 악과 함께했습니다. 너무나 오랫동안이 세상은 성스러운 자비에 힘입어 안일한 휴식을 취했습니다. 회개만으로 충분했고 모든 것이 허락되었습니다. 모두가 회개라면 자신 있다고 생각했습니다. 때가 되면 사람들은 분명 회개를하고 싶은 마음이 들 것입니다. 그러나 그때가 오기 전에 가장 쉬운 길은 자기 멋대로 살아가는 것이겠죠. 그 외의 것은 신의 자비로 해결된다는 생각이 만연했습니다. 하지만 이렇게 계속될 수는 없었습니다. 결국 오랫동안 이 도시의 사람들에게 자애로운 얼굴을 보여주시던 신도 기다리다 지치시고 영원의 희망에서 실망해

결국 외면을 하신 것입니다. 신의 빛을 잃은 우리는 마침내 페스트의 어둠 속에 오랫동안 빠져버렸습니다!"

예배실에서 어떤 사람이 마치 성난 말처럼 콧바람 소리를 냈다. 신부는 잠시 멈춘 후, 목소리를 더 낮춰 설교를 계속했다. "《황금 전설》에 나오는 이야기입니다. 롬바르디아의 홈베르트 왕 시대에 이탈리아는 페스트의 맹렬한 기습을 당해 살아 있는 사람들만으로는 죽은 사람들을 매장하기 힘들 정도였습니다. 페스트는 특히 로마와 파비아에서 맹위를 떨쳤습니다. 그런데 어느 착한 천사가 눈앞에 나타나더니 악의 천사에게 명령을 내리자, 산돼지를 사냥할 때 사용하는 창을 가진 악의 천사가 집집마다 문을 두드렸습니다. 악의 천사가 두드린 집에서는 문을 두드린 수만큼 사망자가 나왔습니다."

파늘루는 이 대목에서 짧은 두 팔을 성당의 앞뜰 쪽으로 뻗었다. 그 짤막한 두 팔은 마치 비를 맞아 펄럭이는 휘장 뒤에 있는 무엇인가를 가리키는 것처럼 보였다. "형제들!" 그가 힘주어 말했다. "그때와 똑같은 죽음의 사냥이 현재 우리 도시의 거리마다 이루어지고 있습니다. 보세요. 루시퍼처럼 아름답고 악의 화신처럼 빛나는 페스트의 천사를 보십시오. 페스트의 천사는 여러분의 집 지붕 위에 서서 오른손에는 붉은색 창을 머리 높이까지 들고 있고 왼손으로 여러 집 가운데 하나를 가리키고 있습니다. 어쩌면 이 순간에도 그의 손가락이 여러분의 집 문을 가리키고 나무로 된 현관문을 창으로 두드리고 있을지도 모릅니다. 그리고 이 순간 여러분의 집으로 들어간 페스트가 여러분의 방에 앉아 여러분이 돌아오기를 기다리고 있을지도 모릅니다. 페스트는 참을성과 조심성으로 무장해 마치 이 세상의 질서 그 자체처럼 아무렇지도 않게 자리 잡고 있습니다. 여러분에게 뻗칠 페스트의 손은 지상의 그 어떤 힘으로도, 인간의 공허한 지식으로도 피할 수 없다는 것을 분명히 알아두시기 바랍니다. 그리고 여러분은 피가 낭자한 고통의 타작마당에서 두들겨 맞은 다음 짚과 함께 버림을 받을 것입니다."

여기서 신부는 재앙의 비장한 이미지를 과장하며 말을 이었다. 그의 설교를 들으면 마치 커다란 나무토막이 이 도시의 하늘에서 소용돌이치다가 마음껏 사람들을 때리고 피투성이가 되어 다시 솟아오른 후 마침내 진리를 수확하는 파종을 하기 위해 인류의 피와 고통을 뿌리는 장면이 떠올랐다.

기나긴 이야기를 마친 파늘루 신부는 머리카락을 이마 위로 내려뜨리고 양손을 통해 설교대 위까지 전달될 정도로 몸을 떨면서 말을 멈췄다. 그리고 목소리를 낮추되 훈계하는 말투로 말을 이었다. "그렇습니다. 반성할 때가 왔습니다. 여러분은 주일에 하느님을 찾아뵈면 나머지 시간은 자유라고 생각했습니다. 서너 번 무릎을 꿇기만 하면 여러분의 죄스러운 무관심에 대한 대가를 치르고 하느님에게 용서를 받았다고 생각했습니다. 그러나 하느님은 어설픈 분이 아니십니다. 그렇게 가끔 찾아오는 관계만으로는 하느님의 넘치는 애정을 만족시킬 수 없었던 겁니다. 사실, 그것이 하느님이 여러분을 사랑하는 유일한 방식입니다. 그래서 여러분이 찾아오기를 기다리다가 지치신 하느님은 여러분에게도 재앙이 찾아오게 하신 것입니다. 인류의 역사가 시작된 이래로 죄 많은 도시에 전부 재앙이 찾아왔듯이 말이죠. 카인과 그 후손들이, 노아의 대홍수 이전의 사람들이, 소돔과 고모라의 사람들이, 파라오와 욥이 그리고 저주받은 모든 사람들이 알아차렸듯이 여러분도 죄가 무엇인지 알게 될 것입니다. 그리고 이 도시가 여러분과 재앙을 사방의 벽으로 가둬버린 그날부터, 여러분은 위에서 말한 모든 사람들처럼 새로운 눈으로 모든 생명체와 사물을 바라보게 될 것입니다. 이제야 여러분은 마침내 근원으로 돌아와야 한다는 사실을 깨달은 셈입니다."

이제 습기 찬 바람이 대성당의 중앙부까지 불어오고 있었고 커다란 촛대의 불꽃이 작아지면서 한쪽으로 기울어 지지직거렸다. 촛농의 짙은 냄새, 기침 소리, 누군가의 재채기 소리가 파늘루 신부에게까지 전달되었다. 신부는 사람들로부터 높은 평가를 받기도 한 화려한 말솜씨를 발휘해 원래의 어조로 돌아와 조용히 말을 이어갔다. "제가 어떤 결론을 내릴지 궁금해하실 분이 많을 것입니다. 여러분을 진리로 이끌고 여러분이 기쁨을 누릴 수 있는 길을 알려드리고자 합니다. 지금까지 드린 말씀과는 관계없이 말이죠. 충고나 우정의 손길이 여러분을 착한 마음으로 이끌어주던 시대는 이미 지나갔습니다. 오늘날 진리는 하나의 명령입니다. 그리고 구원으로 가는 길은 여러분을 제시한 길로 밀어주는 붉은색 창입니다. 형제 여러분, 바로 여기서 하느님의 자비가 마침내 나타나고 있습니다. 만물 속에 선과 악, 분노와 연민, 페스트와 구원을 마련하신 하느님의 자비입니다. 여러분에게 고통을 안겨주는 재앙으로 여러분이 오히려 성장하고 길을 보게 됩니다. 아주 오래전에 아비시니아의 기독교인들은 페스트가 영원한 삶에 이를 수 있도록 신이 주신 효과적인 방법이라는 것을 알았죠. 병에 걸리지 않은 사람들은 확실한 죽음을 얻고자 페스트 환자들이 덮은 이불을 일부러 몸에 감았습니다. 어쩌면 구원을 얻으려는 광적인 열망은 그리 바람직한 것은 아닐지도 모르겠습니다. 그 같은 광적인 열망에는 오만함과도 같은 안타까운 성급함이 보이기 때문입니다. 하느님보다 서둘러서는 안 됩니다. 어쨌든 하느님이 만드신 영원한 질서를 마음대로 앞당기려 하면 이단으로 빠지게 됩니다. 그러나 적어도 이 같은 예시를 통해 나름 교훈을 얻을 수 있습니다. 우리가 통찰력을 통해 본다면 그것은 모든 고민 속에 놓인 영원한 삶의 찬란한 빛을 보여준다는 사실을 알 수 있습니다. 그것은 확실히 악을 선으로 변화시키는 신의 의지를 가리킵니다. 오늘도 또다시 그 빛은 죽음과 고뇌로 이루어진 소란스러운 길을 통해 우리들을 본질적인 침묵으로, 모든 생명의 원칙으로 이끌고 있습니다. 여러분, 이것이야말로 크나큰 위로입니다. 저는 여러분에게 이 같은 위안을 안겨주고 싶었습니다. 여러분은 이 자리에서 훈계를 듣고 가시는 것으로 그치지 말고 여러분의 마음을 안정시키는 말씀도 잘 새겨듣고 가주시기를 바랍니다."

파늘루 신부의 말은 끝난 것 같았다. 바깥의 비가 그쳤다. 물과 햇빛이 어우러진 하늘에서는 더욱 신선한 빛이 광장을 비추고 있었다. 거리에서 사람들의 말소리와 차가 지나가는 소리, 깨어난 도시에서 나오는 각종 언어가 들려오고 있었다. 청중은 소리를 죽이고 자리를 뜨면서 조심스럽게 소지품을 챙겼다. 그러나 신부는 다시 계속해서 말을 했다. 신부는 원래 페스트는 신이 내렸으며 그 재앙이 지닌 징벌하는 성질을 알려주었으니 더 이상 할 말은 없다고 이야기했다. 그리고 이 같은 비극적인 주제를 다루면서 이 장소에 어울리지 않는 웅변으로 마무리하고 싶지 않다고 했다. 그가 생각하기에는 모든 이들에게 모든 것이 명확해진 것 같았다. 다만 신부는 마르세유에 페스트가 맹렬하게 퍼졌을 때 그 상황을 기록한 프랑스의 법률가 마티외 마레가 지옥에 빠져서 그 역시 구원도 희망도 없이 사는 것을 한탄했던 이야기를 상기시켰다. 그런데 마티외는 장님이나 마찬가지였다! 그와 반대로 파늘루 신부는 신이 누구나에게 베푼 구원과 기독교적 희망을 오늘만큼 느껴본 적이 없었다. 신부는 우리 시민들이 매일 겪는 괴로움과 죽어가는 사람들의 아우성 속에서도 그리스도의 말이자

사랑의 말인 유일한 말을 시민 모두가 하늘을 향해 외치기를 그
어떤 희망보다 바라고 있었다. 나머지는 신이 하실 일이었다.

·

　신부의 설교가 우리 시민들에게 어떤 영향을 끼쳤는지 이야
기하기는 어렵다. 예심 판사 오통 씨는 리외에게 파늘루 신부의
설교를 '흠없이 완벽하다'고 생각한다고 말했다. 그러나 모든 사
람들이 그처럼 확실한 의견을 가지고 있는 것은 아니었다. 다만
신부의 설교를 통해 그때까지는 막연했던 생각, 그러니까 알 수
없는 죄악으로 상상도 하지 못한 감금 상태를 겪게 되었다는 생
각을 하게 되었다. 소소한 생활을 이어가며 감금 생활에 적응하
는 사람들도 있고, 반대로 이 도시라는 이름의 감옥에서 탈출하
겠다는 생각에만 사로잡힌 사람들도 있었다.

　처음에 사람들은 외부와 차단이 되면 그냥 그동안 몇 가지
습관만 흐트러지는 일시적인 불편을 겪고 만다고만 생각해 참았
다. 하지만 솥뚜껑 같은 하늘 아래 여름이 뜨거운 열기를 발산하
기 시작하면서, 그 안에 갇힌 것을 알게 된 사람들은 유배 생활이
삶을 통째로 위협하고 있다는 것을 막연히 느꼈다. 저녁이 되어
시원한 공기와 함께 힘을 되찾은 사람들은 절망적인 행동에 몸을
던지기도 했다. 무엇보다 바로 그 일요일부터 우리 도시에는 매
우 심각한 공포가 전반적으로 퍼져갔다. 우연의 일치인지 아닌지
는 알 수 없었다. 혹시 우리 시민들이 정말로 자신들이 처한 상황
을 제대로 의식하기 시작한 것인가라는 생각이 들 정도였다. 어
떻게 보면 우리 도시의 분위기가 조금은 달라졌다. 그러나 실제

로 분위기가 달라진 것인지, 아니면 사람들의 마음이 달라진 것인지 모르겠다. 그것이 문제였다.

　신부의 설교가 있고 며칠 안 되어 리외는 그랑과 함께 변두리 지역으로 가면서 설교에 대한 서로의 생각을 주고받았다. 그때 리외는 어떤 남자와 마주쳤다. 두 사람을 둘러싼 어둠 속에서 앞으로 가지 않고 미적이기만 하던 남자였다. 바로 그때, 도시의 가로등이 켜지며 밝아졌다. 가로등은 매번 늦게 켜졌다. 거리를 지나는 사람들의 등 뒤로 전등이 높이 달려 있었다. 전등 빛이 한 남자를 갑자기 비추었다. 그는 눈을 감고 소리 없이 웃고 있었다. 말없이 웃는 그 남자의 일그러진 하얀 얼굴로 굵은 땀방울이 흘렀다. 사람들이 그냥 지나갔다.

　"미친 사람이군요." 그랑이 말했다.

　리외는 얼른 그랑의 팔을 끌고 가려고 그의 팔을 잡았다. 그 와중에 리외는 그랑이 너무 긴장한 나머지 떨고 있음을 알았다.

　"머지않아 이 도시에는 미친 사람만 남을 겁니다." 리외가 말했다.

　피곤해서 그런지 그는 목이 말랐다.

　"뭐 좀 마십시다."

　두 사람이 들어간 조그만 카페에는 카운터 위에 있는 전등 하나만이 빛나고 있었다. 사람들은 답답하고 불그스름한 분위기 속에서 특별한 이유 없이 나지막한 목소리로 이야기를 하고 있었다. 카운터 쪽에 앉은 그랑은 놀랍게도 술을 한 잔 주문한 뒤 단숨에 들이켜곤 자신이 술이 세다고 말했다. 그러고는 밖으로 나가자고 했다. 밖으로 나온 리외는 밤이 신음 소리로 가득하다고 생각했다. 가로등 위, 어두운 하늘 어딘가에서 둔탁한 휘파람 소리가 들리자 리외는 보이지 않는 재앙이 지치지 않고 뜨거운 공기를 뒤흔드는 것 같다고 생각했다.

"다행입니다, 다행이에요." 그랑이 말했다.

리외는 그랑이 무슨 뜻으로 하는 소리일까 하고 생각했다.

"다행히 말이죠." 그랑이 말했다. "제게는 할 일이 있어요."

"그렇군요." 리외가 말했다. "그건 다행입니다."

리외는 휘파람 소리를 애써 듣지 않기로 하고 그랑에게 하는 일이 만족스럽느냐고 물었다.

"글쎄요, 길은 제대로 가고 있는 것 같습니다."

"앞으로도 오래 가야 하는 건가요?"

그랑은 생기가 있어 보였다. 알코올의 열기가 그의 목소리에 배어 나왔다.

"모르겠습니다. 문제는 그게 아닙니다, 선생님. 그 문제는 아니에요."

어둠 속에서 리외는 그랑이 두 팔을 흔든다는 것을 알았다. 그랑은 준비라도 한 것처럼 갑자기 말을 술술 뱉었다.

"제가 원하는 것은요, 선생님. 원고가 출판사에 도착해 편집자가 원고를 읽고는 자리에서 일어나 직원들에게 '여러분 모자를 벗으세요!'라고 하면서 존경을 보내오는 것입니다."

갑작스러운 그랑의 말에 리외는 깜짝 놀랐다. 그랑은 모자를 벗는 시늉을 하듯이 한 손을 머리로 가져갔고 팔을 직선 방향으로 죽 뻗었다. 저 위에서 요상한 휘파람 소리가 더 크게 들려오는 것 같았다.

"그럼요." 그랑이 말했다. "원고는 완벽해야 합니다."

리외는 문단이 어떻게 돌아가는지는 잘 몰랐지만 그랑이 말한 일이 간단하게 이루어질 것 같지는 않았다. 그리고 출판사 사람들도 사무실 안에서는 모자를 안 쓰고 있을 것 같았다. 그러나 혹시 또 모르는 일이라 입을 다물었다. 그는 자신도 모르게 페스트가 내는 신기한 소리에 귀를 기울였다. 그랑이 사는 동네가 가까워졌다. 지대가 조금 높은 동네라 미풍이 불자 두 사람은 시원함을 느꼈고 시내의 갖가지 소리도 미풍과 함께 깨끗하게 쓸려갔다. 그동안 그랑은 계속 말을 했으나 리외는 그가 하는 말을 세세히 다 이해할 수는 없었다. 다만 그랑이 하는 말 중에서 현재 쓰고 있는 작품은 페이지가 이미 많아서 원고를 다듬기 위해 저자인 그가 매우 고생을 했다는 사실만 알아들었다. "며칠 저녁, 몇 주일 내내 단어 하나에서 넘어가지를 못했죠. 때로는 단순 접속사 하나 때문에 막혔고요." 여기서 그랑은 말을 멈추고는 의사의 외투 단추를 잡았다. 그랑의 말이 고르지 않은 잇새 사이로 더듬더듬

새어 나왔다.

"그러니까요, 선생님. 정확히 말해서 '그러나'와 '그리고' 중에서 하나를 택하는 것은 쉬운 편입니다. 하지만 '그리고'와 '그다음에' 중에서 어느 것을 선택할지 고민하면 문제는 이미 어려워집니다. '그다음에'와 '이어서' 중에서 택해야 하면 더욱 어려워지죠. 그러나 제일 고민되는 것은 '그리고'를 넣을 필요가 있는지 없는지를 정하는 것이죠."

"그렇군요." 리외가 말했다. "무슨 말씀인지 알겠습니다."

그리고 그는 다시 걷기 시작했다. 그랑은 당황한 표정이었으나 평소의 자신으로 돌아갔다.

"죄송합니다." 그랑이 재빨리 말했다. "오늘 저녁에 제가 왜 이러는지 모르겠습니다."

리외는 그랑의 어깨를 다정하게 두드렸다. 리외는 그랑에게 자신은 그를 돕고 싶으며 이야기는 매우 재미있게 들었다고 말해 주었다. 그랑은 좀 더 밝은 표정이 되었다. 집 앞에 도착하자 그랑은 살짝 주저하더니 리외에게 잠시 들렀다 가면 어떻겠느냐고 물었다. 리외는 그렇게 하기로 했다.

그랑은 리외에게 식탁에 앉으라고 권했다. 식탁은 아주 작은 글씨 위로 삭제한 표시가 가득한 종이들로 뒤덮여 있었다.

"이 원고입니다." 그랑이 리외에게 말했다. 리외는 의아한 눈으로 그랑을 바라보았다. "그런데 뭐 좀 마시겠습니까? 와인이 조금 있습니다."

리외는 괜찮다고 했다. 그는 종이들을 바라보았다.

"보지 마세요." 그랑이 말했다. "이것은 제가 쓴 첫 문장입니다. 이 문장을 쓰느라 고생했죠. 정말 애먹었습니다."

그랑도 마찬가지로 모든 종이들을 바라보았다. 그의 손은 마치 뿌리칠 수 없는 힘에 이끌리듯 종이 한 장을 집어 들어 갓이 없는 전등 앞에 비췄다. 그의 손 안에서 종이가 떨고 있었다. 리외는 서기의 이마가 땀으로 젖어 있는 것을 보았다.

"앉으세요." 리외가 말했다. "그 원고를 읽어주시죠."

그랑은 리외를 보며 감사하다는 미소를 지었다.

"예." 그랑이 말했다. "저도 그러고 싶습니다."

그랑은 여전히 종이를 바라보면서 잠시 주저하다가 앉았다. 그와 동시에 리외는 무엇인가 윙윙거리는 소리에 귀를 기울였다. 마치 이 도시가 재앙의 휘파람 소리에 대답하는 소리 같았다. 그 순간, 이상하게도 리외는 발아래에 펼쳐진 이 도시, 폐쇄적인 세상이 된 이 도시, 그리고 이 도시가 어둠 속에서 간신히 견뎌 내는 음울한 아우성을 분명히 느낄 수 있었다. 그랑의 목소리가 둔탁하게 높아졌다. "5월의 어느 화창한 아침, 말을 탄 우아한 여인 한 명이 멋진 갈색 암말에 올라타 불로뉴 숲속에서 꽃이 화창하게 핀 오솔길을 거닐고 있었다." 다시 조용해졌다. 그리고 괴로워하는 도시의 소음이 희미하게 다시 들렸다. 그랑은 종이를 내려놓은 후에도 계속 보고 있었다. 잠시 후 그랑이 종이에서 눈을 떼고 리외를 바라보았다.

"어떻게 생각하세요?"

리외는 첫 부분을 들으니 그다음이 어떻게 될지 궁금하다고 대답했다. 하지만 그랑은 그런 시점은 그리 좋지는 않다며 쾌활하게 말했다. 그가 원고를 손바닥으로 탁 쳤다.

"그저 대충 써놓은 원고입니다. 머릿속에 상상하던 장면을 완벽히 만드는 데 성공하면 그리고 문장이 하나, 둘, 셋 하는 말의 발걸음과 딱 맞는 보조를 갖게 되면 나머지는 더 쉬워질 겁니다. 특히 처음에 떠오른 환상적인 장면이 대단해서 '모자를 벗으십시오' 같은 말이 나올 수 있을 것입니다."

하지만 이를 위해서 여전히 해야 할 일이 많다는 것이었다. 문장이 만족스럽게 생각돼도 현실과 아직 완전히 맞지 않는다는 것을 알고 있기 때문에, 또한 어떤 의미에서는 문체가 투박해 상투적인 문장에 가깝다는 것이 은근히 나타나기 때문이었다. 그랑이 말한 내용은 이랬다. 그때 창 아래에서 사람들이 뛰어다니는 소리가 났다. 리외가 일어섰다.

"제가 이 원고를 어떻게 다듬을지 보세요." 그랑이 말했다. 그리고 그는 창문 쪽으로 몸을 돌린 후 이렇게 덧붙였다. "이 모든 일이 다 끝나고 나서 말이죠."

그러나 급히 뛰어가는 발소리가 다시 들렸다. 리외는 벌써 계단을 내려가고 있었다. 그가 거리로 나오자 남자 두 명이 지나 갔다. 두 남자는 분명히 도시의 출입문으로 가고 있었다. 실제로 더위와 페스트 사이에서 정신을 놓아버린 나머지 폭력에 취해 관 문 감시를 피해 시외로 도망치려는 시민들이 있었다.

•

랑베르와 마찬가지로 다른 사람들도 점점 모습을 드러내는 이러한 분위기에서 벗어나고자 애썼다. 이들은 비록 성공은 거두지 못했어도 집요하고 교묘하게 애쓰고 있었다. 우선 랑베르는 공식적인 절차를 계속 밟았다. 랑베르는 자신은 늘 인내심만 있으면 모든 것을 이길 수 있다고 생각했다고 말했다. 어떤 면에서 보면 나름의 방법으로 밀고 나가는 것이 그의 직업이기도 했다. 그래서 그는 수많은 공무원과 사람들을 찾아갔는데 이들 모두 확실히 능력 있는 사람들이었다. 하지만 이번 문제에서는 이들의 능력도 큰 효과를 발휘하지 못했다. 더구나 이들은 대개 은행, 수출, 채소와 과일 혹은 와인에 대해서는 정확하고 정리된 생각을 지닌 사람들이었다. 이들에겐 소송이나 보험 문제를 해결할 수 있는 믿을 만한 졸업장이 있었고, 선한 의지와 해박한 지식이 있었다. 심지어 모든 사람들에게 가장 인상적인 점은 선의였다. 하지만 페스트에 대한 이들의 지식은 없는 것이나 마찬가지였다.

그래도 랑베르는 가능한 이들을 한 사람씩 찾아가 자신의 사정을 하소연했다. 랑베르는 자신은 이 도시와 관계가 없는 사람이니 특별히 검토해 사정을 봐달라고 했다. 그가 줄곧 주장하는 내용이었다. 대체로 그 신문 기자가 만난 사람들은 그 점을 시원하게 인정해주었다. 하지만 다른 몇몇 사람들도 비슷한 사정이 있어서 랑베르의 사정이 생각보다 특별한 경우가 되지 못한다는 것이 그들이 주로 하는 말이었다. 이에 대해 랑베르는 그렇다고 자신의 생각이 달라지지는 않을 것이라고 대답했다. 그러면 사람들은 랑베르의 사정만 특별히 봐줄 수는 없다고 했다. 랑베르만 예외로 해주면 전례라는 껄끄러운 것이 생겨날 수 있기에 행정적으로 복잡해진다는 이유를 들어 거절했다. 랑베르는 리외에게 이런 이론을 지지하는 사람들은 형식주의자라고 말하기도 했다. 그들 중엔 듣기 좋은 말을 잘하는 사람들도 있었다. 그들은 랑베르에게 도시의 현재 상황은 오래 가지 않을 것이라고 장담했다. 이런 사람들은 누군가 결정을 해달라고 하면 듣기 좋은 충고를 아끼지 않았고, 이번 문제가 일시적인 고통일 뿐이라며 랑베르를 위로하려고 했다. 또한 오만한 이들도 있었다. 이들은 찾아가면 왜 왔는지 요건을 적어놓고 가라고 말하고는 해당 사정에 대해서는 나중에 결정을 내릴 것이라고 통보했다. 싱거운 사람들은 숙박권을 내주겠다느니 저렴한 하숙집 주소를 알려주겠다느니 하는 말을 했다. 절차를 중시하는 사람들은 카드에 해당 사항을 적으라고 한 후 잘 분류해 놓았다. 업무가 많아 정신없는 사람들은 두 팔을 들었고 귀찮아하는 사람들은 모른 척했다. 마지막으로 가장 수가 많은 전통주의자들이 있다. 이들은 랑베르에게 다른 사무실을 알려주거나 다른 방법을 알아보라고 권했다.

이처럼 신문 기자는 여러 사람들을 찾아다니느라 지쳤다. 그는 인조 가죽 걸상에 앉아 기다리기도 했다. 뒤로는 세금 면제를 위해 국채를 신청하라고 권하거나 식민지 지역 군대에 지원하라고 하는 광고판이 붙어 있었다. 혹은 직원들이 문서 정리함이나 서류함처럼 건조한 표정을 하고 있는 사무실을 드나들기도 했다. 그러는 가운데 랑베르는 시청이나 도청이 어떤 곳인지 정확히 그릴 수 있게 되었다. 랑베르가 씁쓸한 표정으로 리외에게 이런 이야기를 한 적이 있다. 이런 과정에서 그나마 얻은 것이 있다면 페스트가 퍼지는 상황을 잊은 채 시간을 보낼 수 있었다는 거였다고. 이처럼 세월이 빠르게 흐르는 것은 둘째로 치더라도, 도시 전체가 처해 있는 상황에서는 하루하루 지날 때마다 사람들은 각자 괴로움의 끝을 향해 다가간다고 할 수 있다. 단, 죽지만 않는다면 말이다. 리외도 이를 사실이라고 인정하지 않을 수는 없었지만, 동시에 지나친 일반화라는 생각도 들었다.

어느 순간 랑베르는 희망을 가졌다. 도청에서 칸이 비어 있는 신원 조회 서류를 보내더니 정확히 기입하라고 했던 것이다. 서류는 신분, 가족 상황, 과거와 현재의 수입, 이력에 대한 항목으로 나뉘어 있었다. 그는 그 서류가 원래의 주소로 보내질 사람들을 대상으로 하는 조사 같다고 생각했다. 몇몇 기관에서 들은 막연한 정보들 때문에 이 같은 생각은 더욱 굳어졌다. 구체적으로 몇 가지 사항을 확인해본 랑베르는 서류를 보낸 기관을 찾아낼 수 있었다. 그 기관에서는 만일의 경우를 대비해 정보를 수집한다고 밝혔다.

"어떤 경우를 말하는 겁니까?" 랑베르가 물었다.

그러자 만일 랑베르가 페스트에 걸려 사망할 경우 가족에게 알리기 위해서이기도 하고, 병원비를 시 예산에서 부담할 것인지 랑베르의 친척들에게 청구할지 판단하기 위해서라고 했다. 분명 이를 통해 랑베르는 자신을 기다리고 있는 여인과 완전히 이별한 상태는 아니며 사회가 나름 두 사람의 일을 걱정해주고 있다는 것을 확실히 알 수 있었다. 그래도 랑베르에게 위로가 되지는 않았다. 랑베르도 관심 가질 정도로 주목할 만한 것이 있기는 했다. 재난 상황이 극도로 심각한 상태인데도 여전히 사무를 보는 기관이 있으며, 해당 목적을 위해 설립된 기관이기에 최고의 권력 기관이 신경 쓰지 못하는 사이에도 이런 식으로 아주 먼 예전에나 하던 일을 스스로 해나갈 수 있다는 사실이었다.

그 이후의 시기는 랑베르에게 있어서 가장 편하면서도, 동시에 가장 힘들기도 했다. 바로 무력감이 엄습한 것이다. 그는 모든 사무실을 다 찾아가 이야기를 해보았기에 공식적인 방면으로의 해결 가능성은 당분간은 막힌 상태였다. 어쩔 수 없이 그는 이 카페, 저 카페를 다니며 방황했다. 아침에는 어느 카페의 테라스에 앉아 미지근한 맥주 한 잔을 시킨 후 전염병이 조만간 끝날 거라는 징조라도 찾아볼 수 있을까 하는 희망에 신문을 읽기도 했다. 길 가는 사람들의 얼굴을 관찰하다가 슬픈 표정을 보고 마음이 좋지 않아 시선을 돌리기도 했다. 아니면 이미 백 번은 본 맞은편

가게들의 간판 혹은 이제는 더 이상 마실 수 없는 유명한 아페리티프 광고판을 읽은 후 자리에서 일어나 뿌연 거리를 발길 닿는 대로 걷기도 했다. 카페에서, 그리고 카페에서 식당으로 홀로 돌아다니다 보면 어느새 저녁이 되었다. 어느 날 저녁 리외는 한 카페의 문 앞에서 들어갈지 망설이는 랑베르의 모습을 보았다. 랑베르는 결심한 듯 카페의 맨 구석에 가서 앉았다. 그때는 카페들이 상부의 명령에 따라 전등을 가능한 한 늦게까지 켜지 않던 시기였다. 저녁노을이 마치 회색 물결처럼 카페 안을 가득 채웠고 저물어가는 장밋빛 하늘이 유리창에 반사되었으며 테이블의 대리석은 짙어지기 시작하는 어둠 속에서 희미하게 빛났다. 아무도 없는 카페 안에 있던 랑베르는 길을 잃은 그림자처럼 보였다. 그래서 리외는 그가 이제는 자포자기했나 보다 하고 생각했다. 이 도시에 갇힌 모든 사람들이 저마다 체념을 느끼는 순간이기도 했다. 그래서 감금 상태에서 얼른 해방되려면 무엇이라도 해야 했다. 리외는 발걸음을 돌렸다.

랑베르는 정거장에서 오랜 시간을 보내기도 했다. 플랫폼은 접근이 금지되었다. 그러나 바깥으로 통하는 대합실은 문이 열려 있었다. 대합실은 그늘이 지고 시원한 곳이어서 아주 더운 날이면 간혹 거지들이 들어와 자리를 잡았다. 랑베르는 그곳으로 가서 이전의 열차 시간표, 침을 뱉지 말라는 표지판, 열차 내 치안 규칙을 읽기도 했다. 그리고 나서 그는 구석에 자리를 잡고 앉았다. 대합실은 어두웠다. 낡은 무쇠 난로 하나가 몇 달째 구식 살수기 모양의 팔각 그물 울타리 안에 차갑게 식은 채로 놓여 있었다. 벽에는 광고 포스터 서너 장이 방돌이나 칸에서의 행복하고 자유로운 생활을 만끽하라고 선전하고 있었다. 여기서 랑베르는 극도의 궁핍 상태에서나 느낄 법한 참혹한 자유 같은 것을 느꼈다. 당시 그가 가장 견디기 힘들었던 이미지는 파리의 풍경이었다. 전에 그가 리외에게 이런 이야기를 한 적이 있었다. 돌로 만든 오래된 건축물과 그 사이를 흐르는 물줄기, 팔레 루아얄의 비둘기들, 북역, 팡테옹 근처의 인적 드문 동네 그리고 그렇게 사랑하고 있는 줄 미처 몰랐던 파리의 몇몇 장소들이 계속 마음속에 따라다녔기에 랑베르는 어떻게 해야 할지 몰랐다. 다만 리외는 랑베르가 그런 파리의 이미지를 통해 사랑의 이미지를 떠올리고 있는 것 같다고 생각했다. 어느 날 랑베르는 리외에게 새벽 4시에 잠에서 깨어나 자신이 살던 도시를 생각하면 즐겁다고 말한 적이 있었다. 리외는 자신의 경험에 비추어 랑베르가 그 도시에 남기고 온 여자를 생각하며 즐거워하는 것이라고 어렵지 않게 해석했다. 그 시간 동안 랑베르는 사랑하는 여자를 자신의 것으로 만들 수 있었다. 보통 새벽 4시면 사람들은 아무 일도 하지 않는다. 배신의 밤이라 해도 그 시간이 되면 모두 잠을 잔다. 그렇다. 그 시간에 사람들은 잠을 잔다. 잠을 자면 안심이 된다. 왜냐하면 걱정으로 가득한 욕망이란 사랑하는 사람을 끝없이 소유하고 싶어하는 것이거나, 만약 헤어져 있어야 한다면 다시 만날 수 있는 날까지 사랑하는 사람을 꿈도 없고 끝도 없는 잠 속에 빠뜨리고 싶어하는 것이기 때문이다.

·

　신부의 설교가 있고 난 뒤 얼마 지나지 않아 더위가 시작되었다. 6월 말이 되었다. 그 설교가 있던 날을 가장 기억에 남게 해준 늦은 비가 내린 다음 날, 여름이 갑자기 하늘과 지붕 위에서 시작되었다. 먼저 뜨겁고 강한 바람이 하루 종일 불면서 벽의 물기가 사라졌다. 해는 꼼짝도 하지 않았다. 더위와 햇빛의 끝없는 물결이 하루 종일 도시를 가득 메웠다. 거리의 아케이드와 아파트를 빼면 이 도시에서 눈부신 햇빛이 반사되지 않는 곳은 하나도 없었다. 태양은 우리 시민들을 거리의 구석까지 따라가 시민들이 걸음을 멈추는 순간 내리쬤다. 더위와 함께 희생자 수가 매주 칠백 명 정도로 늘어나면서 도시는 절망감에 휩싸였다. 변두리 지역 중에서 곧게 뻗은 거리와 테라스가 딸린 집들 사이에서도 활기가 줄어들었다. 주민들이 언제나 문 앞에 나와 생활했던 동네였는데 이제는 문은 물론이고 덧문까지 꽉 닫혀 있었는데, 이것이 햇빛을 막기 위해서인지 페스트를 못 들어오게 하기 위해서인지는 알 수 없었다. 그런데 몇몇 집에서 신음이 새어 나왔다. 전에는 이런 일이 있으면 호기심 많은 사람들이 거리로 나와 귀를 기울이는 모습을 흔히 볼 수 있었다. 하지만 오랜 나날 시달리다 보니 모두 무뎌져버렸는지 사람들은 신음 소리를 인간이 원래 지닌 언어이기라도 하듯 무심하게 지나치거나 그 곁에서 살아가고 있었다.

도시의 출입문에서 소동이 벌어지면 헌병들은 무기를 사용할 수밖에 없었다. 그 때문에 정신없이 어수선했다. 분명히 부상자들도 있었다. 그러나 더위와 공포 때문에 무엇이든 과장되는 도시에서 사람들은 사망자도 나왔다며 수근거렸다. 어쨌든 실제로 사람들의 불만은 나날이 커져만 갔고 당국은 최악의 상황을 우려했으며 재앙으로 억눌려 있던 시민들이 폭동이라도 일으킬 경우 어떤 조치를 취해야 할지에 대해 진지하게 고려하게 되었다. 신문에는 외출 금지 명령이 재차 발표되었고 이를 위반하는 사람은 구속될 수도 있다는 협박성 메시지도 함께 게재되었다. 순찰대가 시내를 돌았다. 인적이라곤 찾아볼 수 없는 푹푹 찌는 거리에서는 보도 위로 말발굽 소리를 울리며 닫힌 창문들 사이를 지나는 기마 순찰대의 모습이 보였다. 순찰대가 지나가면 경계하는 듯한 무거운 침묵이 숨죽인 도시를 다시 덮쳤다. 벼룩을 퍼뜨릴 수 있는 개와 고양이들을 사살하라는 최근 명령에 따라 특별 임무를 맡은 부대의 발포 소리가 간혹 들리기도 했다. 인정사정 없는 그 폭발음으로 도시의 분위기가 한껏 긴장되었다.

두려움에 떨고 있던 우리 시민들은 더해만 가는 더위와 침묵 속에서 모든 것을 더욱 심각하게 느끼게 되었다. 계절의 변화를 알려주는 하늘의 빛깔과 흙냄새가 처음으로 모두에게 민감하게 다가왔다. 누구나 날이 더워지면 전염병이 더욱 기승을 부린다는 것을 알고 있었고, 그래서 두려워하고 있었다. 동시에 모두들 본

격적인 여름이 찾아왔다는 것을 알았다. 저녁 하늘을 나는 명매기(커다란 날개를 가진 새로 '칼새'라고도 불린다-옮긴이)의 울음이 머리 위에서 더욱 처량하게 들렸다. 우리 고장에서 지평선이 멀어지는 6월의 저녁노을과는 더 이상 어울리지 않는 소리였다. 시장의 꽃들도 이제는 꽃봉오리 상태가 아니었다. 활짝 피어서 도착한 꽃들은 아침이 지나고 나면 먼지 쌓인 보도 위로 꽃잎들을 떨구었다. 기진맥진해버린 봄은 여기저기 활짝 핀 수천 가지의 꽃들 속에서 무르익다가 이제는 페스트와 더위라는 두 압력에 점점 짓눌려 죽어가는 것을 확실히 알 수 있었다. 여름 하늘과 먼지와 지루함이라는 색채 아래에서 빛바랜 거리는 도시의 분위기를 매일 가라앉게 하는 백여 명의 사망자들과 마찬가지로 시민들에게 위협적인 의미로 다가왔다. 계속해서 빛나는 태양, 졸음과 휴가를 생각나게 하는 그 시간도 이제는 예전처럼 물과 육체의 향연을 즐기라고 부추기지 못했다. 그 시절은 폐쇄된 조용한 도시에서 공허하게 울렸다. 그 시간들은 행복한 계절의 구릿빛 빛깔을 잃어버렸다. 페스트가 깃든 태양이 모든 색채를 꺼버렸고 모든 기쁨을 몰아냈다.

그것이 전염병으로 찾아온 큰 변화 중 하나였다. 평소에는 시민 모두 여름을 즐겁게 맞이했었다. 그때가 되면 도시가 바다를 향해 열리면서 젊은이들이 해변으로 쏟아져 나왔다. 그런데 이번 여름에는 가까운 바다도 갈 수 없고 육체가 기쁨을 누릴 권리는 더는 없었다. 이 상황에서 무엇을 해야 할까? 여전히 타루가 그 당시 우리들의 생활이 어땠는지 충실하게 전해주고 있다. 물론 그는 페스트의 전반적인 진행 과정을 따라갔고 전염병의 첫 고비는 라디오 보도를 통해 알게 되었다고 적었다. 라디오가 사망자 수를 매주 몇 백 명이라고 보도하지 않고 하루에 92명, 107명, 120명이라는 식으로 보도하기 시작한 시점부터가 전염병의 고비였다는 것이다.

"신문과 당국은 페스트를 대하는 데 상당히 교묘한 속임수를 사용하고 있다. 신문과 당국은 130이 710보다는 훨씬 적은 수여서 자신들이 페스트를 몇 걸음 더 앞질렀다고 상상하고 있었다."

그는 전염병 때문에 벌어진 비정하거나 혹은 연극과도 같은 일들도 언급했다. 예를 들어 덧문이 닫히고 인기척이 없는 동네에서 갑자기 머리 위로 창문을 열고 큰소리로 고함을 두 번 지르고는 짙은 그늘에 잠긴 방에 덧문을 다시 닫은 여자의 이야기가 그랬다. 또 다른 곳에서는 박하 드롭스가 약국에서 사라졌는데 많은 사람들이 만일을 대비해 전염병을 예방하려고 박하 드롭스를 사서 빨아먹었기 때문이라는 내용도 있었다.

그는 또한 마음에 드는 사람들을 계속 관찰했다. 고양이들과 장난치는 땅딸막한 영감도 역시 비극 속에서 산다는 사실도 그의 묘사로 알게 되었다. 실제로 어느 날 아침에 총소리가 몇 번 울리더니 납으로 만든 총알들이 가래침처럼 날아들어 고양이들을 대부분 죽였고 겁에 질린 고양이들도 거리를 떠났다고 타루는 묘사했다. 바로 그날, 그 땅딸막한 영감은 원래 습관대로 그 시간이 되자 발코니에 나타났는데 매우 놀란 모습으로 몸을 굽혀 길 끝까지 살펴본 후, 어쩔 수 없이 기다리기로 하는 듯했다. 그는 손으로 발코니의 철망을 탁탁 두드렸다. 그리고 조금 더 기다리다가 종이를 조각조각 찢어 뿌리더니 다시 방으로 들어갔다 나오더니 얼마 후에는 갑자기 화가 난 듯 창문을 쾅 닫고 집 안으로 들어갔다. 그 후 며칠 동안 같은 장면이 반복 연출되었다. 그러나 키 작은 영감의 얼굴에는 슬픔과 당혹스러움이 점점 더 뚜렷하게 나타났다. 일주일 후, 타루는 매일 나타나던 그 영감을 기다렸으나 허탕을 쳤다. 창문들은 충분히 이해가 가는 슬픔에 짓눌린 채 굳게 닫혀 있었다. "페스트 기간 중에는 고양이들에게 침을 뱉지 말 것." 타루의 수첩에 적힌 내용의 결론이었다.

또 한편, 타루는 저녁에 돌아올 때 늘 로비의 홀에서 야근 담당자의 우울한 얼굴과 마주쳤다. 그는 홀 여기저기를 거닐었는데, 마주치는 사람만 있으면 이번 일을 이미 예상했다고 말했다. 타루는 야근 담당자에게 그가 불행을 예언하긴 했지만 그때는 지진이라고 하지 않았냐고 물었다. 그러자 나이 든 야근 담당자는 이렇게 대답했다. "아! 차라리 지진이었다면! 한 번 크게 흔들리면 그것으로 끝인데… 죽은 사람과 산 사람이 몇 명인지 세기만 하면 되니까요. 하지만 이 망할 전염병이라니! 병에 걸리지 않은 사람들도 마음의 병에 걸린다니까요."

지배인의 걱정도 만만치 않았다. 처음에는 도시를 떠날 수 없게 된 여행자들이 도시가 폐쇄되자 호텔에 발이 묶였다. 그러나 조금씩 전염병이 퍼지면서 많은 사람들이 친구 집에서 묵는 편이 낫다고 생각했다. 호텔 방이 꽉 찼던 것과 같은 이유로 그 후로는 호텔 방이 비었다. 왜냐하면 우리의 도시에 새로운 여행자가 더는 없기 때문이었다. 타루는 호텔에 남아 있는 몇 안 되는 투숙객 중 한 사람이었다. 지배인은 기회만 있으면 타루에게 마지막 남은 손님들에게 기분 좋은 서비스를 제공하려는 욕구가 없었다면 호텔은 벌써 오래전에 문을 닫았을 것이라고 말했다. 지배인은 타루에게 페스트가 언제까지 계속될 것 같으냐고 자주 묻곤 했다.

"들리는 이야기로는요." 타루가 말했다. "페스트 같은 병은 추위에 꼼짝 못 한다 하더군요."

지배인은 펄쩍 뛰었다. "여기에는 사실상 추위가 없는데요, 선생님. 어쨌든 아직 몇 달 더 있어야겠군요."

게다가 지배인은 여행자들이 오랫동안 이 도시에 발걸음을 하지 않을 것이라 확신하고 있었다. 그놈의 페스트가 관광을 다 말아먹은 것이다. 한동안 보이지 않던 올빼미 신사 오통 씨가 다시 레스토랑에 나타났다. 그런데 이번에 그는 똘똘한 강아지 같은 두 아이들만 데리고 왔다. 알고 보니 그의 아내는 간호해오던 친정어머니가 결국 돌아가셔서 장례를 치른 후 현재 격리 중이라고 했다.

"마음에 안 듭니다." 지배인이 타루에게 말했다. "격리 중이든 아니든 그 여자가 의심스럽습니다. 저 가족도 의심스럽고요."

타루는 지배인에게 그렇게 보면 모든 사람이 의심스럽다고 지적했다. 그래도 지배인은 단호했고 그 문제에 대해서는 생각이 확고했다.

"아닙니다, 선생님. 선생님이나 저는 의심스러운 곳이 없지만, 저들은 의심스럽습니다."

하지만 오통 씨는 그 정도로 달라질 사람이 아니었다. 이번에는 페스트도 그에게 아무 영향을 주지 못했다. 그는 여전히 식당에 들어와 먼저 앉은 후 아이들을 앞에 앉혔고, 여전히 점잖으면서 훈계하는 말투로 아이들을 다루고 있었다. 다만 어린 아들만은 모습이 달라졌다. 그 아들은 누이처럼 검은색 옷을 입었고 예전보다 탱탱해져 마치 아버지의 작은 그림자처럼 보였다. 오통 씨를 탐탁하게 생각하지 않는 야근 담당자가 타루에게 이렇게 말했다.

"아! 저 사람은 쓰러질 때도 저렇게 차려입은 채일 겁니다. 그러면 옷을 갈아입힐 필요도 없죠. 그대로 가면 되니까요."

파늘루 신부의 설교 이야기도 적혀 있었는데 다음과 같은 글이 적혀 있었다. "호의로 가득한 그의 열정은 이해된다. 재앙이 시작되고 끝날 때 사람들은 말을 조금 그럴듯하게 꾸미곤 한다. 재앙이 시작되면 아직 습관을 버리지 못해서 그렇고, 재앙이 끝나면 습관이 이미 돌아와서 그렇다. 불행한 순간이 와야 사람들은 진실에, 즉 침묵에 익숙해진다. 기다려보자."

끝으로 타루는 의사 리외와 오랫동안 대화를 했다고 적었다. 그리고 그 대화에서 좋은 결과를 얻었다고만 적었다. 그리고 리외 어머니의 맑은 갈색 눈에 대해 언급하면서 그토록 선한 마음이 나타나는 눈이라면 늘 페스트보다 강할 것이라며 특이한 주장을 했다. 끝으로 리외가 담당하는 노인 천식 환자에 대한 내용을 길게 적어놓았다.

타루는 의사와 대화를 나눈 후 함께 그 노인을 찾아갔다. 노인은 낄낄 웃기도 하고 손을 비비기도 하면서 맞이했다. 노인은 완두콩이 담긴 냄비 두 개를 아래에 놓고 베개에 몸을 기댄 상태로 침대 위에 앉아 있었다. "아! 한 분이 또 오셨군요." 노인이 타루를 보고 말했다. "세상이 뒤죽박죽입니다. 환자보다 의사가 더 많으니까요. 참 빨리도 죽어요, 그렇죠? 신부님 말씀이 맞습니다. 그럴 만하죠." 그다음 날 타루는 약속도 없이 다시 노인을 찾아갔다.

타루의 수첩에 적힌 내용에 따르면 노인은 원래 잡화상이었는데 쉰 살이 되자 장사도 이제 할 만큼 충분히 했다고 판단했다. 그 후로 자리에 드러누웠고 다시는 일어나지 않았다. 천식을 앓아도 일어나 움직이는 데 지장은 없었다. 얼마 되지는 않아도 연금 덕분에 일흔다섯이 된 현재까지 생활할 수 있었다. 영감은 시계만 보면 괴로워했다. 그래서 실제로 그의 집 안에는 시계가 단하나도 없었다. "시계는 말입니다." 영감이 말했다. "값만 비싸고 어리석은 물건이죠." 그는 시간을 짐작할 때, 특히 가장 중요한 식사 시간을 짐작할 때 두 개의 냄비를 사용했다. 냄비 하나는 완두콩이 가득 차 있었다. 그는 언제나 부지런하고 규칙적인 움직임으로 콩을 하나씩 다른 냄비에 옮겨 담았다. 이렇게 해서 그는 냄비로 측정하는 하루 속에서 자신의 지표를 찾았다. "냄비를 열다섯 번 채울 때마다 한 끼를 먹어야 합니다. 아주 간단하죠." 노인이 말했다.

　게다가 노인의 아내에 따르면 그는 아주 젊었을 때부터 그런 소질을 타고났다고 한다. 실제로 그 어느 것도 그의 흥미를 끌지 못했다. 일도, 친구도, 카페도, 음악도, 여자도, 산책도 전부 그랬다. 그는 자신이 사는 도시 밖을 나간 적이 없었다. 딱 하루 어느날 집안일 때문에 알제에 가야 할 일이 생겼는데 오랑에서 가장 가까운 역 정거장까지 가서는 그만 멈춰버렸다. 더는 모험을 할수 없었던 것이다. 그리고 첫차를 타고 집에 돌아왔다. 타루는 그노인의 폐쇄적인 칩거 생활에 놀랍다는 표정을 지었다. 그런 타루에게 노인은 종교에 따르면 인간의 인생 초반기는 상승이고 인생 후반기는 하강인데 하강기의 인생에서 하루하루는 더 이상 자신의 것이 아니기에 언제든 빼앗길 수 있으니, 방법이 없다면 아무엇도 하지 않는 것이 최선이라고 설명했다. 또한 노인은 모순을 두려워하지 않았다. 잠시 후 그는 타루에게 신은 분명히 존재하지 않는다고 말하면서 그 이유는 신이 존재한다면 신부는 필요 없었을 것이기 때문이라고 했다. 그런데 타루는 노인의 생각을 몇 가지 더 듣고 나자 그의 철학이 타루의 소속 교구에서 헌금 모금을 자주 할 때 느꼈던 기분과 밀접하게 관계가 있음을 깨달았다. 노인이 어떤 사람인지 알게 해준 결정적인 것이 있었다. 노인은 타루 앞에서 여러 번 진지하게 자신의 소원을 말했다. 그 소원은 아주 오래 살다가 죽고 싶다는 것이었다.

'성자가 아닐까?' 타루가 생각했다. 그리고 그는 이렇게 대답했다. '그래, 성스러움이 습관 전체라면 말이다.'

그러나 동시에 타루는 페스트에 걸린 도시의 하루를 꽤 세세하게 묘사하려고 노력했는데, 그는 이번 여름 동안 우리 시민들의 관심사와 생활에 대해 하나의 정확한 생각을 알리고자 했다. 타루는 이렇게 적었다. "주정뱅이들 외에 웃는 사람은 아무도 없다. 그런데 주정뱅이들은 지나치게 웃는다." 그리고 다음과 같이 묘사하기 시작했다.

새벽에는 산들바람이 여전히 인기척 없는 도시를 지나간다. 밤의 죽음과 낮의 불안 사이에 존재하는 그 시간에는 페스트도 잠시 움직임을 멈추고 숨을 돌리는 것 같았다. 가게란 가게는 전부 문이 닫혀 있다. 그 중 가게 몇 곳에는 '페스트로 문 닫습니다'라는 문구가 있었는데, 다른 가게들처럼 금방 문을 열지 않으리라는 것을 의미했다. 신문팔이들은 여전히 졸고 있느라 뉴스를 외치지는 않지만 길모퉁이에 등을 기댄 채 몽유병 환자 같은 자세로 자사 신문들을 가로등 앞에 펼쳐놓았다. 신문팔이들은 잠시 후 첫 전차 소리에 잠에서 깨어나 도시의 곳곳에 흩어져 '페스트'라는 글자가 눈에 띄는 신문들을 팔을 쭉 펴면서 내밀 것이다. "'페스트는 가을까지 갈 것인가?' B교수는 그렇지 않다고 대답." "하룻동안 사망자 124명. 페스트 발생 94일째인 현재의 상황." 용지가 점점 부족해서 어쩔 수 없이 지면을 줄인 간행문들도 있었다. 그러는 와중에도 〈전염병 소식지〉라는 신문이 새로 창간되었다. 그 신문이 내세운 사명이 있었다. '전염병의 진행과 후퇴를 최대한 객관적으로 시민들에게 보도하고 전염병의 진행 전망에 대해서는 최고로 권위 있는 증언을 제시하며 유명인이든 아니든 재앙과 싸울 마음이 있는 모든 사람들을 지면을 통해 격려하고 주민들의 사기를 북돋고 당국의 지시 사항을 전달하는 것, 한마디로 우리에게 닥친 불행과 효과적으로 싸우고자 모든 선의를 모으는 것'이 사명이었다. 하지만 그 신문은 얼마 지나지 않아 페스트 예방에 탁월하다는 신약 광고를 싣는 것에 그치고 말았다.

새벽 6시쯤, 모든 신문들이 팔리기 시작했다. 문 열기 한 시간 전부터 가게 앞에 서 있는 행렬에서부터 팔리기 시작하더니, 그다음에는 교외 지역에서 만원이 되어 도착하는 전차들 안에서 팔리기 시작했다. 전차가 유일한 교통수단이 되었기에 승강구 계단과 바깥 난간까지 터질 정도로 많은 승객들을 싣고 달리고 있다. 신기한 것은 그런 와중에도 승객들은 가능한 한 상호 감염을 피하기 위해 서로 등을 돌리고 있었다는 점이다. 정류장마다 전차에서 떼로 쏟아져 나온 남녀 승객들이 급히 흩어져 혼자가 된다. 기분이 나쁘다는 이유로 싸움이 벌어질 때가 많았다. 그 기분 나쁜 상태는 계속되었다.

첫 전차가 지나가고 도시는 조금씩 잠에서 깨어난다. 맨 먼저 문을 여는 맥줏집들은 카운터에 '커피 매진', '설탕 지참' 같은 푯말을 붙였다. 이어서 가게들이 문을 열면 거리에는 활기가 넘친다. 동시에 태양이 뜨고 더위는 7월의 하늘을 점점 납빛으로 만든다. 이 시간이 되면 아무런 할 일도 없는 사람들이 대로에 나왔다. 대부분은 자신의 호사스러움을 과시하며 페스트를 쫓아버리려고 애썼다. 매일 11시쯤이 되면 중심가에는 젊은 남녀들의 퍼레이드가 펼쳐지는데, 사람들은 이 청춘 남녀의 퍼레이드 속에서 큰 불행이 덮친 상황에서도 자라나는 삶의 열정을 느낄 수 있었다. 전염병이 퍼지면 도덕도 느슨해질 것이다. 무덤가에서 벌어진 밀라노의 사투르누스 축제(로마 신화에 나오는 농경의 신 사투르누스를 기리는 축제—옮긴이)를 여기서도 다시 보게 될 것이다.

정오가 되면 식당들은 눈 깜짝할 사이에 손님들도 꽉 찬다. 곧이어 자리를 잡지 못한 사람들이 식당 문 앞에서 작은 무리를 이룬다. 하늘은 극에 달한 더위 때문에 빛을 잃어가기 시작한다. 식사를 하려는 사람들은 햇빛으로 이글거리는 길가에 있는 커다란 회전 차양 그늘 아래에서 차례를 기다린다. 식당은 식사 문제를 간단히 해결할 수 있는 곳이기 때문에 만원이 된다. 그러나 식당에서도 전염에 대한 불안은 여전히 존재했다. 같이 식사하는 사람들은 자신의 포크와 나이프를 꼼꼼히 오랫동안 닦는다. 얼마 전만 해도 '저희 식당은 끓는 물에 식기를 소독합니다'라는 광고를 붙인 식당들도 있었다. 그러나 이러한 식당들도 점차 이런 광고를 중단했다. 광고를 보고 손님들이 너무 많이 몰려들었기 때문이다. 더구나 손님들은 돈을 마음껏 썼다. 고급이거나 고급스러워 보이는 술, 최고로 비싼 안주를 두고 맹렬한 경쟁이 벌어진다. 어떤 식당에서는 몸이 불편한 손님이 안색이 창백해져서 일어나 비틀거리며 급하게 출구로 나가 난리가 난 적도 있었다.

2시쯤이 되면 도시는 점차 사람들의 발길이 끊어진다. 그 순간 침묵, 먼지, 태양, 페스트가 거리에서 만난다. 회색빛의 큰 집들을 따라 더위가 끝없이 흐른다. 주민이 많아 시끌벅적한 도시는 붉게 타오르는 저녁이 되어야 이런 오랜 감금 시간도 끝이 난다. 더위가 시작된 처음 며칠 동안에는 이유는 알 수 없으나 저녁이 되면 인기척이 드물어질 때도 있다. 그러나 이제는 선선해지기만 하면 희망은 아니더라도 안도감 같은 것이 찾아온다. 그러면 사람들이 모두 거리로 나와 열심히 이야기를 하거나 다투거나 서로를 탐한다.

그렇게 7월의 붉은 하늘 아래, 도시는 남녀 커플들과 소음으로 가득한 채 숨 가쁜 밤을 향해 표류한다. 매일 저녁이면 계시를 받았다는 어느 노인이 펠트 모자에 나비넥타이를 매고 대로로 나와 군중을 헤치며 "하느님은 위대하시다. 하느님께로 오라"라고 반복해 외쳤으나 소용없었다. 사람들 모두 반대로 잘 알지 못하는 무엇, 신보다 급해 보이는 무엇을 향해 걸음을 재촉한다. 초기에는 사람들이 이번 전염병을 다른 전염병처럼 생각했기에 종교도 나름 역할을 했다. 그러나 심상치 않은 전염병이라는 사실을 알게 된 사람들은 향락을 생각했다. 낮에는 사람들의 얼굴에 근심이 나타나지만, 뜨겁고 먼지 가득한 저녁노을이 찾아오면 시민들은 매우 흥분하거나 방종에 가까운 자유를 누린다.

나도 그들과 마찬가지다. 그래서 어떻단 말인가! 나 같은 인간에게 죽음은 아무것도 아니다. 죽음은 사람들의 말이 맞다면서 그들의 손을 들어주는 사건일 뿐이다.

•

　타루가 수첩에 적은 면담은 타루가 리외에게 요청한 것이었
다. 의사는 타루를 기다리던 저녁, 식탁 한켠에 얌전히 앉아 있는
어머니를 바라보고 있었다. 어머니는 집안일을 다 끝내면 바로
거기서 나머지 하루를 보냈다. 어머니는 두 손을 무릎에 얹고 기
다렸다. 리외는 어머니가 기다리는 사람이 아들인 자신인지 확실
히 알 수는 없었다. 하지만 리외가 나타나면 어머니의 얼굴에는
무엇인가 변화가 생겼다. 고달픈 인생이, 어머니의 얼굴에 새겨진
침묵에 잠겼다. 그날 저녁 리외의 어머니는 이제 인기척이 없어
진 거리를 창문 너머로 보고 있었다. 밤을 비추는 조명이 3분의 2
정도 줄었다. 그래서 가끔 아주 희미한 불빛이 도시의 어둠 속에
몇 가닥 빛을 비추었다.

　"페스트가 퍼지는 동안에는 조명을 줄일 건가 보지?" 어머니
가 말했다

　"아마도요."

　"겨울까지 계속되지 말아야 할 텐데. 그때도 그러면 쓸쓸할
거야."

　"그럼요."

　리외는 자기 이마를 바라보는 어머니의 시선을 느꼈다. 그는
지난 며칠 동안 불안과 과로로 자신의 얼굴이 여윈 것을 알고 있
었다.

"오늘은 일이 잘 풀린 거니?"

"아! 늘 그렇죠."

늘 그렇다! 그러니까 파리에서 보내온 새 혈청은 처음 온 혈청보다 효과가 떨어지는 것 같았고 통계 수치는 올라갔다. 이미 감염된 가족들 외의 다른 사람들에게 혈청을 예방 접종할 가능성은 여전히 없었다. 예방 혈청을 일반적으로 사용하기 위해선 대량 생산이 필요했다. 멍울은 제철이라도 만난 듯 대부분 칼이 잘 들지 않을 정도로 딱딱하게 굳어서 환자들이 고문을 받기라도 하는 듯 괴로워했다. 전날 밤부터 변종 페스트로 보이는 두 가지 사례가 동시에 발견되었다. 이제 페스트는 폐까지 공격했다. 바로 그날, 어느 회의에서 기진맥진한 의사들은 갈팡질팡하고 있는 지사 앞에서 입에서 입으로 전염되는 폐렴성 페스트를 막기 위한 새로운 조치를 요구하고 승낙을 받아냈다. 언제나 그렇듯이 사람들은 아무것도 몰랐다.

리외는 어머니를 바라보았다. 어머니의 아름다운 갈색 눈동자를 바라본 리외의 마음속에 다정한 옛 시절이 떠올랐다.

"무서우세요, 어머니?"

"내 나이가 되면 더는 무서운 게 없단다."

"낮은 아주 길고 저는 집에 없으니까요."

"네가 돌아올 것을 알면 기다리는 것도 괜찮아. 그리고 네가 집에 없을 때는 네가 무엇을 하고 있는지 생각한단다. 네 안사람

소식은 들었니?"

"예, 모든 것이 좋다고 해요. 지난번 전보에서요. 하지만 저를 안심시키려고 하는 말이겠죠."

초인종이 울렸다. 의사는 어머니에게 미소를 짓고 문을 열러 갔다. 어두침침한 계단참에 서 있는 타루가 회색 옷을 입은 커다란 곰처럼 보였다. 리외는 손님에게 책상 앞에 앉으라고 권했다. 리외 자신은 안락의자 뒤에 서 있었다. 두 사람은 방 안을 유일하게 비추는 책상 위 전등을 사이에 두고 마주 보았다.

"감이 오더군요." 타루가 대뜸 입을 열었다. "선생님하고는 솔직히 이야기할 수 있다는 것을요."

리외는 말없이 고개를 끄덕였다.

"보름이나 한 달이 지나면 선생님은 이곳에서 하실 수 있는 일이 하나도 없으실 겁니다. 선생님도 어떻게 해볼 수 없을 만큼 상황이 심각해지는 것이죠."

"사실입니다." 리외가 말했다.

"보건부의 조직에 문제가 많습니다. 선생님에게는 인력과 시간이 부족합니다."

리외는 그것도 사실이라고 인정했다.

"일반 구조 작업에 건강한 남자들을 강제로 참가시키려고 도청에서 민간 봉사 단체를 꾸릴 생각이라고 들었습니다."

"잘 알고 계시는군요. 하지만 불만의 목소리가 이미 커서 지사가 주저하고 있습니다."

"왜 자원봉사자들을 모집하지 않는 거죠?"

"했지만 결과가 별로였습니다."

"제대로 생각하지 않고 그저 공식적인 절차로 모집하니 그렇죠. 그들에게 부족한 것은 상상력입니다. 그들은 이런 규모의 재앙에 맞설 힘이 없습니다. 그러니 그들이 생각해낸 대책이란 것이 감기약 수준이겠죠. 그대로 놔뒀다간 결국 그들은 죽을 것이고 우리도 함께 죽겠죠."

"그럴지도 모릅니다." 리외가 말했다. "그들은 죄수를 동원할 생각까지도 했습니다. 그러니까 험한 일에 동원하는 것이죠."

"그 일은 일반인들이 하는 것이 더 낫겠는데요."

"저 역시 그렇게 생각합니다. 그런데 이유는요?"

"사형 선고가 너무 싫어서요."

리외가 타루를 바라보았다.

"그래서요?" 리외가 말했다.

"그래서 자원봉사자들로 이뤄진 보건 단체를 조직할 계획을 갖고 있습니다. 제가 그 일을 하게 허락해주시고 당국은 빼버리죠. 더구나 당국은 많이 바쁩니다. 제게는 여기저기 친구들이 있습니다. 우선 그 친구들이 중심이 될 겁니다. 물론 저도 참가할 겁니다."

"잘 알겠습니다." 리외가 말했다. "기꺼이 받아들이죠. 특히 이런 일에는 사람들의 도움이 필요합니다. 책임지고 선생의 계획을 도청에서 수락하도록 만들겠습니다. 사실, 도청으로서는 선택의 여지가 없습니다. 하지만….”

리외가 생각에 잠겼다.

“그러나 이 일은 생명을 잃을 수도 있습니다. 잘 아시겠지만요. 어쨌든 알려드려야 하니까요. 잘 생각해보신 겁니까?”

타루는 회색빛이 도는 눈으로 가만히 리외를 바라보았다.

“파늘루의 설교를 어떻게 생각하십니까, 선생님?”

질문이 자연스럽게 나왔다. 리외도 자연스럽게 질문에 대답했다.

“저는 너무 병원에서 오래 살아서 집단 처벌이라는 생각을 좋아하지 않습니다. 하지만 기독교 신자들은 실제로는 집단 처벌이라고 생각하지 않아도 가끔 그런 식으로 말하기도 합니다. 그래도 보기보다는 좋은 사람들입니다.”

“그래도 선생님 역시 파늘루 신부처럼 페스트가 사람들을 눈뜨게 하고 억지로나마 사람들을 생각하게 만들어주니, 나름 유익하다고 생각하시는 거 아닙니까!”

리외는 서둘러 고개를 저었다.

“이 세상의 모든 병이 그렇죠. 그러나 이 세상의 모든 고통에서 진실인 것이 있다면 페스트에도 마찬가지로 통하겠죠. 페스트로 인해 성장하는 사람들이 생길 수도 있습니다. 그러나 그 병으로 겪는 비참함과 고통을 보면서 페스트에 굴복해버리는 것은 미친 사람이거나 눈먼 사람이거나 비겁한 사람일 겁니다."

리외는 목소리를 거의 높이지는 않았다. 그러나 타루가 그를 진정시키려는 듯 손을 저었다. 그는 미소를 지었다.

"알겠습니다." 리외가 어깨를 으쓱하며 말했다. "그런데 제 질문에 아직 대답을 안 해주셨습니다. 잘 생각해본 겁니까?"

타루는 안락의자에서 자세를 약간 고치더니 고개를 불빛 속으로 내밀었다.

"신을 믿으십니까, 선생님?"

질문이 여전히 자연스럽게 나왔다. 그런데 이번에는 리외가 주저했다.

"아뇨, 그런데 무슨 의미가 있죠? 저는 어둠 속에 있지만 그 안에서 또렷이 보려고 애씁니다. 이런 저의 행동이 특별하지 않다고 생각한 지는 오래되었습니다."

"그 점에서 선생님은 파늘루 신부와 다른 것 아닐까요?"

"그렇게 보지 않습니다. 파늘루 신부는 학자입니다. 그는 사람들이 죽는 모습을 많이 보지 못했습니다. 그래서 진실이란 이름을 대며 말하죠. 하지만 아주 작은 시골의 신부라도 소속 교구 사람들과 자주 만나고 죽어가는 사람의 숨소리를 들어보았다면 저처럼 생각할 겁니다. 그 병의 장점을 증명하고 싶어 하기 전에 먼저 치료를 하겠죠."

리외가 일어섰다. 이제 그의 얼굴은 어둠 속에 있었다.

"그만하죠." 리외가 말했다. "제 질문에는 대답할 생각이 없는 것 같으니."

타루가 의자에서 움직이지 않고 미소를 지었다.

"질문으로 대답을 대신해도 될까요?"

이번에는 의사가 미소를 지었다.

"수수께끼를 좋아하시는군요." 리외가 말했다. "해보시죠."

"좋습니다." 타루가 말했다. "선생님은 신을 믿지 않으시면서 왜 그토록 헌신적이시죠? 선생님의 답변을 들으면 저도 답변을 하는 데 도움이 될지도 모르겠습니다."

여전히 어둠 속에 있는 의사는 이미 대답을 했다고 말했다. 만일 어느 전능한 신을 믿는다면 사람들의 병을 고치는 일을 그만두고 신에게 치료를 맡길 것이라고 했다. 하지만 이 세상 그 누구도, 심지어 신을 믿는다고 생각하는 파늘루 신부도 이런 식으로 신을 믿지 않는데, 그 이유는 전적으로 자기 자신을 버리는 사람이 없기 때문이며 이에 대해서는 적어도 리외 자신도 이미 창조된 것을 거부하고 투쟁하며 진리의 길을 걷고 있다고 생각한다고 했다.

"아!" 타루가 말했다. "그러면 선생님은 의사라는 직업을 그렇게 생각하시는군요?"

"대략요." 의사가 다시 밝은 쪽으로 몸을 내밀며 말했다.

타루는 조용히 휘파람을 불었고 의사는 그를 바라보았다.

"예." 리외가 말했다. "자존심이 세다고 생각하시겠죠. 하지만 필요한 정도의 자존심만 있을 뿐입니다. 정말 그렇습니다. 앞으로 무엇이 날 기다리고 있을지, 이 모든 일이 지나면 무엇이 올지 모릅니다. 일단 환자들이 있으니 이들을 치료해야 합니다. 그다음에 환자들은 진지하게 생각할 것이고, 저도 그렇겠죠. 하지만 지금 가장 급한 것은 환자들을 고치는 일입니다. 나는 할 수 있는 만큼 환자들을 지킬 겁니다. 그뿐이죠."

"무엇으로부터요?"

리외가 창문 쪽으로 돌아섰다. 그는 저 멀리 지평선의 보다 어두운 곳에 바다가 있을 것이라 짐작했다. 다만 그는 자신을 피곤하게 만드는 동시에 묘한 우정을 느끼게 하는 이 남자에게 좀 더 속마음을 털어놓고 싶다는 갑작스럽고도 비이성적인 욕구를 누르느라 애썼다.

"그것에 대해서는 아는 것이 전혀 없습니다. 타루 씨, 전혀요. 의사라는 직업을 시작했을 때 말하자면 저는 추상적으로 생각했습니다. 직업이 필요하고, 이 직업도 다른 직업처럼 젊은 사람들이 해볼 만한 것이니까요. 어쩌면 나 같은 노동자의 아들에게는 특히 어려운 직업이었기 때문인지도 모르겠습니다. 의사라는 직업을 하고 나서는 사람들이 죽는 모습을 봐야 했습니다. 죽음을 거부하는 사람들이 있는데, 아십니까? 어느 여성이 죽는 순간 "절대 안 돼!"라고 외치는 소리를 들은 적이 있습니까? 저는 있습니다. 그리고 절대 거기에 익숙해질 수 없다는 것도 알았습니다. 그때 저는 젊었고 제가 느끼는 혐오감은 세계의 질서 자체에 대한 것이라고 생각했습니다. 그 후 저는 겸손해졌습니다. 다만 죽는 것을 보는 일은 여전히 익숙하지 않습니다. 그 이상은 아는 것이 전혀 없습니다. 하지만 결국…."

리외는 입을 다물고 다시 자리에 앉았다. 그는 입이 마르는 것 같았다.

"결국은요?" 타루가 나지막한 목소리로 물었다.

"결국…." 의사는 말을 이었다. 그러고는 타루를 뚫어지게 바라보면서 다시 한번 머뭇거렸다. "타루 씨 같은 분이라면 이해할 수 있을 것이라 생각하는데 어떠신가요? 그러나 세계의 질서는 죽음으로 조절되기 때문에 어쩌면 신의 입장에서는 사람들이 자신을 믿지 않는 것이 더 나을지도 모르겠습니다. 그리고 신의 입장에서는 사람들이 침묵하고만 있는 하늘을 쳐다보지 말고 있는 힘을 다해 죽음과 싸우는 것이 더 나을지도 모르겠습니다."

"예." 타루가 끄덕였다. "이해할 수 있습니다. 하지만 선생님이 말씀하신 승리는 언제나 일시적입니다. 그뿐이죠."

리외의 표정이 어두워 보였다.

"언제나 그렇죠. 압니다. 하지만 싸움을 멈춰야 할 이유가 되지는 못하죠."

"예, 이유가 되지는 못하죠. 하지만 이 페스트가 선생님에게 어떤 의미일지는 상상이 됩니다."

"예." 리외가 말했다. "끝없는 패배죠."

타루는 잠시 의사를 뚫어지게 바라보고는 자리에서 일어나 무거운 발걸음으로 현관문 쪽으로 갔다. 그러자 리외가 그를 따라갔다. 리외가 곁으로 다가오자 자신의 발을 바라보고 있는 것 같던 타루가 리외에게 말했다.

"그 모든 것을 누구에게 배우셨습니까, 선생님?"

곧바로 대답이 나왔다.

"가난입니다."

리외는 사무실 문을 열고 복도로 나와 자신도 변두리에 사는 한 환자를 보러 가려는 참이라고 말했다. 타루가 같이 가자고 하자 의사는 그러자고 했다. 두 사람은 복도 끝에서 리외의 어머니와 마주쳤다. 리외가 어머니에게 타루를 소개했다.

"친구예요." 리외가 말했다.

"오!" 리외 어머니가 말했다. "만나서 정말 반가워요." 리외의 어머니가 자리를 떴지만 타루는 다시 한번 뒤를 돌아 그녀를 보았다. 의사는 층계참에서 자동 스위치를 켜려고 했으나 소용없었다. 계단은 어둠 속에 잠겼다. 의사는 혹시 새로운 절전 조치 때문인가 하고 생각했다. 이미 얼마 전부터 집이든 거리든 모든 것이 삐걱거리고 있었다. 경비원들과 우리 시민들이 이제는 그 무엇에도 주의를 기울이지 않아서 일어나는 일일지도 모른다. 그러나 의사에게는 생각할 틈이 없었다. 뒤에서 타루의 목소리가 들렸기 때문이다.

"한마디만 더요, 선생님. 우습게 들리실지 모르겠지만 선생님 말씀이 전부 맞습니다."

리외는 어둠 속에서 혼자 어깨를 으쓱였다.

"저는 정말로 아무것도 모릅니다. 그런데 타루 씨는 무엇을 알고 계신 건가요?"

"오!" 타루가 태연스럽게 말했다. "모르는 것이 거의 없죠."

의사는 발걸음을 멈추었다. 뒤에 있던 타루의 발이 층계에서 미끄러졌다. 타루는 리외의 어깨를 잡으며 자세를 바로 했다.

"인생을 전부 안다고 생각하시나요?" 리외가 물었다.

어둠 속에서 여전히 침착한 목소리로 타루의 대답이 들렸다.

"예."

두 사람은 길에 나서면서 시간이 꽤 늦었음을 깨달았다. 밤 11시 정도 된 것 같았다. 도시는 조용했다. 부스럭거리는 소리만이 가득했다. 저 멀리서 구급차 소리가 들렸다. 두 사람은 차에 올라탔다. 리외가 시동을 걸었다.

"내일 병원에 오셔서 예방 접종을 하셔야 합니다." 리외가 말했다. "마지막으로 말하지만, 무사히 살아남을 수 있는 가능성은 3분의 1 정도밖에 안 됩니다. 잘 생각해보십시오. 그 계획에 들어가기 전에 말씀드립니다."

"그런 확률은 의미가 없습니다, 선생님. 이미 알고 계시잖습니까? 백 년 전 페르시아의 어느 도시에 페스트가 퍼져 시민들이 목숨을 잃었는데 시체를 천으로 싸는 일을 한 사람만은 살아남았죠. 매일 그 일을 계속했는데도 말입니다."

"그 사람은 3분의 1의 행운을 얻은 것뿐입니다." 리외가 갑자기 담담하게 말했다. "하지만 그 이야기에 대해서는 여전히 배울 점이 많군요."

이제 두 사람은 변두리 지역으로 들어섰다. 인적이 느껴지지 않는 거리는 헤드라이트가 비추는 빛으로 환해졌다. 두 사람은 멈췄다. 자동차 앞에서 리외는 타루에게 들어가겠냐고 물었다. 타루는 그렇게 하겠다고 했다. 두 사람의 얼굴은 하늘에서 반사되는 빛을 받았다. 갑자기 리외가 부드럽게 웃었다.

"그런데요 타루 씨." 리외가 말했다. "이번 일에 적극 나서는 이유가 무엇입니까?"

"잘 모르겠습니다. 어쩌면 저의 윤리관 때문일 수도 있죠."

"어떤 윤리관이죠?"

"이해해보자는 생각."

타루는 몸을 돌려 집 쪽으로 향했다. 그래서 천식 환자 노인의 집에 들어갈 때까지 리외는 타루의 얼굴을 볼 수 없었다.

•

그다음 날부터 타루는 일을 시작해 제1팀부터 모았다. 이어서 여러 팀이 뒤따를 예정이었다.

서술자는 그래도 이 자원 보건 단체를 남달리 중요하게 대할 생각은 없다. 많은 시민들이 현재 서술자의 입장이 된다면 자원 보건 단체의 역할을 과장해 생각하고 싶은 유혹에 빠질 수 있는 것이 사실이다. 하지만 서술자는 훌륭한 행동을 지나치게 중요하게 여기면 결국 악의 힘에 간접적이고 강한 찬사를 바치는 것이라고 믿는 편이다. 왜냐하면 그런 훌륭한 행동이 진정 대단한 가치를 지니는 것은 아주 드문 일이고 인간의 행위에서는 악의와 무관심이 원동력이 되는 일이 더 많기 때문이다. 서술자는 이 생각에 공감하지 않는다. 세상의 악은 거의 무지에서 오고 선의도 총명한 지혜가 없다면 악의만큼 큰 피해를 끼칠 수 있기 때문이다. 인간은 악하기보다는 차라리 선하지만, 사실 이것은 문제가 아니다. 그러나 인간은 다소 무지하며 이는 미덕 혹은 악덕이라고 불린다. 가장 절망적인 악덕이란 자신이 모든 것을 다 알고 있다고 믿고 다른 사람들을 죽일 권리가 있다고 생각하는 것이다. 살인자의 영혼은 맹목적이며, 최대한 지혜를 키우지 않으면 진정한 선의도, 아름다운 사랑도 없는 것이다.

그렇기 때문에 타루 덕에 실현된 우리의 자원 보건 단체는 객관적으로 만족스럽다는 평가를 받아야 한다. 이런 이유로 서술자는 그저 합리적으로 중요하다고만 판단할 뿐 그 의지와 영웅심을 지나치게 찬양하지는 않을 것이다. 하지만 서술자는 페스트로 갈기갈기 찢어진 우리 모든 시민의 힘든 마음에 대해서는 계속 역사가처럼 기록으로 전할 것이다.

자원 보건 단체에 헌신하는 사람들은 사실 이 일을 했다고 해서 대단한 찬사를 받을 입장은 아니다. 이들은 할 수 있는 일이 이 일뿐이라는 것을 알고 있었고 그런 결심을 하지 않는 것은 당시 상황에서는 믿을 수 없는 일이었다. 자원 보건 단체 덕분에 우리 시민들은 페스트 속에 한 발짝 더 깊이 들어갔고 시민들은 눈앞에 있는 전염병과 싸우기 위해 당연히 해야 할 일을 해야 한다는 사실을 부분적으로 납득할 수 있었다. 이처럼 페스트는 몇몇 사람들의 의무가 되었기에 실제로는 원래의 실체, 즉 모든 사람들의 문제로 떠올랐다.

이는 좋은 일이다. 그러나 사람들은 2와 2를 더하면 4가 된다고 가르치는 교사에게 찬사를 보내지는 않는다. 사람들은 교사 자체에게 찬사를 보내지는 않는다. 사람들이 교사에게 찬사를 던진다면 훌륭한 직업을 선택했기 때문일 것이다. 따라서 타루와 그 외의 사람들이 2와 2가 합해지면 4가 된다는 것을 증명하는 것은 칭찬받을 일이라고 하자. 그런데 이러한 선의는 그들이나 교사 그리고 교사와 같은 마음인 모든 사람들과 공통된다고 하자. 그런데 인간의 명예를 위해서는 다행스럽게도 세상에는 그런 사람들이 생각보다 많다. 적어도 서술자는 이렇게 믿는다. 물론 그 사람들은 목숨의 위험까지도 감수하는 것이라고 서술자에게 반박하는 사람도 있을 수 있다. 하지만 역사에서 2와 2가 합해지면 4가 된다고 용기 있게 주장할 수 있는 사람에게도 죽음의 벌을 받는 시간은 반드시 온다. 교사는 그 사실을 잘 알고 있다. 이러한 논리 끝에 어떤 보상이나 벌이 기다리고 있는가는 문제가 아니다. 그 당시 목숨이 위태로웠던 우리 시민들은 자신들이 페스트에 속해 있느냐 아니냐, 페스트와 싸워야 하느냐 아니냐를 결정하는 것이 중요했다. 당시 우리 시의 수많은 새로운 모럴리스트들은 그 무엇도 소용없고 무릎을 꿇어야 한다고 말하며 다녔다. 타루도, 리외도, 그들의 친구들도 이렇게 대답할 수 있었겠으나 결론은 항상 그들이 잘 아는 것이었다. 즉 이런저런 방법으로 싸워야 한다는 것이지 무릎을 꿇어서는 안 된다는 결론이었다. 가능한 한 많은 사람들이 죽음이나 돌이킬 수 없는 이별을 하지 않게 해주는 것이 중요했다. 이를 위해서는 페스트와 싸우는 수밖에 없었다. 이 진리는 찬사를 받을 만한 것은 아니고 필연적인 일일 뿐이었다.

그렇기 때문에 당연히 나이 지긋한 의사 카스텔은 임시로 구한 재료로 현장에서 혈청을 만드는 데 온 신념과 힘을 기울였다. 리외와 그는 도시를 휩쓰는 세균을 배양해서 만든 혈청이 외부에서 가져온 것보다 더 직접적인 효과가 있기를 기대했다. 왜냐하면 그 세균은 원래 분류되어 있던 페스트균과는 조금 달랐기 때문이다. 카스텔은 첫 혈청을 빨리 만들고 싶어 했다.

또한 이 때문에 영웅심과는 거리가 먼 그랑이 자원 보건 단체에서 서기 비슷한 역할을 맡기로 한 것도 당연한 일이었다. 타루가 조직한 자원 보건 단체 중 일부는 실제로 인구 밀집 지역의 예방 작업을 보조하는 일에 헌신하고 있었다. 사람들은 이런 동네에 필요한 위생 조건을 만들기 위해 애썼고 소독반이 다녀가지 않은 헛간과 지하실의 수가 몇 개인지 알아보았다. 자원 보건 단체의 다른 팀은 의사들이 집집마다 왕진하는 것을 도왔고 페스트 환자를 운반하는 일을 맡아 했으며 전문 의료 직원이 없을 때는 환자나 사망자를 실은 차를 직접 운전하기도 했다. 이 모든 일에는 등록을 하고 통계를 내는 작업이 필요했는데 그랑이 맡겠다고 했다.

이렇게 보면 서술자는 그랑도 리외나 타루 못지않게 자원 보건 단체를 움직이는 조용한 용기라는 미덕을 대표하는 인물이라 평가하려고 한다. 그랑은 원래 지닌 선의에 따라 주저하지 않고 자신이 맡겠다고 말했다. 다만 그는 자잘한 일에 도움이 되고 싶다고 했다. 그 외의 일을 하기에 그는 너무 나이가 많았다. 그는 오후 6시부터 8시까지 시간을 낼 수 있었다. 리외가 따뜻한 감사의 인사를 하자 그랑은 놀라며 이렇게 말했다. "아주 힘든 일도 아닌데요, 뭘. 페스트가 생겼으면 당연히 막아야죠. 아! 모든 일이 이렇게 단순하다면 좋겠습니다!" 그리고 그랑은 다시 자신의 문장 이야기를 꺼냈다. 저녁때 가끔 리외는 통계 카드를 기록하는 일이 끝나면 그랑과 이야기를 하곤 했다. 결국 타루도 이 대화에 참여하게 되었다. 그랑은 점점 눈에 띄게 기쁜 표정을 지으며 속마음을 털어놓았다. 리외와 타루는 페스트가 퍼지는 중에도 그랑이 계속하는 그 작업을 흥미 있게 바라보았다. 그들도 결국 거기에서 일종의 휴식 같은 것을 찾았다.

"말 탄 여인은 어떻게 되었습니까?" 타루가 가끔 물었다. 그러면 그랑은 언제나 "달리고 있습니다. 달리고 있어요"라고 대답하며 어색한 미소를 지었다. 어느 날 저녁, 그랑은 자신이 글에 등장하는 말 탄 여인을 묘사할 때 '우아한'이란 형용사를 결정적으로 포기하고 앞으로는 '날씬한'이라는 형용사를 사용하기로 했다고 말했다. "그것이 더 구체적이어서요." 그가 덧붙였다. 언젠가 한번 그는 자신의 말을 듣는 두 사람에게 다음과 같이 수정한 첫 구절을 읽어주었다. "5월 어느 화창한 아침, 어느 날씬한 여인이 멋진 갈색 암말을 타고 불로뉴 숲의 꽃이 만발한 오솔길을 누비고 있었다."

"안 그래요?" 그랑이 말했다 "여인이 더 잘 보이잖아요. 그리고 저는 '5월 어느 화창한 아침'이 더 나은 것 같습니다. 왜냐하면 '5월달'이라고 하면 좀 늘어지는 기분이 들거든요."

그 후 그랑은 '대단한'이라는 형용사를 두고 매우 고민하는 것 같았다. 그랑은 이 형용사가 그리 인상적으로 다가오지 않아서 자신이 상상하는 멋진 암말을 단번에 사진으로 찍은 듯이 느낄 수 있는 표현을 찾는 중이라고 했다. '통통한'도 어울리지 않았다. 구체적이지만 멸시하는 느낌을 준다고 했다. '윤기가 흐르는'에 어느 순간 마음이 끌리기도 했으나 리듬이 맞지 않다고 했다. 어느 날 저녁 그랑은 '검은색에 가까운 짙은 갈색 털의 암말'이라는 표현을 찾았다며 자신만만하게 말했다. 그는 검은색이 은근히 우아함을 표현한다고 했다.

"그럴 수는 없습니다." 리외가 말했다.

"왜죠?"

"'검은색에 가까운 짙은 갈색 털'이라는 표현은 말의 품종이 아니라 빛깔을 가리키니까요."

"무슨 빛깔이죠?"

"그러니까 검은색은 아닌 그 비슷한 빛깔이죠!"

그랑은 낙심한 듯 보였다.

"감사합니다." 그랑이 말했다. "선생님이 계셔서 다행입니다. 어쨌든 어려운 일입니다."

"'굉장한'이라는 표현은 어떤가요?" 타루가 말했다.

그랑은 그를 쳐다보고는 생각에 잠겼다.

"그렇군요." 그랑이 말했다. "그래요!"

그리고 그랑의 얼굴에 조금씩 미소가 찾아왔다.

그로부터 얼마 후, 그랑은 '꽃이 만발한'이라는 표현 때문에 고민이라고 털어놓았다. 그는 아는 고장이라고는 오랑과 몽텔리마르뿐이어서 가끔 리외와 타루에게 불로뉴 숲에 있는 오솔길은 어떤 모습으로 꽃이 만발해 있는지 물어보았다. 정확히 리외나 타루는 불로뉴 숲의 오솔길에 꽃이 만발했다는 느낌을 받은 적은 없지만 서기 그랑이 하도 확신해서 두 사람도 마음이 흔들렸다. 그랑은 두 사람이 거기에 대해 확신을 하지 못하자 오히려 이상하게 생각했다. "볼 줄 아는 것은 예술가뿐이죠." 어느 날 리외는 그랑이 몹시 흥분해 있는 것을 보았다. 그랑은 '꽃이 만발한'이란 표현을 '꽃으로 가득한'이라는 표현으로 바꾸었다고 했다. 그랑은 두 손을 비볐다. "마침내 보이고 느껴집니다. 모자를 벗으세요, 여러분!" 그는 자랑스럽게 자신의 글을 읽었다. "5월 어느 화창한 아침, 어느 날씬한 여인이 굉장한 갈색 털의 암말을 타고 꽃으로 가득한 불로뉴 숲속 오솔길을 누비고 있었다." 그러나 그랑은 큰소리로 읽다 보니 문장이지만 세 단어에서 느껴지는 것이 거슬렸는지 말을 조금 더듬었다. 그는 힘이 빠진 듯 주저앉았다. 그러더니 그랑은 리외에게 이만 가봐도 되겠냐면서 허락을 구했다. 그랑은 생각을 조금 해보고 싶었던 것이다.

나중에 알게 된 일이었으나 이 당시 그랑은 직장에서 정신이 딴 데 가 있는 사람 같아 보였다. 시에서는 줄어든 인원 때문에 엄청나게 많은 일을 처리해야 했기에 모두들 이런 그랑을 못마땅하게 생각했다. 그랑이 근무하는 부서 역시 힘든 상황이었다. 그래서 부서장은 그랑에게 일을 하라고 봉급을 주는데 맡은 일을 제대로 끝내지 못한다고 하며 호되게 야단쳤다. 부서장은 그랑에게 이렇게 말했다고 한다. "담당하는 일 이외에 자원 보건 단체에서 자원봉사를 하고 있다던데 그 일은 나와 관계없습니다. 내가 관심 있는 것은 그랑 씨가 맡은 일입니다. 요즘처럼 힘든 상황에서 그랑 씨가 쓸모 있는 사람이 되는 첫 번째 방법은 맡은 일을 잘하는 겁니다. 그렇지 않다면 다른 것은 다 소용없습니다."

"부서장의 말이 맞습니다." 그랑이 리외에게 말했다.

"그래요, 부서장의 말이 맞습니다." 의사도 같은 생각이었다.

"하지만 저는 정신이 딴 데 가 있습니다. 제가 쓰는 글을 어떻게 끝맺어야 할지 모르겠습니다."

그랑은 '불로뉴'라는 단어를 없앨까 하고 생각했다. 이 단어를 버려도 누구나 이해할 수 있을 것 같아서였다. 하지만 그러면 '숲'이라는 문장이 '꽃'에 연결되는 것처럼 되지만, 실제로는 '오솔길'에 걸렸다. 그랑은 다음과 같은 글도 생각했다. '꽃으로 가득한 숲속 오솔길.' 하지만 '숲'의 위치 때문에 수식어와 명사 사이가 갈라진 것 같아 마치 살 속에 박힌 가시처럼 느껴졌다. 어느 저녁에는 그랑이 리외보다 더 피곤해 보일 정도였다. 그렇다, 그랑은 글 연구에 온통 정신이 팔려 있어서 피곤했다. 그래도 자원 보건 단체가 늘 필요로 하는 합산과 통계 일도 했다. 그는 매일 저녁

꾸준히 카드를 정리하고 카드에 곡선 도표를 그려 가능한 상황을 정확히 소개하려고 애쓰고 있었다. 리외가 어느 병원에 가서 일을 하고 있으면 그랑은 꽤 자주 찾아와 사무실이든 진료실이든 상관없으니 책상 하나만 마련해 달라고 부탁했다. 그랑은 마치 시청 사무실에 있는 자기 책상에 있는 것처럼 소독약과 병 그 자체에서 나오는 냄새로 무거워진 공기 속에서도 잉크를 말리려고 서류의 종이를 흔들어댔다. 그때 그랑은 말을 탄 여인의 생각은 접어두고 오로지 필요한 일을 해내고자 성실히 노력했다.

그렇다. 인간이 영웅이라는 것의 예시와 본보기를 세우고 싶어 한다면, 그리고 이야기 속에 영웅이 한 사람 있어야 한다면 서술자는 이 하찮고 존재감 없는 영웅, 가진 것이라곤 그저 선량한 마음과 우스꽝스러운 이상밖에 없는 이 영웅을 소개하려고 한다. 그러면 진리에는 원래의 의미를, 2와 2를 더하면 4라는 계산과 영웅주의에는 부차적인 본래의 자리, 그러니까 행복을 추구하는 강한 욕구 바로 다음에 놓일 뿐, 절대로 그 앞으로 놓일 수 없는 자리를 줄 수 있을 것이다. 그렇게 하면 이 연대기에도 나름의 성격, 그러니까 선량한 감정, 즉 그렇게 악하지 않고 공연처럼 야비하게 선동적이지도 않은 감정으로 된 기록의 성격을 줄 수 있을 것이다.

이는 적어도 페스트에 걸린 이 도시로 외부 세계에서 보내는 도움과 격려를 신문에서 읽거나 라디오로 들을 때 리외가 생각한 것이었다. 하늘길과 육로로 오는 구호물자는 물론, 동정이나 찬양으로 가득한 논평이 라디오 전파나 신문을 통해 고립된 이 도시로 쏟아져 들어오고 있었다. 하지만 매번 여기에서 느껴지는 영웅담 같은 어투 혹은 수상식의 연설 같은 어투 때문에 의사는 참을 수 없었다. 물론 그도 이런 따뜻한 마음이 가식이 아니라는 것은 알고 있었다. 하지만 이런 마음씨는 인간이 스스로 인류와 연결해주는 것을 표현하려고 할 때 사용하는 상투적인 언어로 나타날 수밖에 없었다. 그러나 예를 들어 이런 언어로는 페스트가 퍼지는 와중에 그랑 같은 사람이 어떤 의미인지는 설명해줄 수 없기에 그랑이 매일 하는 작은 노력으로 표현할 수는 없었다.

가끔 자정에 인적이 끊겨 도시가 깊은 침묵 속에 잠길 때면, 리외는 잠시 눈을 붙이려고 잠자리에 들기 전 라디오의 스위치를 켜곤 했다. 그러면 세계의 저 끝, 수천 킬로미터를 거쳐 얼굴은 몰라도 우정이 느껴지는 음성들이 자신들에게도 연대 의식이 있다고 서투르게나마 말하려고 애썼다. 그리고 이런 음성들은 실제로도 이런 말을 했지만, 인간은 눈에 보이지 않는 고통을 진정으로 나눌 수는 없다는 엄청난 무력감을 동시에 증명했다. '오랑! 오랑!' 호소하는 목소리가 바다를 건너도 소용없었다. 리외가 정신을 차리고 귀를 기울여도 소용없었다. 얼마 지나지 않아 웅변 같은 목소리가 높아지면서 그랑과 그 웅변가를 모두 이방인으로 만들어버리는, 본질적인 거리만을 더욱 뚜렷이 보여주었다. '오랑!

그래, 오랑! 하지만 아냐.' 의사가 생각했다. '함께 사랑하거나 죽어야지, 그 외의 방법은 없어. 그들은 너무 멀리 있으니까.'

•

　페스트가 절정에 달하고 그 재앙이 이 도시를 덮치려고 온 힘을 모으는 동안 일어난 이야기를 하기 전에 짚고 넘어갈 것이 있다. 예를 들어 랑베르처럼 마지막 남은 개인들이 행복을 되찾고 싶다거나 어떤 손해를 본다 해도 페스트로부터 지키고 싶은 것을 보호하기 위해 기울인 치열하면서도 단조롭지만 꾸준한 노력이다. 이는 그들이 위협적인 굴욕을 거부하기 위해 택한 나름의 방법이었다. 그 거부가 보기에는 다른 거부만큼 효과적이지는 않았지만 서술자의 의견에 따르면 그들의 거부 방법도 있는 그대로 충분히 의미가 있고 나름의 허영심과 모순을 지닌 가운데 당시 우리들 각자 마음속에 품은 것을 증명해주었다고 할 수 있다.

　랑베르는 페스트에게 당하지 않으려고 버텼다. 합법적인 수단으로는 이 도시를 빠져나갈 수 없다는 것을 확실히 알았기 때문에 다른 방법을 써보기로 했다고 리외에게 말한 적이 있다. 그 신문 기자는 카페 웨이터들로부터 시작했다. 카페 웨이터는 언제나 모든 것을 잘 알고 있다. 그러나 처음에 그가 물어본 웨이터들은 이런 종류의 일을 하는 사람들을 처벌하기 위해 마련된 엄중한 조치를 잘 알고 있었다. 한번은 선동가로 오해를 받기도 했다. 그래서 랑베르는 리외의 집에서 코타르를 만나 일을 조금 진전시켜야 했다. 그날 리외와 코타르는 신문 기자인 랑베르가 관청을 전부 찾아갔으나 허탕을 쳤다는 이야기를 다시 한번 나누었다. 며칠 후, 코타르는 거리에서 랑베르를 만났다. 코타르는 누구를 만나든 늘 그렇듯 자연스러운 태도로 랑베르를 대했다.

"여전히 아무런 진전이 없습니까?" 코타르가 물었다.

"예, 전혀요."

"관청에 기대할 순 없을 거예요. 공무원들은 이해하려고 들지를 않거든요."

"정말 그렇습니다. 하지만 다른 방법을 찾고 있는데 어렵군요."

"아!" 코타르가 말했다. "알겠습니다."

그는 어떤 길을 알고 있었다. 그래서 그 말을 듣고 놀라는 랑베르에게 자신은 오래전부터 오랑의 모든 카페를 드나들었고 친구들이 생겨서 이런 종류의 일을 하는 어떤 조직의 존재에 대해 들었다고 말했다. 사실 코타르는 그때부터 수입보다 지출이 많아져서 배급 물자를 암거래하고 있었다. 계속 값이 오르는 담배와 싸구려 술을 되팔면서 그는 작게나마 돈을 버는 중이었다.

"확실합니까?" 랑베르가 물었다.

"예, 제게 권한 사람이 있었거든요."

"그런데 그것을 이용하지 않았다고요?"

"의심하지 말아요." 코타르가 호인처럼 말했다. "떠날 마음이 없었기 때문에 이용하지 않은 것이죠. 나름 이유가 있다고요."

코타르는 잠시 침묵을 지키다가 덧붙였다.

"나름 제가 가진 이유가 뭔지는 안 물어보시나요?"

"저와는 상관없는 일일 것 같아서요." 랑베르가 말했다.

"어떤 의미에서는 랑베르 씨와는 관계가 없긴 하죠. 하지만 다른 의미에서는… 어쨌든 딱 하나 확실한 것은 우리가 페스트와 함께 살게 된 이후로 마음이 더 편해졌다는 겁니다."

랑베르는 코타르의 말에 귀를 기울였다.

"그 조직과는 어떻게 연락하죠?"

"아!" 코타르가 말했다. "쉬운 일은 아니죠. 따라오세요."

오후 4시였다. 무거운 하늘 아래에서 도시는 서서히 열기로 익어갔다. 가게마다 전부 블라인드를 내리고 있었다. 길은 한적했다. 코타르와 랑베르는 아케이드가 늘어선 길로 들어서서 오랫동안 말없이 걸었다. 페스트가 눈에 띄지 않는 시간에 속했다. 이러한 침묵, 이 같은 죽은 듯한 색채와 움직임은 여름의 침묵과 죽음일 수도 있었고 재앙의 침묵과 죽음일 수도 있었다. 공기는 무거웠는데 위협 때문인지 혹은 먼지와 타는 듯한 더위 때문인지는 알 수 없었다. 페스트와 만나려면 관찰하고 깊이 생각해야 했다. 왜냐하면 페스트는 음성적인 징후를 통해서만 모습을 드러내기 때문이다. 페스트를 가깝게 느끼는 코타르는 랑베르에게 개들이 안 보이는 현상에 주목하라고 했다. 코타르는 예전에는 개들이 복도의 문턱에 배를 깔고 누워서 전혀 있을 것 같지 않은 시원한 바람을 찾아 헐떡거렸다고 했다.

두 사람은 팔미에 대로로 들어서서 연병장을 지나 마린 구역

쪽으로 내려갔다. 왼쪽에 초록색 칠을 한 카페는 노란색 천으로
된 두꺼운 차양을 비스듬히 쳐놓고 있었다. 카페에 들어가면서
코타르와 랑베르는 이마의 땀을 닦았다. 두 사람은 초록색 철판
으로 된 테이블 앞에 놓인 접이식 정원용 의자에 앉았다. 홀은 완
전히 텅 비어 있었다. 파리들이 공중에서 윙윙거렸다. 카운터 위
에 놓인 노란색 새장에는 털이 다 빠진 앵무새 한 마리가 횃대에
힘없이 앉아 있었다. 벽에 걸려 있는 전투 장면 그림들은 먼지가
낀 채 굵은 거미줄로 덮여 있었다. 랑베르가 앉은 테이블을 비롯
해 모든 철판 테이블에는 닭똥이 말라붙어 있었다. 랑베르는 닭
똥이 어디에서 나온 건지 몰랐는데, 어두운 구석에서 멋진 수탉
한 마리가 부스럭 소리를 내며 껑충대며 나왔다.

그 순간 더위가 더 심해지는 것 같았다. 코타르는 웃옷을 벗
고 철판으로 된 테이블을 두드렸다. 기다란 푸른색 앞치마를 두
른 키 작은 남자가 안에서 나오더니 코타르를 보자 멀리서부터
인사를 하고는 발로 수탉을 세게 차 쫓아버렸다. 그러더니 가까
이 와서는 수탉이 시끄럽게 울건 말건 신경도 쓰지 않고 랑베르
와 코타르에게 무엇을 주문할지 물어보았다. 코타르는 화이트 와
인을 주문하고는 가르시아라는 사람에 대해 물었다. 키 작은 남
자 말로는 그 가르시아라는 사람이 카페에 오지 않은 지 며칠 되
었다고 한다.

"오늘 저녁에는 올 것 같습니까?"

"아!" 남자가 말했다. "그 사람의 속내를 알 길이 없죠. 오히려 선생님께서는 그 사람이 오는 시간을 아시잖습니까?"

"예, 하지만 그리 중요한 일은 아니라. 그저 소개할 친구가 있어서요."

종업원은 앞치마 자락에 축축한 손을 문지르며 닦았다.

"아! 선생님도 그 일을 하시는군요?"

"그래요." 코타르가 말했다.

키 작은 사내가 코를 훌쩍였다.

"그럼, 오늘 저녁에 다시 오십시오. 제가 그 사람에게 심부름꾼을 보내겠습니다."

밖으로 나오면서 랑베르는 코타르에게 그 일이라는 것이 무엇이냐고 물었다.

"당연히 암거래죠. 상품을 도시 문으로 통과시켜 비싼 값으로 팔죠."

"그렇군요." 랑베르가 말했다. "서로 짜고 하는 것이군요?"

"바로 그거죠."

저녁이 되자 차양이 걷히고 새장 속의 앵무새는 시끄럽게 굴고 철판 테이블마다 와이셔츠를 입은 남자들이 둘러앉았다. 그중 한 남자는 밀짚모자를 뒤로 젖혀 쓰고 검게 그을린 가슴이 보일 정도로 흰색 와이셔츠를 활짝 풀어헤치고 있었다. 그 남자는 코타르가 들어오자 자리에서 일어났다. 햇볕에 그을은 단정한 얼굴,

검고 작은 눈, 흰색 치아에 반지를 두세 개 끼고 있고 나이는 서른 살 정도 되어 보였다.

"안녕하신가?" 그가 말했다. "카운터에서 한잔하지."

그들은 말없이 한 잔씩 마셨다.

"나갈까?" 가르시아가 말했다.

그들은 항구를 향해 내려갔고 가르시아는 무슨 일로 만나자고 했는지 물었다. 코타르는 가르시아에게 랑베르를 소개하는 이유는 사업상 거래가 아니라 밖으로 나가는 것 때문이라고 말했다. 가르시아는 담배를 피우며 곧장 앞으로 걸어갔다. 가르시아는 랑베르를 가리켜 '그'라고 부르며 몇 가지 질문을 했다. 마치 랑베르의 존재는 아랑곳하지 않는 것 같았다.

"뭐 하려고?" 가르시아가 물었다.

"프랑스에 아내가 있대."

"아!"

그리고 잠시 후 물었다.

"직업이 뭔데?"

"신문 기자."

"말이 많은 직업인데."

랑베르는 아무 말도 하지 않았다.

"내 친구라니까." 코타르가 말했다.

그들은 아무 말 없이 걸었다. 부두에 도착했으나 거대한 철조망이 있어서 접근할 수 없었다. 그들은 정어리 튀김 냄새가 풍기는 작은 간이식당 쪽으로 향했다.

"어쨌든 말이야." 가르시아가 결론을 내렸다. "문제는 내가 아니라 라울이야. 일단 그를 찾아볼게. 쉽지는 않을 테지만."

"아!" 코타르가 활기차게 물었다. "그는 숨어 있나?"

가르시아는 대답하지 않았다. 간이식당 부근에서 걸음을 멈춘 그가 처음으로 랑베르에게 고개를 돌렸다.

"모레 아침 11시에 시내 위에 있는 세관 건물 구석에서 봅시다."

가르시아는 자리를 뜰 것 같았으나 다시 랑베르와 코타르를 향해 돌아섰다.

"비용이 들 텐데." 가르시아가 말했다.

"물론이죠." 랑베르가 끄덕였다.

잠시 후. 신문 기자는 코타르에게 감사하다고 했다.

"아! 아닙니다." 코타르가 유쾌하게 대답했다. "도움을 줄 수 있어 기쁘죠. 랑베르 씨는 신문 기자니 언젠가는 제게 답례로 도움을 주시겠죠."

이틀 후, 랑베르와 코타르는 도시 위로 뻗어 있는 그늘 없는 대로를 올라갔다. 세관 건물 일부는 의무실로 변해 있었고 커다란 문 앞에는 사람들이 서성이고 있었다. 그들은 허락되지 않는 면회지만 혹시나 싶은 마음에 희망을 갖고 온 사람들이거나, 한두 시간이면 무용지물이 될 정보라도 얻을 수 있을까 하는 마음으로 온 사람들이었다. 어쨌든 이렇게 사람들이 모여 있다 보니 지나가는 이들도 많았고 이 점을 생각해 가르시아가 랑베르와 만나기로 한 장소를 여기로 정한 것이라고 추측할 수 있었다.

"신기하군요." 코타르가 말했다. "그렇게 떠나려고 하시다니. 어쨌든 일이 재미있게 돌아가네요."

"전 재미없는데요." 랑베르가 대답했다.

"아! 물론 몇 가지 어려움이 있습니다. 하지만 어쨌든 페스트 전에도, 차가 많이 지나가는 복잡한 사거리를 건너갈 때 그 정도 위험은 감수해야 했으니까요."

그때, 리외가 탄 자동차가 그들이 서 있는 곳 근처에서 멈췄다. 타루가 운전을 하고 있었고 리외는 반쯤 졸고 있는 것 같았다. 리외는 깨어나서 사람들을 소개했다.

"우리는 이미 알죠." 타루가 말했다. "같은 호텔에 묵고 있거든요."

타루는 랑베르에게 시내까지 태워주겠다고 했다.

"아닙니다. 우린 여기서 약속이 있어서요."

리외가 랑베르를 바라보았다.

"그렇습니다." 랑베르가 말했다.

"아!" 코타르가 놀랐다. "의사 선생님도 알고 계시나요?"

"저기 예심 판사가 오는군요." 타루가 코타르를 보며 알려주었다.

코타르의 안색이 변했다. 정말로 오통 씨가 길을 내려오고 있었다. 오통 씨는 기운차지만 정확한 발걸음으로 그들을 향해 다가오고 있었다. 그는 모여 있는 그들 앞을 지나며 모자를 벗었다.

"안녕하세요, 판사님!" 타루가 말했다.

판사는 차 안에 있는 사람들에게 답례로 인사했고 뒤로 물러나 있는 코타르와 랑베르를 보며 예의 바르게 고개를 숙였다. 타루는 연금으로 생활하는 코타르와 신문 기자를 소개했다. 판사는 잠시 하늘을 보며 한숨을 쉬더니 참으로 슬픈 시기라고 말했다.

"듣기로는, 타루 씨가 예방 조치를 실시하는 일을 맡고 계시다고요. 뭐라 치하를 드려야 할지 모르겠습니다. 의사 선생님, 병이 더 퍼질 것 같습니까?"

리외는 그러지 않기를 바란다고 말했다. 그러자 판사는 하느님의 뜻은 잴 수 없기에 희망을 가져야 한다고 되풀이했다. 타루는 그에게 이번 사건으로 일이 많아졌냐고 물었다.

"그 반대입니다. 우리가 보통 법이라고 부르는 사건은 줄었습니다. 제가 심리할 것은 이번 새 조치를 위반한 중대 범법자들입니다. 기존의 법이 이렇게 잘 지켜진 적이 없었습니다."

"상대적으로 기존의 법이 확실히 훌륭해서죠." 타루가 말했다.

판사는 지금까지 꿈꾸는 태도와 허공에 매달린 듯한 시선이었으나 그 태도와 시선을 바꾸었다. 그러더니 타루를 차가운 표정으로 뚫어지게 바라보았다.

"그래서요?" 판사가 말했다. "중요한 것은 법이 아니라 처벌입니다. 우리로서는 어쩔 수 없어요."

"저 인간 말이에요." 판사가 자리를 뜨자 코타르가 말했다. "공공의 적 1호죠."

차가 출발했다.

잠시 후 랑베르와 코타르는 가르시아가 오는 것을 보았다. 그는 알은척도 않고 다가오더니 인사 대신 "기다려야겠수!"라고 말했다.

대부분 여자들인 그들 주변 사람들은 아무 말 없이 기다리고 있었다. 여자들은 거의 전부 바구니를 들고 있었다. 그들은 바구니 속의 식량을 혹시 아픈 친척들에게 전할 수 있지 않을까 하는 헛된 희망을 품고 있었다. 어처구니없이 들리기는 하지만 여성들은 아픈 친척들에게 그 식량이 도움이 될지도 모른다는 생각을 하고 있었다. 정문에는 무장한 경비병들이 지키고 있었다. 가끔 이상한 비명이 정문과 병동 사이에 있는 마당을 통해 들려왔다. 그 소리에 기다리는 사람들 중 불안한 표정으로 의무실을 돌아보는 이들도 몇 있었다. 세 남자도 이 광경을 보고 있었다. 그때 등 뒤에서 "안녕하십니까?"라는 분명하고 진지한 목소리가 들렸다. 세 남자는 고개를 돌렸다. 라울은 더운 날씨에도 단정한 정장 차림이었다. 키가 크고 강해 보이는 그는 짙은 빛깔의 더블 버튼 정장 차림에 챙이 위로 둥글게 말린 모자를 쓰고 있었으나 얼굴은 매우 창백했다. 갈색 눈에 꽉 다문 입을 한 라울이 빠르고 정확하게 말했다.

"시내로 내려가죠." 라울이 말했다. "가르시아, 이만 가도 좋아."

가르시아는 담배 한 대를 물고는 저 멀리 사라졌다. 그들은 라울의 발걸음에 맞춰 빠른 속도로 걸었다. 라울은 가운데에서 걸었다.

"가르시아에게 설명 들었습니다." 라울이 말했다. "가능한 일일 것 같습니다. 어쨌든 비용이 만 프랑은 들 겁니다."

랑베르는 좋다고 했다.

"내일 마린 거리의 스페인 식당에서 점심이나 같이 하죠."

랑베르가 그러자고 말하자 라울은 처음으로 미소를 짓고는 그의 손을 잡았다. 라울이 자리를 뜨자 코타르는 자기는 점심은 같이 먹지 못하겠다고 했다. 시간도 없지만 이제는 자기 없이도 랑베르 혼자서 해도 충분하다고 했다.

그다음 날 신문 기자는 스페인 식당으로 들어갔다. 그때 모든 사람들의 시선이 그의 얼굴에 쏠렸다. 햇볕에 바짝 마른 좁은 골목 아래쪽의 어두컴컴한 지하에 있는 그 식당은 남자 손님들, 특히 스페인 사람들이 자주 찾는 곳이었다. 그런데 안쪽 테이블에 앉은 라울이 신문 기자에게 손짓을 하고 랑베르가 라울 쪽으로 방향을 틀자 사람들은 더는 관심을 갖지 않고 아까 먹고 있던 접시로 고개를 돌렸다. 라울 옆에는 마르고 키 큰 남자가 앉아 있었는데, 그는 덥수룩한 수염에 어깨가 아주 넓었으며 얼굴은 말상에 머리숱은 얼마 없었다. 남자가 걷어올린 와이셔츠 소매 아래로 나온 가는 두 팔은 시커먼 털로 덮여 있었다. 남자는 라울에게 랑베르를 소개받자 고개를 세 번 끄덕였다. 그 남자의 이름은 한 번도 나오지 않았고 라울은 그 남자를 가리키며 그냥 '우리 친구'라고만 불렀다.

"우리 친구가 도울 수 있을 것 같다고 하는군요. 선생을…."

라울이 말을 멈췄다. 웨이트리스가 랑베르의 주문을 받으러 왔던 것이다.

"우리 친구가 선생을 우리 동료 두 사람과 연결해주고 그 두 명의 동료가 우리에게 매수된 보초병들에게 선생을 소개할 겁니다. 하지만 그것으로 끝이 아니죠. 보초들이 나름 적절한 시기를 정합니다. 보초병들 중 시의 문 근처에 사는 사람 집에서 며칠 묵는 것이 제일 간단하기는 합니다. 그러나 그 전에 우리 친구가 필요한 곳과 연결해줄 겁니다. 일이 다 잘되면 우리 친구에게 비용을 지불해주면 됩니다."

그의 친구는 다시 한번 말상의 머리를 끄덕였다. 그러면서 그는 여전히 손으로 토마토와 피망 샐러드를 계속 섞어가며 게걸스럽게 먹었다. 이어서 그는 스페인 억양이 약간 섞인 목소리로 말했다. 그는 랑베르에게 이틀 후 아침 8시에 대성당 정문 앞에서 만나자고 했다.

"또 이틀 후군요." 랑베르가 말했다.

"쉽지 않은 일이니까요." 라울이 말했다. "그 동료들을 찾아야 하거든요."

말상의 남자가 다시 한번 고개를 끄덕였다. 랑베르는 맥이 빠진 말투로 그러자고 했다. 나머지 식사 시간은 할 말을 찾으려 노력하면서 흘러갔다. 그런데 랑베르가 그 말상의 남자가 축구 선수라는 사실을 알면서부터는 말이 술술 나왔다. 랑베르도 운동을 많이 했기 때문이다. 그래서 프랑스 전국 시합, 영국 프로 선수단의 실적, W 전술에 대한 이야기가 나왔다. 식사가 끝날 즈음에는 말상의 남자가 아주 신나서는 랑베르에게 말도 편하게 하면서 팀에서는 센터 하프만큼 화려한 위치는 없다고 주장했다. "알다시피 센터 하프는 선수들에게 게임 역할을 나눠주는 사람이야. 역할을 나눠주는 것이 축구라는 스포츠지." 랑베르는 사실 자신은 항상 포워드를 봤으나 그의 의견에 동의했다. 두 사람의 토론은 라디오 소리 때문에 겨우 중단되었다. 라디오는 처음에 감성적인 멜로디를 잔잔하게 계속 틀어주더니 전날 페스트 희생자는 137명이라고 보도했다. 그 소식에 반응을 보인 사람은 하나도 없었다. 말상의 남자는 어깨를 으쓱하면서 자리에서 일어났다. 라울과 랑베르도 그를 따라 일어났다.

그 센터 하프는 헤어지면서 랑베르의 손을 꼭 쥐며 말했다.

"내 이름은 곤잘레스야."

그 후 이틀의 시간은 랑베르에게 너무나 길게 느껴졌다.

그는 리외의 집을 찾아가 자신의 일이 어떻게 진행되는지 자세히 이야기했다. 그리고 랑베르는 어느 집으로 왕진을 가는 리외를 따라갔다. 그는 페스트 증상이 있는 환자가 기다리는 집의 문 앞에서 의사에게 작별 인사를 했다. 복도에서는 사람들이 뛰어가는 소리와 목소리가 들렸다. 의사가 왔다고 가족에게 알리는 소리였다.

"타루가 늦지 않으면 좋겠는데." 리외가 중얼거렸다.

그는 피곤해 보였다.

"전염병이 너무 빨리 퍼지죠?" 랑베르가 물었다.

리외는 전염병이 빨리 퍼지는 것이 아니라 통계가 올라가는 정도가 덜 급격해졌다고 했다. 다만 페스트와 맞서 싸울 방법에 한계가 있다는 것이었다.

"물자가 모자랍니다." 리외가 말했다. "어느 나라든 군대에서는 물자가 모자라면 인력으로 보충합니다. 그런데 우리에게는 인력마저 모자라죠."

"외부에서 온 의사들과 자원 보건 단체 회원들이 있어도요?"

"예." 리외가 말했다. "의사 열 명을 포함해 백 명이 넘는 인원이 왔습니다. 보기에는 많죠. 그런데 그 인원으로는 현재의 병을 감당하기에 빠듯합니다. 병이 더 퍼지면 그 인원 가지고는 안 되죠."

리외는 안에서 나는 소리에 귀를 기울였고, 그다음에는 랑베르에게 미소를 지었다.

"그렇습니다." 그가 말했다. "선생도 서둘러 목표를 이루셔야죠."

랑베르의 얼굴에 그늘이 스쳤다.

"아시겠지만." 랑베르가 낮은 목소리로 말했다. "그 때문에 떠나려는 것은 아닙니다."

리외도 알고 있다고 대답했으나 랑베르는 계속 말했다.

"제 자신이 비겁하다고 생각하지는 않습니다. 적어도 대부분의 경우에는요. 비겁함을 느껴볼 기회가 있었지만 도저히 참을 수 없다는 생각만 들더군요."

의사는 그를 정면으로 바라보았다.

"아내 분과도 다시 만날 겁니다." 리외가 말했다.

"그럴지도요. 하지만 이 상태가 계속되어 그동안 아내가 늙을 것이라는 생각을 하면 견딜 수가 없습니다. 서른이 되면 사람은 늙어가기 시작하니 무엇이든 이용해야죠. 선생님께서는 이해하실지 모르겠습니다."

리외가 이해할 것 같다고 중얼거릴 때 타루가 아주 신이 난 채로 왔다.

"파늘루 신부에게 우리와 같이 활동하자고 부탁하고 오는 길입니다."

"그래서요?" 의사가 물었다.

"파늘루 신부가 생각하더니 그러겠다고 하더군요."

"기쁜 일이네요." 의사가 말했다. "파늘루 신부가 설교보다 더 나은 사람이라는 것을 알게 되니 기쁩니다."

"모두가 다 그렇죠." 타루가 말했다. "다만 사람들에게 기회를 줘야 합니다."

그는 미소를 짓고 리외를 보면서 눈을 깜박였다.

"기회를 주는 것이 평생 제가 할 일이죠."

"실례하지만." 랑베르가 말했다. "이만 가봐야겠습니다."

약속한 목요일, 랑베르는 대성당의 정문 아래로 갔다. 8시 오분 전이었다. 하늘에 떠 있는 흰색의 둥글고 작은 구름들은 더위가 심해지면 단번에 휩쓸려 갈 것이다. 축축한 냄새 같은 것이 여전히 잔디밭에서 올라오고 있었으나 잔디밭은 보들보들했다. 동쪽에 있는 집들 뒤로 태양빛은 잔 다르크의 투구만을 비추고 있었다. 전체 금도금이 된 잔 다르크의 투구는 광장을 장식하고 있었다. 어디선가 8시를 알리는 시계 소리가 들렸다. 랑베르는 한적한 정문 아래로 몇 걸음 걸었다. 어렴풋이 성가의 멜로디가 지하실의 눅눅한 냄새와 향 피우는 냄새를 싣고 성당 안에서부터 들려왔다. 갑자기 노래가 멈추었다. 열 명이 넘는 작고 검은 형체들이 성당에서 나오더니 도시 쪽으로 종종걸음으로 가기 시작했다. 랑베르는 초조해지기 시작했다. 또 다른 형체들이 커다란 계단을 지나 정문 쪽으로 다가오고 있었다. 그는 담배 한 대에 불을 붙였다가 이런 장소에서는 담배를 피워서는 안 될 것 같다는 생각을 했다.

8시 15분이 되자 대성당의 오르간 소리가 은은하게 연주되기 시작했다. 랑베르는 어두컴컴한 궁륭 아래로 들어섰다. 잠시 후, 그는 먼저 본당에 들어와 있는 조그만 형체를 알아보았다. 그 작은 그림자들은 구석에 있었다. 시내의 어느 공방에서 급히 만든 성 로크 상을 모신 임시 제단 같은 곳 앞에 모여 있었던 것이다. 그들은 무릎을 꿇은 상태라 더 오그라들어 보였다. 그리고 회색 배경 안에 스며들어 마치 응고된 그림자 덩어리처럼 주변 안개보다 약간 더 짙을 정도로 여기저기에 떠 있었다. 그 형체들 위로 오르간에서는 계속 다양한 곡이 나왔다.

랑베르가 밖으로 나오자 곤잘레스는 이미 계단을 내려가 시내로 향하고 있었다.

"자네가 그냥 가버린 줄 알았어." 그가 신문 기자에게 말했다. "흔히 있는 일이니까."

그는 여기서 멀지 않은 곳에서 8시 십 분 전에 친구들과 만나기로 했으나 이십 분을 기다려도 오지 않았다고 설명했다.

"뭔가 일이 생긴 것이 틀림없어. 우리가 하는 일은 쉽게 풀리지는 않으니까."

그는 그다음 날 같은 시간에 전몰 용사 기념비 앞에서 만나자며 다시 약속을 했다. 랑베르는 한숨을 쉬며 펠트 모자를 뒤로 젖혀 넘겼다.

"이건 아무것도 아니야." 곤잘레스가 웃으면서 말했다. "생각해보라고. 골 하나를 넣으려면 먼저 기습 공격도 하고 패스도 하면서 모든 작전을 짜잖아."

"그거야 당연하지." 랑베르가 말했다. "하지만 축구 시합은 한 시간 반밖에는 안 걸려."

오랑의 전몰 용사 기념비는 바다를 내려다볼 수 있는 유일한 곳에 있었다. 그곳은 산책로 같은 곳으로 항구가 내려다보이는 낭떠러지를 끼고 걷는 길로 다닐 수 있었다. 그다음 날 랑베르는 약속 시간보다 일찍 와서 명예의 전사자 명단을 집중해 읽었다. 몇 분 후, 두 남자가 와서 무심히 그를 바라보더니 산책로의 난간에서 팔꿈치를 괴고 텅 빈 쓸쓸한 부둣가를 무심하게 보는 것 같았다. 키가 비슷한 두 남자는 파란색 바지에 소매가 짧은 선원용 재킷을 입고 있었다. 랑베르는 약간 떨어진 벤치에 앉아 있어서 그들을 볼 수 있었다. 그 남자들은 스무 살은 넘지 않아 보였다. 그때 곤잘레스가 늦어서 미안하다며 걸어왔다.

"저기 우리 친구들." 곤잘레스가 말했다. 그가 그 두 청년에게 랑베르를 데려가서는 랑베르에게 그들의 이름이 각각 마르셀과 루이라고 소개했다. 두 청년은 많이 닮았다. 그래서 랑베르는 이 두 청년이 형제라고 생각했다.

"자, 이제 서로 인사도 했으니 일을 의논해야지." 곤잘레스가 말했다.

누가 마르셀인지 루이인지 모르겠으나 청년 한 명이 자신들의 경비 차례는 이틀 후에 시작되어 일주일간 계속되니 가장 편한 날을 알려줘야 한다고 말했다. 서쪽 문을 지키는 것은 두 청년과 다른 두 사람, 이렇게 네 명인데 다른 두 사람은 직업 군인이라고 했다. 그 두 사람을 같은 편으로 만들 생각은 없고 그랬다가는 비용이 더 든다고 했다. 그런데 가끔 저녁때 그 두 동료가 단골인 바의 뒷방에서 꽤 오랜 시간 밤을 보내기도 한다고 했다. 마르셀인지 루이인지 모르겠으나 말을 끝낸 청년이 랑베르에게 문 근처에 있는 자신들의 집에 와서 묵다가 부를 때까지 기다리라고 제안했다. 그러면 문을 아주 쉽게 통과할 것이라고 했다. 다만 얼마 전부터 도시 밖에 이중 감시 초소가 설치된다는 소문이 있으니 서둘러야 할 것이라고 했다.

랑베르는 그렇게 하겠다고 말하고는 마지막 남은 담배 몇 개비를 권했다. 둘 중 아직 아무 말도 하지 않았던 청년이 곤잘레스에게 비용 문제는 해결된 것인지, 선금은 받을 수 있는 것이냐고 물었다.

"아니." 곤잘레스가 말했다. "그럴 필요 없어. 친구니까. 비용은 출발할 때 치르라고."

그들은 다시 한번 약속을 잡았다. 곤잘레스는 모레 스페인 식당에서 저녁을 먹자고 했다. 거기서 곧장 보초병들의 집으로 갈 수 있다는 것이었다.

"첫날밤에는 말이야." 곤잘레스가 랑베르에게 말했다. "내가 친구를 해주지."

그다음 날 랑베르는 자신의 방으로 올라가다가 호텔 층계에서 타루와 마주쳤다.

"리외 선생님을 만나러 가는 길입니다." 타루가 말했다. "같이 가실래요?"

"괜히 방해가 될 것 같은데요." 랑베르가 잠시 머뭇거린 후 말했다.

"그렇지 않을 겁니다. 선생 이야기를 많이 하더군요."

신문 기자가 생각했다.

"그럼 말이죠." 랑베르가 말했다. "저녁 식사가 끝나면 늦게라도 좋으니 호텔 바로 오시죠."

"의사 선생님의 사정과 페스트에 달렸죠." 타루가 말했다.

그런데 밤 11시쯤에 리외와 타루가 작고 비좁은 스탠드바로 들어왔다. 서른 명이 조금 넘는 손님들이 팔꿈치를 맞대며 큰 소리로 이야기를 하고 있었다. 페스트에 전염된 도시의 침묵에서 나온 리외와 타루는 귀가 좀 먹먹해 발걸음을 멈추었다. 그들은 아직 알코올음료가 판매되는 것을 보고 이런 소란스러움을 이해했다. 랑베르는 카운터 끝에 있는 등받이가 없는 의자에 앉은 채 두 사람에게 손짓을 했다. 두 사람은 그의 양쪽에 섰다. 타루는 떠들고 있는 옆 사람을 조용히 밀었다.

"술을 싫어하지는 않죠?"

"예." 타루가 말했다. "그 반대죠."

리외는 잔에 담긴 씁쓸한 풀냄새를 맡았다. 주변이 너무 시끄러워 이야기하기가 힘들었다. 그러나 랑베르는 무엇보다 술을 마시느라 정신이 없는 것 같았다. 의사는 그가 취했는지 아직 판단하기 어려웠다. 그들이 앉은 좁은 구석에 있는 두 테이블 중 하나에는 어느 해군 장교가 앉아 있었다. 그는 양팔에 여자를 하나씩 끼고 얼굴이 새빨간 뚱보 남자에게 장티푸스가 퍼지던 당시의 카이로 이야기를 했다. "수용소가 있었어." 해군 장교가 말했다. "원주민을 위한 수용소가 세워졌어. 환자를 맞이할 천막을 치고 주변에는 전부 보초들이 지키고 있다가 몰래 민간요법의 약을 가져오면 그들을 총으로 쐈어. 끔찍한 일이지만 옳았어." 또 다른 테이블에는 멋진 청년들이 앉아 있었다. 그들이 주고받는 이야기는 알아들을 수 없었으나 그들의 말소리는 높은 곳에 놓인 축음기에서 흘러나오는 〈세인트 제임스 인퍼머리〉의 리듬에 빨려 들어갔다.

"괜찮습니까?" 리외가 목소리를 높여 물었다.

"잘되어 가는 중입니다." 랑베르가 말했다. "어쩌면 일주일 안에 해결될 듯합니다."

"유감이네요." 타루가 큰소리로 말했다.

"왜죠?"

타루가 리외를 바라보았다.

"아!" 리외가 말했다. "타루의 말은 여기 계시면 우리에게 도움이 될 텐데 아쉽다는 뜻이죠. 하지만 저는 떠나고 싶어 하시는 마음을 아주 잘 이해합니다."

타루는 한잔 더 하자고 했다. 랑베르는 의자에서 내려와 처음으로 타루를 정면에서 보았다.

"제가 무엇에 도움이 될까요?"

"글쎄요." 타루가 자기 술잔으로 천천히 손을 내밀며 말했다. "저희 자원 보건 단체 일이죠."

랑베르는 평소처럼 무심한 표정으로 돌아가 다시 의자에 올라 앉았다.

"그런 자원 보건 단체가 도움이 될 것이라고 생각하지 않으시나요?" 타루가 물었다. 타루는 잔을 비우자마자 랑베르를 뚫어지게 바라보았다.

"대단히 도움이 되죠." 신문 기자가 말했다. 그도 술을 마셨다. 리외는 그의 손이 떨리는 것을 보았다. 리외는 랑베르가 이제 정말 취했다고 생각했다.

그다음 날, 랑베르는 스페인 식당을 두 번째로 찾아갔다. 그 식당에 들어갈 때 그는 입구 문 앞에 의자를 끌어내 앉아 있는 사람들의 조그만 무리를 뚫고 지나갔다. 사람들은 더위가 한풀 꺾이기 시작한 초록빛과 황금빛의 저녁 시간을 즐기며 매콤한 담배를 피우고 있었다. 레스토랑 안에는 사람이 거의 없었다. 랑베르는 안쪽 테이블에 앉았다. 그가 처음으로 곤잘레스를 만난 테이블이었다. 그는 웨이트리스에게 사람을 기다린다고 말했다. 시간은 7시 30분이었다. 점점 남자들이 식당으로 들어와 자리에 앉았다. 음식이 나오기 시작하고 둥근 천장 아래에는 식기가 부딪치는 소리, 귀가 아플 정도로 시끄럽게 이야기를 나누는 소리로 넘쳐났다. 8시가 되었으나 랑베르는 여전히 기다렸다. 불이 켜졌다. 새로 온 손님들이 테이블에 와서 앉았다. 랑베르는 식사를 주문했다. 8시 30분, 그는 곤잘레스도, 그 두 청년도 오지 않은 가운데 식사를 마쳤다. 그는 담배를 여러 대 피웠다. 식당 안은 점점 비기 시작했다. 바깥에서는 해가 빨리 저물고 있었다. 9시가 되자 랑베르는 홀이 텅 비었고 웨이트리스가 놀란 눈으로 자신을 보고 있다는 것을 알았다. 그는 계산을 하고 나왔다. 식당 맞은편 카페의 문이 열려 있었다. 랑베르는 카운터에 앉아 식당 입구를 유심히 살폈다. 9시 30분, 그는 주소도 모르는 곤잘레스를 어떻게 만날까 하고 쓸데없는 궁리를 하며 호텔로 향했다. 지금까지 밟은 절차를 다시 밟아야 한다는 생각에 절망했다.

랑베르가 나중에 리외에게 했던 말에 따르면, 그 당시 구급차가 지나는 밤의 어둠 속에서 그는 자신과 아내를 갈라놓은 장벽에서 빠져나갈 탈출구를 찾느라 정신없었던 나머지 그동안 계속 아내 생각을 잊고 있었다는 사실을 깨달았다고 했다. 그런데 또한 그때, 모든 일이 다시 한번 막혀버리자 욕망의 한가운데에서 다시 한번 아내를 찾았다. 하지만 그 과정에서 너무나 갑작스러운 고통이 폭발한 그는 호텔 쪽으로 달리기 시작했다. 타는 듯한 상처에서 벗어나려는 것이었으나 그 상처가 그의 가슴속에 남아 관자놀이를 파먹는 것 같았다. 그다음 날 아주 일찍, 랑베르는 리외를 찾아와 어떻게 하면 코타르를 만날 수 있는지 물었다.

"이제 제가 할 수 있는 일은 처음부터 다시 해나가는 것뿐입니다." 랑베르가 말했다.

"내일 저녁에 오십시오." 리외가 말했다. "타루가 코타르를 불러 달라고 했는데 이유는 모르겠습니다. 코타르는 10시에 오기로 했습니다. 그러니 10시 30분쯤 이리로 오시면 됩니다." 그다음 날 코타르가 의사의 집에 찾아왔다. 그때 타루와 리외는 리외의 담당 동네에서 생각지도 못하게 일어난 완치 사례에 대해 이야기하고 있었다.

"열에 하나입니다. 운이 좋았죠." 타루가 말했다.

"아! 그런데 말이죠." 코타르가 말했다. "페스트가 아니었어요."
두 사람은 분명 페스트라고 했다.

"완치된 것을 보니 그럴 리가 없습니다. 저보다 잘 아실 테지만 페스트는 무자비하죠."

"일반적으로는 그렇죠." 리외가 말했다. "하지만 꾸준히 매달리다 보면 뜻밖의 놀라운 일도 있는 법이지요."

코타르가 웃었다.

"그럴 것 같지 않습니다. 오늘 저녁 숫자를 들으셨어요?"

타루는 그 연금 생활자를 친절하게 바라보며 숫자는 이미 알고 있으며 상황은 심각하다고 말했다. 하지만 이는 대책이 필요하다는 걸 증명하는 거라고 말했다.

"아! 이미 대책을 세우셨죠."

"그렇습니다. 하지만 각자 자기 일처럼 대책을 세워야 합니다."

코타르는 이해하지 못해 타루를 바라보았다. 타루의 생각에 따르면 자신이 해야 할 일을 안 하는 사람이 너무 많으며 페스트는 각자의 문제이므로 각자 의무를 다 해야 한다는 것이었다. 자원 보건 단체의 문은 누구에게나 열려 있다고 했다.

"좋은 생각입니다." 코타르가 말했다. "하지만 아무 소용없을 겁니다. 페스트는 너무 강하거든요."

"두고 봐야 알죠." 타루가 인내심 있는 말투로 말했다. "우리가 모든 것을 다 한 다음에요."

그동안 리외는 책상에 앉아 진료 카드를 다시 베끼고 있었다. 타루는 의자에 앉아서 안절부절못하는 그 연금 생활자를 계속 바라보았다.

"왜 저희와 같이 하지 않는 거죠, 코타르 씨?"

코타르는 불쾌한 표정을 지으며 자리에서 일어나더니 자신의 둥근 모자를 집었다.

"그것은 제가 할 일이 아닙니다."

그리고 그는 시비 거는 투로 말했다.

"더구나 나는 페스트가 퍼져 있는 이 상황이 더 편해요. 그런데 그 페스트를 막는 일에 제가 왜 나서야 하는지 모르겠군요."

타루는 갑자기 진실을 깨달은 듯 이마를 쳤다.

"아! 그래요, 깜빡했군요. 페스트가 없었다면 체포되었을 테니까요."

코타르가 흠칫 놀라 넘어질 뻔하면서 의자를 잡았다. 리외는 글씨를 쓰던 손을 멈추고 진지하게 흥미 있는 태도로 그를 바라보았다.

"누가 그래요?" 연금 생활자가 소리를 질렀다.

타루가 놀란 듯 말했다.

"직접 그러셨잖아요. 적어도 의사 선생님과 저는 그렇게 이해했습니다."

그러자 코타르는 갑자기 걷잡을 수 없는 분노에 휩싸여 알아들을 수 없는 말을 내뱉기 시작했다.

"흥분하지 말아요." 타루가 덧붙였다. "의사 선생님이나 저는 선생을 고발하지 않을 겁니다. 선생의 사면은 저희와는 관계가 없죠. 더구나 우리는 경찰을 좋아해본 적이 없습니다. 좀 앉으세요."

연금 생활자는 잠시 머뭇대더니 자신의 의자를 내려다보고는 앉았다. 마침내 그가 한숨을 쉬었다.

"다 옛날이야기입니다." 그가 인정했다. "그 이야기를 다시 끄집어낸 것이죠. 저는 다 잊었다고 생각했는데 어떤 사람이 말을 꺼냈습니다. 그들은 저를 부르고는 조사가 끝날 때까지 계속 대기하고 있으라 하더군요. 결국 그들이 날 체포하겠구나라는 생각이 들었습니다."

"중죄입니까?" 타루가 물었다.

"어떻게 말하느냐에 달려 있습니다. 어쨌든 살인은 아닙니다."

"금고형이나 징역인가요?"

코타르는 몹시 풀이 죽은 것처럼 보였다.

"운 좋으면 금고형이겠죠."

그러나 잠시 후, 코타르는 다시 열을 내며 말했다.

"실수였습니다. 누구나 실수를 하죠. 생각만 해도 견딜 수가 없습니다. 그 일 때문에 잡혀가면 집, 익숙한 생활, 모든 친지와 헤어져야 합니다."

"아!" 타루가 말했다. "그래서 목을 매려고 한 것이군요?"

"그래요, 물론 바보 같은 짓이었죠."

리외가 처음으로 입을 열어 코타르에게 말했다. 그의 불안이 이해가 되며 모든 것이 잘 풀릴 것 같다는 말이었다.

"저도 당장에는 두려워할 것이 없다는 것을 압니다."

"보아하니 우리 자원 보건 단체에는 안 들어오겠군요." 타루가 말했다.

코타르는 모자를 두 손으로 돌리다가 타루 쪽으로 애매한 시선을 돌렸다.

"절 원망하지 마세요."

"당연히 원망은 안 하죠. 하지만 적어도 말이죠." 타루가 미소를 지으며 말했다. "일부러 페스트균을 퍼뜨리려고 하지는 말아줘요."

코타르는 페스트는 자신이 원한 것이 아니라 페스트가 그렇게 생겨났고 당장에는 페스트 때문에 자신의 일이 해결되었으나 자기 탓은 아니라고 반박했다. 랑베르가 문 앞에 도착했다. 그때 연금 생활자는 목소리에 있는 힘껏 힘을 주며 이렇게 덧붙였다.

"그리고 여러분이 아무 성과도 얻지 못할 것 같습니다."

랑베르는 코타르에게 곤잘레스 주소는 모른다는 말을 들었으나 다시 그 작은 카페에 가보자고 했다. 그래서 그다음 날 두 사람은 그곳에서 만나기로 약속했다. 리외가 어떻게 되어 가는지 알고 싶어 하자 랑베르는 주말 밤 아무 때나 좋으니 타루와 함께 자기 방으로 와 달라고 초대했다. 아침이 되자 코타르와 랑베르는 그 작은 카페로 가서 가르시아에게 메시지를 남겼다. 저녁때 혹은 어려우면 그다음 날 만나자는 메시지였다. 그날 저녁, 그들은 가르시아를 기다렸으나 허탕을 쳤다. 그 이튿날 가르시아가 와 있었다. 가르시아는 랑베르의 이야기를 말없이 들었다. 가르시아는 잘 알지 못하는 일이라 했다. 그래도 집집마다 검사가 진행되도록 여러 동네 전체에서 이십사 시간 통행이 차단되고 있다는 것은 안다고 했다. 곤잘레스와 두 청년이 차단선을 넘지 못했을 수도 있다고 했다. 가르시아는 자신이 할 수 있는 일은 다시 한 번 라울과 연결시켜 주는 것인데, 당연히 모레 안으로는 어렵다고 했다.

"들어보니," 랑베르가 말했다. "처음부터 다시 시작해야겠군요."

이틀 후, 어느 길모퉁이에서 라울은 가르시아의 추측이 맞다고 했다. 아랫동네의 통행이 차단되었다는 것이다. 다시 곤잘레스와 연락을 해야 했다. 이틀 후, 랑베르는 그 축구 선수와 점심을 먹었다.

"바보 같지." 곤잘레스가 말했다. "서로 다시 만날 방법을 정했어야 하는데."

랑베르도 같은 생각이었다.

"내일 아침, 우리 아이들에게 가보자고. 모든 것을 조정해봐야지."

그다음 날 그가 말한 아이들은 집에 없었다. 그래서 그들에게 다음 날 정오에 리세 광장에서 만나자고 메시지를 남겼다. 그리고 나서 랑베르는 돌아왔다. 그날 오후 랑베르의 표정을 본 타루는 너무 놀랐다.

"잘 안 풀립니까?" 타루가 랑베르에게 물었다.

"처음부터 다시 시작해서요." 랑베르가 말했다.

그리고 랑베르는 초대 날짜를 바꿨다.

"오늘 저녁에 와주십시오."

그날 저녁, 두 남자는 랑베르의 방으로 들어갔다. 그때 신문 기자 랑베르는 누워 있었다. 랑베르는 일어서서 미리 준비한 술 잔 두 개에 술을 따랐다. 리외는 잔을 받으면서 랑베르에게 일은 잘되어 가냐고 물었다. 신문 기자는 한 바퀴 죽 돌아 원점으로 돌아왔으나 조만간 마지막 약속을 잡을 것이라고 말했다. 그는 술을 마시고 말을 이었다.

"물론 그들은 오지 않을 겁니다."

"단정해서는 안 됩니다." 타루가 말했다

"아직 이해를 못 하셨군요." 랑베르는 어깨를 으쓱이며 대답했다.

"무엇을 말입니까?"

"페스트요."

"아!" 리외가 말했다.

"그렇습니다. 두 분 모두 페스트가 처음부터 다시 시작하는 것이 특징이라는 사실을 이해하지 못했습니다."

랑베르는 방의 한구석으로 가서 조그만 축음기 뚜껑을 열었다.

"무슨 판이죠?" 타루가 물었다. "아는 곡인데요."

랑베르는 〈세인트 제임스 인퍼머리〉 판이라고 대답했다.

판에서 음악이 흘러나오는 가운데, 갑자기 멀리서 총성 두 발이 들렸다.

"개 아니면 도망자군요." 타루가 말했다.

잠시 후 판이 다 돌아가자 구급차 소리가 점점 커지며 뚜렷하게 들리다가 호텔 방 창 아래를 지나 점점 작아지더니 마침내 전혀 들리지 않았다.

"이 판은 재미가 없습니다." 랑베르가 말했다. "더구나 오늘 열 번이나 들었죠."

"그 곡이 그렇게 좋은가요?"

"아뇨, 가지고 있는 판이 이것뿐이거든요."

그리고 랑베르가 잠시 후 말했다.

"처음부터 다시 시작하는 것이 특징이죠."

랑베르가 리외에게 자원 보건 단체 일은 어떻게 되어가냐고 물었다. 현재 다섯 팀이 활동하는 중인데 몇 팀이 더 조직되기를 바란다고 리외가 말했다. 신문 기자는 침대 위에 앉아 손톱을 만지작거리는 것 같았다. 리외는 침대 끄트머리에 웅크리고 있는 그의 작고도 다부진 모습을 살폈다. 리외는 랑베르의 시선을 느꼈다.

"그런데 선생님." 랑베르가 말했다. "저도 그 조직에 대해 많이 생각했습니다. 제가 같이 하지 않는 것은 나름 이유가 있어서입니다. 다른 일 같았으면 아직도 제 몸을 바칠 수 있을지도 모릅니다. 스페인 전쟁에 참전한 적도 있습니다."

"어느 편이었죠?" 타루가 물었다.

"패배한 사람들의 편이었습니다. 그 후 생각을 조금 해봤습니다."

"무엇을요?" 타루가 물었다.

"용기를 생각했습니다. 이제는 인간이 위대한 행동을 할 수 있다는 사실을 압니다. 하지만 위대한 감정을 품지 못하는 인간이라면 그런 인간에게는 흥미가 없습니다."

"마치 인간이 각종 능력을 다 갖춘 것처럼 말씀하시는군요." 타루가 말했다.

"아뇨, 인간은 오랫동안 진득하게 고통받지도 못하고 행복을 누리지도 못합니다. 그러므로 인간은 가치 있는 일을 전혀 할 수 없죠."

그는 두 사람을 계속 쳐다보고는 말을 이었다.

"자, 타루, 사랑을 위해 죽을 수 있습니까?"

"모르겠습니다. 지금은 그럴 수 없을 것 같습니다."

"바로 그겁니다. 그러나 하나의 관념을 위해서는 죽을 수 있습니다. 눈에 빤히 보이죠. 그러나 어떤 관념 때문에 죽는 사람들에게 질렸습니다. 영웅주의를 믿지 않아요. 영웅주의는 쉽고 목숨을 앗아가는 것임을 배웠습니다. 그보다는 사랑하는 것을 위해 살고 죽는 일에 흥미가 있습니다."

리외는 신문 기자의 말을 주의 깊게 들었다. 계속 그를 바라보면서 리외가 부드럽게 말했다.

"인간은 하나의 관념이 아닙니다, 랑베르."

랑베르는 침대에서 벌떡 일어났다. 그의 얼굴은 흥분해서 새 빨개졌다.

"관념입니다. 어설픈 관념. 인간이 사랑에게서 등을 돌리는 순간부터요. 그냥 우리는 더 이상 사랑을 할 줄 모르게 되었습니다. 단념합시다, 선생님. 사랑할 수 있기를 기다립시다. 그것이 불가능하다면 영웅놀이는 그만두고 전반적인 해방을 기다립시다. 저는 더 이상 멀리 가지는 않습니다."

리외가 갑자기 피곤한 표정으로 자리에서 일어났다.

"맞습니다. 랑베르, 정말로 맞습니다. 그러나 어떤 일이 있어도 지금 하시려는 일을 말리고 싶지는 않습니다, 그 일이 정당하고 좋은 것 같아서요. 그러나 이 이야기도 해드려야 할 것 같습니다. 이 모든 일은 영웅주의와 관계가 없습니다. 그저 성실함의 문제입니다. 비웃음을 당할 생각일 수도 있으나 페스트와 싸울 수 있는 유일한 방법은 성실함입니다."

"성실함이 뭐죠?" 랑베르가 갑자기 심각한 표정으로 물었다.

"일반적으로 따지면 모르겠으나 제 생각으로는 자신이 맡은 일을 해내는 것이 성실함이라 알고 있습니다."

"아!" 랑베르가 화를 내며 말했다. "제가 맡은 일이 무엇인지 모르겠습니다. 어쩌면 사랑을 선택한 것은 틀렸을지도 모르죠."

리외는 랑베르를 마주 보았다.

"아뇨." 리외가 힘주어 말했다. "조금도 틀리지 않았습니다."

랑베르는 생각에 잠긴 눈으로 그들을 바라보았다.

"두 분은 그 모든 일에서는 잃을 것이 없을 겁니다. 좋은 쪽에 서는 것은 쉬운 일이니까요".

리외가 잔을 비웠다.

"그럼." 리외가 말했다. "할 일이 있어서요."

그가 나갔다.

타루도 그의 뒤를 따랐다. 그러나 타루는 나가려는 순간 막 생각이 난 듯 신문 기자에게 몸을 돌려 말했다.

"리외 선생님의 부인이 여기서 수백 킬로미터 떨어진 요양소에 있습니다. 아시나요?"

랑베르는 놀란 몸짓을 했다. 타루는 이미 나갔다.

그다음 날 이른 새벽에 랑베르는 의사에게 전화를 했다.

"이 도시를 떠날 방법을 찾을 때까지 함께 일하게 해주시겠습니까?"

잠시 저쪽 수화기에서 침묵이 흐르다가 이어서 "예, 랑베르, 고맙습니다"란 말이 들렸다.

3부

. . .

이처럼 매주 계속해서 페스트로 인해 도시에 갇힌 포로들은 자기 나름대로 발버둥쳤다. 그들 중 랑베르를 비롯해 몇 명은 보다시피 자유인처럼 행동하고 여전히 선택할 자유가 있다고 상상하기까지 했다. 그러나 실제로 8월 중에는 페스트가 모든 것을 뒤덮어버렸다고 할 수 있었다. 그때는 더 이상 개인적인 운명은 없었고 페스트라는 집단적인 역사 그리고 모두가 공감하는 여러 감정만 있었다. 가장 심각한 것은 생이별 그리고 유배되었다는 감정이었다. 여기에는 공포와 반항이 포함되어 있었다. 그러므로 서술자는 더위와 전염병이 절정에 달한 이때쯤에 죽지 않고 살아 있는 우리 시민들의 난폭함, 죽은 사람들을 매장하는 일, 헤어져 있는 연인들의 고통을 사례를 들어 전반적으로 묘사해야 한다고 생각했다.

그해가 반쯤 지났을 때 페스트에 휘말린 도시에 여러 날 동안 바람이 불었다. 오랑 시민들은 특히 바람을 두려워했다. 그 이유는 이 도시가 고원에 세워졌기에 바람은 자연 속에서 그 무엇에도 방해를 받지 않아 매우 거칠게 불기 때문이다. 몇 달 동안 시원하게 적셔줄 비가 한 방울도 내리지 않았기에 도시는 뿌연 먼지를 뒤집어썼는데, 먼지는 바람의 영향으로 비늘처럼 벗겨졌다. 이처럼 바람은 먼지와 종이의 물결을 일으켜 이제는 더 드물어진 산책하는 사람들의 다리를 때렸다. 산책하는 사람들은 몸을 앞으로 숙이고 손수건이나 손으로 입을 가린 채 급히 길을 지나갔다. 지금까지는 저녁이 되면 매일 사람들이 무리를 지어 모여서 그날 하루를 가능한 한 길게 끌려고 했다. 그러나 이제는 집이나 카페로 걸음을 재촉해 돌아가는 적은 무리의 사람들만 볼 수 있었다. 심지어 그 계절의 며칠 동안은 황혼 무렵이 훨씬 더 일찍 찾아와 거리에는 인적이 끊기고 바람은 울음 같은 소리만 계속 토해냈다. 여전히 눈에 보이지 않지만 물결이 높아진 바다에서 해초와 소금 냄새가 올라왔다. 뿌연 먼지로 덮이고 바다 냄새가 진동하는 이 인적 없는 도시는 바람만 불어대는 가운데 마치 불행한 섬처럼 신음했다.

지금까지 페스트는 인구 밀도가 높고 살기 불편한 변두리 동네에서 더 많은 희생자를 냈다. 그런데 페스트가 갑자기 번화가에 더 가까이 와서 둥지를 트는 것 같았다. 주민들은 바람 때문에 전염병의 씨앗이 실려 왔다며 투덜거렸다.

호텔 지배인은 "바람 때문에 카드가 마구 뒤섞였다"고 말했다. 그러나 어쨌든 중심가 동네의 주민들은 밤에 점점 더 자주 들리는 구급차 소리를 가까이에서 들으면서 자신들의 차례가 왔다는 것을 알았다. 구급차는 우울하고 힘없는 페스트의 부름에 반항하듯 창문 앞을 달리며 지나갔다.

시내에서도 특히 피해가 심한 동네를 격리하고 업무상 꼭 필요한 사람들이 아니면 외출을 금지하자는 조치가 내려졌다. 그때까지 그 동네에 살던 사람들은 이런 조치가 자신들을 불리하게 만드는, 약자들에게 행해지는 학대라고 생각하게 되었다. 그래서 그들은 다른 동네 주민들은 자신에 비하면 자유롭다고 생각했다. 반면 다른 동네 주민들은 상대적으로 자신들보다 자유가 제한된 동네의 사람들을 상상하며 위안을 얻었다. '늘 나보다 갇혀서 나오지 못하는 사람이 있다'는 것은 그 당시에 유일하게 가질 수 있는 희망을 요약하는 표현이었다.

거의 같은 시기에 도시의 서쪽 문 가까이에 있는 별장 지역에서는 다시 화재가 자주 일어났다. 조사 결과 예방 격리에서 돌아온 사람들이 가까운 사람을 잃고 자신이 겪은 불행으로 인해 공포에 질린 나머지 페스트를 죽여버리겠다는 환상에 빠져 자기 집에 불을 지른 것이었다. 강한 바람 때문에 주변 동네들까지 끊임없이 위험에 몰아넣는 이런 종류의 방화가 자주 일어나 이를 막는 것이 너무나 힘들었다. 당국에서 실시하는 집 소독만으로도 모든 전염의 위험을 충분히 없앨 수 있다고 아무리 설명해도 소용이 없었다. 결국 무지한 방화범들에게 매우 엄격한 벌을 내릴 거라고 발표해야 했다. 그러나 그 불행한 사람들을 겁먹게 한 것은 감옥에 간다는 두려움보다는, 모든 시민들이 갖고 있는 확신, 그러니까 감옥에서의 높은 사망률로 인해 감옥에 갇히는 것은 사형 선고나 마찬가지라는 믿음이었다. 물론 전혀 근거 없는 믿음도 아니었다. 당연한 이유로 특별히 군인, 수도승, 죄수들처럼 단체 생활을 하는 사람들이 페스트의 공격을 집중적으로 받는 것 같았다. 일부 죄수들이 격리되어 있어도 감옥도 하나의 공동체이기 때문이다. 더구나 이를 증명이라도 하듯 우리 시의 감옥에서는 죄수 못지않게 간수들도 페스트에 많이 희생되었다. 페스트의 입장에서 저 위에서 바라보면 형무소장에서부터 말단 죄수까지 모든 사람들은 유죄를 받은 셈이었다. 아마도 감옥 안에서 절대적인 정의가 실현된 것은 이번이 처음일지도 몰랐다.

　　당국은 이 같은 평등한 세계 안에 위계질서를 도입하고자 업무 중 순직한 간수들에게 훈장을 주는 것도 생각했으나 소용없었다. 계엄령이 선포된 상태였고, 또 어떤 각도에서 보면 간수들은 동원된 것이나 다름없어서 죽은 다음에는 군사 훈장이 내려졌다. 죄수들은 전혀 반발이 없었으나 군부에서는 별로 좋게 보지 않았다. 일반 대중의 생각에 혼란을 줄 염려가 있단 생각에서였다. 당연한 지적이었다. 당국은 이들의 요구를 생각해 간수들에게 방역 공로장을 주는 것이 가장 간단한 방법이라고 생각했다. 그러나 먼저 받은 사람들에게 이미 수여된 훈장을 되돌려 받는 것도 생각할 수 없는 일이었다. 그런데 군 관계자들은 계속 자신들의 생각을 접지 않았다. 한편, 방역 공로장은 전염병이 퍼지는 이런 시기에 받아봐야 대단할 것도 없는 훈장이라 군사 훈장 수여로 얻을 수 있는 사기 진작은 일으키지 못하는 것이 단점이었다. 모든 사람이 불만이었다.

게다가 형무소 당국은 종교계와 같은 조치를 취할 수 없었다. 이보다는 차이가 덜해도 군 당국과도 똑같은 조치를 취할 수 없었다. 사실, 시내에 단 두 곳 있는 수도원의 수도승들에게는 독실한 가정에 임시로 흩어져 머물러 있으라는 조치가 내려졌다. 마찬가지로 사정이 되면 소규모 부대들이 병영에서 나와 학교와 같은 공공건물에 주둔하라는 조치가 마련되었다. 이처럼 페스트라는 전염병은 갇힌 상태의 시민들에게 연대 책임을 강요하는 것처럼 보였고, 동시에 전통적인 결합 형태를 파괴하며 개개인들을 고독 속으로 몰아넣었다. 이 때문에 혼란스러웠다.

상황이 이런데 바람까지 가세해 어떤 사람들의 정신에 불을 붙였다. 시의 문들은 무장한 소규모 집단에게 밤에 여러 번 습격을 받았다. 총격전이 벌어졌고 부상을 당한 사람들과 도망가는 사람들도 생겼다. 감시 초소들이 강화되자 이러한 시도는 곧 중지되었다. 그러나 이러한 시도가 있었다는 사실만으로도 시내에는 혁명과도 같은 분위기가 만들어졌고, 이는 몇 건의 폭력 사건으로 이어졌다. 방역을 이유로 폐쇄되거나 화재가 난 집들은 약탈을 당했다. 계획적인 행동이라고 생각하기는 힘들었다. 대부분 지금까지 점잖게 있던 사람들이 갑자기 기회가 생기자 비난받을 만한 일을 저질렀고 다른 사람들도 이런 일을 흉내 낸 것이다. 그래서 너무나 슬픈 나머지 얼이 빠진 집주인이 뻔히 보고 있는데도 아직 불타고 있는 집으로 약탈을 하러 가는 정신 나간 사람들도 있었다. 집주인이 가만히 있자 구경하던 사람들도 약탈자들의 행동을 따라 했다. 그래서 어두운 거리에는 꺼져가는 불길, 어깨에 짊어진 물건이나 가구로 인해 찌그러진 그림자들이 사방으로 도망치는 모습이 화재의 불빛에 비춰 보였다. 이런 사건들이 벌어지자 당국은 페스트령을 계엄령과 똑같이 다루어 여기에 맞는 법률을 적용했다. 절도범 두 명이 총살되었다. 그러나 이것이 다른 사람들에게 경각심을 주었는지는 모르겠다. 왜냐하면 사망자가 많이 생기는 와중에 두 명이 사형을 당했다는 것은 거의 눈에 띄지도 않았기 때문이다. 마치 바다에 떨어뜨린 물 한 방울과 같았다. 그리고 실제로 당국이 개입할 것 같지 않자 비슷한 사건은 종종 일어났다. 모든 사람들에게 충격을 안겨준 듯한 조치는 조명 제한 제도뿐이었다. 밤 11시부터 완전한 어둠 속에 잠긴 도시는 마치 돌이 된 것처럼 보였다.

달이 떠 있는 하늘 아래 도시에는 집들의 희끄무레한 벽과 곧게 뻗은 거리만 늘어서 있을 뿐이었다. 나무 한 그루의 그림자도 반점을 찍는 경우가 없었고 산책하는 사람들의 발걸음 소리나 개 짖는 소리에 동요되는 일도 없었다. 적막한 대도시는 활기라고는 없는 육중한 입방체를 모아놓은 덩어리에 지나지 않았다. 다만 그 사이에서 잊힌 자선가들 혹은 영원히 청동 속에 갇혀 질식한 옛날 위인들의 조각상만이 돌이나 쇠로 만들어진 인공적인 얼굴을 통해 한때는 인간이라는 존재의 몰락한 모습을 생각나게 하려고 애쓰고 있을 뿐이었다. 그 초라한 우상들은 답답한 하늘 아래, 활기 없는 사거리 한가운데에 군림하고 있었다. 그 투박하고 무감각한 모습들을 보면 어느 지하 묘지의 질서가 떠올랐다. 우리가 들어온 요지부동의 시대 혹은 적어도 그 최후의 질서, 즉 페스트, 돌 덩어리, 어둠에 짓눌려 모든 목소리가 침묵이 되어버린 지하 묘지의 질서였다.

그러나 밤은 모든 사람들의 가슴속에 있었으며 매장에 대해 떠도는 전설 같은 진실도 우리 시민들을 안심시키지는 못했다. 매장 이야기를 해야 한다는 것이 서술자로서는 유감스러운 일이다. 이 때문에 서술자를 나무랄 수도 있음을 잘 알지만 서술자로서 할 수 있는 유일한 변명은 그 기간 중 매장이 계속 끊이지 않았다는 사실, 또 매장에 대한 걱정은 모든 시민들과 마찬가지로 어떤 의미에서는 서술자에게도 피할 수 없는 일이었다는 점이다. 어쨌든 서술자는 이런 종류의 의식에 남다른 흥미가 있어서 매장 이야기를 하는 게 아니다. 오히려 반대로 서술자는 살아 있는 사람들의 사회, 그중 예를 하나 들자면 해수욕을 더욱 좋아한다. 그러나 결국 해수욕은 금지되었고 살아 있는 사람들의 사회는 죽은 사람들의 사회에게 자리를 빼앗길까봐 두려워했다. 그것은 분명했다. 물론 죽은 사람들의 사회를 보지 않으려고 애쓰고 눈을 가리며 그 사회를 거부할 수도 있었다. 하지만 반드시 찾아오는 것은 피할 수 없기에 결국 거기에 휩쓸렸다. 예를 들어 사랑하는 사람들을 매장해야 하는 날이 오면 무슨 수로 매장을 거부할 수 있겠는가? 그런데 전염병 초기에 장례식의 특징을 이루고 있었던 것이 바로 신속함이었다. 모든 형식은 간소화되었고 일반적인 장례식은 폐지되었다. 환자들은 가족과 멀리 떨어진 곳에서 죽었고 밤샘 의식은 금지되었기에 결국 저녁에 죽은 사람은 혼자 밤을 넘기고 낮에 죽은 사람은 지체 없이 매장되었다. 물론 가족에게 통보를 하긴 했지만, 그랬다 하더라도 가족들이 병자 옆에서 살았다면 예방을 위한 격리 상태가 되어 움직일 수도 없었다. 가족이 고인과 같이 살지 않았을 경우에는 지정된 시각, 즉 시체의 염이 끝나고 입관되어 묘지로 떠나는 시각에서야 와볼 수 있게 되어 있었다.

이러한 절차가 리외가 일하는 임시 병원에서 이루어졌다고 해보자. 임시 병원이 된 학교에는 본관 뒤에 출구가 하나 있었다. 복도로 통하는 커다란 창고 안에는 관들이 있었다. 바로 그 복도에서 가족들이 볼 수 있는 것은 이미 뚜껑이 닫힌 관 하나뿐이었다. 얼마 안 있어 사람들은 가장 중요한 일로 관심을 가졌다. 여러

서류에 가족 대표의 서명을 받는 일이었다. 이것이 끝나면 시신을 자동차에 신는데 그 자동차는 화물차일 수도 있고 개조한 대형 구급차일 수도 있었다. 가족들이 아직 운행이 허가된 택시를 타면 차들은 전속력으로 외곽 도로를 달려 묘지에 도착했다. 묘지 문 앞에서 헌병들이 차를 세웠고 공식 통과증에 고무도장을 찍어주었다. 공식 통과증이 없으면 소위 '마지막 거처'도 얻을 수 없었다. 그리고 차들은 수많은 구덩이가 메워지기를 기다리는 네모난 묘지 터 곁으로 갔다. 신부 한 명이 시신을 맞이했다. 성당 안에서는 장례식을 치를 수 없기 때문이다. 기도가 이루어지는 동안 관이 밧줄에 감긴 채 끌려 내려와 구덩이 아래에 놓이면 신부가 성수채를 흔들었다. 이미 첫 흙이 관 뚜껑에 뿌려졌다. 구급차는 소독을 받기 위해 조금 먼저 떠났다. 삽이 흙을 찍어 던지는 소리가 점점 무뎌지자 가족들은 택시 안으로 들어갔다. 십오 분 후, 가족들은 집으로 돌아갔다. 이처럼 모든 일은 최대한 빠르게, 위험은 최소화한 상태로 이루어졌다. 적어도 처음에는 이런 식으로 시신이 처리되면 가족이 느끼는 자연스러운 감정을 해칠 것이라 생각했던 것 같다. 하지만 페스트가 퍼지자 이런 가족들의 감정까지 생각할 여유가 없었다. 즉 효율성이 우선되었고 나머지는 전부 희생되었다. 처음에는 격식을 갖추어 땅에 묻히고 싶다는 생각이 우리가 생각하는 것보다 널리 퍼져 있었다. 그래서 시민들은 신속한 시신 처리 방식에 괴로워했다. 그러나 이후에는 식량 보급 문제가 어려워지면서 주민들의 관심은 다행히도 더 직접적인 문제로 쏠렸다. 먹기 위해서는 줄을 서고 수속을 밟고 서식을 갖춰야 했다. 사람들이 이런 일에 신경을 쓰다 보니 주변에서 어떻게 죽어가는지, 앞으로 자신들은 어떻게 죽어갈지 생각할 여유가 없었다. 그러다 보니 고통스럽게 느껴져야 할 물자 부족이 나중에는 차라리 고마운 일 취급을 받았다. 우리가 본 것처럼 전염병이 그렇게 많이 퍼지지만 않았다면 모든 일이 대략 잘되었을 것이다.

관이 점점 귀해졌고 수의를 만들 옷감과 묫자리도 부족해졌다. 뭐든 방법을 찾아야 했다. 효율성을 살리는 가장 간단한 방법은 합동 장례를 치르고 필요하다면 묘지와 병원 사이의 왕래를 늘리는 일이었다. 리외가 담당한 병원을 예로 들면, 당시 병원에는 관이 다섯 개 있었다. 관이 다 차면 구급차에 실렸다. 묘지에 도착하면 관은 비워지고 철과 같은 빛깔의 시신들은 들것에 실려 전용 헛간 안에서 차례를 기다렸다. 소독액이 뿌려진 관들은 다시 병원으로 운반되었다. 그리고 이러한 작업은 필요하면 계속 반복되었다. 조직은 체계적으로 잘되어 있어서 지사는 만족해했다. 심지어 지사는 예전의 페스트 기록에서 나타난 것처럼 흑인들이 끄는 시체 운반 수레보다는 이것이 더 낫다고 리외에게 말했다.

"그렇습니다." 리외가 말했다. "매장 방식은 같지만 그래도 요즘 저희들은 카드를 작성합니다. 많이 발전했죠."

　행정적으로는 성공했을지 모르지만 현재의 절차가 지닌 불쾌한 면 때문에 도청은 어쩔 수 없이 친척들이 장례식에 오지 못하게 해야 했다. 묘지 정문 앞까지 오는 것은 허용했으나 이것도 공식적이지는 않았다. 왜냐하면 최종 단계의 의식에서 상황이 좀 달라졌기 때문이다. 당국은 유향나무들로 뒤덮인 빈터에 매우 큰 구덩이 두 개를 준비했다. 묘지 맨 끝이었다. 남자 시신을 묻을 구덩이와 여자 시신을 묻을 구덩이였다. 이렇게 보면 당국도 나름 예의를 차린 셈이었다. 하지만 여러 상황이 급하게 돌아가자 마지막 수치심과 체면은 버리고 여자 남자 따지지 않고 시체들을 뒤섞어 쌓은 후 묻어버리기 시작했다. 다행히 이런 극도의 혼란은 재앙이 최종 단계에 이르렀을 때 나타났다. 지금 우리가 언급하는 이 시기에는 아직 구덩이가 시신의 성별에 따라 구분되어 있었다. 도청은 이 점을 매우 중요하게 생각했다. 구덩이마다 밑바닥에는 아주 두껍게 넣은 생석회가 김을 뿜으며 부글댔다. 구덩이의 가장자리에도 생석회가 공중에 거품을 터뜨렸다. 구급차가 왔다 갔다 하던 것이 끝나면 들것들이 줄지어 있었고 거기에 담긴 뒤틀린 알몸의 시신들이 거의 나란히 붙어 구덩이 밑바닥에 쏟아지고 그 위에 생석회, 그다음에 흙이 덮였다. 하지만 그것도 다음에 들어올 시신들을 위해 일정한 높이까지만 덮었다. 다음 날 가족들은 서류에 서명을 하라는 부름을 받았다. 이는 사람과 개의 차이를 보여주는 것이었다. 확인이 늘 가능했기 때문이다.

이 같은 작업을 모두 하려면 인력이 필요했는데, 언제나 모자라기 일보 직전이었다. 처음에는 정식 채용이 되다가 나중에는 임시로 채용되었던 위생 직원과 무덤 파는 인부들이 페스트로 많이 죽었다. 아무리 조심해도 어느 날 갑자기 전염될 수 있었다. 그러나 따지고 보면 전염병이 퍼지는 기간 동안 그 일을 하는 데 필요한 인력이 모자란 적은 없었다. 제일 놀라운 일이었다. 위기는 페스트가 절정에 이르기 직전이었다. 리외가 불안한 것도 이유가 있었다. 간부든 소위 말하는 막노동꾼이든 인력이 충분하지 못했다. 도시 전체가 페스트에 휩싸이자 이때부터는 과도함이 편리함을 만들었다. 페스트로 경제생활이 전부 마비되어 대량의 실업자가 생겨났다. 실업자들 대부분은 관리직으로 채용될 수는 없었고, 막일을 하는 데는 그들의 존재가 큰 도움이 되었다. 그 시기부터는 사람들에게 공포보다는 빈곤함이 더 절박한 문제임이 명확해졌다. 위험한 일일수록 보수가 많이 지급되다 보니 더욱 그랬다. 보건과는 취업 희망자의 목록을 마련할 수 있었다. 그래서 어디에 결원이 생기면 리스트의 맨 위에 적힌 사람들에게 통지가 갔다. 그들은 휴가일 때를 제외하고는 언제나 출동할 준비가 되어 있었다. 유기 혹은 무기 죄수들을 인력으로 활용하는 것에 오랫동안 망설인 지사도 이런 극단적인 조치를 선택하는 일은 피할 수 있었다. 실업자들이 있는 한 아직은 견딜 수 있다고 생각했다.

어떻게 하다 보니 8월 말까지 우리 시민들은 예의가 바르다고 할 정도는 아니지만 적어도 행정 당국이 볼 때는 시민들 모두 자신의 의무를 다하고 있다고 할 정도로 질서 정연하게 최후의 거처로 가고 있었다. 하지만 결국 최후의 수단이 사용된 이야기를 하려면 그 후에 일어난 일을 좀 더 미리 들려주어야 한다. 8월부터 페스트가 통계 그래프의 꼭대기에서 내려올 생각을 하지 않자 희생자들이 늘어나면서 시의 작은 묘지의 수용 한계치보다 시신들이 더 많아졌다. 담 한쪽을 헐고, 시체들을 묻고자 옆의 공터를 넓혀도 소용이 없었다. 다른 방법을 찾아야 했다. 우선 밤에 매장을 하기로 결정되었다. 확실히 여러 번거로운 점을 생각하지 않을 수 있었다. 구급차는 점점 더 많은 시신들을 포개서 쌓을 수 있게 되었다. 변두리 지역에서 조명 제한 시간 이후에도 규칙을 위반해 밤늦게 다니는 사람들(혹은 일 때문에 다닐 수밖에 없는 사람들)은 흰색 구급차를 보곤 했다. 때로는 전조등도 켜지 않고 사이렌 소리를 울리며 밤의 후미진 거리를 전속력으로 달리는 기다란 구급차들이었다. 시신들은 서둘러 구덩이 속에 던져졌다. 아직 구덩이 속에 완전히 들어가기도 전에 이미 삽에 담긴 석회로 인해 시체의 얼굴이 뭉그러졌다. 그다음에는 더욱 깊게 파인 구덩이 속에서 흙으로 덮인 이름 없는 시신이 되었다. 그러나 얼마 후 다른 곳을 찾아 묘지를 더 넓게 확보할 수밖에 없었다. 지사의 명령으로 영구 임대 묘지의 소유권을 거둬들이고 거기에서 발굴된 유골은 전부 화장터로 갔다. 얼마 후 페스트로 인한 사망자들도 화장터로 보내졌다. 그래서 도시 문 밖 동부 지역에 있는 옛 화장터를 사용할 수밖에 없었다. 경비 초소도 더 멀리 옮겼다. 어느 시청 직원이 전에 해안선을 따라 운행되었으나 이제는 사용되지 않는 전동차를 이용하자고 제안하자 당국의 일이 더 쉬워졌다. 그 결과 유람차와 전기 기관차의 좌석을 뜯어내 내부를 개조했고 선로를 화장터까지 가도록 만들었다. 이렇게 하면 화장터가 다시 시발점이 되었다.

그래서 늦여름 내내, 가을비 속에서도 매일 한밤중에 승객 없는 전동차의 희한한 행렬이 바다 위로 덜덜거리며 지나가는 것을 볼 수 있었다. 시민들도 마침내 어떻게 된 일인지 알게 되었다. 순찰대가 임해 도로에 접근하는 것을 막았으나 몇몇 무리의 사람들은 파도가 치는 바다를 내려다보는 바위 틈에 숨어 있다가 전동차가 지나가면 그 안에 꽃을 던졌다. 그러면 사람들은 꽃과 시체를 실은 전동차가 여름밤 속에서 더욱 심하게 흔들리며 달리는 소리를 들었다.

어쨌든 처음 며칠은 아침이 되면 시의 동쪽 구역 위로 짙고 구역질 나는 연기가 맴돌았다. 의사들은 모두 그 연기가 불쾌하게 느껴지긴 해도 몸에는 전혀 해롭지 않을 것이라고 보았다. 그러나 그 동네 주민들은 페스트가 하늘로부터 내려와 덮친다고 생각해 그 동네에서 나가겠다며 으름장을 놨다. 결국 복잡한 도관

수송 장치를 통해 연기를 다른 곳으로 나가게 한 뒤에야 분위기가 진정되었다. 바람이 세게 부는 날만 되면 동쪽 동네에서 나오는 아련한 냄새를 통해 동네 주민들은 자신들이 새로운 질서 속에 자리 잡고 있고 페스트의 불길이 매일 저녁 자신들이 바치는 공물을 삼킨다는 것을 떠올렸다.

이것이 페스트란 전염병이 가져온 극단적인 결과였다. 그래도 그 후 그 전염병이 더 기승을 부리지 않아 다행이기는 했다. 페스트가 더 기승을 부리면 각 기관의 기발한 대책, 도청의 처리 능력, 나아가 현재의 화장터로는 감당할 수 없는 상황이 될 수 있어서다. 리외는 그런 상황이 되면 당국이 시체를 바다로 버리는 것 같은 절망적인 해결 방식도 생각하고 있다는 것을 알고 있었다. 리외는 푸른 바닷물 위로 시체들이 만들어 내는 끔찍한 거품을 어렵지 않게 상상할 수 있었다. 만일 통계 숫자가 계속 올라가면 아무리 뛰어난 조직도 어떻게 해볼 도리가 없을 것이다. 도청이라는 곳이 있어도 사람들은 계속 죽어서 길거리에 쌓인 채 썩어 갈 것이다. 그리고 공공장소에서는 죽어가는 사람들이 당연한 증오심과 어리석은 희망이 뒤엉킨 감정을 품은 채 살아남은 사람들에게 매달릴 것이다. 리외는 이런 상황도 생길 것이라는 사실을 알고 있었다.

어쨌든 이렇게 일어날 수 있는 일이나 걱정으로 우리 시민들은 유배와 이별 감정을 마음속에 그대로 간직했다. 여기서 서술자는 옛날이야기에서 나오는 것처럼 용기를 키워주는 영웅이나 빛나는 행동처럼 대단한 구경거리를 소개할 것이 하나도 없어서 안타깝다고 생각한다. 구경거리라고 소개할 수밖에 없는 재앙은 그야말로 보잘것없는 구경거리였기 때문이다. 커다란 불행일수록 오랫동안 계속되기에 단조로워진다. 그런 불행한 날들을 겪은 사람들의 기억 속에서는 페스트를 경험한 끔찍한 나날들이 끝없이 잔인하게 타오르는 큰 불길처럼 보이는 것이 아니다. 오히려 지나가는 길 위에 놓인 모든 것을 밟아 짓이기는 끝없는 답보 상태처럼 보였다.

  아니, 페스트는 사람을 흥분시키는 굉장한 이미지와는 아무런 관련이 없었다. 페스트는 초기에 리외에게 계속 흥분되는 대단한 이미지로 다가왔으나 지금은 아니었다. 무엇보다도 페스트는 치밀하고 빈틈없는 것이 마치 문제없이 돌아가는 관청 같았다. 그래서 덧붙이자면 서술자는 뒤통수를 맞지 않기 위해 객관성을 고집했던 것이다. 서술자는 기본적으로 이야기에 어느 정도 일관성이 있어야 한다는 생각 외에는 하지 않았다. 예술적인 효과를 주려고 무엇이든 바꾸려는 생각은 거의 하지 않았다. 이제 서술자는 객관성 자체를 위해 다음과 같이 말할 필요가 있다. 즉 그 시기에 가장 큰 고통, 가장 심각하면서도 보편적인 고통은 생이별의 아픔이었다. 페스트가 퍼지면서 생이별의 아픔이 나타났고, 그 아픔에 대해 새로운 기록을 남기는 것이 양심상 꼭 필요한 일이기는 하다. 그러나 그 당시 이별의 아픔 그 자체는 비장함을 잃어가고 있었다.

우리 시민들, 적어도 생이별로 가장 크게 고통받은 사람들은 그런 상황에 익숙해졌을까? 반드시 그렇다고 말하기는 힘들다. 그들은 육체적으로나 정신적으로 피폐해져서 괴로워했다고 할 수 있다. 페스트 초기 단계 때는 잃어버린 사람을 제대로 기억할 수 있었기에 그 사람이 곁에 없어서 괴로워했다. 그러나 사랑하는 그 얼굴, 그 웃음, 나중에 생각해보니 비로소 그 사람이 행복을 느꼈다는 것을 알 수 있던 어느 날의 추억, 이런 것이 전부 뚜렷하게 생각이 났다. 그러나 추억을 곱씹어보는 그 시간에, 그 이후로 먼 곳이 된 장소에서 상대방이 무엇을 하고 있을지는 상상조차 하기 힘들었다. 정리하자면, 그 시기에 사람들에게 기억은 있었으나 상상력은 부족했다. 페스트가 2단계로 접어들자 사람들은 기억력도 잃어갔다. 상대방의 얼굴을 잊었다는 뜻이 아니다. 결국 같은 이야기이긴 하지만, 더 이상 그 얼굴을 알아볼 수 없게 되었다는 뜻이다. 페스트가 발생한 처음 몇 주 동안은 사랑을 느끼고 싶어도 허깨비밖에 남지 않은 상황이라 괴로워하는 편이었다. 그러나 그 후에는 사람들이 추억 속에 간직한 얼굴의 세세한 부분마저 잊어버렸다. 그러면서 그 허깨비조차 전보다 한층 더 야위어버릴 수도 있다는 것을 알게 되었다. 기나긴 생이별의 시간을 겪은 사람들은 둘이서 보내던 다정한 한때도 더 이상 상상할 수 없었다. 또한 언제든지 손을 얹을 수 있었던 상대가 자신의 곁에서 어떻게 살았는지도 더 이상 상상하지 못했다.

이렇게 볼 때 사람들은 끔찍한 만큼 막강한 영향력을 발휘하는 페스트의 질서 속에 들어간 것이다. 이제 그 누구도 거창한 감정을 품지 않았다. 모두 단조로운 감정을 느낄 뿐이었다. "이젠 페스트가 끝날 때도 되었는데." 시민들은 이렇게 말하곤 했다. 재앙이 계속되면서 모두가 집단적으로 느끼는 이 고통이 끝나기를 바라는 마음은 당연한 것이었다. 실제로 시민들은 페스트가 끝나기를 바라고 있었다. 그러나 이 모든 말들은 여전히 남아 있는 얼마 안 되는 이성이 깃든 말이었다. 초기에 보인 열정이나 안타까운 감정은 더 이상 없었다. 처음 몇 주일 동안 몰아치던 위기가 줄어들자 좌절감이 찾아왔다. 좌절을 체념으로 해석할 수는 없으나, 이 둘은 일시적으로나마 같은 뜻이었다.

우리 시민들은 흔히 말하듯이 보조를 맞추고 상황에 적응하고 있었다. 어쩔 수 없기 때문이었다. 물론 사람들은 불행했고 고통스러워했지만 더는 이런 것들에 민감하게 반응하지 않았다. 예를 들어 의사 리외는 이것이 바로 불행이라고 지적했다. 또한 절망에 익숙해지는 것은 절망 그 자체보다 더 나쁜 것이었다. 전에는 생이별을 하게 된 사람들은 실제로 불행하다고 느끼지 않았다. 그들의 고통 안에는 방금 꺼진 섬광 같은 것이 있었기 때문이다. 그러나 이제는 길모퉁이에서, 카페나 친구의 집에서, 평온하지만 무심한 표정으로 있는 사람들을 볼 수 있었다. 사람들의 눈길이 어찌나 지루해 보이던지 도시 전체가 마치 대합실 같았다. 직업이 있는 사람들도 페스트와 보조를 맞춰 일을 했다. 그러니까 소심하고 눈에 띄지 않게 일을 해나갔다. 모두 겸손해졌다. 생이별한 사람들은 처음으로 담담하게 헤어져 있는 사람 이야기도 하고 마치 제삼자 입장인 것처럼 말을 하기도 하고 생이별한 자신들의 상태를 전염병의 통계 숫자와 같은 시각으로 검토하기도 했다. 그때까지 사람들은 고통을 집단의 불행과 분리해 생각했으나 이제는 두 문제를 같이 생각하게 되었다. 사람들은 기억이나 희망 없이 현재를 살았다. 실제로 사람들에게는 모든 것이 현재가 되어버렸다. 페스트가 모든 사람들로부터 사랑할 힘, 심지어 우정을 나눌 힘도 빼앗아 가버린 것이다. 연애를 하려면 미래를 꿈꾸어야 하는데 우리에게 남은 것이라고는 현재의 순간뿐이었다.

물론 이 모든 것이 절대적인 것은 아니었다. 생이별을 하게 된 사람들이 전부 이런 상태에 이른 것은 맞지만 여기에 도달하기까지 같은 시간이 걸린 것은 아니었다. 또한 사람들은 새로운 마음을 가지게 되었으나 섬광과 같은 번쩍임, 미련 혹은 갑작스러운 깨달음으로 더 생생하고 고통스러운 감수성도 되찾았다. 이렇게 아무 생각도 안 드는 순간이 필요했다. 그래야 잠시 현실을 잊고 마치 페스트가 물러가기라도 한 것처럼 미래의 계획을 세울 수 있기 때문이다. 그래서 사람들은 어떤 은총을 입었는지 대상도 없는 갑작스러운 질투심 때문에 가슴을 쥐어뜯는 것 같은 기분을 느끼기도 했다. 또 다른 사람들은 주중의 어느 날 혹은 일요일과 토요일 오후 같은 때면 갑자기 감정이 생생하게 되살아나 감각이 없던 마비 상태에서 깨어났다. 지금은 여기에 없는 사람과 함께 있던 때, 어떤 의식을 위해 보낸 날이었기 때문이다. 해가 저물 무렵에 갑자기 표현할 수 없는 우수에 빠진 사람들은 희미해진 기억을 되살릴 수 있다는 기대를 하지만 늘 기대대로 되는 것은 아니었다. 저녁때의 그 시간은 신자들에게는 자기 반성을 할 기회였으나 반성할 것이 따로 없고 감금 생활이나 유배를 하는 사람들에게는 힘든 순간이었다. 이 시간이 되면 사람들은 그저 가만히 있다가 무기력한 상태로 돌아가 페스트 속에 틀어박혔다.

이미 이해했겠으나 이는 사람들이 지닌 개인적인 것을 포기한다는 뜻이었다. 페스트의 초기에 사람들은 다른 사람들에게는 하찮지만 자신에게는 너무나 중요한 작은 것들이 많이 있다는 사실에 놀랐다. 그리고 거기에서 개인 생활이라는 것을 경험했다. 반대로 남들이 흥미를 가지는 것에는 흥미가 생기지 않고 두리뭉실하게 생각했으며 사랑도 가장 추상적인 모습으로 이해했다. 사람들은 이제 잠을 자며 꿈속에서만 희망을 품었다. 그리고 '그놈의 멍울 좀 없어져버렸으면!' 하고 생각할 정도로 온통 페스트 생각이었다. 그러나 사람들은 이미 잠들어 있었다. 그저 긴 잠에 불과했다. 도시는 깨어 있어도 잠자는 것과 마찬가지인 사람들로 가득했다. 사람들이 자신의 운명에서 실제로 벗어나게 되는 것은 겉으로는 다 나은 것처럼 보이던 상처가 갑자기 한밤중에 다시 쑤시는 몇 안 되는 순간이었다. 그때 사람들은 벌떡 일어나 쑤시는 상처 주변을 무심코 만지면서 다시금 고통을 생생하게 느꼈고 이와 함께 사랑의 간절함을 섬광 속에서 다시 찾았다. 그러다가 아침이 되면 사람들은 다시 재앙 속으로, 그러니까 평소의 삶으로 돌아갔다.

생이별을 한 사람들이 어떤 모습인지 궁금해하는 사람들도 있을 것이다. 답은 간단하다. 그들은 특별한 모습이 아니기 때문이다. 달리 말하자면 그들은 여느 사람들과 같은 모습, 평범한 모습을 하고 있다. 그들은 이 도시의 평온함과 소란스러움을 동시에 지녔다. 겉모습은 냉정하지만 비판적 의식을 가진 외모는 잃어버렸다. 예를 들어 아무리 가장 똑똑한 사람들이라고 해도 여느 사람들과 마찬가지로 신문이나 라디오에서 혹시 페스트가 끝났다는 믿을 만한 소식이 있는지 찾아보거나 되지도 않는 희망을 용감하게 품거나 어느 신문 기자가 지루해 하품을 하면서 대충 쓴 기사를 읽고 막연한 두려움을 느꼈다. 그 외에 사람들은 맥주를 마시거나 병자를 돌보거나 게으름을 피우거나 지치도록 일했다. 카드를 정리하거나, 아무 레코드 판이나 들고 축음기를 돌리기도 했다. 즉 사람들은 더 이상 아무것도 선택하지 않았다. 페스트로 가치 판단을 할 수 없게 된 것이다. 사람들이 옷이나 식료품을 살 때 더 이상 질을 따지지 않는 모습에서도 알 수 있다. 사람들은 전부 주먹구구식으로 받아들였다.

생이별을 당한 사람들은 초기에 보호막이 된 독특한 특권을 잃어버렸다. 그들은 사랑의 이기심, 거기에서 얻는 이익을 잃어버렸다. 적어도 이제는 상황이 분명해졌다. 재앙은 모든 이와 관계된 일이었다. 우리 모두 시의 문에서 울리는 종소리, 우리의 삶이나 죽음과 박자를 맞춰주는 고무도장 소리의 한가운데에서 화재와 카드, 공포와 수속의 절차 속에서 굴욕적이지만 장부에 등록되는 죽음과의 약속을 기다렸다. 무서운 화장터의 연기와 구급차가 여유롭게 내는 사이렌 소리 속에서 자신도 모르게 어느 틈엔가 재회와 평화의 시간을 똑같이 기다리고 유배의 빵을 똑같이 먹고 있었다. 어쩌면 우리의 사랑은 늘 여기에 있는지도 모른다. 다만 그것은 쓸모없고 들고 다니기 무거워 우리의 마음속에서는 생기를 잃어 마치 범죄나 유죄 판결처럼 불모의 존재였다. 사랑은 미래가 없는 인내심, 좌절된 기대에 지나지 않았다. 이렇게 볼 때 어떤 시민들의 태도를 보면 시내 여기저기 식료품 가게 앞에서 본 긴 줄이 생각났다. 그것은 끝도 없고 환상도 없는 똑같은 체념이자 참을성이었다. 다만 생이별의 아픔은 천 배 이상의 단위로 넓혀서 생각해야 할 것이다. 여기서 생이별의 아픔은 모든 것을 전부 삼키는 또 다른 굶주림이기 때문이다.

어쨌든 이 도시에서 생이별을 당한 사람들이 어떤 기분인지 정확히 알고 싶은 사람이 있다면 다시 한번 떠올릴 풍경이 있다. 먼지가 풀풀 날리는 황금빛 저녁이 나무 없는 도시에 내려앉고 남녀들이 거리로 쏟아져 나오는 저녁 풍경이었다.

　왜냐하면 이상하게도 아직 햇빛을 받고 있는 테라스 쪽으로 올라오는 것이 있었기 때문이다. 흔히 도시의 언어가 되는 차량과 기계 소리는 없고 육중한 발소리와 목소리가 만들어 내는 거대한 웅성임이 그것이었다. 그 웅성거리는 소리는 무겁게 덮인 하늘에서 나오는 재앙의 휘파람 소리와 리듬을 맞추는 수천의 구두창들이 고통스럽게 미끄러지는 소리였다. 점점 온 도시를 가득 메우는 끝없고 숨 막히는 제자리걸음 소리, 그 당시 우리의 마음속에 사랑을 밀어내고 대신 자리를 잡은 끈질긴 고집, 저녁마다 가장 성실하면서 우울한 목소리를 내는 끝없고 숨 막히는 제자리걸음 소리였다.

4부

9월과 10월 동안 도시 전체가 페스트 아래 무릎을 꿇었다. 수십만 명의 사람들은 여러 주 동안 끝없이 제자리걸음만 했다. 할 수 있는 것이 제자리걸음뿐이었다. 안개, 더위, 비가 차례로 하늘을 메웠다. 찌르레기와 개똥지빠귀 떼가 남쪽에서 날아와 하늘 높이 지나갔다. 그런데 새떼는 도시를 우회해 지나갔다. 마치 파늘루 신부가 지붕 위에서 휘파람 소리를 내는 이상한 나뭇조각 같다고 한 재앙 때문에 새떼들이 저 멀리 피하는 것 같았다. 10월 초에는 억수 같은 소나기가 거리를 씻었다. 그동안 거대한 제자리걸음보다 더 중요한 일은 생기기 않았다.

그때 리외와 친구들은 얼마나 자신들이 지쳐 있는가를 깨달았다. 사실, 자원 보건 단체 회원들은 너무 피곤했다. 리외가 친구들뿐만 아니라 자신도 점차 무심한 태도가 되어가는 것을 발견하면서 깨달은 일이다. 예를 들어 지금까지 페스트를 다룬 뉴스라면 관심이 많았던 사람들이 이제는 그 어떤 것에도 신경을 쓰지 않았다. 얼마 전부터 자신이 묵는 호텔에 설치된 예방 격리소 관리를 임시로 맡고 있던 랑베르는 담당자 수를 완벽히 알고 있었다. 그는 갑자기 증세가 나타나는 사람들을 위해 마련한 즉각적인 퇴거 절차에 대해서는 세세한 부분까지 다 알고 있었다. 그는 혈청이 예방 격리자들에게 미치는 효과를 아주 잘 기억하고 있었다. 그러나 페스트 사망자의 주간 통계 수치는 알지 못했고 페스트가 더 심해지고 있는지 약해지고 있는지는 잘 알지 못했다. 그리고 랑베르는 조만간 도시에서 반드시 나갈 수 있다는 희망을 품고 있었다.

다른 사람들은 밤낮으로 자신들의 일에 집중할 뿐 신문도 안 읽고 라디오도 듣지 않았다. 어떤 결과가 보도되면 흥미를 보이는 척하다가 실제로는 다른 곳에 정신이 팔려 무심하게 들었다. 사람들은 너무나 힘든 나머지 일상에서 하는 일에 실수나 없으면 충분하다고 생각하게 되었다. 그래서 사람들은 마치 대규모 전쟁에 지쳐 결정적인 작전이나 휴전의 날도 더 이상 바라지 않게 된 전투병들처럼 무심한 상태였다.

그랑은 페스트에 필요한 숫자 계산 업무를 하고 있었는데 전반적인 결과를 지적할 능력은 확실히 없었다. 피곤함을 잘 견디는 것처럼 보이는 타루, 랑베르, 리외와는 달리 그랑은 건강이 좋았던 적이 없었다. 그런데도 그는 시청 보조 직원 일, 리외의 사무실 서기 일, 저녁에 하는 개인적인 일을 병행하고 있었다. 그는 두세 가지 고정관념으로 버티고 있었다. 즉 페스트가 멈추면 적어도 일주일 동안 휴가를 얻어 자신이 현재 하는 일을 '모자를 벗으시오'라는 말을 듣겠다는 각오를 하고 본격적으로 해보겠다는 생각이었다. 그러나 실제로 그랑은 계속 지쳐 있었다. 어떤 때 그는 리외에게 잔 이야기를 했고, 잔이 신문을 읽으며 자기 생각을 할까 하고 생각했다. 어느 날 리외는 여태 한 번도 한 적이 없는 아내 이야기를 대수롭지 않다는 말투로 그랑에게 늘어놓는 스스로에게 놀랐다. 늘 아내는 전보에서 괜찮다며 안심시키지만 더 이상 이를 믿기 힘들었던 리외는 아내가 있는 요양소의 담당 의사에게 전보를 치기로 했다. 아내의 병세가 악화되었으나 더 악화되는 것을 막기 위해 최선을 다하겠다는 담당 의사의 답신을 받았다. 리외는 혼자서만 알고 있던 아내의 소식을 왜 그랑에게 털어놓았는지 알 수 없었다. 아마도 피곤함 때문인 것 같았다. 서기가 잔 이야기를 하고 나서 아내에 대해 물어보자 리외가 대답을 했던 것이다. "아시겠지만." 그랑이 말했다. "요즘 그런 병은 잘 낫습니다." 리외도 그렇게 생각한다고 했다. 그러면서도 리외는 아내와 너무 오래 떨어져 있는 것이 마음에 걸리는데, 자신이 곁에 있으면 아내가 병을 이기는 데 도움이 될 것 같으며, 현재 아내가 분명 외로워하고 있을 것이라고 했다. 그러고는 입을 다물었다. 그랑이 물어도 리외는 마지못해 대답을 할 뿐이었다.

다른 사람들도 형편은 마찬가지였다. 타루가 그나마 잘 견디고 있었으나 그의 수첩을 보면 호기심의 깊이는 여전해도 호기심의 폭은 좁아진 것을 알 수 있었다. 사실 그 기간 내내 그는 코타르에게만 관심이 있는 것처럼 보였다. 호텔이 예방 격리소로 바뀐 후로 타루는 리외의 집에 묵게 되었다. 그런데 저녁에 그랑이나 의사가 결과를 알려줘도 타루는 거의 듣지 않는 것 같았다. 그는 전반적으로 관심을 갖고 있는 자잘한 시민들의 생활에 대해 이야기했다.

카스텔이 어느 날 리외에게 혈청이 다 준비되었다고 알리러 왔다. 마침 오통 씨의 어린 아들이 새로 병원에 왔다. 오통 씨의 어린 아들은 리외가 봐도 증상이 심각했다. 리외는 오통 씨의 아들에게 혈청을 처음으로 시험해보기로 하고 나이 지긋한 카스텔에게 최근의 통계를 설명해주고 있었다. 그런데 카스텔은 안락의자에 푹 파묻혀서 단잠을 자고 있었다. 평소에 카스텔은 부드러우면서도 날카로운 면이 있어 얼굴만은 영원한 청춘처럼 느껴졌다. 그런 그의 얼굴에 힘이 빠지고 반쯤 벌린 입술 사이로 침이 흘렀다. 그의 얼굴에 피로와 나이가 그대로 드러났다. 그 모습에 리외는 목이 메는 것 같았다.

그 약해진 기분에 리외는 자신이 얼마나 피곤한지를 알 수 있었다. 그는 감정을 통제할 수 없었다. 대체로 딱딱해지고 메말라 있던 감성이 간혹 풀어져 리외는 걷잡을 수 없는 감정 속에 빠지곤 했다. 리외가 유일하게 할 수 있는 대처법이라고는 딱딱하게 굳어진 상태 속으로 피신해 매듭을 다시 한번 단단히 매는 것이었다. 그는 그것이 계속 버텨낼 수 있는 최선의 방법이라는 것을 잘 알고 있었다. 뿐만 아니라 리외는 환상도 많이 품지 않았는데, 피곤함 때문에 그나마 품고 있던 환상마저 없어져버렸다. 언제 끝날지 모르는 이 기간에 리외는 자신이 할 일이 병을 고치는 일이 아니라는 것을 이미 알고 있었기 때문이다. 그가 할 일은 진단하는 것이었다. 증상을 발견하고 보고 기록하고 등록하고 알리는 일이었다. 환자의 아내들은 리외의 손목을 잡고 울부짖었다. "선생님, 남편 좀 살려주세요!" 하지만 리외는 환자를 살리기 위해서가 아니라 격리 명령을 내리기 위해 그 자리에 있는 것이었다. 그때 사람들의 얼굴에서 증오심을 읽을 수 있었지만 증오심을 품은들 무슨 소용일까? "매정하시군요." 리외는 인정 있는 사람이었다. 인정이 있기 때문에 이십 시간 동안 사람들이 죽어가는 광경을 볼 수 있었다. 살기 위해 태어난 사람들이 죽어가는 광경을 말이다. 인정이 있기에 매일 같은 일을 다시 시작할 수 있었다. 이제 그에게는 이만큼의 인정만 남아 있었다. 그 정도의 인정으로 어떻게 사람을 살릴 수 있겠는가?

그렇다, 리외가 매일 주는 것은 구원이 아니라 정보뿐이었다. 물론 그것은 인간의 직업이라고 부를 수 없었다. 하지만 공포에 휩싸여 죽어가는 많은 사람들의 틈에서 누가 인간의 일을 할 정도로 여유가 있을까? 피곤하기라도 한 것이 오히려 행복했다. 만일 리외가 더 기운이 넘쳤다면 여기저기 퍼진 죽음의 냄새에 감상적이 되었을 것이다. 그러나 사람은 잠을 네 시간밖에 못 자면 감상적이 될 수 없다. 모든 일을 있는 그대로 보게 된다. 즉 정의의 눈으로, 끔찍하고 바보 같은 정의의 눈으로 보는 것이다. 그리고 다른 사람들, 즉 선고를 받은 사람들도 그것을 충분히 느끼고 있었다. 페스트가 생기기 전에 리외는 구세주 같은 대접을 받았다. 알약 세 개와 주사 한 대만 처방하면 모든 것을 해결할 수 있었다. 사람들은 그의 팔을 잡으며 복도까지 따라 나왔다. 이는 뿌듯하기도 하지만 동시에 위험하기도 했다. 이제는 반대로 리외가 군인을 동반해 총의 개머리판으로 문을 두드려야 환자의 가족들이 문을 열어줄 생각을 했다. 그들은 리외를 비롯한 인간 모두를 자신들과 함께 죽음으로 끌고 들어가고 싶어 했다. 아! 정말로 인간은 다른 인간 없이는 살 수가 없었다. 정말로 이제는 리외도 저 불행한 사람들처럼 아무것도 할 수 없는 상황이었다. 리외도 엎어지면 다른 사람들에게 크나큰 동정심을 받을 수 있는 평범한 인간이었다.

그런 생각들이 끝이 없을 것 같은 몇 주 동안 아내와 생이별한 그의 처지와 더불어 리외의 속을 끓이고 있었다. 그의 친구들의 얼굴에도 이러한 생각이 그림자처럼 비춰 나타났다. 그러나 재앙에 맞서 계속 싸우던 사람들이 점점 탈진 상태가 되면 일어날 수 있는 가장 위험한 결과는 외부 사건이나 타인의 정서에 무심해지는 것이 아니다. 자신도 모르게 무성의함에 빠지는 일이었다. 왜냐하면 꼭 필요하지 않은 동작, 힘겨워 보이는 모든 동작을 가능한 한 피하려는 성향이 생기기 때문이었다. 그렇게 그 사람들은 스스로 정한 위생 규칙을 소홀히 하고 자신들의 몸에 실시해야 하는 소독 규칙을 잊어버리고 전염에 대한 예방 조치 없이 폐렴성 페스트에 걸린 환자들에게 달려가는 일이 많아졌다. 들어가기 전에, 감염된 환자가 있는 집이라는 사실을 알지만 정해진 장소로 되돌아가 필요한 소독약을 몸에 뿌리는 일 같은 것은 피곤하게 생각되었기 때문이다. 이것이야말로 위험한 일이었다. 그렇게 되면 페스트와 맞서 싸우는 사람들이 오히려 페스트에 가장 걸리기 쉽기 때문이다. 그들은 운에 운명을 걸고 있었으나 운은 바란다고 되는 일이 아니었다. 그런데 이 도시에서 지치거나 낙심한 것처럼 보이지 않는 사람이 한 명 있었다. 만족감의 살아 있는 화신이라 할 수 있는 코타르였다. 그는 늘 다른 사람들과 접촉을 했으나 여전히 따로 떨어져 혼자 있었다. 그는 타루의 일을 방해하지 않는 한 타루를 자주 만났다. 타루가 자신의 사정을 잘 알기도 했지만, 그가 늘 상냥하게 대해주었기 때문이다. 그것은 끝없는 기적이었다. 타루는 일이 힘든데도 늘 친절하고 다정하게 코타르를 대했다. 어느 저녁에는 너무 피곤했어도 그다음 날이 되면 기운이 새로 났다. "그 사람과 있으면 그래요." 코타르가 랑베르에게 말했다. "그 사람과는 말이 잘 통합니다. 그는 진짜 남자예요. 늘 이해심이 깊죠."

이런 이유로 그 시기에 타루의 기록은 점점 코타르라는 인물을 집중적으로 다루고 있었다. 타루는 코타르가 들려준 이야기, 자신이 해석을 덧붙인 이야기를 통해 코타르의 반응과 생각을 표로 만들려고 했다. '코타르와 페스트의 관계'라는 제목 아래의 표는 수첩의 여러 페이지를 장식했다. 서술자는 이를 여기에 요약 소개하는 것이 좋다고 생각했다. 타루가 키 작은 연금 생활자에 대해 생각한 전체적인 의견을 요약하면 이렇다.

그는 성장 중인 사람이다. 그는 보기에 기분은 유쾌한 상황에서 성장하고 있다. 그는 일이 돌아가는 상황에 불만이 없었다. 그는 자신의 마음속에 있는 생각을 몇 마디 표현했다. "물론 더 나아지지는 않죠. 그러나 적어도 다른 사람들도 같이 당하고 있잖아요."

타루는 이렇게 덧붙였다.

물론 그도 다른 사람들처럼 위협을 받고 있다. 그도 다른 사람들과 함께 위협을 받고 있는 것이다. 그러나 그는 자신도 페스트에 걸릴 수 있다고 심각하게 생각하지 않는다. 그는 아주 어리석다고 할 수 없는 이런 생각도 가지고 있다. 즉 어느 큰 병이나 심각한 고민을 겪은 사람은 그와 동시에 다른 병과 고민에서는 해방된다는 생각을 가지고 있는 것 같다. 그가 나에게 말했다. "아시겠지만, 사람이 여러 병을 한꺼번에 앓을 수는 없잖아요? 선생이 심각한 암이나 폐병 같은 중증의 불치병을 앓는다고 생각해보세요. 그러면 선생은 절대로 페스트나 장티푸스에 걸리지는 않을 거예요. 그런 일은 없죠. 그뿐만이 아니에요. 암환자가 자동차 사고로 죽는 일은 본 적이 없겠죠." 사실이든 아니든 그런 생각들은 그를 아주 명랑하게 만들었다. 그가 원치 않는 것은 단 하나, 다른 사람들과 헤어져 있는 일이다. 그는 혼자 죄수가 되느니 모든 사람과 같이 갇혀 있는 것을 좋아한다. 페스트와 함께라면 수사, 서류, 카드, 알 수 없는 심리, 즉각 체포 같은 것은 없다. 정확히 말하면 이제는 경찰도 없고 과거의 범죄나 새로운 범죄도 없고 죄인도 없다. 가장 자유 재량적인 사면을 기다리는 죄수들만 있을 뿐이며 여기에는 경찰관들도 있다.

이처럼 타루의 해석에 따르면 코타르는 시민들이 보여주는 고통과 혼란의 징조를 '계속 말하세요. 나는 이미 겪었으니까'라는 말로 표현할 수 있는 너그럽고 아량 있는 만족감을 가지고 나름 생각하는 것이었다.

다른 사람들과 헤어져 있지 않으려면 바른 양심을 지니는 방법밖에 없다고 내가 아무리 말해도 그는 짓궂은 눈으로 나를 보면서 이렇게 이야기했다. "그래야 한다면 그 누구도 다른 사람과 지낼 수 없죠." 그리고 그는 "걱정 마세요, 장담합니다. 모든 사람들을 함께 있게 하는 방법은 페스트를 안겨주는 것뿐이에요. 주변을 보세요"라고 말했다. 사실, 나는 그가 무슨 말을 하려는지, 지금의 생활이 그에게 얼마나 편하게 다가오는지 잘 알고 있었다. 한때는 절실했던 반응이었는데 왜 그가 이를 얼른 알아채지 못하겠는가? 세상 사람들을 전부 자신의 편으로 만들려는 노력, 길을 잃고 헤매는 행인에게 사람들이 길을 알려주며 베푸는 친절, 가끔은 그런 행인에게 티 내는 불쾌한 감정, 고급 식당으로 몰려드는 사람들, 고급 식당에 들어가 늦게까지 시간을 보내며 사람들이 느끼는 만족감, 매일 영화관 앞에서 줄을 서고 모든 공연장에서 댄스홀까지 꽉 채웠다가 공공장소마다 풀려 나오는 인파, 모든 접촉 앞에서 보이는 기피하는 감정, 그러면서도 사람들끼리 서로 팔꿈치를 대고 이성끼리 느끼는 인간적인 체온에 대한 열망, 코타르는 그 누구보다 먼저 경험한 것이다. 분명히 그랬다. 단, 여자만은 예외였다. 코타르의 외모를 본다면… 코타르는 창녀들을 찾아가려 했으나 괜히 나쁜 취미가 되어 피해를 입을 것 같아 포기했던 것 같다. 결국 페스트는 그에게 성공적인 결과를 가져다주었다. 페스트는 외롭지만 외롭고 싶지 않은 사람들을 공범자로 만든다. 왜냐하면 분명 그는 공범자, 그것도 그 상황을 즐기는 공범자이기 때문이다. 그는 눈에 보이는 모든 것, 그러니까 미신, 근거 없는 두려움, 예민한 마음, 가능한 한 페스트 이야기는 안 하고 싶으면서 페스트 이야기만 하는 버릇, 페스트 증상이 두통부터 시작된다는 것을 알면서부터 머리가 조금만 아파도 두려워하는 버릇, 초조하고 예민하고 불안정해 망각을 죄로 바꾸고 바지 단추 하나만 없어져도 안절부절못하는 감수성, 이 모든 것의 공범자다.

저녁때 타루는 코타르와 함께 외출하는 일이 많았다. 그리고 타루는 해가 질 때 혹은 컴컴한 밤에 코타르가 어두운 군중들 속에 섞여 어깨를 나란히 하는 모습, 가끔 전등이 하나씩 희미하게 비춰주는 희고 검은 무리 속에 쓸려가 페스트의 냉기를 막아주는 뜨거운 쾌락을 찾아가는 사람들의 행렬 속에 섞이는 모습을 수첩에 적었다. 코타르가 수개월 전에 공공장소에서 찾은 것, 그의 꿈이면서 원 없이 누리지는 못한 사치와 여유로운 생활, 즉 고삐 풀린 기쁨을 이제 모든 사람이 추구하고 있었다. 물가는 손 쓸 수 없이 오르고 있었으나 사람들은 그때만큼 돈을 낭비한 적이 없었다. 또한 대부분의 경우 생활필수품이 부족하던 때만큼 사치품이 많이 팔린 적은 없었다. 사람들은 일을 쉬면서 생긴 시간적 여유로 모든 유희가 배로 늘어난 것을 알았다. 타루와 코타르는 꽤 오랫동안 한 쌍의 남녀를 따라가 보곤 했다. 전이라면 자신들이 사귀는 사이라는 것을 감추려고 애쓰던 이들이 이제는 서로 꼭 껴안고 열심히 거리를 다니며 대단한 열정에서 비롯된 편안함에 빠져 주변 사람들은 쳐다보지도 않았다. 코타르는 놀라운 듯 "아! 화끈하군"이라고 말했다. 그리고 그는 집단적인 정욕, 마음껏 뿌려지는 팁, 눈앞에서 펼쳐지는 연애를 보며 얼굴 표정이 환해져서는 큰 소리로 이야기를 했다.

그런데 타루는 코타르의 태도에 악의는 거의 없다고 생각했다. "이미 다 겪은 일이지"라고 말할 때 그의 말투는 거만하기보다는 불행했음을 알려주었다. 타루는 이렇게 적었다. '내 생각에 그는 하늘과 도시의 벽 사이에 갇혀 있는 사람들을 사랑하기 시작한 것 같았다. 예를 들어 그는 할 수만 있다면 그 사람들에게 그렇게 무서워할 필요가 없다고 설명해주고 싶어 하는 것처럼 보였다. "저들이 하는 말이 들리시죠?" 그가 나에게 힘주어 말했다. "페스트가 끝나면 이것 해야지 저것 해야지 하는 소리요…. 사람들은 가만히 있지 않고 생활을 망치죠. 저들은 지금 얼마나 유리한 입장에 있는지 모릅니다. 내가 체포되면 이런 것을 하겠다고 말할 수 있을까요? 체포는 시작이지 끝이 아니죠. 하지만 페스트는…. 내 생각을 말해볼까요? 저들은 그냥 되는 대로 일이 흘러가게 놔두지 않기에 불행한 것입니다. 나의 말에는 나름 논리가 있습니다."

타루는 다음과 같은 내용을 덧붙였다.

그의 말에는 실제로 논리가 있다. 그는 오랑 시민들의 모습을 그대로 비판하고 있다. 주민들은 서로의 거리를 가깝게 해주는 따뜻한 것을 간절히 바라면서도 경계심 때문에 서로 멀어지기 때문에 진심으로 바라는 대로 행동하지 못하고 있었다. 사람들은 이웃을 믿을 수 없다는 것, 자신도 모르게 이웃에게 페스트가 옮을 수 있다는 것, 방심하다가 감염시킬 수도 있다는 것을 너무나 잘 알고 있었다. 코타르는 사람을 사귀고 싶어도 누구나 밀고자일 가능성이 있다고 생각하며 지낸 사람이었다. 코타르 같은 사람들은 그 감정을 잘 알 수 있었다. 페스트가 언제든 갑자기 어깨에 손을 얹을 수도 있고, 우리가 건강하고 안전하다는 사실에 기뻐할 때 페스트가 조용히 공격할 준비를 할지도 모른다고 생각하는 사람들의 마음은 충분히 이해되었다. 코타르는 가능하면 공포 속에서도 편히 있으려 한다. 그러나 그는 그 누구보다 먼저 이 모든 감정을 경험했기에 페스트가 가져온 불안의 잔인한 속성을 완전히 다른 사람들과 똑같이 느끼지는 못할 것이다. 즉 아직 페스트에 걸리지 않은 우리들처럼 코타르는 자신의 자유와 목숨이 매일 깨질 수 있는 위협에 놓여 있다는 것을 온몸으로 느끼고 있다. 그러나 그는 이미 공포를 느끼며 산 적이 있기에 이번에는 다른 사람들이 공포를 맛볼 차례라고 생각한다. 다시 말해 공포도 혼자서만 느끼기보다 다른 사람들도 느끼면 감당하기 덜 힘들 것 같았다. 이렇게 봤을 때 코타르는 잘못 생각하고 있었다. 이 부분은 그가 다른 사람들보다 이해하기 어려운 점이다. 그러나 결국 이러한 의미로 코타르는 그 누구보다도 우리가 이해하려고 해볼 수 있는 대상이다.

결국 타루의 기록은 코타르 그리고 페스트에 걸린 사람들에게 동시에 일어난 이 독특한 의식을 뚜렷이 보여주는 에피소드로 마무리되었다. 그 시기의 힘든 분위기를 거의 그대로 보여주는 에피소드이기에 서술자 입장에서는 귀한 자료였다.

타루와 코타르는 〈오르페우스와 에우리디케〉를 상연하는 시립 오페라 극장에 들어갔다. 코타르가 타루를 초대했다. 이 도시에 공연을 하러 극단이 온 것은 페스트가 시작되던 봄이었다. 그런데 페스트로 발목이 묶이자 어쩔 수 없이 오페라 극장과 계약을 맺어 매주 한 번씩 그 공연을 또 보여주는 것이다. 그래서 몇달 전부터 금요일마다 시립 극장에서는 오르페우스의 멜로디 넘치는 탄식과 에우리디케의 연약한 호소가 울려 나왔다. 공연은 여전히 최고의 인기를 자랑하며 매번 막대한 수익을 거두었다. 가장 비싼 좌석에 앉은 코타르와 타루는 최고로 멋을 낸 시민들로 만원이 된 아래쪽 일반석을 내려다볼 수 있었다. 방금 도착한 사람들은 입장 시간을 놓치지 않으려 애썼다. 무대 전체를 환히 비추는 조명 아래에서 연주자들이 악기를 조율했다. 그동안 사람들의 그림자가 뚜렷하게 보였다. 이 줄에서 저 줄로 옮겨 가거나 방해되지 않게 허리를 굽히는 그림자들이 보였다. 점잖게 이어지는 대화가 이루는 나지막한 소리 가운데 사람들은 몇 시간 전 도시의 컴컴한 거리에서 느끼지 못한 마음의 안정을 찾았다. 사람들의 옷차림이 페스트를 몰아내고 있었다.

1막이 상연되는 동안 오르페우스는 능숙하게 탄식하는 연기를 했고 튜닉 차림의 여자 몇 명이 오르페우스의 불행을 우아하게 설명했다. 사랑의 노래는 소가극 형식으로 되었다. 극장 안은 예의 바른 열기로 이에 반응했다. 2막의 노래에서 오르페우스가 악보에 나와 있지 않은 떨리는 소리를 섞어 지옥의 주인에게 자신의 눈물에 마음을 열어달라며 비장하게 호소했으나 이를 눈치 챈 사람은 거의 없었다. 이와 함께 나오는 발작적인 몸짓은 주의력이 가장 깊은 사람들에게조차 가수의 연기를 빛내주는 세련된 효과로 다가왔다.

3막에서 오르페우스와 에우리디케의 이중창(에우리디케가 사랑하는 연인을 떠나는 순간)이 시작되자 극장 안이 무엇인가에 놀란 듯 술렁였다. 그런데 가수는 마치 이와 같은 관중의 술렁임을 기다렸다는 듯이 바로 그 순간에 고대 의상 차림으로 그로테스크하게 무대 앞으로 걸어 나왔다. 정확히 말하면 아래층 일반석에서 나오는 웅성거림이 가수 자신이 느낀 것과 같다는 것을 확인해주려는 것 같았다. 그리고 가수는 목가적인 분위기의 무대 한가운데에서 털썩 쓰러졌다. 무대 장치는 옛스러웠지만, 관객들은 그 순간 처음으로 목가적인 것이 얼마나 시대착오적인지를 끔찍할 정도로 깨달았다. 왜냐하면 동시에 오케스트라가 멈추고 일반석의 관객들이 일어나 천천히 극장에서 나가기 시작했기 때문이다. 처음에는 조용히 사람들이 빠져나갔다. 마치 예배가 끝나고 예배당에서 나오는 것처럼 혹은 빈소에서 문상을 마치고 나오는 것처럼, 여자들은 치마를 여미고 고개를 숙였고 남자들은 같이 온 여자들의 팔꿈치를 잡고 보조 의자에 걸리지 않게 조심하며 나갔다. 그런데 점점 사람들의 행동이 다급해지고 수군거리는 소리가 고함으로 바뀌었다. 관객들이 서둘러 출구로 몰리더니 마침내는 소리를 지르며 서로 밀쳤다. 코타르와 타루는 그저 자리에서 일어나기만 한 채, 자신들의 삶 자체를 그대로 보여주는 눈앞의 광경 앞에 외로이 남아 있었다. 무대 위에는 전신의 관절이 풀린 광대처럼 분장한 것 같은 페스트가 있고, 관람석 붉은 의자 덮개 위에 사람들이 놓고 간 부채와 늘어진 레이스 장식들이 이제는 아무 쓸모도 없는 사치처럼 보였다.

9월 초, 랑베르는 리외 옆에서 열심히 일했다. 고등학교 앞에서 곤잘레스와 두 청년을 만나기로 한 날에만 하루 휴가를 냈다.

그날 정오에 곤잘레스와 신문 기자는 웃으면서 오는 키 작은 두 청년을 보았다. 두 청년은 지난번에는 운이 나빴으나 각오해야 할 일이었다고 말했다. 어쨌든 두 청년은 그 주일에 경비 근무 당번이 아니라 다음 주까지 기다려야 했다. 두 청년은 그때 다시 시작해보자고 했다. 랑베르는 자신도 그렇게 생각한다고 말했다. 곤잘레스는 다음 월요일에 만나자고 했다. 그러나 이번에는 랑베르가 아예 마르셀과 루이의 집에 묵기로 했다. "우리 약속하지. 혹시 내가 안 오면 자네가 곧장 저 아이들 집으로 찾아가라고. 어디에 사는지 알려줄 테니까." 그때 마르셀인지 루이인지는 모르겠으나 청년 한 명이 바로 데려가는 것이 가장 간단한 방법이라고 말했다. 까다로운 사람만 아니면 네 사람이 먹을 양식은 있고, 그렇게 하면 그도 이해할 것이라고 했다. 곤잘레스는 참 좋은 생각이라고 했다. 그래서 그들은 항구 쪽으로 내려갔다.

마르셀과 루이는 마린 거리의 맨 끝, 해안 도로로 연결되는 검문소 바로 옆에 살고 있었다. 벽이 두껍고 창에는 페인트칠이 된 나무 덧문이 달린 자그마한 스페인 풍 집이었는데, 방들은 아무 장식도 없고 어둠침침했다. 두 청년의 어머니가 쌀밥을 내왔다. 두 청년의 어머니는 웃는 상에 주름이 많은 스페인 여자였다.

시내에는 이미 쌀이 모자란 상태였기 때문에 곤잘레스는 쌀밥을 보고 놀랐다. "검문소에서 적당히 주선해 마련했어." 마르셀이 말했다. 랑베르는 먹고 마셨다. 곤잘레스는 랑베르에게 이제 진짜 친구라고 했다. 그동안 신문 기자는 앞으로 보낼 일주일 생각만 하고 있었다.

사실은 이 주를 기다려야 했다. 인원을 줄이기 위해 경비 근무를 보름씩 교대로 하게 되었기 때문이다. 랑베르는 보름 동안 몸을 아끼지 않고 쉴 틈 없이 일했다. 어떻게 보면 새벽부터 밤까지 눈을 딱 감고 일했다. 그는 밤늦게야 잠자리에 들었고, 이내 깊은 잠에 빠졌다. 한가롭게 지내다가 갑자기 괴로울 정도로 일이 많은 생활이 되자 그는 꿈도, 기운도 거의 없는 사람이 되었다. 랑베르는 앞으로 있을 탈출 이야기도 거의 하지 않았다. 딱 하나 특이한 사건은 일주일 후 랑베르가 처음으로 전날 밤에 술이 취하도록 마셨다는 이야기를 리외에게 한 것이다. 갑자기 랑베르는 허벅지 주변이 붓는 것처럼 느껴졌고 겨드랑이가 아프고 두 팔을 움직이기 힘들었다. 그는 페스트라고 생각했다. 그때 그는 반사적으로 시에서 가장 높은 곳으로 뛰어 올라갔다. 리외가 말했을 때 랑베르도 인정한 사실이지만, 그가 유일하게 한 그 반사적인 행동은 이성적이지 못한 것이었다. 어쨌든 그는 여전히 바다는 안 보여도 하늘이 좀 더 잘 보이는 조그만 광장에서 도시의 벽돌 담 너머로 아내의 이름을 큰 소리로 외쳤다고 한다. 그러나 집으로 돌아와 몸에 아무 감염 증세가 없음을 알게 된 그는 자신이 한 충동적인 행동이 조금 부끄럽다고 했다. 리외는 그렇게 행동한 랑베르를 이해할 수 있다며 말을 덧붙였다. "어쨌든 그런 행동을 하고 싶을 때가 있죠."

"오늘 아침에 오통 씨가 랑베르 씨 이야기를 하더군요." 막 가려는 랑베르에게 리외가 말했다. "오통 씨가 랑베르 씨를 아냐고 묻더군요. 그러고는 암거래꾼들과 자주 접촉하지 말라고 랑베르 씨에게 전해달라더군요. 랑베르 씨가 주목을 받고 있다고 하면서요."

"무슨 뜻이죠?"

"서둘러야 한다는 뜻입니다."

"감사합니다." 랑베르가 리외의 손을 잡으며 말했다. 문 쪽에서 랑베르가 갑자기 몸을 돌렸다. 리외는 페스트가 발생한 후 처음으로 랑베르의 웃는 얼굴을 보았다.

"그런데 왜 제가 떠나는 것을 말리지 않으십니까? 말릴 방법은 얼마든지 있는데요."

리외는 버릇처럼 굳어진 몸짓으로 고개를 끄덕이고는 이렇게 말했다. 그것은 랑베르의 일이고 행복을 택한 것이기 때문에 반대할 이유가 없다는 말이었다. 리외는 이 문제에 대해서는 무엇이 옳고 그른지 판단할 수 없다는 느낌이 든다고 말했다.

"그런데 왜 서두르라 하시죠?"

이번에는 리외가 미소를 지었다.

"어쩌면 저도 행복을 위해 뭔가를 하고 싶어서일지도 모르죠."

그다음 날 리외와 랑베르는 더 이상 이 일에 대해서는 아무 말도 하지 않고 함께 일했다. 그다음 주에 랑베르는 마침내 작은 스페인 풍 집으로 옮겼다. 거실에 그의 침대가 하나 놓였다. 두 청년이 식사를 하러 집에 오는 일은 없었고 가능한 한 밖에 나가지 말라고 당부의 말을 했기 때문에 랑베르는 대부분의 시간을 두 청년의 어머니인 늙은 스페인 여자와 이야기를 하면서 보냈다. 그 여자는 삐쩍 말랐으나 활동적이었다. 검은 옷차림에 갈색 얼굴에는 주름살이 많았고 머리카락은 아주 깨끗한 흰색이었다. 그 여자는 랑베르를 바라보며 말없이 두 눈으로 미소를 지을 뿐이었다.

한번은 그녀가 랑베르에게 아내에게 페스트를 옮길까 두렵지 않냐고 물었다. 랑베르는 그럴 가능성도 있지만 극히 드물고, 오히려 이대로 도시에 남으면 아내와는 영원히 헤어질지도 모른다고 말했다.

"부인이 상냥한가 봐요?" 여자가 미소를 지으며 말했다.

"아주 다정하죠."

"예쁜가요?"

"그런 것 같아요."

"아!" 여자가 말했다. "그래서 그렇군요."

랑베르는 생각에 잠겼다. 아마 그 때문인지도 몰랐다. 하지만 그 이유 하나 때문만도 아니었다.

"하느님을 믿지 않으시나요?" 늙은 여자가 말했다. 그녀는 매일 아침 미사에 갔다.

랑베르가 믿지 않는다고 말하자 늙은 여자는 또다시 "그래서 그러시군요"라고 말했다.

"가서 만나셔야 해요. 맞아요. 그러지 않으면 뭐가 남겠어요?"

랑베르는 나머지 시간에는 아무 장식도 없이 회칠만 한 벽 둘레를 돌며 벽의 못에 걸린 부채들을 만지거나 테이블보 끝에 달린 술을 세어보기도 했다. 저녁이 되면 두 청년이 돌아왔다. 그들은 아직 때가 되지 않았다고만 얘기할 뿐 말을 많이 하지 않았다. 저녁 식사가 끝나자 마르셀은 기타를 연주했고 그들은 아니스 술을 마셨다. 랑베르는 생각에 잠긴 것 같았다.

수요일에 마르셀이 돌아와 "내일 저녁 자정으로 결정되었으니 준비해요"라고 말했다. 두 청년은 같이 근무하던 동료 둘 중 하나가 페스트에 걸렸고, 평소 그와 같은 방을 쓰던 나머지 동료도 격리 중이라고 했다. 그래서 이삼 일 동안은 마르셀과 루이만 근무를 하게 될 것이라고 했다. 밤새 그들은 마지막으로 상세한 계획을 세울 생각이었다. 그다음 날이면 가능할 것 같았다. 랑베르가 고맙다고 했다. "기쁘세요?" 늙은 여자가 물었다. 랑베르는 기쁘다고 말했으나 생각은 딴 데 가 있었다.

그다음 날, 하늘은 무겁게 내려앉은 데다 습하고 숨 막히게 더웠다. 페스트 소식은 좋지 않았다. 그러나 스페인 노파는 침착했다. "이 세상에는 죄악이 존재해요." 그녀가 말했다. "그러니 당연하죠!" 마르셀이나 루이와 마찬가지로 랑베르도 웃통을 벗었다. 그러나 아무리 무엇을 해도 어깨와 가슴에 땀이 흘렀다. 덧문이 닫혀 어두침침한 가운데 그렇게 있으니 상반신이 갈색으로 보이고 번들거렸다. 랑베르는 말없이 방 안을 빙빙 돌았다. 오후 4시가 되자 랑베르는 갑자기 옷을 입더니 외출 좀 하겠다고 했다.

"조심해." 마르셀이 말했다. "오늘 자정이야. 전부 준비되어 있으니까."

랑베르는 의사의 집으로 갔다. 리외의 어머니는 랑베르에게 높은 지대의 병원에 가면 리외를 만날 수 있을 거라고 알려주었다. 초소 앞에는 여전히 같은 무리의 사람들이 서성댔다. "저리 가요!" 경관이 눈을 부릅뜨고 소리쳤다. 사람들은 움직이지 않고 그 자리에서 빙빙 돌았다. "기다려야 소용없다고요!" 땀이 윗옷까지 밴 경관이 말했다. 다른 사람들의 생각도 같았다. 그래도 이들은 살인적인 더위에도 그대로 있었다. 랑베르가 통행증을 보여주자 경관은 타루의 사무실을 가리켰다. 사무실 문은 마당 쪽으로 통해 있었다. 그는 사무실에서 나오는 파늘루 신부와 마주쳤다.

약 냄새와 축축한 시트 냄새가 나는 지저분한 흰색 방에서 타루가 검은색 나무 테이블 뒤에 앉아 셔츠 소매를 걷어 올린 채 팔뚝에서 흐르는 땀을 손수건으로 닦고 있었다.

"아직 있었군요?" 타루가 말했다.

"예. 리외에게 할 이야기가 있어서요."

"리외는 병실에 있습니다. 하지만 리외 없이도 해결될 일이면 좋겠군요."

"왜죠?"

"리외는 일이 너무 많아 피곤하거든요. 그래서 저도 제가 혼자서 할 수 있는 일은 혼자서 합니다."

랑베르는 타루를 바라보았다. 타루는 야위어 보였다. 그는 피곤해서 눈이 풀려 있었고 얼굴에도 힘이 없었다. 그의 튼튼한 두 어깨는 둥글게 오그라들었다. 노크 소리가 나더니 하얀 마스크를 쓴 간호사 한 명이 들어와 타루의 책상 위에 카드 한 묶음을 놓았다. 그리고 마스크를 써서 코 막힌 소리로 "여섯이요"라고만 말하고 나갔다. 타루는 신문 기자를 보았다. 그리고 카드를 부채 모양으로 펴서 보여주었다.

"멋진 카드죠? 그런데 멋지지 않아요. 사망자들입니다. 밤새 생긴 사망자들이죠."

타루의 이마에 주름이 잡혔다. 그는 카드를 다시 정리했다.

"우리에게 남은 일은 숫자 계산뿐입니다."

타루가 탁자를 짚고 일어섰다.

"곧 떠나시죠?"

"오늘 밤 자정이요."

타루는 자신도 기쁘다면서 몸조심하라고 랑베르에게 말했다.

"진심으로 하는 말인가요?"

타루는 어깨를 으쓱했다.

"내 나이가 되면 솔직해질 수밖에 없어요. 거짓말을 하는 것은 너무 피곤하거든요."

"타루 씨." 신문 기자가 말했다. "죄송하지만 의사 선생님을 만나고 싶습니다."

"알아요. 그는 저보다 인간적이죠. 갑시다."

"그게 아닙니다." 랑베르가 어렵게 말했다. 그리고 발걸음을 멈췄다.

타루가 그를 보더니 갑자기 미소를 지었다.

두 사람은 작은 복도를 따라갔다. 벽은 밝은 초록색으로 페인트칠이 되어 있었고 마치 수족관 속에 있는 것 같은 빛이 떠돌았다. 뒤에 알 수 없는 그림자들이 움직이는 것이 보이는 이중 유리문에 도착하기 전에 타루는 벽장들이 잔뜩 달려 있는 작은 방으로 랑베르를 들여보냈다. 그는 벽장 하나를 열어 소독기에서 흡수성 가제로 만든 마스크 두 개를 꺼내 그중 하나를 랑베르에게 내밀며 쓰라고 했다. 신문 기자는 이것이 무슨 소용이냐고 물었다. 타루는 아무 소용없으나 다른 사람들에게 믿음을 주기 위해서라고 했다.

두 사람은 유리문을 밀어 열었다. 매우 큰 방이었는데 창문은 전부 꼭 닫혀 있었다. 벽 위쪽에서 환풍기가 윙윙 소리를 냈다. 환풍기의 날개가 두 줄로 놓인 회색 침대 위에서 찌는 듯한 더운 공기를 휘젓고 있었다. 여기저기서 둔탁하거나 날카로운 신음이 들려와 하나의 단조로운 탄식을 만들어 내고 있을 뿐이었다. 유리창에 붙은 창살 사이로 쏟아지는 따가운 햇빛 속에서 흰옷 차림의 남자들이 천천히 움직이고 있었다. 랑베르는 이 방의 찌는 듯한 더위가 불편하게 느껴졌고, 신음을 내는 어느 환자 위로 고개를 숙이고 있는 리외를 겨우 알아보았다. 의사는 환자의 사타구니를 절개하고 있었고 두 간호사가 침대 양쪽에서 환자의 다리를 활짝 벌려 꽉 눌렀다. 리외는 다시 몸을 일으켜 조수가 내민 수술 도구를 쟁반에 떨어뜨리고는 잠시 서서 그 남자 환자를 바라보았다. 간호사들이 환자의 사타구니를 붕대로 감고 있었다.

"무슨 일 있습니까?" 리외는 다가오는 타루에게 물었다.

"파늘루 신부가 예방 격리소에서 랑베르 씨의 자리를 대신 맡기로 했습니다. 그는 이미 일을 많이 했습니다. 남은 것은 랑베르 씨 없이 제3팀을 다시 조직하는 일입니다."

리외가 고개를 끄덕이며 찬성했다.

"카스텔이 첫 제품을 완성했습니다. 시험해보자더군요."

"아!" 리외가 말했다. "그거 잘됐군요."

"그리고 여기 랑베르 씨가 왔습니다."

리외가 돌아보았다. 리외는 마스크 너머로 신문 기자를 보며 눈을 찌푸렸다.

"여기서 뭘 하시는 거죠?" 리외가 말했다. "지금쯤 다른 곳에 있어야 할 텐데요."

타루가 오늘 저녁 자정으로 정해졌다고 하자 랑베르가 덧붙였다. "원칙적으로는요."

그들이 각자 이야기를 할 때마다 가제 마스크가 부풀어 오르면서 입과 닿는 부분이 축축해졌다. 그래서 마치 조각상들끼리 하는 대화처럼 비현실적인 느낌이었다.

"드릴 말씀이 있습니다." 랑베르가 말했다.

"괜찮으면 같이 나가시죠. 타루 씨의 사무실에서 기다려주세요."

잠시 후, 랑베르와 리외는 리외의 자동차 뒷좌석에 앉았다. 타루가 운전을 했다.

"휘발유가 없는데요." 타루가 시동을 걸면서 말했다. "내일부터는 걸어 다녀야 합니다."

"선생님." 랑베르가 말했다. "떠나지 않겠습니다. 두 분과 같이 있고 싶습니다."

타루는 아무 반응도 보이지 않고 계속 운전했다. 리외는 피곤에서 벗어나지 못하는 것 같았다.

"그럼 부인은요?" 리외가 나지막한 목소리로 물었다.

랑베르는 다시 한번 생각해보았으나 자기 생각에 변함은 없지만, 여기를 떠난다면 계속 부끄러운 기분이 들 것 같다고 말했다. 그렇게 되면 남겨두고 온 아내를 사랑하는 것도 불편할 것 같다고 말했다. 그러나 리외는 몸을 일으켜 앉으며 무뚝뚝한 목소리로 그것은 어리석은 결정이며 행복을 선택하는 것이 왜 부끄럽냐고 말했다.

"예." 랑베르가 말했다. "그러나 혼자만 행복한 것은 부끄러울 수 있습니다."

그때까지 아무 말 없던 타루가 고개를 돌리지 않고 말했다. 만일 랑베르가 사람들의 불행을 같이 나누고 싶다면 행복한 시간은 결코 얻지 못할 테니 하나를 선택해야 한다고 지적했다.

"그게 아닙니다." 랑베르가 말했다. "저는 늘 이 도시에서 이방인이고 여러분과는 아무 상관도 없다고 생각했습니다. 하지만 모든 것을 다 보고 나니 원하든 원하지 않든 저도 이곳 사람이라는 것을 깨달았습니다. 이번 페스트 사건은 우리 모두 관계가 있습니다."

아무도 대답하지 않았다. 랑베르는 초조해 보였다.

"잘 아시잖아요! 그게 아니면 이 병원에서 대체 뭘 하려는 겁니까? 그래서 선택했고 행복도 단념한 거잖아요!"

타루도 리외도 아무 대답도 하지 않았다. 침묵이 계속되었다. 그 상태로 그들은 리외의 집 앞까지 왔다. 그런데 랑베르는 아까 그 질문을 더욱 힘 있게 했다. 리외만이 그에게로 고개를 돌렸다. 그는 겨우 몸을 일으켰다.

"미안합니다, 랑베르." 리외가 말했다. "하지만 모르겠습니다. 원하신다면 저희와 함께 남으셔도 됩니다."

자동차가 기울어지는 바람에 랑베르는 아무 말도 하지 않다가, 앞을 보면서 말을 계속했다.

"이 세상에 사랑하는 것에서 돌아설 만큼 중요한 것은 없습니다. 하지만 저 역시 이유는 모른 채 거기서 돌아서 있습니다."

그는 다시 쿠션에 몸을 기대었다.

"이것은 그냥 하나의 사실입니다." 리외는 지친 듯이 말했다. "그 사실을 그대로 놓고 거기서 결론을 내립시다."

"무슨 결론을요?" 랑베르가 물었다.

"아!" 리외가 말했다. "병도 치료하면서 그것을 알아낼 수는 없죠. 그러니 빨리 치료부터 하죠. 제일 급한 일입니다."

자정이 되자 타루와 리외는 랑베르에게 검역 담당 지역의 약도를 그려주었다. 그때 타루가 손목시계를 보고 고개를 돌리다가 랑베르와 눈이 마주쳤다.

"그 사람들에게 알려주었나요?"

신문 기자는 시선을 돌렸다.

"짧게나마 메시지를 보냈습니다." 랑베르가 힘겹게 말했다. "두 분을 뵈러 오기 전에요."

．

카스텔의 혈청 실험이 이루어진 것은 10월 하순이었다. 실제로 그것은 리외의 마지막 희망이었다. 또 실패하면 도시는 페스트의 변덕에 놀아날 거라고 리외는 확신했다. 페스트가 몇 달 동안 계속 기승을 부릴 수도 있고 아무 이유 없이 그칠 수도 있는 일이었다.

카스텔이 리외를 찾아오기 하루 전에는 오통 씨의 아들이 아파서 온 가족이 예방 격리소에 들어가야 했다. 격리소에서 나온 지 얼마 안 된 아이의 어머니는 두 번째로 또 격리되었다. 판사는 아이의 몸에서 페스트 증상을 발견하자마자 리외를 불렀다. 리외가 도착했을 때, 아이의 부모는 침대 발치에 서 있었다. 어린 딸은 멀리 떼어놓은 상태였다. 아이는 지쳤는지 얌전히 진찰을 받았다. 의사가 고개를 들자, 판사의 시선과 아이 어머니의 창백한 얼굴과 마주쳤다. 아이 어머니는 남편인 판사 뒤에서 입에 손수건을 대고 눈을 크게 뜬 채 의사의 행동을 하나하나 보고 있었다.

"그거죠?" 판사가 냉정한 목소리로 물었다.

"예." 리외가 아이를 다시 한번 바라보며 대답했다. 아이 어머니는 눈만 더 크게 뜰 뿐 여전히 아무 말도 하지 않았다. 판사도 입을 다물고 있다가 목소리를 더 낮춰 말했다.

"그러면 선생님, 규정대로 해야겠군요."

리외는 여전히 손수건을 입에 대고 있는 아이 어머니와 눈이 마주치지 않으려고 애썼다.

"곧 될 겁니다." 리외가 주저하며 말했다. "통화 좀 하면요."

오통 씨가 전화기 쪽으로 안내하겠다고 리외에게 말했다. 그러나 의사는 판사 아내 쪽을 돌아보았다.

"유감입니다. 부인께서는 짐을 꾸려주시기 바랍니다. 무슨 뜻인지 아시겠죠."

"예." 여자가 고개를 끄덕이며 말했다. "안 그래도 짐을 꾸릴 생각이었어요."

나가기 전에 리외는 그들에게 필요한 것은 없냐고 물어보았다. 판사 아내는 여전히 말없이 리외를 바라보았다. 그러자 이번에는 판사가 시선을 돌렸다.

"없습니다." 판사가 말했다. 그러고선 판사는 침을 삼켰다. "우리 아이 좀 살려주십시오."

초기에 예방 격리는 이름뿐이었지만 리외와 랑베르가 이를 아주 엄격하게 조직화했다. 특히 두 사람은 한 가족의 구성원들은 반드시 따로 격리해야 한다고 주장했다. 가족 중 한 사람이 자신도 모르게 감염되었다 해도 병이 더 퍼질 기회를 막아야 한다는 것이었다. 리외는 이를 설명했고 판사는 좋다고 했다. 하지만 판사와 아내는 서로 쳐다보고 있었다. 리외는 두 사람에게 이별이 얼마나 절망적인지 느낄 수 있었다. 오통 부인과 어린 딸은 랑베르가 담당하는 격리 호텔에 묵었다. 그러나 예심 판사가 머물

곳은 시립 운동장에 있는 격리 수용소뿐이었다. 그 격리 수용소는 도로 관리과에서 빌려온 천막을 이용해서 만든 것이었다. 리외는 이런 상황을 이야기하고 양해를 구했다. 그러자 오통 씨는 규칙은 누구에게나 똑같이 적용되어야 하니 따르겠다고 말했다.

아이는 임시 병원으로 옮겨졌다. 교실을 개조한 임시 병실에는 침대 열 개가 놓여 있었다. 스무 시간 정도가 지나자 리외는 아이의 상황이 절망적이라고 판단했다. 아이의 작은 몸은 아무런 저항도 못 하고 페스트 병균에 침투되어갔다. 이제 막 생겨난 고통스러운 작은 멍울들 때문에 아이는 사지의 마디를 움직일 수 없었다. 이미 패배한 싸움이었다. 그래서 리외는 카스텔이 완성한 혈청을 그 아이에게 실험해볼 생각을 했다. 그날 저녁, 저녁 식사가 끝나고 그들은 여러 시간에 걸쳐 혈청을 접종했지만, 아이에게서는 그 어떤 반응도 없었다. 그다음 날 새벽에는 중요한 실험결과를 판단하고자 모두 아이의 곁으로 갔다.

아이는 마비 상태에서 벗어나 이불을 덮은 채 몸을 비틀고 있었다. 새벽 4시부터 카스텔과 타루는 아이의 곁에 서서 병의 진행 상황 혹은 정지 상태를 차근차근 살폈다. 침대 발치에 서 있는 리외의 곁에 앉은 카스텔은 겉으로는 침착한 태도를 유지하며 옛날 책을 읽었다. 조금씩 햇살이 병실 안으로 퍼져갔다. 이제 다른 사람들도 왔다. 먼저 파늘루가 와서 침대 맞은편에서 타루와 마주 본 채 벽에 기대어 섰다. 파늘루의 얼굴에는 고통스러운 표정이 나타났고 온몸을 바쳐 일한 며칠 동안의 피로로 충혈된 이마에는 주름이 졌다. 이제 조제프 그랑이 왔다. 아침 7시였다. 서기는 숨을 헐떡거려 미안하다고 했다. 그랑은 잠시만 머물 수 있는데 정확한 것을 알게 되었느냐고 물었다. 리외는 아무 말 없이 그랑에게 아이를 보여주었다. 아이는 베갯잇 없는 베개를 베고 좌우로 고개만 움직였다. 아이는 얼굴을 찌푸린 채 눈을 감고 이를 꽉 악문 채 몸은 꼼짝도 하지 않았다. 마침내 날이 밝았다. 병실 안쪽 깊은 곳에 그대로 걸린 칠판 위에 예전에 적었던 방정식의 흔적이 보일 정도였다. 그 무렵 랑베르가 도착했다. 그는 옆에 있는 침대 발치에 등을 기대고 담뱃갑을 꺼냈으나 아이를 한 번 보고는 도로 주머니 속에 넣었다.

카스텔은 여전히 앉은 채 안경 너머로 리외를 바라보았다.

"아이 아버지에게는 소식이 있나?"

"아뇨." 리외가 말했다. "아이 아버지는 격리 수용소에 있습니다."

의사는 아이가 신음하는 침대 받침대를 꽉 잡고 있었다. 그는 아이에게서 눈을 떼지 않았다. 갑자기 아이의 몸이 뻣뻣해지더니 다시 이를 악물고는 허리가 약간 휜 채 천천히 팔다리를 벌렸다. 군용 모포 아래 발가벗은 작은 몸에서 양모 냄새와 시큼한 땀 냄새가 올라왔다. 아이는 점점 몸을 축 늘어뜨리며 팔다리를 침대 가운데로 모으더니 여전히 눈을 감고 입을 다문 채 숨을 더

가쁘게 쉬는 것 같았다. 리외는 타루의 시선과 마주쳤고, 타루는 시선을 돌렸다.

몇 달 전부터 그 무서운 페스트는 사람을 가리지 않고 덮쳤기에 두 사람은 이미 아이들이 죽는 일을 많이 보았다. 그런데 이날 아침처럼 이렇게 매 분 단위로 아이가 고통스러워하는 모습을 과정대로 본 적은 한 번도 없었다. 물론 아무 죄 없는 아이들이 겪는 고통은 그들에게 언제나 하나의 실체, 즉 스캔들로 다가왔다. 적어도 그 전까지는 추상적인 안타까움만 느끼고 있었을 뿐이었다. 죄 없는 아이가 그렇게 오랫동안 임종의 고통을 느끼는 모습을 바로 앞에서 본 적이 없기 때문이었다.

아이는 마치 위장을 물어뜯긴 것처럼 가는 신음 소리를 내며 다시 몸을 웅크렸다. 아이는 그렇게 몸을 웅크린 채 경련과 전율로 떨고 있었다. 마치 아이의 약한 뼈대가 페스트라는 광풍을 겪기라도 하듯, 계속 열이 반복되어 몸을 덜덜 떨었다. 그 광풍이 지나가자 아이의 몸이 약간 풀리고 열이 물러갔다. 열은 헐떡이는 아이를 독이 있는 모래사장 위에 내던진 것 같았다. 잠시 편하게 있는 아이의 모습은 이미 시신처럼 보였다. 타는 듯한 열이 물결처럼 세 번째로 다시 밀려왔다. 아이의 몸이 순간 약간 솟아오르는 것 같았다. 아이는 몸을 바싹 웅크렸고 온몸을 태울 듯한 불꽃의 공포에 놀라 침대 아래로 파고들었다가 이불을 걷어차며 미친 듯이 머리를 흔들었다. 열이 펄펄 끓는 눈꺼풀 아래로 굵은 눈물이 솟아 나와 납빛이 된 얼굴 위로 흘러내리기 시작했다. 발작이 끝나고 완전히 지친 아이는 뼈가 드러나 보이는 두 다리, 사십팔 시간 동안 살이 완전히 다 녹아버린 듯한 두 팔에 경련을 일으켰다. 그렇게 아이는 어지러운 침대 위에서 십자가에 못 박힌 듯 괴상한 자세로 있었다.

타루는 몸을 굽혀 눈물과 땀범벅이 된 그 조그만 얼굴을 두툼한 손으로 닦아주었다. 어느 순간부터 카스텔은 책을 덮고 아이 환자를 바라보았다. 그는 말을 시작했으나 기침을 하면서 말을 끝냈다. 목소리가 갑자기 이상하게 나와서였다.

"아침에 있던 일시적인 해열 현상도 없었나, 리외?"

리외는 없었다고 대답했다. 그러나 아이는 보통의 경우보다 더 오래 저항하고 있다고 말했다. 그러자 벽에 기댄 채 주저앉아 있던 파늘루가 조그만 목소리로 말했다.

"결국 죽을 거면서 더 오래 고통을 겪는 거지."

리외가 갑자기 그에게로 몸을 돌려 입을 벌려 무슨 말을 하려다가 그만두었다. 그는 분명 스스로를 억제하려고 애쓰는 것처럼 보였다. 그는 다시 아이에게로 시선을 돌렸다.

햇빛이 병실 안으로 가득 들어왔다. 다른 침대 다섯 개에 누워 있던 여러 형체들이 움직이며 신음하고 있었다. 그러나 다 같이 동시에 아주 작은 신음 소리를 내고 있었다. 병실의 맞은편 끝에서 고함을 치는 단 한 사람의 환자만이 일정한 간격을 두고 짧은 탄성을 내질렀다. 그 탄성은 고통이라기보다는 놀라움을 표현하고 있었다. 환자들에게조차 초기의 공포는 사라진 것 같았다. 이제는 병을 대하는 환자들의 태도에는 동의 같은 것이 느껴졌다. 오직 아이만이 있는 힘을 다해 발버둥치고 있었다. 리외는 특별히 필요하지 않아도 무력감에서 벗어나고자 아이의 맥을 짚어보곤 했다. 리외는 눈을 감으면 아이의 고동치는 맥박이 자신이 느끼는 감정의 동요와 한데 뒤섞이는 것처럼 생각되었다. 그때 그는 고통스러워하는 아이와 한 몸이 된 것처럼 느꼈고 아직은 몸에 이상이 없는 그의 몸이 있는 힘을 다해 그 아이를 받쳐주려 하고 있었다. 하지만 순간 일치했던 리외와 아이의 심장 고동은 다시 갈라져 아이가 그에게서 빠져나갔다. 그러면 리외는 아이의 가는 손목을 놓고 자기 자리로 돌아왔다.

회칠이 된 벽을 따라 햇빛은 장밋빛에서 노란빛으로 변했다. 유리창 뒤에서는 열기가 올라오는 아침이 타닥거리기 시작했다. 그랑이 다시 오겠다고 말하며 자리를 떴지만 다른 사람들은 그 말을 흘려들었다. 모두 기다리고 있었다. 여전히 눈을 감고 있는 아이는 조금 진정된 것 같았다. 마치 짐승의 발톱처럼 되어버린 아이의 두 손이 침대 옆을 살살 긁었다. 그 손이 다시 올라가 무릎 근처의 담요를 긁었다. 갑자기 아이는 두 다리를 접더니 넓적다리를 배 근처에 갖다 대고는 움직이지 않았다. 아이는 이때 처음으로 눈을 뜨고 앞에 있는 리외를 보았다. 이제는 잿빛 찰흙처럼 굳은 아이 얼굴의 움푹 파인 곳에서 입이 벌어졌다. 그러고는 얼마 지나지 않아 곧 외마디 비명이 흘러 나왔다. 호흡에 따른 억양도 거의 없이 갑자기 단조로우면서도 불협화음의 저항으로 병실을 가득 채우는 그 비명은 인간의 소리 같지 않았다. 마치 모든 인간에게서 동시에 나오는 것 같은 비명이었다. 리외는 이를 악물었고 타루는 고개를 돌렸다. 랑베르는 카스텔 곁의 침대로 다가갔고 카스텔은 무릎 위에 펼쳐둔 책을 덮었다. 파늘루는 병 때문에 검게 탄 채 모든 시대의 비명으로 가득한 그 아이의 입을 바라보았다. 그리고 그는 천천히 무릎을 꿇더니 나직한 목소리로 말했다. 계속 들려오는 이름 모를 신음 속에서도 그의 목소리는 또렷이 알아들을 수 있었다. 그가 다음과 같이 하는 말을 그 누구도 부자연스럽게 생각하지 않았다. "하느님, 이 어린아이를 구해주소서."

그러나 아이는 계속 소리를 질러댔고 주변 환자들도 동요했다. 아까부터 계속 병실의 맞은편 끝에서 소리를 지르던 환자도 소리의 리듬이 빨라지더니 정말로 비명을 지르게 되었다. 한편, 다른 환자들도 점점 큰소리로 끙끙 앓는 소리를 냈다. 병실 안으로 흘러든 흐느낌이 밀물처럼 밀려와 파늘루의 기도 소리를 뒤덮었다. 침대 손잡이를 잡고 있던 리외는 피로와 혐오감에 취해 눈을 감았다.

리외가 다시 눈을 뜨자 타루가 곁에 있었다.

"가봐야겠습니다." 리외가 말했다. "더 이상 못 참겠어요."

그런데 갑자기 다른 환자들이 입을 다물었다. 그때 의사는 아이의 비명이 약해진 것을 알아차렸다. 그 비명은 점점 약해지더니 곧 멈췄다. 아이 주변에서는 앓는 소리들이 다시 시작되었으나 나지막했는데, 마치 방금 끝난 싸움의 머나먼 메아리 같았다. 싸움이 끝나버리긴 했으니 말이다. 카스텔은 침대 맞은편으로 가더니 이제 끝났다고 말했다. 아이는 입을 벌린 채, 그러나 말없이 흐트러진 담요의 움푹 파진 곳에 누워 있었다. 아이의 몸이 더 작아진 것 같았다. 아이의 얼굴에는 눈물 자국이 남아 있었다.

파늘루가 침대로 다가가 은총을 비는 동작을 했다. 그리고 자신의 성의를 다시 여미더니 중앙 통로로 나갔다.

"전부 다시 시작해야 합니까?" 타루가 카스텔에게 물었다.

늙은 의사는 고개를 끄덕였다.

"아마도." 그가 일그러진 미소를 지으며 말했다. "어쨌든 아이는 오래 버텼네."

그런데 리외는 이미 병실에서 나가고 있었다. 걸음걸이가 어찌나 빠른지 몰랐다. 파늘루 곁을 지나갈 때 리외의 태도가 심상치 않았다. 파늘루가 리외를 붙잡으려고 팔을 내밀었다.

"저기, 선생님." 파늘루가 말했다.

리외는 여전히 격한 태도로 몸을 돌리더니 파늘루에게 흥분한 말투로 말했다.

"아! 적어도 그 아이는 아무 죄도 없었습니다. 신부님도 잘 아실 겁니다!"

그리고 리외는 몸을 돌려 파늘루보다 앞서 교실 문들을 지나 교정의 구석으로 갔다. 그는 먼지가 내려앉은 나무 두 그루 사이에 있는 벤치에 앉아 이미 눈 속까지 흘러내린 땀을 닦았다. 그는 가슴을 짓이기는 격렬한 매듭을 풀기 위해 여전히 소리를 지르고 싶었다. 더위가 무화과나무 뜰 사이에 천천히 내려앉았다. 아침의 파란 하늘에는 뿌연 얼룩 같은 구름이 덮여 있어 공기가 더 숨 막혔다. 리외는 벤치 등받이에 몸을 기댔다. 그는 나뭇가지들과 하늘을 보며 천천히 숨을 가다듬고 조금씩 피로를 삼키고 있었다.

"왜 아까 내게 그렇게 화를 내며 말씀하신 거죠?" 리외의 뒤에서 목소리가 들렸다. "내게도 참기 힘든 광경이었습니다."

리외가 파늘루를 돌아보았다.

"정말 그렇습니다." 리외가 말했다. "용서하세요. 피곤해서 머리가 어떻게 되었나 봅니다. 이 도시에서 반항심 외에는 아무것도 느끼지 못할 때가 있습니다."

"이해합니다." 파늘루가 중얼거렸다. "우리 힘으로는 감당하기 힘드니 반항심이 생길 만도 하죠. 그래도 우리는 이해할 수 없는 것을 사랑해야 할지도 모릅니다."

리외가 벌떡 일어났다. 그는 있는 힘과 열정을 다해 파늘루를 바라보고는 고개를 흔들었다.

"아뇨, 신부님." 리외가 말했다. "사랑에 대해 저는 다른 생각을 갖고 있습니다. 아이들이 고통을 받도록 만들어진 세상이라면 죽어도 거부하겠습니다."

파늘루의 얼굴에는 당황한 빛이 역력했다.

"아! 선생님." 파늘루가 슬프게 말했다. "은총이라는 것이 무엇인지 방금 이해했습니다."

그러나 리외는 다시 벤치에 몸을 기댔다. 그는 저 깊은 곳에서 피로가 다시 찾아오자 좀 더 부드럽게 말했다.

"나는 그런 것을 갖고 있지 않습니다. 하지만 그것에 대해 신부님과 토론하고 싶지는 않습니다. 우리는 신성 모독과 기도를 초월해 우리를 한데 묶어주는 무엇인가를 위해 함께 일하고 있습니다. 그것만이 중요합니다."

파늘루가 리외의 곁에 앉았다. 파늘루는 감동한 것 같았다.

"그럼요." 파늘루가 말했다. "그럼요, 선생님도 인간의 구원을 위해 일하고 계시죠."

리외는 웃으려 애썼다.

"인간의 구원은 제게 너무나 거창한 말입니다. 그렇게 원대한 꿈은 없습니다. 내가 관심 있는 것은 인간의 건강입니다. 무엇보다 인간의 건강이죠."

파늘루가 머뭇거리며 말했다.

"선생님."

하지만 그는 말을 멈추었다. 그의 이마에도 땀이 흘러내리기 시작했다. 그가 "안녕히 계세요" 하고 중얼거리며 일어났다. 그때 그의 눈은 반짝였다. 파늘루가 가려고 했을 때 생각에 잠겨 있던 리외도 일어서서 그에게 한 걸음 다가가 말했다.

"다시 사과드립니다. 다시는 그렇게 갑자기 화를 내는 일은 없을 겁니다."

파늘루는 손을 내밀며 슬픈 듯이 말했다.

"하지만 난 선생님을 납득시키지 못했습니다."

"그게 무슨 상관입니까?" 리외가 말했다. "내가 증오하는 것은 죽음과 불행입니다. 신부님도 잘 아시겠죠. 그리고 신부님이 원하시든 원치 않으시든 우리는 죽음과 불행 때문에 괴로워하고 그것들과 싸우고 있습니다."

리외는 파늘루의 손을 잡았다.

"그렇죠?" 그는 파늘루를 보지 않으려 애쓰며 말했다. "하느님도 이제는 우리를 갈라놓을 수 없습니다."

•

　파늘루는 자원 보건 단체에 들어온 이후로 병원 그리고 페스트가 있는 장소를 떠나본 적이 없었다. 그는 자원 보건 단체원들 사이에서 당연히 자신이 있어야 한다고 생각하는 자리, 즉 제1선에 나섰다. 죽음의 광경은 피할 수 없었다. 그런데 원칙적으로는 혈청으로 보호를 받아도 파늘루 역시 목숨을 잃을 걱정을 하지 않는 것은 아니었다. 겉으로 그는 냉정을 잃지 않았다. 그러나 아이 한 명이 죽어가는 모습을 오랫동안 지켜본 그날부터 그는 달라진 것 같았다. 그의 얼굴에는 긴장하는 빛이 더욱 역력해졌다. 파늘루는 리외에게 미소를 지으며 현재 '사제가 의사의 진찰을 받을 수 있는가?'라는 주제로 짧은 논문을 쓰고 있다고 말했다. 그날, 의사는 파늘루가 말하고자 하는 것보다 더 심각한 뜻을 담고 있다는 인상을 받았다. 리외가 그 논문의 내용을 알고 싶다고 하자 파늘루는 남자들만 모이는 미사에서 설교를 하게 되었는데 몇 가지 견해를 제시할 것이라고 말했다.

　"선생님도 오셨으면 좋겠습니다. 관심 있으실 법한 주제이니."

　바람이 세차게 부는 어느 날, 신부는 두 번째 설교를 했다. 사실 첫 번째 설교 때보다 청중석에 앉은 사람들은 더 적어 자리가 드문드문 비어 있었다. 이런 종류의 광경이 더 이상 우리 시민들에게는 새로운 매력을 주지 못해서다. 도시 전체가 여러 가지 어려운 환경을 겪고 있어서 그런지 새로움이라는 단어 자체가 이미 의미를 상실했다. 더구나 대부분의 사람들은 꾸준히 교회에 다니기보다는 말도 안 될 미신에 이끌렸다. 종교적인 의무를 완전히 저버리거나 그 의무를 철저히 부도덕한 생활에 끼워 맞추지 않는다 해도 그랬다. 사람들은 미사에 나가기보다는 차라리 전염병으로부터 지켜준다는 메달이나 성 로크의 부적 같은 것을 몸에 지니고 다니기를 좋아했다.

시민들이 예언을 무절제하게 믿는다는 것을 보여주는 예시가 있다. 봄이 되자 실제로 사람들은 병이 끝날 날을 이제나저제나 기다렸다. 그러나 다른 사람들에게 전염병이 얼마나 더 계속될지 물으려는 사람은 아무도 없었다. 날이 지나면서 그 불행에 정말로 끝이 없는 것은 아닌가 하는 두려운 마음이 생기기 시작했다. 동시에 페스트의 종말이 모든 희망이 되었다. 그래서 마술사들이나 가톨릭교회 성직자들이 옛날에 한 여러 예언이 이 손에서 저 손으로 돌아다녔다. 시중의 인쇄업자들은 이런 사람들의 관심사를 이용해 이익을 두둑이 얻을 수 있다는 사실을 재빨리 눈치채고 유통되는 책을 대량으로 인쇄해 배포했다. 인쇄업자들은 대중의 관심이 식지 않자 시립 도서관 등에서 야사에 나오는 적당한 증언들을 찾아내 도시에 퍼뜨렸다. 역사 속에 예언이 충분히 보이지 않을 때는 신문 기자들에게 예언 같은 것을 써달라고 주문하기도 했다. 신문 기자들 역시 과거 몇 세기 동안 존재한 이야기들 못지않은 남다른 재주를 보여주었다. 신문에 연재된 예언들도 있었다. 전염병이 돌지 않을 때 신문에 실린 스캔들 못지 않게 예언에 관한 기사가 독자들의 관심을 끌었다. 그중 그해의 연도, 사망자 수, 페스트가 계속 퍼지던 달 수 같은 것이 희한하게 계산된 예언들도 있었다. 또한 역사상 대규모로 발생한 페스트와 비교를 하고 거기서 비슷한 점(예언에서는 불변의 사실이라 불리는 것)을 인용해 역시 희한하게 계산을 해서 현재의 어려움 속에서 얻어야 하는 교훈을 이끌어냈다. 그러나 시민들의 관심을 가장 많이 끈 것은 당연히 묵시록의 예언 방식으로 알려주는 사건들이 었다. 사건 하나하나가 이 도시에서 현재 사람들이 겪고 있는 사 건으로 볼 수 있었다. 또한 워낙 복잡한 사건들이라 여러 가지 해 석이 가능했다. 매일 노스트라다무스와 성녀 오틸리아(시각장애 인으로 태어났으나, 세례를 받는 순간에 기적적으로 시력을 회복한 성녀 로 유명하다-옮긴이) 이야기가 나왔고 번번이 성공했다. 그런데 모 든 예언마다 공통점이 있었으니 결국에는 사람들을 안심시킨다 는 것이었다. 그러나 페스트만은 그렇지 않았다.

그러므로 미신이 우리 시민들에게는 종교 같은 역할을 했다. 그래서 파늘루의 설교가 있었던 성당은 좌석의 4분의 3밖에는 청 중이 차지 않았다. 설교가 있던 날 저녁에 리외가 찾아갔다. 그는 성당 입구의 문틈으로 들어가는 바람에 청중 사이를 제멋대로 지 나가게 되었다. 그는 썰렁하고 조용한 성당에서 남자들만으로 이 뤄져 있는 청중 가운데에 자리를 잡았다. 신부가 설교대 위에 올라섰다. 신부는 첫 번째 설교 때보다 부드럽고 조심스러운 말투로 설교를 했다. 청중은 파늘루의 말투에서 주저하는 빛을 몇 번이나 느꼈다. 더욱 이상한 점은 이제 그가 '여러분'이라 하지 않고 '우리들'이라는 표현을 썼다는 것이다.

그러나 그의 말투는 점점 확고해졌다. 그는 설교를 시작하면서 이런 내용을 다루었다. 여러 달 전부터 페스트가 우리들 사이에 존재하고 있으며 이제는 우리들의 식탁 혹은 사랑하는 사람들의 머리맡에 와 앉아 있고 우리들의 바로 옆에서 따라다니고 일터에서 우리가 오기를 기다리고 있다는 것이다. 그런 것을 여러 번 보았기에 지금이야말로 우리는 페스트가 끝없이 하는 말, 처음에는 놀라서 제대로 알아듣지 못했을 수 있는 말을 더욱 잘 받아들일 수 있을 것이라는 내용이었다. 지난번에도 파늘루 신부는 같은 자리에서 이미 설교한 적이 있다. 이는 여전히 변함없는 진실이다. 적어도 이는 그의 신념이었다. 그러나 우리들 누구나 그런 경험을 해본 적 있을 테지만, 파늘루는 첫 설교를 생각할 때 가슴을 치며 후회했다. 그때는 아무런 자비심 없이 생각하고 설교했던 것이다. 그래도 모든 일에서는 언제나 배울 점이 있다. 이는 변함없는 진실이다. 기독교인에게는 가장 잔혹한 시련도 역시 이득이 되었다. 그러므로 기독교가 여기서 정말 추구해야 할 것은 그 이득이며, 그 이득이 어떤 부분에 있고 어떻게 그 이득을 발견할 것인가를 아는 것에 있다고 그는 생각했다.

그때 리외 주변 사람들은 벤치의 팔걸이 사이에 깊숙이 앉아 가능한 한 편한 자세를 취하려는 것 같았다. 가죽을 입힌 입구의 문짝 하나가 살짝 덜그럭거렸다. 누군가 일어나 문짝을 잡았다. 리외는 그러한 문짝의 움직임에 정신이 산만해져 설교를 다시 이어서 하는 파늘루의 말이 거의 들어오지 않았다. 파늘루는 페스트 때문에 벌어지는 상황을 논리적으로 이해하려고 해서는 안 되고 거기서 얻을 수 있는 교훈을 배우려고 노력해야 한다고 했다. 리외가 막연하게나마 이해한 것은 신부는 페스트를 전혀 설명할 수 없다는 점이었다. 파늘루가 세상에는 하느님의 뜻에 따라 설명할 수 있는 것과 없는 것이 있다고 단언했을 때 리외는 설교에 집중했다. 물론 세상에는 선과 악이 있고 대체로 선과 악은 쉽게 구별되었다. 그러나 문제는 악 그 자체에 생겼다. 예를 들어서 확실히 필요한 악과 필요하지 않은 악이 있었다. 지옥에 빠진 돈 주앙과 아이의 죽음을 비교하면, 방탕한 돈 주앙이 벼락에 맞아 죽는 것은 당연했으나 아이가 고통을 겪는 것은 이해할 수 없었다. 그리고 실제로 아이의 고통, 그 고통에 따르는 공포, 거기에서 찾아야 할 여러 이유보다 이 땅에서 더 중요한 것은 없었다. 그 밖의 것에 대해 신은 인간의 삶에서 모든 것을 수월하게 해주었고, 그 과정에서 종교는 한 일이 없었다. 이제는 반대로 신이 우리를 고통의 담 아래로 몰아넣었다. 우리는 페스트의 담 아래에 와 있으며 그 치명적인 그늘 속에서 우리의 이익을 찾아내야 했다. 심지어 파늘루 신부는 쉽게 벽을 오를 수 있게 해주는 유리한 길도 마다했다. 신부는 아이가 고통 끝에 영원불멸의 삶이라는 기쁨을 얻었다고 편하게 이야기했지만, 사실 신부는 이에 대해서는 전혀 모르고 있었다. 영원불멸한 삶의 기쁨이 순간적인 인간의 고통을 보상해준다고 누가 감히 확신할 수 있을까? 그런 말을 하는 사람이라면 직접 육체와 영혼의 고통을 겪는 예수님을 섬기는 기독교인이라고 할 수 없으리라. 아니다. 신부는 고통의 담 아래에 머물러 있을 것이며 십자가가 상징하는 사지가 찢어지는 고통을 성실히 본받아 아이의 죽음을 마주 볼 작정이라고 했다. 그리고 그는 오늘 설교를 듣는 사람들에게 이런 말을 주저하지 않고 하고 싶다고 했다. "드디어 때가 왔습니다. 모든 것을 믿거나 부정할 필요가 있습니다. 그런데 우리들 중 감히 모든 것을 부정할 사람이 누가 있겠습니까?"

리외는 신부가 이단자가 되어가는구나 하고 생각하고 있었다. 그 순간 신부는 여전히 힘주어 설교를 계속하며 그 명령, 그 무조건의 요구가 기독교인이 얻는 이익이라고 했다. 그것은 기독교인의 미덕이기도 하다고 했다. 신부는 이제 미덕에 대해 이야기하겠으나 미덕의 어떤 점은 파격적이기도 해서 관대하고 전통적인 도덕에 익숙한 많은 사람들에게 충격을 줄 수 있다고 말했다. 그러나 페스트 시대의 종교는 여느 때의 종교와 같을 수 없다고 했다. 하느님은 행복의 시대에는 사람들의 영혼이 편안하고 즐겁도록 허락하고 그러기를 바라셨으나, 극도의 불행 속에서는 사람들의 영혼이 과격하기를 바라고 계시다는 것이었다. 신은 스스로 창조하신 인간에게 은총을 베푸시지만 오늘날은 우리를 커다란 불행 속에 빠뜨리셨기에 우리가 '전체 아니면 무'라는 가장 위대한 미덕을 되찾아 실천해야 한다고 했다.

어느 불온한 저술가가 이미 수 세기 전에 연옥은 존재하지 않는다고 확신하며 교회의 비밀을 밝히겠다고 한 적이 있었다. 그 저술가는 중간이란 없고 천당과 지옥밖에 없으며 사람은 스스로의 선택에 따라 구원이나 저주 중 하나를 받을 수밖에 없다는 뜻으로 그렇게 말했다. 파늘루는 방탕한 영혼만이 생각할 수 있는 엄청난 이단이라고 생각한다고 했다. 연옥은 분명히 존재하기 때문이었다. 연옥을 크게 기대할 필요가 없는 시대, 곧 하찮은 죄를 이야기할 수 없는 시대가 있으며 모든 죄가 죽음을, 모든 무관심을 의미하는 시대가 있었다고 한다. 그래서 전체 아니면 무라는 것이었다. 파늘루는 말을 멈췄다. 리외는 그때 밖에서 더욱 세진 듯한 바람이 문 밑으로 윙윙대며 새어 들어오는 소리를 더욱 분명히 들었다. 신부는 계속 설교했다. 파늘루는 자신이 말한 무조건 복종이라는 미덕은 일반적으로 해석하는 것처럼 좁은 의미로 봐서는 안 되며 이는 세속적인 체념도 아니고 까다로운 겸손도 아니라는 것이었다. 굴종이지만 굴종하는 사람에게 동의를 받은 굴종이었다. 정말로 아이의 고통은 정신적으로나 감정적으로

나 굴욕적인 일이었다. 그러나 그런 이유로 고통을 감수하고 그 안에 몰입해야 한다고 했다. 그렇기 때문에 파늘루는 말하고자 하는 내용을 표현하기 어려우니 청중에게 양해를 구했고, 어쨌든 신이 원하기에 우리는 받아들여야 한다고 말했다. 그래야 기독교인은 그 어떤 것도 아끼지 않을 것이며 출구가 모두 닫혔기에 중요한 선택 속으로 갈 수 있을 것이라고 했다. 그는 모든 것을 부정하는 상황에 빠지지 않기 위해 모든 것을 믿는 쪽을 택할 것이라고 했다. 그리고 용감한 여성들이 지금 이 순간 교회에서 멍울은 인간의 몸이 감염을 물리치는 과정에서 나타난 자연스러운 현상이라는 것을 알고 "주여, 우리 자식에게도 멍울을 주십시오!"라고 기도하고 있듯이 기독교인은 신의 성스러운 의지에 자신을 맡길 줄 알아야 한다고 했다. 비록 이해할 수 없는 것이라 해도 그래야 한다고 했다. '이해는 하지만 받아들일 수는 없다'는 말을 할 수는 없다고 했다. 받아들일 수 없어도 우리에게 닥친 것의 핵심을 향해 뛰어들어 선택을 해야 한다고 했다. 아이들이 겪는 고통은 우리들에게 빵과 같았다. 그러나 그 빵 없이 우리들의 영혼은 정신적으로 굶주려 죽을 것이라고 했다.

여기서 파늘루 신부가 말을 멈출 때마다 나온 나지막한 소리가 다시 들렸다. 그때 갑자기 신부는 청중을 대신해 묻는 것처럼 우리는 어떻게 해야 하는가 하고 힘차게 설교를 계속했다. 분명히 사람들은 숙명론이라는 무서운 말을 할 것이라고 했다. 좋다,

다만 여기에 '능동적인'이라는 형용사를 붙일 수 있게 해준다면 그 말도 거부하지는 않겠다고 했다. 다시 말한다면 지난번에 이야기했듯이 아비시니아의 기독교인들을 따라 해서는 안 된다고 했다. 뿐만 아니라 페르시아의 페스트 환자들을 따라 해서도 안 된다고 했다. 페르시아의 페스트 환자들은 기독교 신자들인데도 입었던 옷을 자원 보건 단체에게 벗어 던지며 신이 내린 병과 맞서려는 이들 불신자들에게 페스트를 옮겨 달라며 기도하고 하늘을 보며 고함쳤기 때문이다. 그런데 반대로 카이로의 수도사들도 따라 해서는 안 된다고 했다. 이들은 지난 세기에 전염병이 퍼질 때 병균이 잠복하고 있을지 모르는 축축하고 따뜻한 입술이 다른 입술에 안 닿도록 핀셋으로 성체를 집어 세례를 해주었다고 한다. 페르시아의 페스트 환자들이나 카이로의 수도승들은 지은 죄가 같았다. 왜냐하면 전자는 아이들의 고통을 전혀 생각하지 않았고 후자는 반대로 인간으로서 고통에 대해 느낄 수 있는 공포에 잠식되었기 때문이다. 두 경우 모두 문제의 핵심을 벗어난 것이었다. 모두 하느님의 목소리를 제대로 듣지 못한 것이다. 그 외에도 파늘루가 떠올리게 하고 싶어 한 다른 예시들이 있었다. 마르세유에서 발생한 대규모 페스트의 기록에 따르면, 메르시 수도원의 여든한 명 수도사들 중에 네 명만이 살아남았는데 그 네 명 중에서도 세 명은 달아났다고 한다. 기록자가 여기까지 적었다고 한다. 그 이상 적으면 수도사들의 직분에 맞지 않는 일이라고 했다. 그러나 파늘루 신부는 그 기록을 읽으면서 어느 수도승 한 명에게 매료되었다. 일흔일곱 구의 시신을 목격하고 동료 세 명이 도망친 후에도 홀로 남은 수도승이었다. 그리고 신부는 설교대의 가장자리를 주먹으로 두드리며 "여러분, 우리는 남아 있는 한 사람이 되어야 합니다"라고 외쳤다.

그렇다고 해서 재앙의 혼돈 속에서 사회가 취한 예방책과 현명한 질서를 거부하라는 것은 아니라고 했다. 무릎을 꿇고 모든 것을 포기하라고 하는 도덕주의자들의 말에 속으면 안 된다고 했다. 어둠 속을 헤매더라도 계속 앞으로 나가야 하고 선을 행하도록 애써야 한다고 했다. 하지만 아이의 죽음을 포함해 그 외의 것은 신의 뜻에 맡겨야 하며 개인의 힘에 의지하려고 해서는 안 된다고 했다.

여기서 파늘루 신부는 마르세유에 페스트가 창궐했을 때 볼 수 있었던 벨칭스 주교의 고귀한 모습을 예로 들었다. 주교는 페스트가 끝날 즈음에 지금까지 자신이 할 수 있는 일은 다 했고 더 이상 할 수 있는 일은 없다고 생각해 먹을 것을 준비해 벽을 높이 쌓은 집에 틀어박혔다. 그러나 그를 우상처럼 여기던 주민들은 극도로 괴로운 고통에 휩싸이자 감정적이 되어 주교에게 분노했다. 주민들은 주교에게도 전염시켜야 한다며 그의 집 주변에 시체를 쌓아 올렸다. 그리고 주민들은 그가 더 확실히 파멸하기를 바라는 마음에 벽 담장 안으로 시체들을 던지기도 했다. 이처럼 주교는 마지막으로 약한 마음이 들면서 자신은 죽음의 세계 한가운데에서도 동떨어져 있다고 생각했으나 사실 죽음은 하늘에서 그의 머리 위로 떨어졌던 것이다. 우리도 이와 비슷한 경우이니 페스트에서 완전히 떨어진 섬은 없다는 것을 명심해야 한다고 했다. 아니, 중간은 없다고 했다. 참기 힘든 괴로운 사건이어도 받아들이지 않으면 안 된다고 했다. 왜냐하면 신을 증오하거나 사랑하거나 둘 중 하나를 선택해야 하기 때문이었다. 그런데 누가 감히 신을 증오하는 쪽을 택할 수 있을까?

"형제 여러분." 마침내 파늘루가 마무리하려는 말투로 말했다. "신을 사랑하는 것은 매우 힘든 일입니다. 우선 자신을 완전히 포기하고 돌보지 않아야 하기 때문입니다. 그러나 아이의 고통과 죽음을 지워줄 수 있는 것은 그 사랑뿐입니다. 어쨌든 그 사랑만이 필요한 사랑이 될 수 있습니다. 왜냐하면 그 사랑은 이해할 수 없기 때문에 그저 바랄 수밖에 없기 때문입니다. 이것이 여러분과 나누려는 교훈입니다. 이것은 인간의 입장에서는 잔인하지만 신의 입장에서는 독실한 믿음입니다. 우리는 거기에 가까이 가야 합니다. 우리는 그 무서운 이미지에 필적할 수 있어야 합니다. 높은 꼭대기에서 모든 것이 서로 합해지고 동등해질 것이며 정의처럼 보이지 않는 곳에서 진리가 솟아날 것입니다. 이렇게 해서 프랑스 남부 지방의 수많은 성당에는 페스트로 쓰러진 사람들이 이미 수 세기 전부터 성당 안에 깔아놓은 돌 밑에 잠들어 있습니다.

사제들은 그들의 무덤 위에서 설교를 합니다. 그들이 전하는 정신은 아이들의 재도 포함된 죽음의 재에서 솟아납니다."

리외가 밖으로 나가자 반쯤 열린 문틈으로 바람이 세차게 쏟아져 들어와 교인들의 얼굴을 정면으로 때렸다. 바람에 실린 비 냄새와 축축한 와인 냄새가 성당에 퍼졌다. 교인들이 밖에 나가기도 전에 거리의 풍경을 짐작할 수 있을 정도였다. 그때 막 나온 어느 늙은 신부와 젊은 부사제가 바람에 날리는 모자를 움켜쥐느라 애쓰는 모습이 리외 앞에 보였다. 늙은 신부는 계속해서 파늘루 신부의 설교에 대한 의견을 이야기하고 있었다. 그는 파늘루의 설교에 감탄했지만 파늘루가 제시한 몇 가지 대담한 생각에는 우려를 나타냈다. 파늘루의 설교에는 강인한 힘보다는 불안이 엿보였는데, 그 나이대의 신부가 불안을 느끼면 안 된다는 것이 늙은 사제의 평가였다. 바람을 피하느라 고개를 숙이고 있던 젊은 부사제는 파늘루 신부의 집을 자주 들르기에 신부의 생각이 어떻게 달라졌는지 잘 알고 있다고 하면서 신부의 논문은 앞으로 더 대담해져 출판 허가가 나지 못할 수도 있다고 말했다.

"어떤 생각을 담고 있는 건가?" 늙은 신부가 물었다. 두 사람은 성당 앞마당에 서 있었다. 바람이 계속 부는 바람에 젊은 부사제는 입을 열지 못했다. 말을 할 수 있게 되자 젊은 부사제는 이렇게 말했다.

"신부가 의사의 진찰을 받는 것이 모순이라는 생각을 담고 있습니다."

리외로부터 파늘루의 연설 내용을 들은 타루는 전쟁 중 한쪽 눈을 잃은 어느 청년의 얼굴을 보고 믿음을 잃은 한 신부를 알고 있다고 했다.

"파늘루의 말이 맞아요." 타루가 말했다. "죄 없는 사람이 눈을 잃으면 기독교인은 믿음을 잃기도 하고 눈이 똑같이 빠져야 맞죠. 파늘루는 믿음을 잃고 싶어 하지 않기에 끝까지 갈 겁니다. 그도 하고 싶어 했던 일이고요."

그때 주변 사람들에게 이해받지 못했던 파늘루의 행동과 훗날 일어날 불행한 일들을 이해하는 데 타루의 생각이 얼마나 도움을 줄지는 각자 판단하기를 바란다.

파늘루는 설교하고 며칠 후 이사를 하느라 정신이 없었다. 그 당시 도시에는 페스트가 확산되면서 이사가 끊이지 않았다. 타루가 호텔을 떠나 리외의 집에서 묵게 되었듯이 신부도 교구에서 배정받은 집을 놔두고 아직 페스트에 걸리지 않은 노부인 신자의 집에서 살아야 했다. 신부는 이사를 하면서 피로와 불안이 더 커졌다. 결국 집주인인 노부인은 파늘루에 대한 존경심을 잃었다. 부인이 성녀 오딜의 예언이 잘 맞는다며 열심히 이야기했으나 신부는 피곤해서 그랬는지 몰라도 살짝 불안한 모습을 보였기 때문이다. 그 후 파늘루는 노부인에게 중립적인 호감이라도 얻으려고 매우 애썼지만 허사였다. 파늘루 신부는 그녀에게 나

뻔 인상으로 남게 되었다. 파늘루는 저녁마다 뜨개질로 뜬 레이스 커튼이 늘어진 자신의 방으로 들어가기 전에 거실에 앉아 있는 여주인의 등을 멍하니 바라보았다. 하지만 노부인은 돌아보지도 않고 차가운 말투로 "안녕히 주무세요, 신부님"이라고 인사만 할 뿐이었다. 그는 그 인사를 생각하며 자기 방으로 들어갔다. 그러던 어느 날 저녁, 신부는 잠자리에 들려는 순간 머리가 너무 아팠고 며칠 전부터 있던 미열이 손목과 관자놀이로 퍼져가는 것을 느꼈다.

그 후의 일은 그 집 여주인이 들려준 이야기를 통해 겨우 알 수 있었다. 그녀는 평소처럼 그날도 아침 일찍 일어났다. 그런데 한참이 지나도 신부가 방에서 나오지 않자 그녀는 오래 망설이다가 신부의 방을 두드리기로 했다. 그녀는 신부가 밤새 한잠도 못 자고 아직도 자리에 누워 있는 모습을 보았다. 신부는 가슴이 답답해 괴로워했고 눈은 매우 충혈되어 있었다. 여주인의 말에 따르면 자신이 의사를 부르자고 예의 바르게 제안했으나 신부가 무안할 정도로 강하게 반대했다고 한다. 그녀는 더 이상 고집 피울 수 없었다. 잠시 후 그녀를 부르는 신부의 벨 소리가 들렸다. 신부는 아까 신경질을 내서 미안하다고 사과했으며 페스트 증세는 전혀 아니니 페스트일 리가 없으며 잠시 피곤해서 그런 것 같다고 했다. 그러자 여주인은 의사를 부르자고 한 것은 그런 걱정 때문에 불안해서가 아니라고 점잖게 말했다고 한다. 그녀는 자신의 안전은 하느님의 손에 달려 있기에 불안하지 않지만 부분적으로 나마 자신에게 책임이 있는 신부님의 건강이 신경 쓰였을 뿐이라고 했다. 하지만 신부가 더 이상 아무 말도 안 하자 그 노부인은 (물론 그녀의 말을 온전히 믿는다면 말이다) 자신의 의무를 다하겠다는 생각에 의사를 부르자고 다시 제안했다고 한다. 신부는 다시 한번 거절했다고 한다. 그런데 신부가 이번에는 뭐라고 열심히 설명했으나 노부인은 무슨 소리인지 이해가 안 된다고 했다. 다만 그녀가 대충 이해한 신부의 말은(이해가 안 가는 부분이지만) 진찰은 그의 원칙과 맞지 않아 받지 않겠다는 내용이었다. 그래서 부인은 신부가 열이 너무 심해서 정신이 혼미한 탓이라고 결론을 내리고 탕약을 끓여주고 말았다는 것이다.

이런 상황에서 해야 할 일은 정확히 하겠다는 생각을 늘 하고 있던 부인은 두 시간마다 신부의 방에 규칙적으로 들어가보았다. 특히 부인은 신부가 그날 계속 흥분한 상태로 시간을 보냈다는 점에 주목했다. 신부는 이불을 걷어찼다가 끌어당겼다 하면서 손은 계속 축축한 이마에 대고 몸은 가끔 일으키면서 마치 답답하고 축축한 기침을 애써 토해내듯 뱉어내려고 애썼다. 그때의 신부는 목구멍 깊게 박힌 솜방망이를 뽑아낼 수 없어 갑갑해하는 모습이었다. 이런 발작을 반복하다 보니 그는 완전히 탈진해 뒤로 누워버렸다. 그러다가 결국 몸을 반쯤 일으켜 잠시 동안 더 꼿꼿하게 앉아 앞을 뚫어지게 바라보았다. 노부인은 의사를 부르고 싶었으나 신부가 기분 나빠 할 것 같아 망설였다. 보기에는 심상치 않아도 어쩌면 단순한 열병 때문에 나타나는 일시적인 발작 증세일지도 모른다고 생각했던 것이다. 그래도 오후에 부인은 신부에게 말을 걸었으나 횡설수설하는 몇 마디 말만 들었을 뿐이었다. 부인은 다시 한번 제안했다. 그런데 그때 신부는 몸을 일으키더니 숨을 헉헉대면서도 의사를 원하지 않는다고 분명히 말했다. 그제야 부인은 다음 날 아침까지 기다렸다가 신부의 상태가 나아지지 않으면 〈랑스도크〉 통신사가 라디오에서 매일 열 번도 넘게 반복해서 알려준 번호로 전화하겠다고 결심했다. 늘 자신의 의무를 다하려고 신경쓰는 부인은 밤에 신부의 방으로 가 밤을 새서 간호할 생각이었다. 그런데 저녁에 신부에게 탕약을 끓여준 후 잠깐 누웠는데 그다음 날 새벽에서야 일어났다. 부인은 신부의 방으로 달려갔다.

신부는 몸을 쭉 뻗고 누운 채 미동도 하지 않고 있었다. 전날 밤에는 빨갛게 되었던 그의 얼굴은 이제 납빛이 되어 있었다. 얼굴 모양이 여전히 멀쩡해 그 색이 더 뚜렷하게 보였다. 신부는 침대 위에 걸려 있는 다채로운 작은 진주 장식 샹들리에를 뚫어지게 바라보고 있었다. 노부인이 들어오자 신부는 그녀 쪽으로 고개를 돌렸다. 그 여주인의 말에 따르면 그때 신부의 모습은 밤새 고통에 시달려 힘이 모두 빠져 아무 반응이 없는 것처럼 보였다는 것이다. 부인은 그에게 몸은 좀 어떠냐고 물었다. 그러자 신부는 이상할 정도로 담담한 목소리로 몸은 안 좋지만 의사는 필요 없고 다만 모든 일을 규칙대로 하기 위해 병원으로 옮겨주기만 하면 된다고 말했다. 놀란 노부인은 전화기로 달려갔다.

리외가 정오에 왔다. 여주인의 이야기를 들은 그는 파늘루의 말처럼 때가 늦은 것 같다고 대답했다. 신부는 여전히 무심한 표정으로 리외를 맞이했다. 신부를 진찰한 리외는 목이 붓고 호흡만 곤란할 뿐 선 페스트 혹은 폐렴성 페스트의 주요 증상은 하나도 발견할 수 없어 놀랐다. 그러나 어쨌든 맥박이 너무 약했고 전반적으로 증세도 매우 심상치 않아 신부가 살아날 가능성은 거의 없었다.

"페스트로 의심되는 주요 증상은 하나도 없습니다." 리외가 파늘루에게 말했다. "그래도 의심스러우니 역시 격리해야 할 것 같습니다."

신부는 예의상 어색하게 미소를 지을 뿐 아무 말도 하지 않았다. 전화를 걸러 나갔다가 돌아온 리외는 신부를 바라보았다.

"제가 곁에 있겠습니다." 리외가 신부에게 다정하게 말했다.

신부는 다시 생기를 되찾은 듯했고 의사 쪽을 바라보았다. 따뜻함이 되살아난 듯한 눈길이었다. 그리고 신부는 겨우 말을 했는데 그 말투가 슬픔이 깃든 것인지 아닌지 구분이 되지 않았다.

"감사합니다." 신부가 말했다. "하지만 종교인들에게는 친구가 없습니다. 모든 것을 신에게 맡겼거든요."

신부는 침대 머리맡에 있는 십자가 좀 달라고 하고는 십자가를 쥐더니 고개를 돌려 십자가를 바라보았다.

병원에서도 파늘루는 입을 열지 않았다. 그는 받고 있는 모든 치료에 수동적으로 자신을 맡겼으나 십자가는 손에서 놓지 않았다. 하지만 신부의 증상은 계속 애매했다. 리외의 의심은 머릿속에서 계속되었다. 페스트 같기도 했고 아닌 것 같기도 했다. 더구나 얼마 전부터 페스트는 진찰을 알쏭달쏭하게 만드는 것에 재미를 붙인 것 같았다. 그러나 파늘루의 경우에는 이런 애매한 증상도 중요하지 않다는 것이 이후에 알려졌다.

열이 올라갔다. 기침 소리에는 점점 쉰 소리가 났고 그 때문에 신부는 하루종일 괴로워했다. 마침내 저녁이 되자 신부는 호흡을 방해하던 붉은색 솜뭉치를 토해냈다. 열이 오르는 상태인데도 파늘루는 여전히 무심한 시선이었다. 그다음 날 아침, 침대 밖으로 반쯤 몸을 늘어뜨린 채 죽은 그의 눈에는 아무 표정도 없었다. 신부의 사망 카드에는 이렇게 적혔다. '정확한 병명은 알 수 없음.'

•

　그해 만성절은 여느 때와는 달랐다. 물론 날씨는 예년과 같았다. 갑작스럽게 날씨가 바뀌어 늦더위가 사라지고 선선한 날씨가 찾아왔다. 여느 해와 마찬가지로 지금은 찬바람이 계속 불었다. 커다란 구름들이 이쪽 지평선에서 저쪽 지평선으로 달리며 집들 위에 그늘을 드리웠다. 그 구름들이 지나가면 11월의 차가운 황금빛 햇살이 다시 집들 위를 비추었다. 처음으로 레인 코트가 눈에 띄었다. 고무를 입힌 반들거리는 옷감들이 놀랄 정도로 많이 보였다. 실제로 이백 년 전 남프랑스에 페스트가 대대적으로 퍼졌을 때 의사들이 방호복으로 기름을 입힌 옷을 입었다는 사실이 신문에 보도된 적이 있었다. 가게들은 이때다 싶어 유행에 뒤떨어진 떨이 재고품을 대거 내놓았는데 시민들은 레인 코트를 통해 면역력을 키우고 싶어 했다.

　하지만 이런 계절의 변화도 묘지를 찾는 사람이 없다는 사실을 감출 수는 없었다. 예년 같으면 전차마다 국화의 은은한 향기로 가득했고 부인들은 무리를 지어 친척이 묻혀 있는 무덤에 꽃을 놓으러 갔을 터였다. 그날 사람들은 그동안 잊고 내버려둬서 미안하다고 용서를 빌었다. 그러나 이번 해에는 죽은 사람을 생각하려고 하는 사람들이 없었다. 정확히 말해 사람들은 죽은 사람들 생각을 이미 너무 많이 했던 것이다. 그래서 더 이상 후회와 쓸쓸한 마음으로 죽은 사람들을 찾아갈 필요가 없었다. 더 이상

산 사람들에게 죽은 사람들은 굳이 찾아가서 그동안 방치해서 미안하다며 변명해야 할 상대가 아니었다. 이제 죽은 사람들은 산 사람들이 잊고 싶은 침입자들이었다. 이런 이유로 이번 해의 만성절은 은근슬쩍 넘어갔다. 코타르에 따르면 매일이 만성절이었다. 타루는 코타르의 표현이 점점 비아냥대는 투가 된다는 것을 알 수 있었다.

실제로 페스트가 내뿜는 기쁨의 불꽃은 화장터의 화덕에서 더욱 거세졌다. 사실 날마다 사망자 수가 늘어나는 것은 아니었다. 그러나 이제 페스트는 정점을 찍은 후 내려오지 않고 편안히 있으면서 마치 성실한 공무원처럼 매일 정확하고 규칙적인 것을 자랑하듯 살인을 했다. 당국은 원칙적으로 이는 좋은 징조라고 했다. 페스트의 진행 그래프를 보면 끝없는 증가에 이어 오랫동안 답보 상태였다. 리샤르 같은 의사는 바람직한 현상으로 보았다. "좋아, 그래프가 훌륭해." 리샤르는 이렇게 말하곤 했다. 그는 페스트가 안정 단계에 왔다고 보았다. 앞으로 점차 꺾일 일밖에 남지 않았다. 리샤르는 이러한 성과가 카스텔의 혈청 덕분이라고 생각했다. 실제로 그 새로운 혈청으로 생각지도 못한 성과가 몇 건 있었다. 나이 지긋한 카스텔도 이를 부정하지는 않았으나 역사적으로 보면 페스트는 생각지 못하게 재발된 경우가 여러 번 있었기에 앞일을 장담할 수 없다는 의견을 내놓았다. 도청은 오래전부터 민심이 안정되기를 바랐으나 페스트는 기회를 주지 않았다. 도청은 이 문제로 의사들의 의견을 듣고자 회의를 열려고 했으나 의사 리샤르도 페스트로 죽고 말았다. 더구나 페스트가 안정 상태를 보일 때 일어난 일이었다.

충격적이면서 그 어떤 것도 증명되지 않은 리샤르의 사망 사건으로 행정 당국은 처음 낙관주의를 받아들였을 때와 마찬가지로 이제는 모순된 태도를 보이며 비관주의로 돌아섰다. 카스텔은 혈청을 최대한 정성껏 준비하는 일에 몰두했다. 이제는 병원이나 검역소로 바뀌지 않은 공공 장소는 하나도 없었으나 도청만은 예외였다. 사람들이 모일 장소가 필요해서였다. 그러나 전체적으로 봤을 때 리외가 계획한 조직이 일손이 모자라 곤란했던 경우는 없었다. 더구나 이 당시에는 페스트가 비교적 안정세를 보였다. 기진맥진 지칠 때까지 노력하고 있던 의사들이나 조수들이었기에 더 이상의 노력은 상상하기 힘들었다. 이렇게 말해도 괜찮을지 모르겠으나 이들은 규칙적으로 초인적인 노력을 발휘해 일을 계속했다. 이미 나타난 폐렴성 페스트는 마치 사람들의 가슴속에 불을 붙여 부채질하는 바람처럼 도시 곳곳에 만연했다. 환자들이 피를 토하며 더 빠른 속도로 죽었다. 페스트는 새로운 증상을 동반해 전염성이 더 높아질 수 있어 보였다. 그러나 이 점에 대해서도 전문가들의 의견은 늘 엇갈렸다. 그래도 더욱 안전을 기하고자 보건 관계자들은 여전히 소독된 가제 마스크를 착용하고 숨을 쉬었다. 얼핏 보면 페스트가 더 확산되는 것이 논리에 맞아 보였다. 그러나 선 페스트 환자 수가 줄어들고 있어서 통계 곡선은 계속 수평선을 유지했다.

시간이 지나면서 자연스럽게 식량 보급이 어려워졌다. 이에 따라 그 외 여러 걱정되는 문제들이 있었다. 투기까지 기승을 부려 일반 시장에서 모자란 생활필수품이 터무니 없이 비싼 가격에 팔렸다. 그 결과 가난한 가정은 매우 곤란한 상황이었으나 부유한 가정은 부족한 것이 거의 없었다. 페스트는 사람을 가리지 않을 정도로 공평함을 효과적으로 발휘해 시민들 사이에 평등을 강하게 자리 잡게 할 수도 있었을 텐데 각자의 이기심을 부추겨 오히려 사람들의 마음에 불공평하다는 감정만 더 키워주었다. 물론 죽음이라는 완벽한 평등만은 남았으나 그것은 아무도 원치 않는 평등이었다. 굶주림으로 고생하는 가난한 사람들은 예전보다 더 향수에 젖어 자유롭게 생활할 수 있고 빵이 비싸지 않았던 이웃 도시와 시골을 그리워했다. 물론 논리에는 맞지 않는 이야기지만 식량을 충분히 공급하지 못할 거면 떠날 수라도 있게 해주어야 하는 것이 아니냐는 것이 이들의 마음이었다. 마침내 하나의 구호가 나타나 퍼져서 벽에 붙여지기도 했고 지사가 지나가는 길에 큰 소리로 들리기도 했다. '빵을 달라, 아니면 공기를 달라.' 풍자성이 느껴지는 이 문구는 시위의 도화선이 되었다. 시위는 곧 진압되었으나 상황이 얼마나 심각한지는 누구도 부정할 수 없었다.

당연히 신문들은 낙관주의를 심어주라는 명령에 복종했다.

신문은 지금의 상황은 시민들이 보여준 차분함과 냉정함의 감동적인 '모범' 사례라고 보도했다. 하지만 폐쇄된 도시에서는 그 무엇도 비밀이 될 수 없기에 공동체가 '모범'을 보여준다는 기사에 속는 사람은 없었다. 신문에서 보도된 침착함과 냉정함이 무엇인지 정확한 윤곽을 알려면 당국에서 마련한 예방 격리소나 격리 수용소 중 한 곳에 들어가봐도 충분했다. 서술자는 딴 곳에 일이 있어 이런 곳에는 가보지 못했기에 타루의 증언을 인용할 수밖에 없다.

실제로 타루는 시립 운동장에 설치된 수용소를 랑베르와 함께 간 이야기를 수첩에 적어놓았다. 운동장은 도시의 문 가까이에 있었고 한쪽은 전차가 다니는 거리에, 또 한쪽은 도시가 자리 잡은 고원 끝까지 뻗어 있는 빈터와 통했다. 그곳은 본래 콘크리트로 된 높은 담이 세워져 있어서 도시를 무단으로 빠져나가는 사람들을 막기 위해서는 출입구 네 곳에 보초병을 세우기만 하면 되었다. 동시에 담 덕분에 격리당한 사람들은 외부 사람들의 호기심으로부터 보호를 받기도 했다. 대신, 격리되어 수용된 사람들은 전차가 지나가는 소리를 하루 종일 들어도 정작 전차의 모습은 볼 수 없었다. 다만 전차 소리와 함께 커지는 웅성거리는 소리를 들으면 관공서의 출퇴근 시간이구나 짐작했다. 격리된 사람들은 이렇게 따로 떨어진 생활을 바깥사람들과 불과 몇 킬로미터 떨어진 곳에서 계속하고 있으나 서로 다른 별에서 사는 것보다 바깥세상과 더욱 다른 세상으로 갈라져 살고 있음을 깨달았다.

　타루와 랑베르가 운동장으로 가기로 한 날은 어느 일요일 오후였다. 그들은 축구 선수인 곤잘레스와 같이 갔다. 랑베르가 그를 다시 만났는데, 운동장을 교대로 감시해달라는 부탁을 그가 받아들였던 것이다. 랑베르는 그를 수용소의 관리인에게 소개해야 했다. 곤잘레스는 두 사람과 만난 자리에서 페스트가 발생하기 전이었다면 시합을 시작하려고 유니폼을 입고 있었을 것이라고 말했다. 경기장이 징발되고 난 지금은 불가능한 일이 되었지만 말이다. 그래서 곤잘레스는 아무 할 일도 없는 사람처럼 보였고 본인도 그렇게 느끼는 것 같았다. 이처럼 한가했던 그는 주말 동안에만 감시 업무를 하기로 했다. 하늘은 약간 흐렸다. 곤잘레스는 비도 안 오고 덥지도 않은 지금의 날씨가 시합하기에는 딱이라며 아쉽다는 듯이 코를 벌름거리며 말했다. 그는 탈의실의 연고 냄새, 관람객이 가득 차 무너질 것처럼 보이는 관중석, 옅은 황갈색 땅 위를 다니는 원색의 유니폼, 쉬는 시간에 마시는 레몬주스, 바짝 마른 목 줄기를 수천 개의 바늘로 콕콕 찌르는 듯한 소다수 같은 것을 이야기했다. 그 외에 타루의 기록에 따르면 곤잘레스는 움푹 팬 길을 걷다가도 돌만 보면 발로 찼다. 그는 돌을 하수구에 똑바로 차서 넣으려 애썼고, 성공하면 "1 대 0"이라고 말했다. 그는 담배를 피워도 꽁초를 앞으로 내던져 떨어지는 그때 얼른 발로 찼다. 운동장 가까이에서 놀던 아이들이 지나가는 사람들에게 공을 보내자 곤잘레스는 공을 향해 달려가 정확히 차서 되돌려 보냈다.

그들은 마침내 운동장으로 들어갔다. 관람석은 사람들로 가득했다. 운동장은 수백 개의 붉은색 천막으로 꽉 찼다. 천막 속의 침구나 보따리 같은 것이 멀리서도 보였다. 몹시 덥거나 비가 오는 날에 수용자들이 피신할 수 있도록 관람석은 그대로 남아 있었다. 그러나 해가 지면 이들은 천막 속으로 돌아가야 했다. 관람석 아래에는 새로 설치된 샤워실, 예전의 선수용 탈의실을 개조한 사무실, 병실들이 있었다. 수용자의 대부분은 관람석에 모여 있었다. 다른 사람들은 터치 라인을 서성거렸다. 자신의 천막 입구에 쭈그리고 앉아 멍한 눈으로 주위를 두리번거리는 사람들도 있었다. 관람석에 있는 많은 사람들이 무엇인가를 기다리듯 털썩 주저앉았다.

"저 사람들은 낮에 무엇을 하죠?" 타루가 랑베르에게 물었다.

"아무것도 안 합니다."

실제로 사람들은 거의 모두 두 팔을 늘어뜨리고 빈손을 흔들고 있었다. 거대한 인간 집단은 이상할 정도로 조용했다.

"처음 며칠은 상대방 말 소리도 안 들릴 정도였어요." 랑베르가 말했다. "그런데 하루하루 지나자 사람들의 말수가 적어졌습니다."

타루의 기록에 따르면 그는 사람들의 마음을 이해할 수 있다고 했다. 처음에 사람들은 층층이 둘러싸인 천막 안에서 파리가 날아다니는 소리를 듣거나 몸을 긁기에 여념이 없었고 친절하게 이야기를 들어주는 사람이 있으면 자신들이 느끼는 분노나 공포에 대해 열심히 말했다. 하지만 수용소가 사람들로 꽉 차면서부터 친절하게 말을 들어줄 사람이 적어졌다. 결국 서로 입을 다물고 경계할 수밖에 없었다. 잿빛 하늘로부터 경계심 같은 것이 붉은색 천막 위로 쏟아졌다.

그렇다. 사람들 모두 경계하는 표정이었다. 강제로 격리되었기에 그럴 수밖에 없었다. 그래서 이들은 스스로 이유를 찾고는 두려워하는 표정을 하고 있었다. 타루의 눈에 비친 사람들은 전부 생기 없는 눈을 하고 일상생활에서 격리된 슬픔 때문에 우울해했다. 그렇다고 해서 늘 죽음만을 생각하고 있을 수도 없다 보니 차라리 아무 생각도 하지 않았다. 그들은 휴가를 보내고 있는 것과 같았다. 타루는 이런 글을 남겼다. '여기 사람들은 자신들이 잊혀졌다는 사실을 알고 있었다. 이것이 제일 문제였다. 이들의 지인들도 생각을 딴 데로 돌려야 해서 이들을 생각하지 않고 지냈다. 충분히 이해할 수 있었다. 이들을 사랑하는 사람들도 운동이나 계획을 일부러 생각하기 위해 노력하며 그들을 잊어버렸다. 생각하지 않아야 하는 것이 급하다 보니 잊어야 할 사람은 기억에서 지우는 것이었다. 당연히 이해되는 일이다. 그 결과 결국 최악의 불행이 찾아와도 누군가를 진정으로 생각할 수 없다는 것을 알게 된다. 왜냐하면 누군가를 정말로 생각한다는 것은 어떤 순간이 와도 다른 것에 정신이 팔리지 않고 살림 고민도 안 하고 날아다니는 파리도 안 보고 식사도 하지 않고 가려움도 느끼지 않는 상태이기 때문이다. 하지만 파리나 가려움 같은 것은 늘 존재한다. 인생을 살아가는 일이 만만치 않은 이유다. 그리고 사람들은 이 사실을 너무나 잘 알고 있다.'

이들에게 온 소장이 오통 씨가 만나고 싶어 한다고 전했다. 소장은 곤잘레스를 자신의 사무실로 안내해주고는 그들을 관람석으로 데리고 갔다. 홀로 앉아 있던 오통 씨가 관람석에서 일어나 그들을 맞아주었다. 그는 평소와 같은 옷차림이었고 빳빳한 칼라도 그대로였다. 다만 관자놀이 위로 뻗친 머리카락과 한쪽 구두끈이 풀어져 있는 것이 타루의 눈에 보였다. 판사는 피곤해 보였으며, 말하면서도 한 번도 상대방을 보지 않았다. 그는 그들에게 만나서 대단히 기쁘다고 했고 리외에게 여러 가지로 신세를 졌다며 감사를 전해달라고 했다.

두 사람은 아무 말도 하지 않았다.

"바라는 것이 있다면." 판사가 잠시 후 말했다. "필리프가 너무 심한 고통을 받지 않고 갔다면 좋겠습니다."

타루는 오통 씨가 자기 아들의 이름을 말하는 것을 처음 들었다. 타루는 무엇인가 달라졌다는 것을 알았다. 해는 수평선으로 저물고 있었고 구름 사이로 햇살이 비스듬하게 관람석을 비추며

세 사람의 얼굴을 황금빛으로 물들였다

"아닙니다." 타루가 말했다. "아뇨, 별로 힘들어하지 않았습니다."

그들이 자리를 뜬 후에도 판사는 햇빛이 비치는 쪽을 계속 보고 있었다.

그들은 곤잘레스에게 잘 있으라는 말을 하러 갔다. 곤잘레스는 감시 교대표를 보고 있었다. 축구 선수는 그들의 손을 잡으며 웃었다.

"적어도 탈의실은 되찾았네요." 곤잘레스가 말했다. "그거라도 감지덕지죠."

잠시 후 소장이 타루와 랑베르를 배웅해주었다. 그때 관람석에서 잡음이 지지직거리며 엄청 크게 들렸다. 좋았던 시절에 시합 결과를 알리거나 팀을 소개하는 데 사용되던 확성기가 이제는 수용자들에게 각자의 천막으로 돌아가서 저녁 식사 배급을 받으라고 알리며 맹맹한 소리를 냈다. 사람들은 천천히 관람석을 나와 신발을 끌면서 천막 안으로 들어갔다. 모두 제자리로 돌아가자 기차역에서나 볼 수 있는 작은 전기 자동차 두 대가 냄비를 실은 채 천막 사이를 다녔다. 사람들은 팔을 내밀어 그 두 냄비에 국자 두 개를 넣고 국물을 두 개의 그릇에 담았다. 차는 다시 움직였다. 다음 천막에서도 아까와 같은 일이 벌어졌다.

"과학적이네요." 타루가 소장에게 말했다.

"그렇습니다." 소장은 그들의 손을 잡으며 만족스럽게 말했다. "과학적입니다."

저녁노을이 지기 시작하면서 하늘이 밝아졌다. 부드럽고 신선한 햇빛이 수용소를 비춰주었다. 평화로운 저녁 속에서 숟가락과 접시가 부딪히는 소리가 여기저기서 들렸다. 박쥐들이 천막 위에서 파닥거리더니 갑자기 사라졌다. 전차 한 대가 담벼락 너머로 철로를 지나며 삑 소리를 냈다.

"판사가 안됐군." 타루가 문턱을 넘어서며 중얼거렸다. "뭘 좀 도와줘야겠는데, 어떻게 돕지?"

•

　도시에는 이런 수용소가 몇 곳 더 있었다. 서술자로서 민망하기도 하지만, 직접적인 정보가 부족했기에 더 이상 말할 수가 없다. 그러나 확실히 말할 수 있는 것이 있다. 이러한 수용소의 존재, 여기서 나는 사람 냄새, 저녁노을 속에서 들리는 확성기의 커다란 소리, 담에 가려졌다는 이유로 흐르는 신비함, 누구나 기겁할 장소에 대한 공포 때문에 시민들의 마음이 무거워졌고 모든 사람이 그 전부터 느끼던 혼란과 불안이 더 심해졌다는 사실이다. 행정 당국과의 다툼과 알력도 더욱 심해졌다.

　11월 하순이 되자 아침 기온이 많이 떨어졌다. 비가 억수같이 몇 번 내려 아스팔트 길이 깨끗해지고 하늘도 맑아져서 구름 한 점 없는 하늘이 반짝이는 거리 위로 보였다. 태양이 힘없이 매일 아침 도시 위에 번뜩이며 차가운 햇살을 퍼뜨렸다. 그러나 반대로 저녁이 되면 공기가 오히려 따뜻해졌다. 그때를 골라 타루는 리외에게 자신의 속마음을 조금씩 털어놓았다.

　어느 날 저녁 10시쯤에 타루는 지루하고 고달픈 하루를 보낸 후 천식 환자 노인의 집으로 왕진을 가는 리외를 따라갔다. 오래된 동네의 집들 위로 하늘이 부드럽게 빛나고 있었다. 미풍이 어두운 사거리를 지나 소리 없이 불었다. 리외와 타루는 조용한 거리에서 집으로 들어오기가 무섭게 노인의 수다와 마주해야 했다. 노인은 마음에 안 드는 것이 한둘이 아니라면서 돈 버는 사람들은 늘 똑같다고 했으며, 또한 물병을 너무 밖으로 돌리면 깨지고 만다면서 두 사람에게 이야기를 쏟아냈다. 노인은 손을 비비면서 결국 무슨 사달이 날 것이라며 떠들었다. 의사가 치료를 하는 동안에도 영감은 여러 가지 일에 대해 쉬지 않고 투덜거렸다.

위층에서 사람들이 걸어 다니는 소리가 들렸다. 궁금해하는 타루의 표정을 본 노인의 아내가 이웃집 여자들이 테라스에 나와 있는 것이라고 설명했다. 그 설명을 들으면서 타루와 리외는 위로 올라가면 전망도 좋고 집들마다 테라스의 한쪽 면이 연결되어 있어서 동네 여자들이 집 밖으로 나가지 않아도 남의 집에 쉽게 방문할 수 있다는 사실을 동시에 알게 되었다.

"맞습니다." 영감이 말했다. "올라가보세요. 공기가 좋습니다."

테라스에는 아무도 없이 의자 세 개만 있었다. 한쪽으로는 테라스들이 줄지어 보였고, 그 끝에는 컴컴하고 불룩한 덩어리가 보였다. 바로 첫 번째 산 언덕이었다. 또 한편, 거리 몇 곳 그리고 보이지 않는 항구 너머로 하늘과 바다가 어렴풋이 고동치며 뒤섞여 있는 수평선이 보였다. 보고만 있어도 가슴이 설렐 정도였다. 그들이 낭떠러지로 알고 있는 저 너머에는 어디서 오는지 알 수 없는 불빛 한 줄기가 규칙적으로 깜빡이고 있었다. 지난 봄부터 해협 등대가 다른 항구들로 향하는 선박들을 위해 계속 불빛을 비추고 있었다. 바람에 쓸리고 닦인 하늘에서는 맑은 별들이 반짝였고 머나먼 등대의 불빛이 가끔 다가가 회색빛을 섞어주었다.

미풍에 향료와 돌의 냄새가 실려 왔다. 주위는 완전히 조용했다.

"좋군요." 리외가 앉으면서 말했다. "페스트가 절대로 올라오지 못할 곳 같아요."

타루는 리외에게 등을 보인 채 바다를 보았다.

"그러네요." 잠시 후 타루가 말했다. "좋네요."

타루는 의사 곁에 앉아 그를 주의 깊게 바라보았다. 하늘에서 불빛이 세 번 나타났다. 길의 구석 안쪽에서 나는 접시 부딪히는 소리가 두 사람에게까지 들렸다. 집 안에서 문이 닫히는 소리가 났다.

"리외." 타루가 아주 자연스러운 말투로 말했다. "내가 어떤 사람인지 알려고 한 적 없죠? 내게 우정을 느낍니까?"

"예." 리외가 말했다. "우정을 느낍니다. 그러나 아직까지 우리에게는 시간이 없었죠."

"다행이군요, 그러면 안심입니다. 그럼, 지금 이 시간을 우정의 시간으로 할까요?"

리외는 대답 대신 미소를 지었다.

"자, 그럼…."

멀리 있는 어느 거리에서 자동차 한 대가 축축한 도로 위를 오랫동안 미끄러지듯 가고 있는 것 같았다. 자동차가 멀어지자 그 뒤로 알 수 없는 고함이 멀리서 터져 나와 다시 한번 조용한 분위기를 깨뜨렸다. 그다음에 조용한 분위기는 하늘과 별의 무게를 전부 신고 두 사람을 다시 짓눌렀다. 리외는 여전히 의자에 몸을 푹 파묻고 있었다. 타루는 일어나서 리외의 맞은편에 있는 난간에 걸터앉았다. 타루는 하늘에 새긴 묵직한 덩어리로 보일 뿐이었다. 그는 오랫동안 이야기를 했다. 그가 한 이야기를 적어보자.

리외, 간단히 말하면 이 도시와 전염병을 만나기 훨씬 오래전부터 페스트로 고생했습니다. 그러니까 나 역시 여기의 모든 사람들과 마찬가지라는 뜻이죠. 그러나 세상에는 이런 것을 모르는 사람들도 있고 그런 상황에서도 문제없이 사는 사람들도 있고 알면서도 어떻게든 빠져나가려고 애쓰는 사람들도 있습니다. 나는 항상 빠져나가려고 했습니다.

젊었을 때는 내가 결백하다고 생각했습니다. 그러니까 아예 생각 자체를 안 했죠. 고민하는 성격도 못 되고 사회 진출도 적당히 했습니다. 머리도 괜찮게 돌아갔고 여자들도 곧잘 따랐고 모든 것이 순탄했습니다. 간혹 불안하긴 했지만 얼마 지나지 않아 잊어버렸습니다. 그러던 어느 날 반성하기 시작했습니다. 이제는….

미리 말해두지만 나는 당신처럼 가난하게 살지는 않았습니다. 아버지는 차장 검사였는데 그 정도면 좋은 자리죠. 아버지는 호인처럼 보여 그런 티가 나지 않았습니다. 어머니는 단순하고 겸손했습니다. 늘 어머니를 사랑했습니다. 하지만 이 이야기는 굳이 할 필요가 없겠어요. 아버지는 날 애정을 가지고 대해줬어요. 그래서 아버지가 나를 이해하려고 노력한다는 생각까지 들었습니다. 지금 생각해보면 확실히 아버지가 바깥에서는 바람도 많이 피운 것 같은데 그것 때문에 조금이라도 분노하는 것은 아닙니다. 아버지는 나름 옳아 보이는 일을 하지 남에게 충격을 주는 행동은 하지 않았으니까요. 간단히 말해 아버지는 남다른 인물은 아니었습니다. 아버지가 돌아가신 지금 생각해보니 성인도 아니었지만 악인도 아니었던 것 같습니다. 딱 중간인 분이었죠. 그뿐입니다. 사람들이 적당히 애정을 느끼고, 그 애정을 오래 유지하게 하는 그런 사람이었죠.

그래도 아버지에게 한 가지 특이한 점이 있었습니다. 아버지는 늘 《철도 여행 안내》라는 책을 머리맡에 두고 읽었습니다. 그렇다고 여행을 자주 가는 것도 아니셨어요. 휴가 때 땅이 조금 있었던 브르타뉴 정도만 갈 정도였죠. 그런데도 아버지는 파리와 베를린을 오가는 열차의 출발 및 도착 시간, 리용에서 바르샤바까지 가려면 어디서 몇 시에 갈아타야 하는지, 이 수도에서 저 수도까지 몇 킬로미터인지 등의 정보를 정확히 알고 있었습니다. 브리앙송에서 샤모니까지는 어떻게 가야 하냐는 질문을 받으면 답할 수 있겠어요? 역장이라도 쩔쩔 맬 겁니다. 그런데 아버지는 달랐습니다. 아버지는 거의 매일 저녁 이에 대한 지식을 풍부하게 쌓으려고 공부를 하며 뿌듯하게 여겼습니다. 나도 재미를 붙여서 아버지에게 자주 질문을 했습니다. 그러면 아버지는 책에서 대답을 찾아보고 틀림없다는 것을 확인하고는 좋아했죠. 이런 소소한 연습 덕분에 아버지와의 관계가 아주 돈독해졌습니다. 왜냐하면 아버지에게 나는 성실한 청중이었으니까요. 철도에 관한 해박한 지식도 다른 해박한 지식과 마찬가지로 가치가 있다고 생각했습니다.

그런데 이렇게 이야기하다 보면 성실할 뿐인 아버지를 너무 중요한 인물처럼 띄우게 되는 건 아닐까 싶어서 두렵군요. 아버지는 내 결심에 간접적인 영향만 미쳤습니다. 그냥 아버지는 내게 어떤 기회를 만들어준 것뿐입니다. 열일곱 살 때 아버지는 나에게 자신의 논고를 들으러 오라고 했습니다. 중죄 재판소에서 공판을 받는 중대한 사건이었습니다. 아버지는 그날 본인의 훌륭한 모습을 보여줄 수 있을 것으로 생각한 것 같습니다. 또한 젊은 사람의 상상력을 자극하는 이런 의식을 통해 나 역시 아버지가 택한 길로 들어가게 하려고 한 것 같다 생각됩니다. 나는 그러겠다고 했습니다. 아버지가 좋아할 것 같았고 우리 가족에게 하는 역할과 다른 역할을 하는 것을 보고 듣고 싶다는 생각도 들었거든요. 그 생각뿐이었습니다. 그때까지만 해도 법정에서 일어나는 일은 7월 14일의 사열식이나 여느 상장 수여식과 마찬가지로 늘 자연스럽고 당연한 것으로 생각했습니다. 너무나 추상적인 관념이기는 해도 그렇다고 아주 어렵게 느끼지도 않았지요.

그러나 그날, 내가 간직하게 된 단 하나의 이미지는 죄인의 이미지뿐이었습니다. 그 사람이 죄가 있다고 생각했지만 그 죄가 무엇인지는 중요한 게 아니었습니다. 그러나 빨간 머리카락에 키 작은 가여운 남자는 모든 것을 인정하기로 했으나, 자신이 저지른 일과 앞으로 겪을 일들로 너무 겁을 먹은 표정이라 얼마 후에는 그 남자밖에 안 보였습니다. 그는 마치 매우 강한 햇빛을 받고 겁에 질린 올빼미처럼 보였습니다. 넥타이 매듭도 와이셔츠의 칼라 단추를 끼운 곳에 단정하게 매여 있지 않았습니다. 남자는 오른손 손톱을 깨물고 있었습니다. 어쨌든 더 이상 자세히 설명하지는 않겠지만 그는 살아 있는 사람이었습니다.

그런데 그때까지 나는 그를 단순히 편하게 '피고'라는 개념으로만 생각했다는 것을 문득 깨달았습니다. 아버지 생각을 아예 안 한 것은 아니지만 무엇인가 배를 쿡 누르는 기분이었습니다. 그래서 그 피고인에게만 관심을 집중하게 되었습니다. 거의 아무 소리도 들리지 않았습니다. 멍청하게도 사람들이 살아 있는 그를 죽이려 한다는 생각이 들자 갑자기 엄청난 본능이 물결처럼 밀려와 끈질기게 그 남자의 편을 들고 있었습니다. 아버지의 논고가 시작될 때 정신이 들었습니다.

붉은 법복을 입은 아버지는 호인도 아니고 다정하지도 않은 모습으로 입에서 엄청난 말들을 쏟아냈습니다. 우글거리던 뱀들처럼 줄지어 튀어 나오는 것 같았습니다. 그때 나는 아버지가 사회의 이름으로 그 남자의 죽음을 요구한다는 것을 깨달았습니다. 사실, 아버지는 이렇게만 말했습니다.

"그의 목은 당연히 떨어져야 합니다."

하지만 결국 죽음을 요구하는 것 아니겠습니까? 결국 아버지는 그 남자의 목을 차지했으니까요. 다만 그때 아버지가 하수인이 아니었을 뿐이죠. 그리고 그 후 그 사건만은 판결이 내려질 때까지 방청을 했습니다. 그 불쌍한 남자에게 친밀함을 느꼈습니다. 아버지와는 절대로 느끼지 못할 돈독한 친밀감이었습니다. 그래도 아버지는 관례에 따라 사람들이 정중하게 '최후의 순간'이라고 부르는 것에 참석했을 겁니다. 그러나 그 순간이야말로 가장 비열한 살인이라 불러야 할 듯합니다.

그때부터 《철도 여행 안내》 책만 봐도 역겨워서 구역질이 날 것 같았습니다. 그때부터는 법이니 사형 선고니 형의 집행 같은 것에 혐오감과 관심을 동시에 가지게 되었습니다. 아버지는 그런 살인 현장에 몇 번이나 참석했습니다. 그래서 아버지가 아침에 일찍 일어나는 날이 그런 날이었다는 생각을 하니 머리가 어지러웠습니다. 그렇습니다. 아버지는 그날이 되면 아침에 자명종을 틀어놓았습니다. 어머니에게 그런 말을 하지는 못했지만 어머니를 더 자세히 관찰했습니다. 그래서 알아낸 사실이 있습니다. 부모님 사이에는 더 이상 남아 있는 것이 없고 어머니는 그냥 체념한 채 살고 있다는 사실이었습니다. 그래서 어머니는 용서가 되었습니다. 그때 나는 그런 식으로 말하곤 했습니다. 나중에 안 일이지만 어머니는 용서받아야 할 것이 없었습니다. 어머니는 결혼할 때까지 가난으로 고생했고 가난을 통해 체념을 배웠기 때문입니다.

내가 얼마 안 있어 집에서 뛰쳐나왔다는 말을 할 거라 생각했겠죠? 그런데 아닙니다. 그렇게 몇 달, 거의 일 년은 그대로 집에 있었습니다. 그동안 내 마음에는 병이 들었습니다. 어느 날 저녁 아버지가 다음 날 아침 일찍 일어나야 하니 자명종을 가져오라 했습니다. 그날 밤, 한숨도 못 잤습니다. 그다음 날 아버지가 돌아왔을 때 나는 이미 집을 나온 뒤였습니다. 아버지는 곧바로 나를 찾았습니다. 그래서 아버지를 찾아갔습니다. 그리고 아버지에게 날 강제로 집에 돌아오게 하면 자살하겠다고 침착하게 말했습니다. 가출 이유는 설명하지 않았습니다. 결국 아버지가 졌습니다. 아버지는 본래 순한 성격이었거든요. 아버지는 혼자서 돈을 벌며 어떻게든 살아가겠다는 내게 바보 같다면서(아버지는 나의 행동을 그렇게 봤으나 그렇게 생각하게 놔두었습니다) 연설을 늘어놓고는 수천 가지 주의를 주며 마음에서 흐르는 눈물을 애써 참았습니다. 그 후 시간이 오래 지나 때가 되면 어머니를 만나러 집에 들렀고, 그 김에 아버지도 만났습니다. 아버지는 나와의 이런 관계에 만족한 것 같았습니다. 아버지에게는 원한이 전혀 없었지만 조금은 슬펐습니다. 아버지가 돌아가신 후 어머니와 같이 살았습니다. 어머니가 안 돌아가셨으면 지금까지 모시고 살았겠죠.

이렇게 나의 첫 출발 이야기를 길게 하는 것은 모든 것의 출발점이 되었기 때문입니다. 이후의 이야기는 좀 더 빨리 하겠습니다. 열여덟 살 때 편안한 생활에서 벗어나면서 가난을 알게 되었습니다. 먹고살려고 이런저런 짓을 다 했지만 나름 성공을 거둔 편이었습니다. 그런데 특히 사형 선고에 관심이 갔습니다. 빨간 머리의 그아무개와 결말을 짓고 싶었습니다. 그래서 하게 된 것이 정치 운동이었습니다. 페스트 환자는 절대로 되고 싶지 않았습니다. 그뿐입니다. 다만 내가 살고 있는 사회는 기본적으로 사형제를 택하고 있으니 거기에 맞서 살인 행위와 투쟁하겠다는 생각을 했습니다. 나는 그렇게 믿었고 다른 사람들에게도 그렇게 들었습니다. 또한 이는 대체로 진실이었습니다. 그래서 좋아하는 사람들, 내가 변함없이 좋아하는 사람들과 함께 일하기 시작했습니다. 그 일을 오래 했고 유럽 각 나라를 다닐 때마다 투쟁했습니다. 이제 다음 이야기로 넘어가겠습니다.

물론 우리들도 사형 선고를 내릴 때가 있습니다. 잘 알고 있습니다. 그런데 그렇게 몇 명이 죽으면 더는 살인이 없는 세상이 될수 있다면서, 이것이 필요하다고 하는 사람들이 있었습니다. 어떤의미에서는 진실이지만 나는 그런 진실은 어쨌든 받아들일 수 없었던 것 같습니다. 분명 나는 주저하고 있었습니다. 나는 그 피고인남자를 생각했습니다. 그 생각은 계속 날 것 같았습니다. 사형 집행을 목격한 날(헝가리에서 일어난 일이었어요)을 마주할 때까지는 그랬습니다. 그날 어릴 때 느꼈던 어지럼증이 눈앞을 캄캄하게 만들었습니다.

혹시 총살 장면을 본 적이 있습니까? 못 보셨을 겁니다. 대개는 초청된 사람들만 볼 수 있었습니다. 참석자는 미리 정해져 있습니다. 그래서 선생님 같은 분들은 지식이 그림이나 책에 머물러 있는 거죠. 눈가리개, 말뚝, 저 멀리 떨어져 있는 병사들. 아뇨, 그런 것이 아닙니다. 놀랍게도 총살형 집행자들은 사형수와 일 미터 오십 센티미터 거리에 있습니다. 아시는지요? 사형수가 두 발짝만 나와도 가슴에 총부리가 부딪치는 것도 아시나요? 그렇게 가까운 데서 총살형 집행자들이 사형수의 심장 근처를 집중 사격하면 굵은 탄환들이 덩어리가 되어 가슴에 주먹이 들어갈 정도의 구멍을 뚫는 것도 아십니까? 모르실 겁니다. 선생님은 모르시죠. 그런 자세한 내용을 들려주는 사람이 없으니까요. 인간의 잠은 페스트 환자들이 느끼는 생명보다 성스럽습니다. 선한 사람들이 잠을 자지 못하게 해서는 안 됩니다. 이를 막으려면 악취미가 어느 정도 필요합니다. 누구나 아는 것이겠지만, 취미란 굳이 고집을 부리지 않는 것을 말하지요. 그 무렵부터 잠을 잘 못 잤습니다. 악취미를 버릴 수 없었고 여전히 고집을 꺾지 않았습니다. 다시 말해 늘 그 생각만 하며 지냈습니다.

그때 깨달았습니다. 있는 힘을 다하고 정신을 집중해 페스트와 싸운다고 생각하며 산 그 오랜 세월 동안 계속 페스트를 앓고 있었다는 사실을 말입니다. 인간 수천 명의 죽음에 내가 간접적으로 동의했다는 사실을 알았죠. 그런 죽음을 맞이하게 만든 행위나 원칙을 선으로 인정해 나 역시 그런 죽음을 이끌어 냈다는 사실을 알았습니다. 다른 사람들은 그런 일로 고민하는 것 같지 않았고, 적어도 그런 이야기를 자기 입으로 꺼내는 일은 없었습니다. 그것을 알았죠. 그러나 나는 목구멍이 달라붙는 것처럼 고통스러웠습니다. 그들과 같이 있어도 외로움을 느꼈습니다. 내가 찜찜한 마음을 표현하려고 하면 그들은 지금 때가 어느 때인지 잘 생각하라고 말했습니다. 그들은 감동적인 이유를 내세우며 내가 소화시킬 수 없는 것을 억지로 삼키게 했습니다. 그러나 나는 거물급 페스트 환자들, 붉은 제복을 입은 사람들도 그런 경우에 나름 그럴듯한 이유가 있다고 대답했습니다. 만일 내가 어쩔 수 없다며 평범한 페스트 환자들이 주장하는 요구를 받아들인다면 거물급들의 요구도 거절할 수 없을 것이라고 대답했습니다. 그러나 그들은 붉은 제복이 옳다고 인정하면 그들에게 사형 선고를 완전히 맡기는 것이 옳다고 지적했습니다. 그러나 그때 이런 생각을 했습니다. 한번 양보하면 계속 양보해야 한다는 걸요. 내 생각이 옳다는 것은 역사가 증명해주었습니다. 오늘날에는 누가 더 많이 죽이는지 경쟁하는 것 같으니까요. 그들 모두 살인에 미친 듯이 열중해 있습니다. 다른 방법이 없기 때문이죠.

어쨌든 이치를 따지는 것은 나의 문제가 아니었습니다. 빨간 머리 피고인 남자와 더러운 모험이 나의 문제였습니다. 페스트균에 감염된 더러운 입들이 쇠사슬에 매인 한 남자에게 죽음의 선고를 내리고 그 남자가 눈 뜬 채 살해당할 날을 생각하며 소름 끼치는 고민스러운 여러 밤을 보낸 후 결국 죽음을 맞이하게 모든 조치가 취해지는 더러운 모험 말입니다. 가슴에 뻥 뚫린 구멍이 나의 문제였습니다. 그래서 이런 생각이 들었습니다. 적어도 그 끔찍한 도살 행위에 한 가지라도 정당성을 부여하는 일이라면 반드시 거부하겠다라고요. 그렇습니다. 옳고 그름을 더욱 깨달을 때까지 이 태도를 꺾지 않을 겁니다.

그 후로도 마음은 달라지지 않았습니다. 오랫동안 부끄러운 기분이 들었습니다. 아무리 간접적이거나 선의에서 나왔다 해도 나 역시 살인자 쪽에 속했다는 것이 정말로 부끄러웠습니다. 시간이 지나면서 깨달은 것이 있습니다. 좀 더 나은 사람들도 오늘날 논리 자체가 전부 잘못되어 있기에 이 세상에서 몸을 마음대로 움직이려면 사람을 죽음으로 모는 위험을 감수해야 한다는 것입니다. 그렇습니다. 여전히 부끄러웠습니다. 그리고 우리 모두 페스트 속에 있다는 것을 알았습니다. 결국 마음의 평화를 잃어버렸습니다. 오늘날도 마음의 평화를 되찾아 모든 사람을 이해하고 그 누구에게도 철천지원수가 되지 않으려고 노력하고 있습니다. 다만 다시는 페스트에 전염되지 않으려면 꼭 해야 할 일을 해야 하고 그래야 우리들이 평화를 되찾을 수 있다고 알고 있습니다. 평화가 아니라면 적어도 떳떳하게 죽기를 바랄 수 있게 해준다고 알고 있습니다. 그래야 인간이 편안해집니다. 인간을 구원하지는 못해도 최소한 인간에게 가능한 한 민폐를 적게 끼치고 작지만 좋은 일을 할 수 있게 됩니다. 그래서 직접적이든 간접적이든, 좋은 이유든 나쁜 이유든 사람을 죽음으로 몰아가는 일을 정당화하는 것이라면 모두 거부하기로 했습니다.

그렇기에 페스트라는 전염병에서 배운 것은 없습니다. 그나마 배운 것이 있다면 선생님 일행과 같은 편에 서서 페스트와 싸워야 한다는 것입니다. 확실히 알고 있는 것이 있습니다(그래요, 리외. 알다시피 나는 인생을 다 알고 있죠). 누구나 자신 안에 페스트를 지니고 있다는 사실입니다. 세상에 그 누구도 그 피해에서 자유로운 사람은 없기 때문이죠. 늘 자신이 조심해야지 자칫 방심하면 다른 사람의 얼굴에 입김을 뿜어 병을 옮기고 말 것입니다. 병균은 자연스러운 것입니다. 그 외 건강, 청렴함, 순결함은 절대로 포기해서는 안 되는 의지에 속합니다. 정직한 사람, 즉 거의 누구에게도 병균을 전염시키지 않는 사람이란 가능한 한 마음이 해이해지지 않는 사람입니다. 마음이 해이해지지 않으려면 의지와 긴장이 그만큼 필요합니다. 그렇습니다, 리외. 페스트 환자가 되면 피곤해집니다. 그런데 페스트 환자가 되지 않으려고 발악하면 더욱 피곤해집니다. 오늘날에는 누구나 어느 정도는 페스트 환자니까요. 그렇기에 페스트 환자가 되지 않으려고 애쓰는 사람들이 극도의 피곤함을 경험합니다. 극도의 피곤함에서 해방되려면 죽음밖에 없습니다.

그래서 이 세상에서 내가 별 쓸모없다는 것을 깨달으면서, 죽이는 것을 단념한 순간부터, 결정적으로 추방을 선고받은 사람이 되었습니다. 역사는 다른 사람들이 만듭니다. 그 사람들을 표면적으로 비판할 자격이 내게는 없다는 것도 압니다. 나는 이성적인 살인자가 될 수 없으니까요. 그렇다고 우월함을 느낀다는 것이 아닙니다. 이제는 원래의 내가 되기로 했고 겸손을 배웠습니다. 다만 이 땅과 재앙과 희생자들이 있으니 가능한 한 재앙의 편을 들지 않겠다는 말을 하고 싶습니다. 날 단순한 사람이라고 볼지도 모르겠습니다. 내가 단순한지는 잘 모르겠지만 어쨌든 그것이 진실이라는 것을 알고 있습니다. 여러 이론을 한꺼번에 들어서 머리가 돌아버릴 것 같았고 그 이론들 때문에 다른 사람들은 머리가 어떻게 되었는지 살인 행위에 동의하게 되었습니다. 그래서 인간의 불행은 전부 정확한 언어를 쓰지 않는다는 사실에서 비롯된다는 것을 알았습니다. 그래서 바른 길을 걸어가기 위해 정확히 말하고 행동하기로 했습니다. 결론적으로 나는 재앙과 희생이 있다고 말할 뿐 그 이상은 말하지 않습니다. 그렇게 말하면 내 자신이 재앙이 된다 해도 적어도 거기에 동조하지는 않을 겁니다. 차라리 결백한 살인자가 되고 싶습니다. 아시다시피 이는 큰 야심은 아니죠.

물론 제3의 범주가 필요합니다. 즉 진정한 의사의 범주가 필요하죠. 그러나 이는 그리 흔하게 만날 수 있는 것이 아닙니다. 만나기도 힘들 겁니다. 바로 이런 이유 때문에 나는 어떤 경우라도 희생자들의 편에 서서 피해를 줄이기로 마음먹었습니다. 희생자들 사이에 있으면 제3의 범주, 즉 마음의 평화에 어떻게 하면 이를 수 있는지 방법을 찾을 수 있습니다.

타루는 이야기를 끝내면서 다리 한쪽을 흔들고는 테라스 바닥을 부드럽게 쳤다. 의사는 침묵을 지키다가 몸을 약간 일으켜 타루에게 평화에 이르려면 어떤 길을 가야 할지 생각해봤는지 물었다.

"예, 공감이죠."

구급차 두 대의 사이렌 소리가 저 멀리서 들렸다. 방금 전만 해도 희미하던 아우성이 돌 언덕 근처의 도시 경계선으로 모이고 있었다. 동시에 폭발 소리 같은 것이 들렸다가 다시 조용해졌다. 리외는 등대의 불이 두 번 깜빡이는 것을 보았다. 미풍이 좀 더 거세지는 것 같더니 동시에 바다에서 부는 바람에서 소금 냄새가 났다. 이제 낭떠러지에 부딪히는 둔탁한 소리가 뚜렷하게 들렸다.

"결국, 내가 관심 있는 것은 성스러운 인간이 되는 방법을 아는 일입니다." 타루가 솔직하게 말했다.

"하지만 신은 안 믿죠."

"바로 그래서입니다. 우리는 신 없이 성자가 될 수 있는가, 이것이 내가 현재 유일하게 관심 있는 구체적인 문제입니다."

갑자기 아까 고함이 들리던 곳에서 큰 불빛이 솟아올랐다. 그리고 바람의 흐름을 거슬러 희미한 함성이 두 사람에게까지 들려왔다. 불빛은 곧 침침해졌고 멀리 테라스 가장자리에 불그스레한 빛만이 남았다. 바람이 멈춰도 사람들의 외침이 뚜렷하게 들렸고, 이어서 총소리와 군중의 함성이 들렸다. 타루가 일어나 귀를 기울였다. 더 이상 아무것도 들리지 않았다.

"또 시의 문에서 싸움이 났군요."

"이제는 끝난 것 같습니다." 리외가 말했다.

하지만 타루는 싸움은 절대 끝나지 않았으며 순서에 따라 아직 희생자가 남아 있을 것이라고 중얼거렸다.

"그럴지도 모르죠." 의사가 대답했다. "그런데 나는 성자들보다는 패배자들에게 더 연대 의식을 느낍니다. 영웅주의와 성인 같은 것에 관심이 없어서인 것 같습니다. 나의 관심사는 인간이 되겠다는 것입니다."

"예, 우리는 같은 것을 추구합니다. 내가 야심이 더 적을 뿐이죠."

리외는 타루가 농담을 한다고 생각했고 그를 바라보았다. 그러나 하늘에서 오는 희미한 빛 속에서 그는 슬프고 진지한 얼굴을 하고 있었다. 바람이 다시 일었고 리외는 피부에서 미지근한 감촉을 느꼈다. 타루가 몸을 움직였다.

"우리는 우정을 위해 무엇을 해야 할까요? 아십니까?" 타루가 물었다.

"좋으실 대로." 리외가 말했다.

"해수욕을 하는 것입니다. 미래에 성인이 될 사람에게도 잘 맞는 기쁨입니다."

리외가 미소를 지었다.

"우리가 가진 통행증이면 방파제까지 갈 수 있습니다. 결국 페스트 속에 그냥 사는 것은 너무 어리석은 일이죠. 물론 인간은 희생자들을 위해 싸워야 합니다. 하지만 더 이상 사랑하지 않는다면 싸우는 것이 무슨 소용 있겠습니까?"

"그래요." 리외가 말했다. "갑시다."

잠시 후 자동차는 항구의 철책 근처에 멈췄다. 달이 떠올라 있었다. 우윳빛 하늘이 여기저기에 창백한 그늘을 비췄다. 그늘 뒤에는 도시가 층계를 이루고 있었는데 거기서 불어오는 뜨겁고 병든 바람 때문에 그들은 더 바다 쪽으로 갔다. 그들이 신분증을 보여주자 보초는 오랫동안 두 사람의 신분증을 꼼꼼히 살폈다. 두 사람은 초소를 통과해 큰 통들로 뒤덮인 둑을 지나갔다. 그리고 와인과 생선 냄새를 뚫고 방파제 쪽으로 갔다. 그곳에 조금 못 미쳤을 때, 요오드 냄새와 해초 냄새를 통해 바다가 근처에 있다는 것을 알 수 있었다. 이어서 파도 소리도 들려왔다.

바다는 커다란 덩어리를 이루는 방파제 아래에서 부드럽게 철썩거렸다. 두 사람이 그 위를 기어 올라가자 벨벳처럼 두텁고 짐승처럼 유연하고 매끄러운 바다가 나타났다. 그들은 바다 쪽을 보며 바윗돌 위에 앉았다. 바닷물이 부풀어 올랐다가 다시 천천히 가라앉았다. 바다의 조용한 숨결에 따라 기름을 바른 듯한 반사광이 물 위에 나타났다가 사라졌다. 그들 앞에 밤은 무한하게 펼쳐져 있었다. 바윗돌의 울퉁불퉁한 감촉을 손가락 아래에 느끼면서 리외의 마음은 알 수 없는 행복으로 가득했다. 타루 쪽으로 고개를 돌린 리외는 타루의 조용하고 진지한 얼굴에서 살인을 비롯해 아무것도 잊지 않고 있는, 똑같은 행복을 엿보았다.

그들은 옷을 벗었다. 리외가 먼저 물에 뛰어들었다. 처음에는 물이 차가웠으나 리외가 물 위로 다시 떠올랐을 때는 미지근하게 느껴졌다. 리외는 몇 번 평영을 하면서 이날 저녁 바다가 미지근하다는 것을 알았다. 가을 바다의 미지근함은 몇 달 동안 축적된 열을 대지에서 옮겨 받았기 때문이다. 그는 규칙적으로 헤엄을 쳤다. 그가 발을 풍덩거릴 때마다 뒤에는 하얀 물거품이 남았고 두 팔을 따라 흘러내린 물이 다시 다리로 흘렀다. 무겁게 풍덩 하는 소리가 들렸다. 리외는 타루가 물에 뛰어들었음을 알았다. 리외는 등을 뒤로하고 물 위에 누워 움직이지 않고 달과 별로 가득한 하늘과 마주했다. 그는 길게 숨을 쉬었다. 그러자 물 튀기는 소리가 밤의 침묵과 고요함 속에서도 이상하게 점점 뚜렷하게 들렸다. 타루가 가까이 오자 이윽고 그의 숨소리가 들렸다. 리외는 몸을 뒤집어 타루와 나란히 같은 리듬으로 헤엄을 쳤다. 타루는 더 힘차게 앞으로 헤엄쳤다. 리외가 더 속력을 내야 했다. 몇 분 동안 두 사람은 같은 리듬과 같은 힘으로 단둘이서 세상에서 멀어져 마침내 도시와 페스트에서 해방되어 앞으로 나아갔다. 리외가 먼저 멈췄다. 그리고 두 사람은 천천히 되돌아왔다. 다만 한 순간 그들은 얼음처럼 차가운 물결을 만났다. 두 사람은 바다의 기습에 놀라 아무 말 없이 서둘러 헤엄쳤다.

다시 옷을 입은 이들은 말 한마디 없이 되돌아갔다. 하지만 그들은 같은 마음이었고 이날 밤의 추억은 달콤했다. 저 멀리 페스트의 보초병이 보이자 리외는 타루의 생각을 알 수 있었다. 타루도 '페스트를 잊고 있어서 좋았는데 이제 또 시작이겠군' 하고 생각하고 있었다.

•

그렇다. 다시 시작해야 했다. 페스트는 그 누구든 아주 오랫동안 잊는 법이 없었다. 12월 내내 페스트는 앞으로 나아갔다. 그 과정에서 우리 시민들의 가슴속에서 페스트가 타올랐고 페스트는 화장터의 화덕에 불을 질렀고 수용소를 빈손으로 헤매는 허깨비 같은 사람들로 가득 채웠다. 어쨌든 페스트는 멈출 생각도 하지 않고 끈질기고 발작적인 걸음으로 앞으로 나아갔다. 당국은 날씨가 추우면 병세가 더 이상 계속되지 않을 것이라고 예상했으나 페스트는 오히려 며칠간 계속된 겨울의 첫 추위에도 물러갈 생각을 하지 않았다. 다시 기다려야 했다. 그러나 사람은 기다리다가 지치면 아예 기다리지 않는다. 그래서 우리들의 도시 전체는 미래 없는 삶을 살았다.

의사 역시, 그가 누린 평화와 우정의 덧없는 한순간조차 내일을 기대할 수는 없는 것이었다. 병원이 또 한 곳 문을 열어서 리외가 마주 대하는 사람들은 환자뿐이었다. 페스트는 점점 폐렴성이 되었으나 환자들은 어느 정도 의사에게 협조하는 것 같았다. 환자들은 초기의 허탈과 광기에서 벗어나 무엇이 자신들에게 이익인지 좀 더 올바르게 생각하게 된 것 같았으며 자신들에게 가장 도움이 될 수 있는 것을 직접 요구했다. 환자들은 끝없이 마실 것을 요구했으며 모두 따뜻한 것을 원했다. 의사 입장에서는 여전히 피곤했으나 그래도 이런 경우를 만나면 외로움을 덜 느꼈다.

12월이 끝날 때쯤 리외는 여전히 수용소에 있는 예심 판사 오통 씨로부터 편지를 한 통 받았다. 그는 격리 기간이 끝났으나 당국이 자신의 입소 날짜를 확인할 수 없다는 이유로 자신을 여전히 억류해두고 있다며 이는 무슨 착오가 있는 것 같다고 했다. 얼마 전에 수용소에서 나온 그의 아내가 도청에 항의를 했으나 실수란 없다며 적반하장으로 나왔다고 했다. 리외는 랑베르에게 나서 달라고 했다. 그러자 며칠 후에 오통 씨가 수용소에서 나왔다. 실제로 실수가 있던 것이 맞아서 리외는 조금 화가 났다. 그러나 오통 씨는 여윈 모습으로 힘없이 한 손을 들고는 한 마디 한 마디에 힘을 주며 누구나 실수는 할 수 있다고 말했다. 리외는 그가 어딘가 달라졌다고 생각했다.

"어떻게 하시겠습니까, 판사님? 처리할 서류가 많을 텐데요." 리외가 말했다.

"어쩔 수 없죠." 판사가 말했다. "휴가를 내려고 합니다."

"정말 휴식이 필요하십니다."

"그 뜻이 아닙니다. 수용소로 돌아가고 싶습니다."

리외는 놀랐다.

"하지만 거기서 막 나오셨잖아요!"

"제 말을 이해하지 못하시는군요. 수용소에 자원 봉사 사무원 자리가 있다고 들었습니다."

판사는 둥근 눈을 조금 굴리며 손으로 한쪽 머리카락을 평평하게 눌렀다.

"그러니까 일을 하려는 것이죠. 그리고 바보 같은 말처럼 들리겠지만 죽은 아들과 헤어져 있다는 느낌도 덜 들 것 같고요."

리외는 그를 바라보았다. 딱딱하고 단조로운 판사의 눈에 갑자기 부드러움이 자리 잡을 수는 없었다. 그러나 판사의 눈은 더욱 흐릿해졌고 금속과 같던 맑은 빛은 사라져버렸다.

"물론이죠." 리외가 말했다. "원하시니 제가 알아보겠습니다."

의사는 정말로 그 일을 알아봐주었다. 그리고 페스트에 휩쓸린 도시의 생활은 크리스마스 때까지 변함이 없었다. 타루는 어디를 가든 늘 침착하게 자신의 능력을 발휘했다. 랑베르가 리외에게 그 두 청년 보초 덕분에 아내와 비밀 서신을 주고받을 수 있게 되었다고 말했다. 랑베르는 가끔 아내의 편지를 받는다고 했다. 그는 리외에게도 그 방법을 이용해보라고 했고 리외는 그러겠다고 했다. 리외는 몇 달 만에 처음으로 어렵게 편지를 썼다. 그동안 잊어버린 말도 있었다. 편지가 발송되었다. 답장이 오기까지 시간이 걸렸다. 한편, 코타르는 장사가 잘되었고 자잘한 투자로 부자가 되었다. 그랑은 축제 기간 동안 큰 이익을 보지 못했다.

그해의 크리스마스는 복음서의 명절이라기보다는 지옥의 명절이었다. 텅 비고 불이 꺼진 가게들, 쇼윈도에 보이는 모형 초콜릿이나 빈 상자들, 우울한 얼굴로 가득한 전차들, 그 무엇 하나 작년의 크리스마스를 떠올리게 하는 것이 없었다. 예전 같으면 크리스마스 때면 부자이건 가난한 사람이건 모두 즐거운 시간을 보냈으나, 이제는 꼬질꼬질한 가게 안에서 일부 특권층이 황금으로 마련하는 고독하고 부끄러운 즐거움 몇 가지만 있을 뿐이었다. 성당은 감사의 기도보다는 탄식으로 가득했다. 음울하고 얼어붙은 도시에는 어떤 위협이 있는지도 모르고 뛰어다니는 아이들이 몇 명 있었다. 그러나 그 아이들에게 인류의 고통만큼 오래되었고 젊은 날의 희망 못지않게 신선한 선물을 가득 실은 옛날의 신이 찾아오는 이야기를 당당하게 해주는 사람은 아무도 없었다. 모든 사람의 마음속에 남아 있는 것은 이제 극도로 늙고 우울한 희망, 사람들이 가만히 죽어가지도 못하게 하는 희망, 삶에 대한 아집에 지나지 않는 희망뿐이었다.

전날 밤, 그랑은 약속 시간에 오지 않았다. 불안한 마음이 든 리외는 새벽에 일찍 그의 집에 가봤으나 그를 만나지는 못했다. 모두 긴장을 늦추지 않았다. 11시쯤에 병원으로 온 랑베르가 초췌한 얼굴로 거리를 헤매는 그랑을 봤지만 이내 놓쳐버렸다고 리외에게 말해주었다. 리외와 타루는 차를 타고 그랑을 찾아 나섰다.

정오에, 날씨가 싸늘한 가운데 차에서 내린 리외는 그랑이 어느 진열장 앞에 바짝 붙어 있는 모습을 멀리서 보았다. 나무를 투박하게 깎아 만든 장난감으로 가득한 진열장이었다. 늙은 서기의 얼굴에는 눈물이 계속 흘렀다. 리외는 그 눈물에 마음이 흔들렸다. 리외도 목구멍 깊숙한 곳에서 눈물을 느꼈기 때문이다.

리외도 크리스마스 날 어느 가게 앞에 있던 그 불행한 남자의 약혼, 그에게 기댄 채 기쁘다고 한 잔의 모습을 떠올렸다. 그랑의 미칠 듯한 가슴속, 머나먼 그 세월의 깊은 곳에서 잔의 맑은 목소리가 되살아난 것이 분명했다. 리외는 늙어버린 그랑이 울면서 무슨 생각을 할지 알고 있었다. 리외도 늙은 그랑과 마찬가지로 사랑이 없는 이 세상은 죽은 세상과 같다고 생각했다. 그리고 결국 사람은 감옥이니 일이니 용기니 하는 것에 지쳐서 인간의 얼굴과 따뜻한 애정으로 빛나는 가슴을 원하게 된다고 생각하고 있었다.

그런데 그랑이 유리에 비친 리외를 알아보았다. 여전히 울고 있던 그랑은 돌아서서 쇼윈도 유리에 등을 기댄 채 리외가 다가오는 모습을 보았다. "아! 선생님, 아! 선생님." 그랑이 말했다. 리외는 말이 나오지 않아 대답 대신 고개를 끄덕였다. 그랑의 슬픔은 리외의 슬픔이기도 했다. 그때 리외는 모든 사람이 다 같이 느끼는 고통 앞에서 갑자기 참을 수 없는 분노가 일어 마음이 괴로웠다.

"그래요, 그랑." 리외가 말했다.

"그녀에게 편지를 쓸 시간을 가지고 싶습니다. 그녀가 잘 살 수 있도록…. 그래서 후회 없이 행복해지도록…."

리외는 그랑을 억지로라도 앞으로 걷게 했다. 그랑은 밀려가듯 걸어가면서 여전히 중얼거렸다. "페스트가 너무 오래갑니다. 이제는 될 대로 되라지 하는 생각이 듭니다. 어쩔 수 없죠. 아! 선생님! 제가 겉으로는 침착해 보이죠. 그러나 단지 보통으로 보이기 위해서도 엄청난 노력이 필요했습니다. 그러나 이제는 지칩니다."

그랑은 팔다리를 떨면서 미친 사람 같은 눈을 하고 말을 멈추었다. 리외가 그랑의 손을 잡았다. 그랑의 손은 매우 뜨거웠다.

"돌아가야죠."

그러나 그랑은 리외에게서 빠져나가 몇 발짝을 뛰더니 멈춰서 두 팔을 벌려 앞뒤로 휘청였다. 그는 그 자리에서 빙 돌더니 차가운 보도 위에 쓰러졌다. 그의 얼굴은 여전히 흐르는 눈물로 범벅인 상태였다. 지나가던 사람들이 그런 그랑을 멀리서 보고 자리에서 멈췄으나 감히 다가오지는 못했다. 리외는 늙은 그랑을 두 팔로 부축해야 했다.

이제 침대에 누운 그랑은 숨도 제대로 쉬지 못했다. 이미 그의 폐가 감염되었다. 리외는 생각에 잠겼다. 가족이 없는 그랑을 병원에 보내봐야 무슨 소용이 있을까? 리외와 타루 둘이서 돌보는 것이 나았다.

그랑은 피부색이 창백해지고 눈에서 광채가 사라진 채 베개에 머리를 푹 박았다. 그는 타루가 궤짝의 부서진 나무로 벽난로에 지핀 가느다란 불빛을 바라보았다. "상황이 안 좋군요." 그랑이 말했다. 불타는 그의 폐 속에서 이상한 지지직 소리가 났다. 그가 말을 할 때마다 나오는 소리였다. 리외는 그에게 말은 하지 말라고 달래며 이만 가보겠다고 말했다. 환자의 얼굴에 묘한 미소가 떠오르더니, 미소와 함께 애정 같은 것이 보였다. 그는 힘겹게 눈을 깜빡였다. "만일 제가 이 상황에서 빠져나오면 모자를 벗고 경의를 표해야죠, 선생님!" 그러나 이어서 그는 탈진해버렸다.

몇 시간 후 리외와 타루가 다시 와보니 환자는 침대에서 반쯤 몸을 일으키고 있었다. 리외는 그의 몸을 불태우는 병세가 진전된 것이 얼굴에 나타난 것을 보니 갑자기 두려웠다. 그러나 환자는 정신이 훨씬 또렷했다. 그랑은 이상하게도 허망한 목소리로 리외에게 서랍 속의 원고를 갖다 달라고 했다. 타루가 원고를 가져다주자 그랑은 원고를 보지 않고 꼭 껴안더니 리외에게 원고를 내밀며 자신에게 읽어달라는 몸짓을 했다. 오십여 페이지 정도의 얄팍한 원고였다. 리외는 원고를 뒤적이면서 전부 같은 문장을 수없이 다시 베끼고 고치고 가필하거나 삭제한 것뿐임을 알았다. 5월, 말을 탄 여인, 숲의 오솔길과 같은 글이 끝없이 나와 여러 방법으로 배열되어 있었다. 원고에는 설명도 여러 가지 들어 있었다. 매우 긴 설명도 있었고 고친 문구도 있었다. 그러나 마지막 페이지의 끝부분에는 아직 잉크가 마르지 않은 정성스러운 글씨로 '사랑하는 잔, 오늘은 크리스마스라오…'라고 적혀 있었다. 그 위에는 최종적인 문장이 신경 써서 쓴 글씨로 적혀 있었다. "읽어주세요." 그랑이 말했다. 리외가 읽어주었다.

"5월의 어느 화창한 아침, 어떤 호리호리한 여인이 멋있는 갈색 암말을 타고 꽃 속을 지나 숲길을 거닐었다."

"그것인가요?" 그랑이 열에 들뜬 목소리로 말했다.

리외는 그에게 시선을 돌리지 않았다.

"아!" 그랑이 흥분하며 말했다. "압니다. 화창한, 화창한, 적당한 표현이 아닙니다."

리외는 이불 위에 놓인 그랑의 손을 잡았다.

"놔두세요, 선생님, 제게는 시간이 없을 겁니다."

그의 가슴이 간신히 부풀어 오르더니 갑자기 소리쳤다.

"그것을 태워주십시오!"

의사가 망설였다. 하지만 그랑이 무서운 말투로 너무나 괴로운 목소리로 계속 태워달라고 해서 리외는 거의 꺼져가는 불길 속에 원고를 던졌다. 방 안은 갑자기 밝아졌고 그 짧은 한순간에 나온 열기로 방 안이 따뜻해졌다. 의사가 환자에게로 돌아왔다. 그때 환자는 등을 돌리고 누워 있었는데 얼굴이 거의 벽에 닿을 정도였다. 타루는 그 장면과 아무 관계가 없는 듯 창밖을 내다보았다. 리외가 혈청 주사를 놓았고, 타루에게 그랑이 밤을 넘기지 못할 것 같다고 하자 타루는 자기가 남아 있겠다고 했다. 의사는 그러라고 했다.

밤새 리외의 머릿속은 그랑이 죽을 거라는 생각으로 가득했다. 그러나 다음 날 아침, 리외는 그랑이 침대 위에 일어나 앉아 타루와 이야기하는 모습을 보았다. 열이 사라졌다. 그랑은 그저 전반적으로 기력이 없어 보일 뿐이었다.

"아! 선생님." 그랑이 말했다. "제 잘못이었습니다. 하지만 다시 쓰려고요. 다 외우고 있어서요. 조만간 보여드리죠."

"기다려봅시다." 리외가 타루에게 말했다.

그런데 정오가 되어도 아무 변화가 없었다. 저녁이 되자 그랑은 살아남은 것 같았다. 리외는 그랑의 회복이 이해되지 않았다.

그런데 거의 같은 시기, 여자 환자가 리외에게 도착했다. 하지만 상태가 절망적이라고 본 리외는 그 여자 환자를 병원에 도착하자마자 격리했다. 그 젊은 여자는 헛소리를 해댔고 폐렴성 페스트 증상을 전부 보이고 있었다. 그런데 그다음 날 아침 열이 내렸다. 의사는 그랑의 경우처럼 아침에 병세가 일시적으로 완화되는 것이라 생각했다. 경험에 따르면 이는 좋지 않은 징조라 볼 수도 있었다. 그러나 낮이 되어도 환자의 열은 올라가지 않았다. 저녁에 열이 약간만 올라갔고 그다음 날 아침에는 열이 사라졌다. 젊은 여자는 쇠약해지기는 했으나 침대에 누워 자유롭게 호흡을 했다. 리외는 이 여자 환자는 모든 법칙을 깨고 살아났다고 타루에게 말했다. 그런데 일주일 동안 리외의 담당 구역에서 이런 일이 네 건이나 생겼다.

그 주 주말에 천식 환자 노인은 매우 흥분한 상태로 리외와 타루를 맞이했다.

"됐어요." 그가 말했다. "그놈들이 다시 나옵니다."

"누가요?"

"쥐요, 쥐!"

4월 이후로 죽은 쥐는 한 마리도 발견되지 않았다.

"다시 시작된 건가요?" 타루가 리외에게 물었다.

영감은 손을 비볐다.

"쥐들이 뛰어다니는 것을 봐야 합니다! 기분이 좋거든요."

그는 살아 있는 쥐 두 마리가 거리의 문을 통해 자신의 집으로 들어오는 것을 본 것이다. 이웃사람들도 자기 집에 쥐들이 다시 나타났다고 했다. 몇 달 동안 잊고 있었던 부스럭 소리가 서까래 위에서 들렸다. 리외는 매주 초에 있는 종합 통계 발표를 기다렸다. 종합 통계에는 페스트가 후퇴하는 변화가 나타났다.

5부

· · · · ·

이렇게 갑자기 페스트가 후퇴할 것이라고는 예상치 못했으나 우리 시민들은 선뜻 기뻐하지 않았다. 해방되고 싶은 욕망은 커졌지만 동시에 조심성도 배웠던 것이다. 우리 시민들은 페스트가 끝날 것이라는 기대를 하지 않는 일에 점점 익숙해졌다. 하지만 병세가 후퇴되었다는 새로운 사실이 모든 사람들의 입에 오르내렸다. 그에 따라 굳이 내색은 하지 않아도 사람들의 마음속 깊은 곳에는 커다란 희망이 일어났다. 페스트 환자들이 새롭게 생겼다고 해도 통계 숫자가 내려가고 있다는 놀라운 사실과 비교한다면 그리 부담이 되지 않았다. 누구든 건강했던 시절을 은근히 기다리고 있다는 징조가 나타났다. 그때부터 우리 시민들은 페스트가 끝난 이후에 있을 일상 계획에 대해 담담한 표정으로라도 이야기를 나누게 되었다.

모든 사람들은 예전에 누린 편리한 생활이 단번에 회복될 수 없으며 파괴가 건설보다 훨씬 쉽다고 생각했다. 다만 사람들은 식량 보급만은 나아질 것이며, 그렇게 되면 가장 큰 고민은 덜 수 있으리라 생각하고 있었다. 사실, 이처럼 미지근한 깨달음 아래에는 걷잡을 수 없는 희망도 동시에 스멀스멀 올라오고 있었다. 그 희망을 품는 정도가 너무 심하면 시민들도 이를 깨닫고 얼른 맹목적인 희망을 지우면서 오늘내일 해방이 오지는 않을 것이라고 스스로를 달랬다.

실제로 페스트는 그다음 날에 바로 종식되지는 않았다. 그래도 사람들이 이성적으로 기대했던 것보다는 빠르게 소강상태를 향해 가고 있었다. 1월 초에는 추위가 엄청나게 기승을 부리며 물러가지 않아 도시의 하늘은 얼어붙은 것 같았다. 그래도 그때만큼 하늘이 파랬던 적은 없었다. 며칠 동안 계속 추우면서도 활짝 개어 찬란한 하늘에서 쏟아지는 빛이 도시 전체를 가득 메웠다. 깨끗해진 공기 속에서 페스트는 삼 주 동안 계속 하강하고 있었다. 페스트로 죽은 시체의 수도 점점 줄어들면서 페스트는 힘을 잃어가는 것 같았다. 페스트는 몇 달 동안 쌓은 힘을 짧은 기간 동안 전부 잃어갔다. 그랑이나 리외가 돌본 젊은 여성 환자처럼 페스트는 점찍은 사냥감을 놓쳤다. 이삼 일 동안 페스트가 기승을 부린 곳도 있었고 페스트가 완전히 사라진 동네도 있었다. 월요일에는 페스트로 인한 희생자 수가 갑자기 늘었다가 수요일에는 환자 대부분이 살아났다. 이처럼 페스트가 숨을 거칠게 쉬거나 허둥지둥하는 것을 보면 전염병이 신경질과 싫증으로 무너지고 있는 것 같았다. 페스트의 자제력 그리고 페스트의 힘을 받쳐주던 수학적이고 당당한 효율성도 약해지는 것 같았다. 카스텔의 혈청은 갑자기 처음으로 여러 번 성공을 거두었다. 의사들의 몇 가지 치료 조치도 아무 성과가 없던 전과 달리 이제는 하나하나 확실히 효과를 보이는 것 같았다. 페스트가 먼저 질려버렸다. 갑자기 페스트가 힘을 잃자 지금까지 페스트를 향한 무딘 칼날에 힘이 생긴 것 같았다. 다만 페스트가 발악을 하듯 강해지면서 정신없이 발작을 일으키는 듯, 반드시 나을 것 같았던 환자 서너 명이 목숨을 잃었을 뿐이다. 이들 환자는 운 나쁘게도 페스트에 희생된 사람들, 희망이 가득했을 때 살해당한 사람들이었다. 격리 수용소에서 나온 오통 판사가 여기에 속했다. 실제 타루는 오통 판사가 운이 나쁘다고 했으나, 판사의 죽음이 그렇다는 것인지 판사의 삶이 그랬다는 것인지 알 수 없었다.

　그래도 전반적으로 전염병은 모든 전선에서 물러가고 있었다. 처음에는 소극적이고 은근한 희망만 주던 도청의 발표도 마침내 페스트와의 전쟁에서 승리했으며 페스트가 물러나고 있다는 확신을 대중들의 머릿속에 심어주었다. 실제로 과연 페스트에 승리한 것인지 아닌지에 대해서는 단정하기 어려웠다. 다만 사람들은 페스트가 갑자기 침입했을 때와 마찬가지로 갑자기 사라지고 있다는 것은 분명히 알 수 있었다. 병에 대한 대응책이 달라진 것이 아니었다. 어제까지는 효과가 없던 전략이 오늘은 분명히 효과가 있었다. 단지 병이 제풀에 지쳤거나 목적을 달성했으니

물러가는 것 같았다. 즉 병은 원래의 임무를 다한 셈이다.

그래도 도시에서는 아무것도 변하지 않았다. 낮에는 늘 조용하던 거리는 저녁이 되면 군중으로 가득했다. 이제는 코트와 목도리 차림이 대부분인 군중이었다. 영화관과 카페는 여전히 잘 되었다. 그런데 좀 더 자세히 관찰하면, 사람들의 얼굴은 훨씬 여유 있고 미소도 가끔 보였다. 동시에 지금까지 거리에 웃는 사람이 없었다는 사실을 확인하는 기회이기도 했다. 몇 달 전부터 도시를 덮고 있던 어두운 베일에 이제 작은 구멍이 생겨났다. 사람들은 그 구멍이 자꾸 커지고 있어 결국 숨을 쉴 수 있을 것이라는 보도를 월요일마다 라디오에서 들었다. 아직 안도하기엔 일러서 노골적으로 드러내지는 않았다. 예전 같으면 기차가 떠났거나 배가 들어왔거나 자동차가 다시 운행된다는 소식을 들으면 믿기 힘들다는 마음이 앞섰을 것이다. 하지만 1월 중순 정도가 되면 이런 발표가 나와도 아무도 놀라지 않았을 것이다. 별로 대단한 일은 아닐 수도 있다. 하지만 실제로는 시민들이 희망을 품는 과정에 큰 진전이 있었음을 보여주는 작은 징조였다. 사실, 시민들이 아무리 작아도 희망이란 것을 품을 수 있는 순간부터 페스트의 실질적인 지배는 끝났다고 해도 과언이 아니었다.

그래도 1월 내내 우리 시민들은 모순된 반응을 보였다. 정확히 시민들은 흥분하기도 했다가 우울해하기도 했다. 그래서 통계 숫자가 가장 희망적으로 결과가 나타난 그때에 탈주 시도가 몇 건 보고되기도 했다. 당국뿐 아니라 감시 초소들도 놀랐다. 탈주 시도 대부분이 성공했기 때문이다. 그 시기에 탈주한 사람들은 본능적인 감정을 따른 것이다. 페스트에서 벗어날 수 없다며 심각한 회의에 빠진 사람들도 있었다. 이들의 마음속에는 희망이라는 것이 더 이상 생기지 않았다. 페스트 시대가 끝난 그때에도 이런 사람들은 계속 페스트를 기준으로 삼아 살았다. 이들은 사건의 흐름을 따라잡는 능력을 잃어버렸다. 반대로 갑작스럽게 공포심에 휩싸인 사람들도 있었다. 특히 그때까지 사랑하는 사람들과 생이별한 상태로 산 사람들이 이런 모습을 많이 보였다. 긴 시간 동안 격리와 실망을 경험한 후 만나게 된 희망의 바람이 열기와 조바심을 부추겼는지 사랑하는 사람들이 죽을지도 모른다거나 이들과 다시 못 만나게 되어 오랜 고생이 헛수고가 될지도 모른다는 생각에 두려움을 느끼는 것이었다. 이런 사람들은 감금과 유배에도 몇 달 동안 눈에 보이지 않는 인내심으로 계속 참았지만, 갑자기 나타난 가느다란 희망은 공포와 절망 앞에서도 버티던 이들을 하루아침에 무너뜨리고 말았다. 페스트의 발걸음을 쫓아가기 버거웠던 이들은 페스트를 앞지르려고 미친 듯 서둘렀다.

그런데 같은 시기에 자연스럽게 낙관주의가 피어오르는 징후가 몇 가지 보였다. 대폭 낮아진 물가도 이런 징후에 속했다. 순수하게 경제적으로 보면 왜 갑자기 물가가 대폭 하락했는지 설명할 수 없었다. 상황은 여전히 어려웠고 시의 문에서 검역은 계속 이루어지고 있었으며 식량 보급도 개선될 기미가 보이지 않았다. 이런데도 물가가 대폭 하락한 것은 페스트가 후퇴하자 이에 따른 영향력이 여기저기에서 나타나기 때문이었다. 즉 심리적인 현상이었다. 동시에 전에는 집단으로 살다가 페스트 때문에 헤어져 살아야 했던 사람들 사이에 낙관주의가 생겨나기 시작했다. 도시에 있던 수도원 두 곳이 안정을 찾았고 집단생활이 다시 가능해졌다. 군대도 마찬가지였다. 텅텅 빈 부대에도 군인들이 다시 모여들기 시작했다. 군인들의 정상적인 군 복귀가 이루어진 것이다. 이러한 작은 변화들이 눈에 띄는 징후였다.

1월 25일까지 시민들은 그렇게 약간 흥분한 상태로 지냈다. 그 주일에는 통계 수치가 상당히 낮아져서 당국도 의사 협회의 자문을 듣고는 전염병이 멈춘 것으로 볼 수 있다고 발표했다. 그러면서도 발표문에는 시민들도 동의할 것으로 보이지만 아직 신중해야 하니 시의 문은 앞으로 이 주 동안 폐쇄할 것이라는 내용, 예방 조치는 한 달 연장된다는 내용, 조금이라도 위험이 다시 나타나는 것 같으면 현상 유지 조치는 계속될 것이라는 내용, 조치들은 소급되어 강화될 것이라는 내용을 덧붙였다. 하지만 사람들은 하나같이 추가된 발표 내용을 형식적인 것으로 생각했다. 그래서 1월 25일 저녁에 도시는 기쁨이 깃든 흥분에 휩싸였다. 지사는 시민들이 전반적으로 보이는 기쁨에 동참하고자 예전처럼 조명 제한을 해제하라고 지시를 내렸다. 그러자 우리 시민들은 차갑고 맑은 하늘 아래에서 환하게 불이 켜진 거리로 떠들썩하게 무리를 지으며 웃으면서 몰려나왔다.

물론 여전히 덧문을 닫은 집들도 있었고 다른 사람들이 환호하는 소리로 메워진 기나긴 밤에도 조용한 침묵 속에서 보내는 사람들도 있었다. 그러나 상을 당한 사람들도 다른 가족을 페스트로 잃을까봐 두려워하는 마음이 사라진 것인지, 자신의 목숨을 지키겠다는 것에 매달리지 않아도 되어서인지는 몰라도 깊이 안심하는 모습을 보였다. 하지만 사람들 사이에 기쁨이 퍼진 이 순간에도, 병원에서 페스트와 싸우는 가족이 있는 사람들 혹은 격리소나 자신의 집에서 재앙이 다른 사람들에게서처럼 자신들에게서도 물러나기를 바라는 가족들은 희망을 마음속에만 간직해 두려고 했다. 그들은 정말로 품어도 될 때까지 함부로 희망을 끌어내 사용하지 않으려 했다. 그렇기 때문에 이들에게는 기뻐하는 사람들의 소리를 들으며 잠깐의 고통과 기쁨 사이에서 조용히 밤을 밝히는 일이 더욱 잔인하게 느껴졌다.

하지만 이런 예외가 있다고 해서 다른 사람들이 느끼는 만족에 지장을 주는 것은 아니었다. 어쩌면 페스트는 아직 완전히 끝나지는 않았을지도 모른다. 페스트가 앞으로 이를 잘 보여줄 것이다. 그러나 이미 모든 사람들은 몇 주일 앞당겨 기차가 기나긴 철로 위를 기적 소리를 내며 지나가고 선박들이 햇빛을 받아 빛나는 바다를 지나는 장면을 상상하고 있었다. 그다음 날 사람들이 마음을 진정시키면 의심은 다시 살아날 것이다. 그러나 지금은 온 도시가 들썩이고 있었다. 돌처럼 뿌리박혀 어두운 곳에서 꼼짝 않고 있던 도시는 이제 생존자들을 가득 싣고 앞으로 나가기 시작했다. 그날 저녁 타루와 리외, 랑베르와 다른 사람들은 군중 가운데에 섞여 걸었다. 이들도 발이 땅에 닿지 않는 기분이었다. 대로에서 벗어난 지 오래되었으나 타루와 리외의 귀에는 여전히 기쁨의 소리가 따라오듯 들려왔다. 심지어 인적이 없는 골목길에서 덧문이 닫힌 창문들을 지나 걸어가고 있을 때도 기쁨의 소리는 계속 들렸다. 하지만 그들은 피곤에 지쳐 덧문 뒤에서 아직도 계속되는 괴로움과 좀 더 떨어진 거리를 가득 채운 기쁨을 서로 떼어놓고 생각할 수는 없었다. 다가오는 해방은 웃음과 눈물이 뒤섞인 얼굴을 하고 있었다.

웅성거리는 소리가 더 크고 신나게 퍼지자 타루는 걸음을 멈췄다. 어두침침한 보도 위를 무엇인가가 가볍게 달리고 있었다. 고양이였다. 작년 봄 이후로 처음 보는 고양이였다. 고양이는 잠시 길 한가운데에서 머뭇거리다가 발 한쪽을 혀로 핥은 후 그 발을 오른쪽에 얼른 문질렀다. 그러고는 다시 소리 없이 달려서 어둠 속으로 사라졌다. 타루는 미소를 지었다. 그 키 작은 영감도 기뻤을 것이다.

•

하지만 페스트가 물러나 자신이 말없이 나온 미지의 소굴로 다시 가버린 것 같은 때, 도시 안에는 물러가는 페스트 때문에 당황하는 한 사람이 있었다. 타루의 수첩에 적힌 내용에 따르면 그 사람은 코타르였다.

사실, 그 수첩은 통계 숫자가 줄어들면서부터 꽤 이상해졌다. 피곤해서 그런지는 모르겠으나 수첩의 글씨가 알아보기 힘들어졌고 이야기 주제의 비약이 심할 때가 많았다. 뿐만 아니라 처음으로 수첩에는 객관성을 잃은 개인적인 판단이 개입되기도 했다. 그래서 코타르가 나오는 내용에도 매우 긴 이야기 중에 고양이들을 희롱하는 늙은이에 관한 짧은 글이 섞여 있다. 타루의 글에 따르면 아무리 페스트라 해도 그 늙은이에 대한 타루의 관심을 앗아갈 순 없었다. 페스트 이전에도, 이후에도, 늙은이는 타루의 흥미를 끄는 인물이었다. 타루가 품은 호감에는 문제가 없었으나 안타깝게도 더 이상은 그에게 관심을 가지지 않았다. 그런데 그런 타루가 늙은이를 다시 관찰했다. 1월 25일 저녁이 지난 며칠 후, 타루는 좁은 길 구석에 서 있었다. 전과 마찬가지로 고양이들은 따뜻한 양지에 모여서 몸을 녹이고 있었다. 그러나 시간이 되어도 늙은이의 집 덧문은 꽉 닫혀 있었다. 그 후 단 한 번도 타루는 그 집의 문이 열리는 것을 보지 못했다. 타루는 묘한 결론을 내렸다. 노인이 아주 기분이 안 좋거나 죽었을 것이라는 결론이었다. 만일 기분이 안 좋은 것이라면 노인이 자기는 틀린 것이 없는데 페스트가 못된 짓을 한 것이라고 생각해서일지도 모르겠다. 만일 노인이 죽었다면 천식 환자 노인과 마찬가지로 과연 성스러운 인물인지 아니었는지를 생각해볼 필요가 있다고 수첩에 적혀 있었다. 타루는 노인을 성스러운 사람이라고 생각하지는 않았으나 '성스러워질 수 있는 징후'가 있다고 평가를 내렸다. 수첩에 적힌 내용은 이랬다. '어쩌면 우리는 성스러움의 근처까지밖에 갈 수 없을지도 모른다. 그렇다면 겸손하고 자비로운 악마주의 같은 것에 만족해야 할 것이다.'

수첩 속에는 여전히 코타르를 관찰한 내용과 함께 여기저기에 분산된 수많은 생각들이 발견되었다. 그중에는 이제 몸이 회복되어 아무 일 없었다는 듯이 다시 일을 시작한 그랑 이야기, 리외의 어머니를 묘사한 내용이 있었다. 타루는 리외의 집에 묵으면서 리외의 어머니와 나눈 몇 가지 대화, 그녀의 태도와 미소, 그녀에게 들었던 페스트 관련 이야기를 수첩에 자세히 적어놓았다. 타루는 특히 자신을 드러내지 않는 그녀의 태도, 모든 것을 쉬운 말로 표현하는 그녀의 능력을 강조했다. 그리고 부인이 조용한 거리가 보이는 창문을 특히 좋아해 저녁이 되면 그 창 앞에 약간 몸을 꼿꼿이 세우고 두 손을 가만히 놓은 채 신중한 시선으로 조용히 앉아 있는 모습, 그 과정에서 저녁노을이 방 안으로 가득 들어와 그런 부인의 모습을 회색빛 그림자로 만들었다가 회색빛이 점점 짙어지면서 움직이지 않는 그림자를 녹여버리는 풍경, 이 방과 저 방을 다닐 때 보이는 그녀의 유연한 움직임, 타루 앞에서는 한 번도 직접 드러내지 않았지만, 행동이나 말투를 통해 알아볼 수 있는 그녀의 선한 마음도 묘사되어 있었다. 끝으로 부인은 늘 생각할 필요 없이 모든 것을 다 알고 있으며 아무리 조용히 어둠 속에 묻혀 있어도 페스트의 광선을 포함해 그 어떤 광선이 들어와도 당당히 어깨를 펴고 맞설 수 있어 보이는 모습도 힘주어 강조되고 있었다. 그러나 여기서 타루의 글은 이상하게도 전보다 질이 좋지 않았다. 그 뒤로 이어지는 몇 줄의 내용은 읽기가 어려울 정도였다. 마지막 말들도 처음으로 개인적인 내용인 것을 보니 역시 타루의 글은 이전보다 좋지 않아 보였다. '우리 어머니도 그랬다. 자신을 드러내지 않는 어머니의 모습을 좋아했다. 어머니는 늘 한편이 되고 싶었던 여자였다. 8년 전에 어머니는 돌아가신 것이 아니었다. 그저 어머니가 평소보다 존재를 숨기셨을 뿐이다. 그래서 내가 뒤를 보자 어머니의 모습은 보이지 않았다.'

코타르 이야기를 다시 할 필요가 있다. 통계 숫자가 내려가기 시작하면서부터 코타르는 이런저런 이유를 대며 리외를 여러 번 찾아왔다. 그는 리외에게 페스트의 진행 상황이 어떨 것 같으냐고 매번 물었다. "페스트가 갑자기 예고도 없이 끝날 것 같은가요?" 그는 이에 대해 회의적이었다. 적어도 그는 회의적이라고 공개적으로 말했다. 하지만 그러면서도 계속 물어보는 것으로 봐서는 확신이 그리 강한 것 같지는 않았다. 1월 중순에 리외는 꽤 낙관적으로 대답했다. 그러나 그런 낙관적인 대답에 코타르는 기뻐하지 않았고 불쾌한 표정부터 실망까지 여러 반응을 보였다. 그 후부터는 통계가 희망적인 움직임을 보여도 리외는 아직 승리를 외칠 단계는 아니라고 코타르에게 말했다.

"다시 말하면요." 코타르가 말했다. "그 어떤 것도 아직은 알 수 없다는 뜻인가요? 언젠가 다시 시작될 수도 있다는 거죠?"

"예. 또한 회복의 움직임도 빨라질 수 있습니다."

모두가 불안해하는 그 불확실한 상황에 오히려 코타르는 안도했다. 그는 타루 앞에서 동네 상인들과 이야기할 때 리외의 의견을 널리 알리려고 애썼다. 어려운 일은 아니었다. 초기의 승리에 따른 흥분이 사라지자 다시 의심이 여러 사람들의 머릿속에 생겨났다. 도청의 발표에 흥분했던 마음에 그늘이 생겼던 것이다. 코타르는 그렇게 시민들이 불안해하는 모습에 안심하곤 했다. 실망할 때도 있었다. "그래요." 코타르가 타루에게 말했다. "결국 문이 열리겠죠. 그러면 사람들은 내게 신경도 안 쓸 겁니다."

1월 25일까지 그의 정신이 불안하다는 것을 누구나 눈치챘다. 며칠씩이나 오래 공을 들여가며 동네 사람들이나 친척들과 잘 지내려고 애쓰던 그가 이들과 사이가 완전히 틀어졌다. 겉으로 보기에 적어도 그 당시 그는 이 세상과 관계를 끊은 것 같았다. 그리고 얼마 지나지 않아 그는 마음대로 막 살았다. 두 번 다시 식당, 극장, 그가 좋아했던 카페에서도 그를 보지 못했다. 그러면서도 그는 페스트가 유행하기 전처럼 절도 있고 조용한 생활로 돌아갈 수 없을 것 같았다. 그는 집에 완전히 틀어박힌 채 근처 식당에서 식사를 시켜 먹었다. 저녁이 되면 그는 숨어 다니듯 외출해 필요한 것만 사서는 가게에서 나와 인적 없는 거리로 뛰어 들어갔다. 타루는 코타르와 마주친 적이 있었다. 그러면 타루는 코타르에게 짧은 한두 마디 말만 들을 수 있었다. 그러다가 코타르는 갑자기 사교적이 되어 페스트에 대해 수다를 떨고 다른 사람의 생각에 맞장구를 치고 저녁마다 군중 사이에서 신나게 휩쓸려 다니는 모습이 목격되었다.

도청의 발표가 있던 날, 코타르는 완전히 행방이 묘연해졌다. 이틀 후 타루는 거리를 배회하는 코타르를 만났다. 코타르는 타루에게 교외까지 같이 가달라고 했다. 그날 특히 피곤했던 타루는 머뭇거렸다. 하지만 코타르가 계속 졸라댔다. 매우 흥분한 듯한 코타르는 정신없는 몸짓을 하며 큰소리로 떠들어댔다. 그는 타루에게 실제로 도청의 발표대로 페스트가 종식된 것 같으냐고 물었다. 타루는 물론 발표 그 자체로 재앙이 끝나지는 않지만 예상치 못한 상황이 아니라면 전염병이 끝날 것이라고 생각할 수 있다고 말했다.

"그렇죠." 코타르가 말했다. "예상치 못한 상황이 아니라면 그렇죠. 하지만 예상치 못한 상황은 언제나 있죠."

타루는 안 그래도 시의 문은 이 주일 동안 개방하지 않으며 도에서도 예상치 못한 상황에 어느 정도 대비하고 있다고 알려주었다.

"잘했군요." 코타르는 아직도 우울하고 홍분된 말투로 말했다. "상황이 돌아가는 것을 보니 도청이 괜한 헛소리를 한 것이 될지도 모릅니다."

타루는 그럴 가능성도 있지만 그래도 조만간 시의 문이 열려 생활이 정상화되는 것에 대비하는 편이 나을 거라고 말했다.

"그렇다고 해봅시다." 코타르가 말했다. "그렇다고 쳐요. 생활이 정상화된다는 것은 무슨 뜻이죠?"

"영화관에 새로운 영화가 상영되는 것이죠." 타루가 웃으며 말했다.

그러나 코타르는 웃지 않았다. 그는 페스트가 도시에 아무 변화도 일으키지 않을지, 모든 것이 전처럼 아무 일도 없었던 것처럼 다시 시작될 수 있을지 궁금해했다. 타루는 페스트로 도시가 변할 수도 있고 변하지 않을 수도 있으며 시민들이 품은 가장 강렬한 욕망은 현재도, 앞으로도 마치 아무 일도 없었던 듯 행동하려는 것이라고 말했다. 그러므로 어떤 의미에서는 아무 변화도 생기지 않을 수 있으나 다른 의미에서는 의지가 충분해도 모든 것을 잊을 수 없으며 적어도 페스트는 사람들의 마음속에라도 흔적을 남길 것이라 생각한다고 말했다. 그러나 키 작은 연금 생활자는 자신은 사람들의 마음 같은 것에는 관심이 없다면서, 그런 건 제일 나중에나 신경 쓸 일이라고 잘라 말했다. 코타르는 도시의 조직 자체가 변하지 않을지, 예를 들어 모든 기관이 예전 같은 기능을 할지에 관심이 있다고 했다. 타루는 이에 대해서는 아는 것이 없다고 솔직히 말했다. 타루는 전염병 기간 중 엉망이 된 기관들이 제 기능을 하려면 어려운 점이 많을 것이라 본다고 말했다. 그리고 타루는 새로운 문제가 수없이 생겨 기존 기관들이 적어도 재편성을 해야 할 것으로 보인다고 말했다.

"아!" 코타르가 말했다. "그럴 수 있겠군요. 실제로 모두 다시 시작해야 할 겁니다."

두 사람은 산책하듯 걷다가 코타르의 집 앞에 도착했다. 코타르는 기운을 차리고 낙관적인 생각을 하려고 애썼다. 그는 아무것도 없는 상태에서 출발하기 위해 과거를 지우고 새롭게 살 수 있는 도시를 상상했다.

"그렇죠." 타루가 말했다. "어쨌든 코타르 씨도 사정이 나아질 겁니다. 어떻게 보면 새로운 생활이 시작될 테니까요."

두 사람은 문 앞에 도착해 악수를 했다.

"맞습니다." 코타르가 점점 더 흥분하며 말했다. "아무것도 없는 상태에서 출발한다는 것은 좋은 일이죠."

그런데 복도의 어둠 속에서 갑자기 두 남자가 나타났다. 타루는 코타르가 저 작자들이 무엇을 하러 왔는지 모르겠다고 말하는 소리를 미처 들을 틈도 없이, 사복형사처럼 보이는 두 남자는 코타르에게 이름이 코타르가 맞냐고 물었다. 그러자 코타르가 신음 같은 소리를 내더니 몸을 돌려 어둠 속으로 사라졌다. 남자들이나 타루가 뭘 해볼 틈도 없었다. 놀라움이 가시자 타루는 그 두 남자에게 무슨 일이냐고 물었다. 그들은 조심스럽고 예의 바른 태도로 조사해볼 일이 있어서 그런다고 말하고는 코타르가 사라진 방향으로 갔다.

집에 돌아온 타루는 그 장면을 수첩에 적고는 얼마 지나지 않아(글이 증거가 되었다) 피곤하다는 내용을 기록했다. 그리고 아직도 할 일이 많이 남아 있으나 그래도 마음의 준비를 게을리 해서는 안 된다고 덧붙이며 자신은 마음의 준비가 되어 있는지 스스로에게 물어보는 내용을 적었다. 끝으로 타루의 수첩은 낮과 밤의 어느 시간이 되면 인간은 비겁해지기에 그 시각이 두렵다는 내용으로 마무리되어 있었다.

•

이틀 후, 시의 문들이 열리기 며칠 전, 리외는 기다리던 전보가 오지 않았나 하고 기대하며 정오에 집으로 돌아왔다. 그때도 그의 하루하루는 페스트가 기승을 부리던 시기 못지않게 피곤했으나 결정적으로 해방될 것이라는 기대가 있어서 피로는 전부 사라졌다. 이제 그는 희망을 품으며 즐거워했다. 항상 의지를 불태우고 경직된 채 살 수는 없는 법이다. 투쟁을 위해 단단히 묶은 힘의 다발을 자연스럽게 나오는 감정 속에서 풀어나간다는 것은 행복이다. 기다리던 전보가 좋은 소식을 전해준다면, 리외는 새롭게 시작할 수 있을 것 같았다. 리외는 모든 사람이 새로 시작해야 한다는 생각이었다.

그는 수위실 앞을 지나갔다. 새로 온 수위가 유리창에 얼굴을 바짝 대고 그에게 미소를 지었다. 리외는 계단을 올라가며 피로와 가난으로 창백해진 그의 얼굴을 다시 한번 생각했다.

그렇다. 추상적인 것이 끝나면 그는 다시 시작할 것이다. 운이 조금 따라준다면…. 리외가 문을 열자 마침 어머니가 마중 나와서는 타루가 몸이 좋지 않다고 알려주었다. 타루는 아침에 일어났지만 외출을 할 힘이 없어 방금 다시 자리에 누웠다는 것이다. 리외의 어머니는 걱정스러워했다.

"별거 아닐 겁니다." 리외가 말했다.

타루는 몸을 쭉 뻗은 채 누워 있었다. 머리는 베개 속에 푹 파묻혀 있었고 단단한 가슴이 두꺼운 이불 아래에서 드러났다. 타루는 열이 있었고 두통으로 괴로워했다. 타루는 리외에게 대략 페스트 증상 같다고 말했다.

"아닙니다, 아직 정확한 것은 없습니다." 리외가 진찰 후 타루에게 말했다.

갑자기 타루가 목이 말라 견딜 수 없어 했다. 복도에서 의사는 어머니에게 아무래도 페스트 초기 증상 같다고 말했다.

"오!" 리외 어머니가 말했다. "지금에 와서야 그럴 수 없지!"

그리고 곧이어 그녀가 말했다.

"집에서 치료하자, 베르나르."

리외가 생각에 잠겼다.

"저에게는 그럴 권리가 없습니다." 리외가 말했다. "하지만 문들이 열릴 겁니다. 어머니가 안 계셨다면 누구보다 제가 먼저 그렇게 했을 겁니다."

"베르나르." 리외 어머니가 말했다. "우리 둘 다 집에 있게 해 줘. 나는 예방주사를 맞은 지 얼마 안 되었잖니."

의사는 타루도 예방주사를 맞았지만 어쩌면 피곤해서 마지막 혈청 주사 맞는 것과 몇 가지 주의사항을 잊어버린 것 같다고 말했다.

리외는 이미 진료실에 와 있었다. 리외가 방으로 돌아오자 타루의 눈에 그가 혈청 앰풀을 들고 있는 모습이 보였다.

"아! 역시 그거군요." 타루가 말했다.

"아뇨, 하지만 예방 차원이죠."

타루가 대답 대신 팔을 내밀었고 자신이 직접 다른 환자들에게 놓아주었던 그 오래 걸리는 혈청 주사를 맞았다.

"오늘 저녁에 지켜봅시다." 리외가 말하면서 타루를 똑바로 바라보았다.

"그러면 격리는요, 리외?"

"아직 페스트인지 확실하지도 않습니다."

타루가 억지로 미소를 지었다.

"혈청 주사를 놓아주면서 격리 지시를 내리지 않는 것은 처음 봅니다."

리외가 고개를 돌렸다.

"어머니와 내가 간호할 겁니다. 여기가 더 나을 겁니다."

타루는 아무 말도 하지 않았다. 앰풀을 정리하던 의사는 타루가 무슨 말을 하면 돌아설 생각이었다. 마침내 리외는 침대 쪽으로 다가갔다. 환자인 타루가 그를 바라봤다. 환자의 얼굴은 피곤해 보였으나 회색빛 눈은 침착했다. 리외가 그에게 미소를 지었다.

"가능한 한 잠을 푹 자요. 곧 다시 오겠습니다."

의사가 문 앞에 갔을 때 타루가 부르는 소리가 들렸다. 그는 타루 쪽을 돌아보았다.

하지만 타루는 하고 싶은 말을 어떻게 해야 할지 표현을 찾는 것 같았다.

"리외." 마침내 타루가 또박또박 말을 했다. "전부 말해줘야 합니다. 알고 싶어요."

"약속하죠."

타루는 큰 얼굴을 찡그리며 억지로 미소를 지었다.

"고마워요. 죽고 싶지 않아요. 그래서 싸우겠습니다. 하지만 게임에서 진다면 깨끗하게 끝내고 싶습니다."

리외는 고개를 숙이고 그의 어깨를 잡았다.

"아뇨." 리외가 말했다. "성자가 되려면 살아야죠. 싸우세요."

낮 동안에 살을 에는 듯한 추위는 조금 가라앉았으나 오후에는 우박을 동반한 소나기가 억수같이 쏟아졌다. 저녁노을이 질 때는 하늘이 조금 개는 것 같더니 추위는 더 심해졌다. 리외는 어두워져서야 집에 돌아왔다. 그는 외투도 벗지 않고 친구 타루의 방에 들어갔다. 리외의 어머니는 뜨개질을 하고 있었다. 타루는 꼼짝도 하지 않은 것 같았다. 하지만 열 때문에 창백해진 입술을 보니 타루는 지금도 계속 병과 싸우고 있는 듯했다.

"어떤가요?" 의사가 물었다.

타루는 침대 밖으로 삐져나온 단단한 어깨를 약간 으쓱했다.

"어쩌냐면." 타루가 말했다. "내가 질 것 같아요."

의사는 그에게로 몸을 굽혔다. 타는 듯이 뜨거운 타루의 피부 아래에서 단단한 임파선들이 느껴졌다. 타루의 가슴은 보이지 않는 대장간처럼 소리를 내고 있었다. 이상하게도 타루에게는 두 가지 증상이 함께 나타났다. 리외는 일어서면서 혈청이 아직 효과를 나타낼 틈이 없었다고 말했다. 그러나 목구멍 속에서 솟아오르는 열은 타루가 하려는 몇 마디 말을 녹여버렸다.

리외와 그의 어머니는 저녁을 먹은 후 환자 곁에 와서 앉았다. 타루에게 밤은 싸움 속에서 시작되었다. 리외는 페스트와의 힘든 싸움이 새벽까지 계속될 것을 알았다. 타루의 단단한 어깨와 넓은 가슴은 최고의 무기가 되지 못했다. 오히려 리외가 아까 바늘 끝에서 뽑은 피, 영혼보다 더 안에 있는 것, 과학으로 밝혀내기 힘든 그 무엇이 최고의 무기였다. 리외는 그저 친구가 페스트와 싸우는 모습을 보고 있어야 했다. 리외는 하려고 하는 일, 그러니까 화농 부추기기, 강심제 주사 같은 일은 몇 달 동안 실패를 거듭했기에 효과가 어느 정도인지 알고 있었다. 실제로 그가 할 수 있는 유일한 일은 자극을 받을 때 주로 나타나는 우연에 기회를 만들어주는 것이었다. 그 우연이 방해를 받아야 했다. 리외는 그 우연을 따돌리는 페스트의 얼굴과 마주했기 때문이다. 페스트는 다시 한번 자신을 공격하기 위한 전략들을 따돌리기 위해 노력하고 있었다. 페스트는 예상치 못한 곳에서 나타나기도 했고 이미 정착한 듯한 곳에서 사라지기도 했다. 한 번 더 페스트는 놀라움을 안겨주려고 애썼다.

타루는 움직이지 않은 채 페스트와 싸웠다. 그는 고통이 다가와도 밤새 단 한 번도 몸부림치지 않았으며, 온몸으로 입을 굳게 닫은 채 싸우고 있었다. 그는 단 한 번도 말을 하지 않았다. 이런 방식으로 이제 더 이상 여유가 없다는 것을 고백하고 있었다. 리외는 그저 친구의 눈을 빌려 투쟁의 과정을 따라가고 있었다. 떴다 감았다 하는 타루의 눈, 안구를 조이며 달라붙거나 반대로 축 늘어지는 눈꺼풀, 무엇인가를 뚫어지게 보거나 리외나 그의 어머니에게로 옮겨지는 시선 같은 것. 의사와 시선이 마주칠 때마다 타루는 미소를 지으려 꽤 애썼다.

갑자기 거리에서 서둘러 뛰어가는 발소리가 들렸다. 발소리는 멀리서 요란한 소리를 내는 천둥 소리에 쫓기는 듯하더니 이번에는 천둥 소리가 가까워지면서 거리는 빗줄기가 거칠게 내리는 소리로 가득했다. 다시 비가 오기 시작했다. 우박을 동반한 비가 거리를 때렸다. 커다란 포장들이 창문들 앞에서 물결치듯 여기저기 날아다녔다. 방 안의 그림자에서 빗소리에 잠시 정신이 팔렸던 리외는 머리맡에 놓인 램프 불빛에 비치는 타루를 다시 바라봤다. 리외의 어머니는 뜨개질을 하다가 가끔 고개를 들어 환자를 자세히 바라봤다. 의사는 할 수 있는 것은 다 해봤다. 비가 그치자 방 안의 침묵이 더욱 뚜렷해졌고 눈에 안 보이는 전쟁의 조용한 소용돌이만 가득했다. 잠이 부족해 신경이 예민해진 의사는 침묵의 저 끝에서 전염병이 기세등등할 동안 계속 따라다닌 부드럽고 규칙적인 휘파람 소리가 들려오는 듯한 착각이 들었다. 리외는 어머니에게 그만 잠자리에 들라고 눈짓을 했지만 어머니는 싫다는 듯 고개를 저었다. 그녀는 바늘로 뜨개질하던 것의 코를 조심스럽게 바라봤다. 리외는 일어나 환자에게 물을 마시게 하고 돌아와 앉았다. 행인들은 비가 잠시 잦아드는 틈을 타 서둘러 보도를 걸어갔다. 곧 그들의 발소리가 작게 들리더니 점점 멀어졌다. 의사는 처음으로 밤늦게까지 산책하는 사람들이 넘치고 구급차의 사이렌 소리가 안 들리자 예전 밤들과 비슷하다고 생각했다. 그것은 페스트에서 해방된 밤이었다. 그리고 추위, 빛, 사람들 무리에 쫓긴 전염병이 도시의 어둡고 깊은 곳을 빠져나와 여기 따뜻한 방 안으로 숨어들어와 타루의 힘없는 몸을 향해 최후의 공격을 퍼붓는 것 같았다. 더 이상 재앙은 도시의 하늘을 휘젓지 않지만 이제는 방 안의 무거운 공기 속에서 조용히 숨을 쉬고 있었다. 리외가 몇 시간 전부터 들은 소리가 페스트의 이 숨소리였다. 그는 거기서도 페스트가 멈추고 패배를 선언할 때까지 기다려야 했다.

잠시 후 새벽이 밝아오기 전에 리외는 어머니에게 몸을 굽히고 말했다.

"주무셔야 8시에 저와 교대하시죠. 주무시기 전에 소독을 하세요."

리외의 어머니는 일어나 뜨개질 감을 정리해 침대로 갔다.

얼마 전부터 타루는 눈을 감고 있었다. 그의 단단한 이마 위로 머리카락이 땀에 엉겨 붙어 있었다. 리외의 어머니가 한숨을 쉬자 환자가 눈을 떴다. 부드러운 얼굴이 자신을 바라보고 있는 것을 본 그가 펄펄 열이 끓어오르는 중에도 애써 다시 미소를 지었다. 그러나 이내 타루는 다시 눈을 감았다. 혼자 남은 리외는 아까까지 어머니가 앉았던 안락의자에 가서 앉았다. 거리는 조용했고 이제 완전한 침묵에 휩싸였다. 쌀쌀한 아침 공기가 방 안에 느껴지기 시작했다.

의사는 깜빡 잠이 들었다가 새벽에 들리는 첫 자동차 소리에 깼다. 그는 몸을 떨고는 타루를 보았다. 타루는 병세가 일시적으로 잠잠해져 잠들어 있었다. 아직도 저 멀리 나무와 쇠로 된 마차 바퀴 소리가 들렸다. 창문을 보니 날이 밝았으나 여전히 캄캄했다. 의사가 침대 쪽으로 가자 타루가 아무 표정 없는 눈으로 그를 쳐다보았다. 마치 아직 잠에서 깨지 않은 듯했다.

"잠 좀 잤어요?" 리외가 물었다.

"예."

"숨 쉬기는 좀 편해졌습니까?"

"조금요. 그러면 어떤 뜻이죠?"

리외는 입을 다물었다가 잠시 후 이렇게 말했다.

"아뇨, 타루, 아무 뜻 없습니다. 아침에 잠시 나타나는 호전 상태라는 것을 잘 알잖아요."

타루가 고개를 끄덕이고 말했다.

"고마워요. 계속 그렇게 정확히 대답해주세요."

리외는 침대 발치에 앉았다. 바로 곁에서 이미 죽은 사람처럼 딱딱해진 환자의 긴 다리를 느낄 수 있었다.

타루의 숨소리가 더욱 거칠어졌다.

"열이 다시 나나 봐요, 리외." 타루가 숨 가쁜 목소리로 말했다.

"예, 하지만 정오가 되면 결말이 날 겁니다."

타루가 눈을 감으며 힘을 다시 모으는 것 같았다. 그의 얼굴에는 지친 기색이 역력했다. 그는 몸의 어느 깊은 곳에서 이미 끓어오르던 열이 다시 올라올 때까지 기다렸다. 눈을 뜬 타루의 눈빛은 멍했다. 자기 가까이에서 몸을 굽히고 있는 리외를 보더니 타루의 눈빛이 다시 밝아졌다.

"물 마셔요." 리외가 말했다.

타루는 물을 마시고 고개를 떨구었다.

"길게도 가네요." 타루가 말했다.

리외가 팔을 잡아주었으나 타루는 시선을 돌린 채 더 이상 아무 반응도 보이지 않았다. 그런데 갑자기 타루의 열이 그의 이마까지 뚜렷하게 느껴졌다. 마치 그 열은 몸 안의 둑을 몇 개 무너뜨린 것 같았다. 타루가 의사에게로 시선을 돌리자 의사는 긴장된 얼굴을 하며 그에게 용기를 내라고 격려했다. 타루는 다시 미소를 지으려고 했으나 미소는 굳은 턱과 시멘트 칠이 된 듯한 입술 밖으로 나오지 못했다. 그래도 타루의 굳은 얼굴에서 눈만은 여전히 용기로 빛나고 있었다.

7시에 리외의 어머니가 방 안으로 들어왔다. 리외는 사무실로 가 병원에 전화를 걸어 대리 근무자를 바꿔달라고 했다. 그는 진료 스케줄을 나중으로 연기하기로 하고 진찰실의 긴 의자에 누웠다. 그러나 이내 일어나 방으로 돌아왔다. 타루는 리외의 어머니 쪽으로 고개를 돌리고 있었다. 그는 의자에 앉아 두 손을 모아 허벅지에 얹은 그 작은 그림자를 보았다. 그가 너무나 집중하며 바라보자 리외의 어머니는 그의 입술에 손가락을 갖다 대고는 일어나 전등을 껐다. 그런데 커튼 뒤에서 햇빛이 강하게 들어왔다. 잠시 후 환자의 얼굴이 어둠 속에서 벗어나 모습을 드러냈다. 리외의 어머니는 타루가 여전히 자신을 바라보는 것을 알 수 있었다. 그녀는 몸을 굽혀 베개를 똑바로 놔주고 그의 몸을 일으켰다. 그녀는 축축하게 젖어 엉켜 있는 그의 머리카락 위에 잠시 손을 얹었다. 그때 부인에게 고맙다고 하면서 이제는 다 괜찮다고 말하는 타루의 나지막한 작은 목소리가 들렸다. 그녀가 다시 자리에 앉자 타루는 눈을 감았다. 그는 입을 꽉 다물고 있었으나 기진맥진한 얼굴에는 다시 미소가 지어지는 것 같았다.

정오가 되자 열은 절정에 달했다. 폐에서부터 올라오는 기침으로 환자의 몸이 흔들렸고 피를 토하기 시작했다. 임파선은 더 이상 붓지는 않았지만 여전히 가라앉지 않고 관절의 마디마디마다 나사처럼 단단히 박혀 있었다. 리외는 절제 수술은 불가능하다고 판단했다. 타루는 열과 기침 사이에서 여전히 친구들인 리외와 리외 어머니를 가끔 바라보았다. 마침내 얼마 지나지 않아 점점 눈을 뜨는 횟수가 줄어들었다. 햇빛 속에 드러난 그의 피폐해진 얼굴은 그때마다 더 창백해졌다. 폭풍에 흔들리는 그의 몸은 발작적으로 경련했다. 이제는 그의 모습을 밝게 비추던 번개도 점점 보이지 않았다. 타루는 그 폭풍 속으로 천천히 표류하고 있었다. 리외 앞에는 이제 미소가 사라진 채 힘을 잃은 얼굴만 보였다. 그토록 가까웠던 인간의 모습이 이제는 창끝에 찔리고 초인적인 고통으로 불타고 하늘에서 부는 증오의 바람으로 고통스러워하며 페스트의 검은 물결 속에 빠져들고 있었다. 리외의 눈앞에 보이는 광경이었다. 리외에겐 페스트의 물결 속에 가라앉는 타루를 잡아줄 방법이 전혀 없었다. 그는 다시 한번 빈손과 괴로운 마음만 있을 뿐 무기와 처방도 없이 기슭에 머물러 있어야 했다. 마침내 리외는 아무것도 할 수 없는 자신의 처지를 한탄하며 눈물을 흘렸다. 리외는 눈물이 앞을 가리는 바람에 타루가 갑자기 벽으로 돌아누워 마치 몸의 어떤 곳에서 어떤 생명줄이 끊어진 듯 힘없는 신음 소리를 내며 숨을 거두는 모습을 보지 못했다.

이후의 밤은 투쟁의 밤이 아니라 침묵의 밤이었다. 세상과 단절된 이 방에서, 이제 옷을 입힌 시신 위에서 리외는 놀라울 정도로 고요함이 떠도는 것을 느꼈다. 며칠 전, 시의 문이 습격받았던 날, 아래쪽에서 페스트가 짓누르고 있던 가운데 테라스 위에서 느낀 그 고요함이었다. 그는 그때도 이미 그 고요함을, 죽게 내버려 두고 온 사람들의 침대에 감돌던 고요함을 생각했다. 그것은 어디서나 똑같은 휴식, 똑같은 엄숙한 막간, 전투 뒤에 늘 찾아오는 똑같은 진정 상태였다. 그것은 패배의 침묵이었다. 그러나 지금 그의 친구를 감싼 고요함은 너무나 견고했으며, 거리의 침묵, 페스트에서 해방된 도시와 너무나 긴밀하게 일치하는 것이었다. 이번에야말로 리외는 결정적인 패배라고 생각했다. 즉 전쟁을 끝냈으나 평화 그 자체를 치유하기 힘든 고통으로 만든 패배라고 느꼈다. 타루가 결국 평화를 다시 찾았는지에 대해 리외는 알 길이 없었다. 그러나 적어도 그때 리외는 자기 자신에게는 다시는 평화가 있을 수 없다는 것을 예감했다. 마치 아들을 잃은 어머니 혹은 친구를 묻어본 사람에게 더 이상 휴전은 없는 것처럼 말이다.

바깥은 여전히 추운 밤이었다. 맑고 차가운 하늘에는 별들이 얼어붙었다. 어두침침한 방에서는 유리창을 얼어붙게 하는 추위, 북극의 밤으로부터 오는 살을 에는 듯한 강한 바람이 느껴졌다. 침대 가까이에는 리외의 어머니가 여느 때와 마찬가지로 익숙한 자세로 오른쪽 머리로 전등 불빛을 받으며 앉아 있었다. 리외는 불빛에서 멀리 떨어져 방 한가운데에서 안락의자에 앉아 기다렸다. 리외는 아내 생각이 났지만 그럴 때마다 그 생각을 뿌리쳤다.

저녁이 시작되자 행인들의 발소리가 차가운 밤공기 속으로 또렷하게 들렸다.

"일은 다했니?" 리외의 어머니가 말했다.

"예, 전화 걸었어요."

그래서 두 사람은 다시 아무 말 없이 밤샘을 했다. 리외의 어머니는 가끔 아들을 쳐다보았다. 리외는 어머니와 시선이 마주치면 미소를 지어 보였다. 익숙한 밤의 소리가 거리에서 연이어 들렸다. 아직 허가는 나지 않았지만 다시 많은 차들이 다녔다. 차들은 빠른 속도로 포장도로를 핥고 사라졌다가 다시 나타났다. 사람들의 목소리, 무엇인가를 부르는 소리, 다시 찾아온 침묵, 말발굽 소리, 전차 두 대가 삐걱거리며 커브를 도는 소리, 분명하게는 들리지 않는 웅성거리는 소리 그리고 밤의 숨소리.

"베르나르?"

"예."

"안 피곤하니?"

"예."

그때 리외는 어머니가 무슨 생각을 하는지 알았고 어머니가 자신을 사랑한다는 것을 알았다. 그러나 그는 한 사람을 사랑하는 것은 대단한 일이 아니라는 것을 알았고, 사랑이라는 것이 자신의 표현을 발견하는 데 도움을 줄 정도로 강력하지는 않다는 것을 알고 있었다. 이렇게 리외 어머니와 리외는 언제나 침묵 속에서 서로 사랑할 것이다. 그리고 어머니와 그는 평생 동안 애정을 그 이상으로는 표현하지 못하고 세상을 떠날 것이다. 마찬가지로 리외는 타루의 옆에서 살았지만 우정을 제대로 경험할 시간도 갖지 못하고 그날 저녁 타루는 죽어버렸던 것이다. 타루는 말한 대로 게임에서 패했다. 하지만 리외는 무엇에 이겼는가? 단지 페스트를 겪었고 그것을 기억하는 것, 우정을 알게 되었고 이를 기억하는 것, 애정을 알게 되었고 언젠가는 이를 기억하게 된다는 것, 오직 그것뿐이었다. 인간이 페스트와 인생의 게임에서 얻을 수 있는 것은 이에 대한 지식과 기억이었다. 어쩌면 타루가 게임에 이기는 것이라 부른 것이 이것인지도 몰랐다!

또 한 번 차 한 대가 지나갔다. 리외의 어머니는 의자에 앉아 몸을 약간 움직였다. 리외는 어머니에게 미소를 지었다. 그녀는 아들에게 피곤하지 않다고 말한 후 곧바로 말을 이었다.

"너, 산에 가서 좀 쉬어야겠다. 거기서 말이야."

"그래요, 어머니."

그렇다. 그는 거기 가서 휴식을 취할 생각이었다. 못 할 것도 없지 않은가? 그것도 기억을 위한 구실 중 하나가 될 것이다. 하지만 게임에서 이긴다는 것이 결국 이런 의미라면 자신이 알고 있는 것, 기억에 남는 것만을 가지고 살아갈 뿐 희망은 없어지게 된다. 이 얼마나 힘든 일일까? 아마도 타루는 그렇게 살았기에 환상 없는 삶이 얼마나 메마른 것인지 잘 알고 있었던 것 같다. 희망이 없다면 마음의 평화는 있을 수 없다. 인간에게 그 누구도 단죄

할 권리를 주지 않으려 했던 타루, 그러나 누구도 남을 단죄하지 않을 수는 없으며 심지어 피해자들이 사형 집행인이 될 때도 있다는 것을 알았던 타루는 분열과 모순 속에서 살았고 단 한 번도 희망을 알지 못했다. 그러다 보니 그는 성스러움을 원했고 사람들에게 봉사하며 마음의 평화를 찾으려 한 것일까? 사실, 리외는 이에 대해서는 아는 것이 없었고 어찌 되든 상관없었다. 리외가 타루에 대해 간직할 모습은 오직 자동차 핸들을 두 손으로 잡고 차를 운전하는 한 남자의 모습 혹은 이제는 움직임 없이 길게 누워 있는 육중한 육체의 모습일 것이다. 삶의 따뜻함과 죽음의 이미지, 그것은 바로 인식이었다.

아마도 그렇기 때문에 리외는 아침에 아내가 죽었다는 소식을 담담히 받아들였을 것이다. 그는 진료실에 있었다. 어머니가 뛰다시피 와서 전보를 전해주고는 집배원에게 팁을 주려고 다시 나갔다. 어머니가 돌아왔을 때 아들은 전보를 펼쳐 손에 들고 있었다. 어머니가 아들을 바라보았다. 그러나 그는 창문을 통해 항구 위로 떠오르는 찬란한 아침의 풍경을 뚫어지게 감상하고 있었다.

"베르나르." 어머니가 말했다.

의사는 멍한 표정으로 어머니를 바라보았다.

"전보는?" 어머니가 물었다.

"그거였어요." 의사가 털어놓았다. "여드레 전이었대요."

리외의 어머니는 창문 쪽으로 고개를 돌렸다. 의사는 아무 말도 하지 않았다. 그다음 그는 어머니에게 울지 말라고 말하며, 예상은 했었지만 역시 견디기 힘들다고 했다. 리외는 다만 자신의 고통이 새삼스럽지 않다는 것을 알고 있었다. 여러 달 전부터, 그리고 이틀 전부터 계속되었던 고통과 같았다.

•

2월의 어느 화창한 아침, 시민들과 신문, 라디오, 도처의 공식 발표들의 환호를 받으며 마침내 시의 문들이 열렸다. 그러므로 서술자에게 남은 일은 시의 문이 열리던 기쁜 순간을 연대기적으로 기록하는 일이다. 비록 서술자 자신은 거기에 완전히 섞여 기뻐할 자유가 없던 사람들 가운데 속하기는 했지만 말이다.

밤낮에 걸쳐 성대한 축하 행사들이 열렸다. 동시에 기차는 역에서 연기를 뿜기 시작했고, 머나먼 바다에서 온 배들은 이미 우리 시의 항구로 뱃머리를 돌렸다. 각각 나름의 방식으로 그날은 생이별의 고통으로 신음하던 모든 사람들에게 대대적인 재회의 날이라는 것을 보여주고 있었다.

여기서 그토록 많은 우리 시민들의 가슴속에 있던 생이별의 감정이 어떻게 되었을까 하는 것은 쉽게 상상할 수 있을 것이다. 낮 동안에 우리 시에 들어온 열차들도 시에서 나간 열차들 못지않게 승객들로 가득했다 시민들은 각자 이 주일의 유예기간 중 그날을 위해 좌석을 예약하고 나서는 마지막 순간에 도청의 결정이 변경될까봐 겁을 내고 있었다. 시로 들어오는 여행자들 중에는 이런 걱정을 여전히 안고 있는 사람들도 있었다. 왜냐하면 대부분 이들은 가까운 지인들의 소식은 알지만 다른 사람들이나 도시 자체의 소식은 전혀 듣지 못해서 도시의 상황이 심각해졌을 것이라 상상하고는 잔뜩 긴장해 있었기 때문이다. 그러나 이것은 그 시간 동안 열정이 불타지 않았던 사람들에게만 해당되었다.

실제로 열정적인 사람들은 자신들만의 고정관념에 사로잡혀 있었다. 이들이 보기에 변한 것은 하나뿐이었다. 즉 유배 생활을 하던 몇 달 동안에는 가능한 한 시간이 빨리 지나갔으면 했고 앞으로 얼른 나아가고 싶었으며 시간을 계속 재촉하고 싶었다. 그런데 이미 우리의 도시가 보이고 기차가 멈추려 브레이크를 걸자 이제는 반대로 시간이 천천히 흘러 그대로 있어주었으면 하고 바라는 마음이 생기는 것이었다. 사랑하는 사람을 보지 못한 여러 달 동안의 삶에 대해 막연하면서도 격렬한 감정을 품고 있었기에 이들은 기쁨의 시간이 기다림의 시간보다 몇 배는 천천히 흘러야 한다며 막연하게나마 보상을 바라고 있었다. 랑베르의 아내는 이미 몇 주 전부터 소식을 듣고 필요한 절차를 거쳐 오늘 이 도시에 도착하기로 되어 있었다. 랑베르와 비슷한 처지의 이방인들도 방 안이나 플랫폼에서 기다리면서 똑같이 초조해하고 혼란스러워했다. 왜냐하면 페스트가 몇 달간 계속되면서 추상적이 되어버린 사랑이나 애정이, 이제는 구체적인 상대방의 육체와 드디어 마주하는 순간이 펼쳐질 것이기 때문이었다. 랑베르는 이 순간을 마음을 졸이며 기다리고 있었다.

그는 페스트가 처음 퍼지던 때의 자기 자신, 얼른 도시를 탈출해 사랑하는 사람을 만나러 달려가고 싶었던 자신으로 돌아가고 싶어 했는지도 모른다. 하지만 이제는 불가능한 일이라는 것을 그도 알고 있었다. 그는 달라졌다. 페스트를 겪으며 그는 마음속에 방심 같은 것이 생겼다. 그는 애써 그 방심하는 마음을 부정하려 했으나 막연한 불안처럼 마음속에 계속 존재했다. 어떻게 보면 페스트가 너무 갑자기 끝난 것 같아 랑베르는 얼떨떨했다. 행복은 빠른 속도로 다가오고 있었고 상황은 기대한 것보다 빠르게 진행되고 있었다. 랑베르는 모든 것이 한순간에 원래대로 돌아갈 것이고 기쁨은 음미해볼 틈도 없이 다가온 불길 같다는 것을 깨달았다.

　　정도의 차이가 있긴 했지만 다른 사람들도 랑베르와 비슷했다. 따라서 이 모든 사람들에 대해 이야기할 필요가 있다. 사람마다 개인 생활을 다시 시작하는 플랫폼에서 여전히 함께 나눈 공동생활을 느끼며 서로 시선과 미소를 교환했다. 그러다가 기차의 연기가 보이자 사람들은 정신없이 기쁨에 휩싸여 유배 생활로 느꼈던 감정은 별안간 잊어버렸다. 기차가 멈추자 이제는 모습도 가물가물해진 몸과 몸 위로 서로의 팔을 기쁘면서도 조심스럽게 휘감았다. 그 순간 플랫폼에서 시작된 이별이 플랫폼에서 끝났다. 랑베르는 자신을 향해 달려오는 그녀의 모습을 미처 보지 못했다. 어느 틈엔가 그는 그녀를 품에 안고 있었기 때문이다. 그래서 그는 머리카락만 보이는 그리웠던 그녀의 머리를 꼭 끌어당겨 안았다. 그의 눈에는 눈물이 주르륵 흘렀다. 현재 행복해서 흐르는 눈물인지, 아니면 너무나 오랫동안 참으며 견딘 고통에서 흐르는 눈물인지 알 수 없었다. 그는 눈물이 앞을 가려 지금 자신의 어깨에 파묻힌 그 얼굴이 그렇게 꿈에서나 그리던 얼굴인지, 아니면 전혀 알지 못하는 사람의 얼굴인지 확인하기 힘들다는 생각을 했다. 지금 하는 의심이 진짜인지 아닌지는 잠시 후에 알게 될 것이다. 그러나 지금 당장은 랑베르도 주변 사람들처럼 페스트가 오든 가버리든 사람의 마음은 쉽게 변하지 않는다고 믿고 싶었다.

사람들 모두 그리웠던 이들과 꼭 껴안은 채 그 밖의 세계에는 관심이 없다는 듯이, 보기에는 페스트에 승리한 것 같은 얼굴로 그동안 느낀 비참한 기분을 잊은 채 집으로 돌아갔다. 이들의 눈에는 같은 기차를 타고 왔어도 마중 나온 이가 없는 것을 보고 마음속에서만 느끼던 두려움을 현실로 확인한 사람들은 보이지 않았다. 잊혀진 사람들, 이제는 동반자라고는 생생한 고통만 곁에 남은 사람들, 사라져버린 사람에 대한 추억만 안고 살아야 하는 사람들은 이별의 슬픔을 극도로 느끼고 있었다. 이름 없는 구덩이에 허무하게 묻힌 가족, 잿더미 속에 녹아버린 가족과 함께 모든 기쁨을 잊은 어머니들, 배우자들, 연인들에게 페스트는 아직도 끝난 게 아니었다.

그러나 이들의 고독을 누가 생각해줄까? 정오가 되자 태양은 아침부터 공기 속에서 버티던 차가운 바람을 눌렀다. 이제는 끝없이 강렬한 햇빛의 물결이 도시 전체에 쏟아지고 있었다. 낮 시간은 정지되었다. 산 언덕 꼭대기 망루에 놓인 대포는 움직이지 않는 하늘을 향해 계속 포성을 울렸다. 도시 전체에 사람들이 쏟아져 나와 이 기쁨의 순간을 축하했다. 고통스러운 시간은 끝났으나 망각의 시간은 아직 시작도 되지 않았다.

사람들은 광장마다 모여 춤을 추었다. 교통량은 즉각 대거 증가했다. 늘어난 차들은 사람들이 밀려 나온 거리를 겨우 지나갔다. 도시의 모든 종들이 오후 내내 큰 소리로 울렸다. 파란 황금빛 하늘이 종소리로 가득했다. 교회마다 감사 기도가 이루어졌다. 동시에 유흥 장소들도 사람들로 미어 터졌다. 카페들은 앞일 생각하지 않고 마지막 남은 술까지 다 내놓았다. 카운터 앞에는 계속 흥분한 사람들이 무리를 지어 밀려들었다. 이들 중에는 누가 보든 신경 쓰지 않고 꼭 껴안은 연인들도 있었다. 모두 소리를 지르거나 웃었다. 사람들마다 영혼의 불빛을 낮게 줄여 살아온 지난 몇 달 동안 쌓아놓은 생동감을, 이날을 복귀 기념일로 삼기라도 하듯 마음껏 즐겼다. 그다음 날이 되면 원래의 생활이 조심스럽게 다시 시작될 것이다. 그러나 이날 이 순간만은 출신 배경이 서로 다른 사람들도 서로 팔꿈치를 부딪치면서 친근함을 느꼈다. 죽음 앞에서도 이루어지지 못한 평등이 페스트에서 해방된 기쁨 속에서 적어도 몇 시간 동안에 이루어졌다.

하지만 그 평범하고 시끌벅적한 기쁨이 모든 것을 말해주는 것은 아니었다. 저녁 무렵에 랑베르와 어깨를 나란히 하고 거리를 가득 메운 사람들 중에는 묘한 행복감은 마음속에 감추고 겉으로 덤덤한 모습을 보이는 사람들도 있었다. 실제로 많은 연인들과 가족들이 겉으로는 평화롭게 산책하는 사람들로만 보였다. 이들 대부분은 실제로 그동안 고통을 겪었던 여기저기를 찾아 묘한 순례를 하고 있었다. 이는 새로 온 사람들에게 페스트의 흔적이 뚜렷하건 혹은 감춰져 있건 간에 페스트가 훑고 간 흔적을 보여주기 위한 순례였다. 페스트와 함께 지내며 많은 것을 본 사람들은 안내자 역할에 만족하기도 하고, 아무런 두려움 없이 위험했던 순간을 이야기하기도 했다. 해롭지 않은 즐거움이었다. 그런데 그 여정을 더 두렵게 느끼는 사람들도 있었다. 어떤 연인은 추억의 달콤한 불안에 빠져 같이 있는 여자에게 이렇게 말했다. "바로 여기였어. 당신을 너무나 보고 싶었지만 당신은 없었지." 열정에 사로잡힌 이들 순례자들은 그때 자신이 어떤 존재인지 깨달았다. 그들은 서로 뒤섞여 걷는 소용돌이 한가운데에서 속삭임과 마음속 이야기를 하느라 작은 섬을 이루고 있었다. 이들이야말로 사거리에 크게 울리는 오케스트라보다 진정한 해방을 알리고 있었다. 아무 말 없이 서로 꼭 껴안은 채 황홀한 얼굴로 걸어가는 연인들은 이제 페스트와 공포의 시기는 끝났다는 것을 분명히 보여주었다. 그 소용돌이 한가운데에서 행복한 사람만이 보여주는 당당함을 드러내는 연인들이었다. 이들 앞에서 우리가 한때 경험한 믿기 힘든 세상은 잊혀졌다. 사람 하나 죽는 것을 파리 한 마리 죽는 것처럼 생각했던 무서운 세상, 분명하게 드러났던 야만성, 예상되던 광기, 현재가 아닌 모든 것에 대해 무시무시한 자유를 느끼게 한 격리 상태, 제풀에 죽어 꺾이지 않은 사람들을 깜짝 놀라게 한 죽음의 냄새가 여전히 뚜렷이 기억되지만 아무렇지도 않게 이들 연인들 앞에서는 부정되고 있었다. 결국 이들은 페스트에 고통받던 평범한 사람에 속했다는 것을 부정하고 있었다. 매일 화장터의 아궁이에 쌓여 이글거리는 연기로 증발해버린 사람들. 무력감과 공포라는 쇠사슬에 묶여 자기 차례를 기다리던 멍한 사람들은 자신들과 관계없다는 태도였다.

이것이 리외의 눈에 보인 풍경이었다. 그날 오후가 다 끝나갈 무렵 리외는 혼자 걷고 있었다. 주변에는 교회의 종소리, 대포 소리와 음악 소리가 귀가 먹먹해질 정도로 크게 들려왔다. 리외의 일은 여전히 계속되었다. 환자에게 휴가란 없었으니까. 도시 위를 내리쬐는 화창한 햇빛 속에 예전과 다름없이 고기 굽는 냄새와 아니스 술 냄새가 올라왔다. 리외의 주변에서는 사람들이 즐거워하는 얼굴로 고개를 들어 하늘을 바라보았다. 남녀들이 서로 불타는 듯 얼굴이 빨개져 욕정으로 인한 흥분과 긴장을 느끼며 떨리는 마음으로 꼭 껴안았다. 그렇다. 이제 페스트는 공포와 함께 끝났다. 서로 꼭 껴안은 팔들은 페스트가 곧 유배이며 이별을 뜻한다는 걸 보여주었다.

몇 달 동안 지나가는 사람들의 얼굴에 나타난 비슷한 분위기에 대해 처음으로 리외는 이름을 붙일 수 있었다. 이제 그는 주위를 둘러보는 것만으로 충분했다. 모든 사람들은 비참함과 어려움을 겪은 페스트 시기가 끝나자 오래전부터 맡은 역할을 제복처럼 걸쳤다. 처음에는 얼굴이, 지금은 복장이, 부재와 멀리 두고 온 고향을 말해주는 망명객의 역할을 보여주었다. 사람들은 페스트로 도시 문이 폐쇄되면서부터 생이별을 겪으며 모든 것을 잊게 해주는 인간의 체온과는 격리된 채 살았다. 정도는 달라도 도시의 여기저기에서, 남녀 상관없이 성질은 달라도, 그동안 모두 꿈꾸지 못한 결합을 간절히 원하며 지냈다. 이들 대부분은 옆에 있지 않은 사람을 향해 뜨거운 체온과 애정을 달라고 혹은 예전의 생활을 돌려 달라고 힘껏 외치고 있었다. 자신도 모르게 사람들과 우정을 더 이상 나눌 수 없게 되었고 편지, 기차, 배와 같은 평범한 수단으로는 더 이상 다른 사람들과 어울려 지낼 수 없게 되어 힘들어 하는 사람들도 있었다. 드문 경우이기는 하지만 타루와 같은 사람들도 있었다. 이들은 뚜렷하게 정의를 내릴 수 없으나 진정으로 바람직하게 보이는 무엇과 만나는 것을 간절히 바라고 있었다. 이런 사람들은 이 무엇을 달리 부를 말을 찾지 못해 평화라고 부르기도 했다.

리외는 계속 걸었다. 그가 앞으로 걸어갈수록 사람들은 더 늘어났고 더 시끌벅적했다. 그러다 보니 그가 가려는 변두리 동네가 그만큼 뒷걸음치는 것처럼 느껴졌다. 그도 점차 시끌벅적한 사람들 속에 녹아들면서 사람들이 외치는 소리 중 일부는 자신의 외침처럼 잘 이해되기도 했다. 그렇다. 모두가 몸과 마음이 괴로웠던 강제 휴가, 강제 유배, 채울 수 없는 갈증으로 고통스러웠던 것이다. 산더미처럼 쌓인 시체들, 구급차의 사이렌 소리, 운명과도 같은 경고, 무섭지만 제자리에서 벗어나지 못하는 걸음, 사람들의 마음속에서 무섭게 솟아오르던 저항, 이 모든 것들의 사이에서도 커다란 기운이 계속 휘젓고 다니면서 두려워하는 사람들에게 진정한 조국을 다시 찾아야 한다고 경고하듯 말해주었다. 사람들 모두에게 진정한 조국은 숨이 막힐 것 같은 도시의 담 너머에 있었다. 그 조국은 언덕 위의 향기 나는 덤불 속에, 바다 속에, 자유로운 고장들과 따뜻한 사랑의 무게 속에 있었다. 그들은 그 조국을 향해, 그 행복을 향해 돌아가서 그 외의 모든 곳에는 등을 돌리고 싶었다.

리외로서는 유배와 결합을 향한 욕구 속에 어떤 의미가 있는 것인지 알 수가 없었다. 그는 여기저기서 떠밀고 말을 거는 군중들 사이에서도 여전히 걸음을 옮겨가며 점점 붐비지 않는 거리로 나아갔다. 어떤 의미를 찾는 것은 그리 중요한 일이 아니었고 그보다는 사람들의 희망이 어떤 대답을 찾았는지 알아볼 필요가 있다는 생각을 하게 되었다.

이제부터 어떠한 대답이 나올지 그는 알고 있었다. 인적이 거의 없는 변두리 동네의 입구에 들어가자 그 답은 더욱 뚜렷해졌다. 스스로 보잘것없음을 알지만 자신들의 사랑의 보금자리로 돌아가고 싶었던 사람들은 그 보람을 찾을 때도 있었다. 물론 기다리던 사람을 잃고 여전히 외롭게 도시를 헤매는 사람들도 몇 명 있었다. 어떤 사람들은 생이별을 두 번 겪지 않은 것만으로도 다행이라고 생각할 상황이었다. 예를 들어 페스트가 퍼지기 전에 자신들의 사랑을 탄탄히 다지지 못했거나 원수 같던 연인들 사이를 끊지 못하게 맺어주는 어려운 화합을 몇 년 동안 맹목적으로 추구해온 사람들도 있었으니 말이다. 이런 사람들은 리외와 마찬가지로 막연히 시간이 해결해줄 것이라 믿었다. 그러다가 사랑하는 사람과 영원히 헤어지게 된 것이다. 그러나 그날 아침에 의사가 헤어지면서 "용기를 내십시오. 지금은 정신을 바짝 차려야 할 때입니다"라고 말했던 랑베르 같은 사람들은 오히려 잃어버렸다고 믿은 사람을 주저하지 않고 다시 찾았다. 이런 사람들은 적어도 당분간은 행복할 것이다. 이제 사람들은 늘 갖고 싶고 얻고 싶은 대상은 바로 인간에 대한 애정이라는 것을 알게 되었다.

반대로 인간을 초월해 상상할 수 없는 무엇인가를 지향하던 사람들은 결국 그 어떤 대답도 얻지 못했다. 타루는 평소 이야기하던 마음의 평화라는 어려운 것에 도달한 것 같았으나 그 마음의 평화를 죽음 속에서 발견했다. 아무 소용이 없어진 죽음의 순간에 그것을 겨우 발견한 것이다. 반대로 집마다 문턱에서 저무는 햇빛을 받으며 서로 힘껏 껴안고 정신없이 서로 바라보는 사람들은 원하는 것을 얻을 수 있었다. 이들은 자신의 힘으로 얻을 수 있는 것만을 원했기 때문이다. 그랑과 코타르가 사는 거리로 접어든 리외는 적어도 가끔은 기쁨이 찾아와 가난해도 큰 사랑만으로 만족해하는 사람들에게 보람을 느끼게 하는 것이 옳다고 생각했다.

•

이 연대기도 끝나가고 있다. 이제 베르나르 리외는 이 연대기의 서술자가 자신이란 것을 고백할 때가 되었다. 그러나 그는 마지막 사건들을 이 연대기에 들려주기 전에 왜 여기에 개입하게 되었는지를 설명하고, 나름 객관적인 증인의 느낌으로 기록하려고 했다는 것을 적어도 밝히고 싶었다. 페스트가 기승을 부리던 시기에 그는 의사라는 직업으로 우리 시민 대부분을 만날 수 있었기에 이들이 느낀 내용을 모을 수 있었다. 리외야말로 보고 들은 것을 보고할 수 있는 유리한 위치에 있었다. 그래도 그는 가급적 신중하게 전달하려고 했다. 이를 위해 그는 직접 눈으로 본 것이 아닌 일은 보고하지 않으려 했고 페스트 시기를 같이 겪은 사람들이 품지 않은 생각을 억지로 지어서 쓰지 않으려 했다. 그래서 우연히 혹은 불행한 인연으로 손에 들어온 기록 내용만을 활용하고자 애썼다. 어떤 범죄 사건이 생겨 리외가 증인으로 불려나간 적이 있었다. 그때도 그는 선의를 지닌 증인에게 꼭 필요한 신중한 태도를 그대로 유지했다. 그리고 동시에 정직한 마음의 법칙에 따라 단호히 희생자의 편에 섰고 자신과 같은 시민들이 함께 나누던 하나의 확신, 즉 사랑과 고통과 유배 속에서 시민들과 한편이 되고자 했다. 따라서 자신과 같은 시민들이 느끼는 불안이라면 그의 불안이 되었고, 시민들이 겪은 상황은 곧 그의 상황이 되었다.

그는 성실한 증인이 되고자 조서, 문헌, 소문 같은 것을 인용해야 했다. 대신 그가 개인적으로 하고 싶었던 말, 즉 그의 기대나 어려움 같은 것은 적지 않아야 했다. 만일 이런 내용이 나왔다면 우리 시민들을 이해하거나 이해시키기 위한 것이었다. 대부분 시민들이 막연히 느끼던 것에 어떤 형태를 주려는 생각이었다. 사실, 그에게는 이런 이성적인 노력이 전혀 힘들지 않았다. 페스트 환자 수천 명의 목소리에 그의 고백도 섞어서 써보고 싶은 유혹이 생겼을 때도 그 유혹을 물리치고 자신과 비슷한 괴로움을 느끼는 다른 사람들의 이야기를 했다. 동시에 혼자 슬픔을 겪어야 할 일이 많은 세상 속에서 그의 사정은 그나마 다행이라는 생각에서 개인적인 이야기를 적지 않았다. 확실히 그는 모든 사람들에 관한 이야기를 해야 했다.

그러나 리외도 편을 들어줄 수 없는 시민이 딱 한 사람 있었다. 언젠가 타루는 그 사람에 대해 이렇게 말한 적이 있었다. "그가 진정으로 저지른 죄가 딱 하나 있습니다. 아이들과 인간들의 목숨을 앗아간 것에 대해 마음속으로 옳다고 생각한 점이죠. 그 밖의 것은 이해가 갑니다. 그러니 그 밖의 것은 용서할 수 있습니다." 그러니 이 연대기의 마지막은 당연히 마음이 무지하고 고독했던 그 사람의 이야기로 마무리하는 것이 맞다.

축제 분위기로 시끌벅적한 큰 거리를 빠져나온 리외는 그랑과 코타르가 살고 있는 골목에 들어서다가 경찰관들이 쳐놓은 바리케이드 앞에서 발걸음을 멈추었다. 생각지도 못한 일이었다. 멀리서 들리는 소란스러운 축제 소리와 달리 이 동네는 조용한 것 같아 인기척이 없을 것이라 생각했던 것이다. 리외는 신분증을 내보였다.

"안 됩니다, 선생님." 경관이 말했다. "사람들에게 총을 쏘아대는 미친놈이 하나 있으니 여기에 계시기 바랍니다. 선생님이 필요할 수 있습니다."

그 순간 리외는 그랑이 자기 쪽으로 오는 것을 보았다. 그랑도 무슨 영문인지 몰랐다. 그랑 말로는 사람들이 지나가지 못하게 막았고 자신의 집이 있는 건물에서 누군가 총을 쏜다고 들었다고 한다. 멀리서 보니 실제로 열기 없는 태양의 마지막 빛을 받아 황금색으로 빛나는 건물의 정면이 눈에 들어왔다. 그 주변에는 커다란 빈 공간이 뚜렷이 보였다. 공간은 맞은편 인도까지 뻗어 있었다. 길 가운데는 모자 하나 그리고 더러운 헝겊 조각이 선명하게 보였다. 리외와 그랑은 저 멀리, 길 맞은편에도 경찰들의 차단선을 볼 수 있었다. 그들을 막고 있는 것과 같은 밧줄이었다. 그 뒤로 동네 사람들 몇 명이 빠른 걸음으로 오갔다. 잘 보니 아파트 맞은편 건물의 문 안에 붙어서 권총을 겨누는 경관들도 리외와 그랑의 눈에 들어왔다. 아파트의 덧문은 모두 닫혀 있었다. 그런데 3층의 덧문 하나가 떨어져나간 채 반쯤 매달려 있었다. 거리는 침묵으로 가득 메워졌다. 시내 중심에서 흘러드는 음악 소리가 짤막하게 들릴 뿐이었다.

어느 순간 그 집 맞은편의 한 건물에서 권총 소리가 두 번 울렸고 아까 달랑달랑 매달린 덧문에서 파편이 튀었다. 다시 침묵이 흘렀다. 소란스러움을 지나온 후인 데다 멀리서 보아서 그런지 지금의 광경이 리외에게는 조금 비현실적으로 다가왔다.

"코타르의 집 창문인데요." 갑자기 그랑이 몹시 흥분하며 말했다. "하지만 코타르는 달아났는데."

"왜 저기에 총을 쏘죠?" 리외가 경관에게 물었다.

"저 사람을 붙잡아 두고 있는 겁니다. 필요한 장비를 싣고 오는 자동차를 기다리고 있죠. 저 건물로 들어가려고 하면 저자가 총을 쏩니다. 경관 한 명이 총에 맞았어요."

"왜 저 사람이 총을 쏘는 거죠?"

"모르겠습니다. 사람들이 거리에서 즐기고 있었어요. 처음에 총소리가 났을 때 사람들은 무슨 영문인지 몰랐죠. 두 번째 총소리가 울리자 사람들이 소리를 질렀고 부상자가 한 명 생겼어요. 그래서 모두 도망갔습니다. 미친놈이라니까요!"

다시 조용해지자 일 분 일 분이 질질 끄는 것처럼 지루하게 느껴졌다. 갑자기 거리의 맞은편에서 개 한 마리가 뛰어나왔다. 리외로서는 정말로 오래간만에 보는 개였다. 스패니얼 종으로 지저분했다. 그동안 주인이 숨겨놓은 것 같은데 벽을 따라 뛰어오고 있었다. 개는 문 앞까지 와서 머뭇거리다가 엉덩이를 바닥에 대고 앉아 뒤로 누워 벼룩들을 물어뜯었다. 경찰들이 호루라기를 여러 번 불며 개를 불렀다. 개는 고개를 들더니 천천히 길을 지나 모자 냄새를 킁킁거리며 맡기 시작했다. 그 순간, 3층에서 권총소리가 났다. 그러자 개는 크레페처럼 뒤집혀 네 발을 세게 흔들더니 마침내 길게 경련을 일으키며 떨다가 옆으로 쓰러졌다. 이에 대응하듯 맞은편 문에서 대여섯 발의 총소리가 울리며 그 덧문이 산산조각 부서졌다. 다시 조용해졌다. 태양이 약간 기울어지면서 그늘이 코타르 집 창문 쪽으로 다가가고 있었다. 의사 뒤에 있는 거리에서 브레이크 소리가 낮게 들렸다.

"저기 왔군." 경관이 말했다.

경찰들이 뒤에서 밧줄, 사다리 하나, 기름 먹인 헝겊으로 싼 긴 보따리 두 개를 가지고 나타났다. 그들은 그랑의 집 맞은편 건물에서 꺾이는 골목으로 들어갔다. 잠시 후 그 건물 집들의 문 안에서 무엇인가 소란이 벌어진 듯했다. 보이지는 않았으나 느낌으로 알 수 있었다. 사람들은 기다리고 있었다. 개는 더 이상 움직이지 않았으나 거무스름한 액체 속에 잠겨 있었다.

갑자기 경관들이 들어간 집의 창에서 기관총 사격이 시작되었다. 사격이 계속되자 목표물이던 그 덧문은 글자 그대로 산산조각이 났고 무엇인가 검은 표면이 드러났다. 그러나 리외와 그랑이 있는 자리에서는 아무것도 분간되지 않았다. 총소리가 멈추자 두 번째 기관총 소리가 다른 각도에서 울렸다. 창의 어느 쪽이 총알에 뚫렸는지 그중 한 방에 벽돌이 부서졌다. 그 순간 경찰 세 명이 길을 달려가 현관문으로 빨려가듯 들어갔다. 거의 동시에 다른 경찰 세 명이 그 안으로 서둘러 들어갔고 기관총 소리는 멎었다. 사람들은 여전히 기다렸다. 건물 안에서 두 번의 총성이 아득하게 들렸다. 그리고 소란이 있더니 집 안에서 누군가 나왔다. 셔츠 차림의 키 작은 남자가 계속 소리를 질렀는데 끌려 나왔다기보다는 안겨 나오는 것 같은 모양새였다. 기적처럼 거리의 모든 덧문이 다시 열리면서 창문마다 호기심 많은 사람들이 모여들었다. 한편 집집마다 많은 사람들이 나와 바리케이드 뒤로 몰려들었다. 잠시 길 가운데에서 마침내 바닥에 발을 붙이고 두 팔이 뒤로 꺾인 채 경찰들에게 잡혀 있는 키 작은 남자가 보였다. 남자는 소리를 질러댔다. 경찰 하나가 그에게 다가가 있는 힘껏 주먹으로 두 번 때렸다. 작정하고 때리는 것이었다.

"코타르군요." 그랑이 중얼댔다. "미쳤나 봅니다."

코타르는 쓰러졌다. 경찰이 바닥에 누워 있는 코타르에게 힘껏 발길질을 했다. 그리고 어리둥절한 표정의 사람들 무리가 수근대면서 의사와 그의 늙은 친구 그랑 쪽으로 왔다.

"지나가게 비켜주세요!" 경찰이 말했다.

리외는 사람들의 무리가 앞으로 지나갈 때 시선을 돌렸다.

그랑과 의사는 저녁노을이 지는 길을 떠났다. 마치 이번 사건이 잠든 듯 마비 상태에 있는 동네를 흔들어 깨운 듯 외진 거리도 다시 기쁨에 찬 군중이 웅성대는 소리로 가득했다. 그랑은 집 앞에서 의사에게 작별 인사를 했다. 그랑은 일을 할 생각이었다. 그랑은 집으로 올라가려는 순간, 리외에게 잔에게 편지를 썼고 지금은 기쁘다고 말했다. 그는 문장을 다시 썼다고 말했다. "없앴어요. 형용사를 모두 없앴죠."

그리고 그랑은 짓궂은 미소를 지으며 모자를 벗어 정중하게 인사했다. 그러나 리외는 코타르 생각을 하고 있었다. 경찰이 주먹으로 코타르의 얼굴을 때릴 때 났던 소리가 리외의 귀에 계속 들렸다. 천식 환자 노인의 집에 가는 도중에도 계속 들렸다. 어쩌면 죽은 사람을 생각하는 것보다는 죄인을 생각하는 것이 더 힘든 일일지도 몰랐다.

리외가 노인의 집에 도착했을 때는 이미 밤이 되어 하늘은 컴컴했다. 방에서는 자유를 즐기는 사람들의 시끌벅적한 소리가 멀리서 들려왔다. 영감은 계속 같은 기분으로 콩을 옮겨 담고 있었다.

"사람들이 기뻐할 만도 하죠." 노인이 말했다. "세상을 살아가려면 전부 필요한 일이죠. 그런데 선생님의 동료 분은 어떻게 되었습니까?"

폭발음이 이들의 귀에까지 들렸다. 그러나 평화로운 폭발음이었다. 아이들이 내는 폭죽 소리였던 것이다.

"죽었습니다." 의사가 기침하는 노인의 가슴에 청진기를 대며 말했다.

"아!" 노인이 의외라는 듯 말했다.

"페스트였어요." 리외가 말했다.

"그렇군요." 잠시 후 노인이 말했다. "착한 사람들이 떠나는군요. 그것이 인생이죠. 그는 자신이 원하는 것을 아는 사람이었죠."

"왜 그런 말씀을 하시죠?" 리외가 청진기를 집어넣으며 말했다.

"그냥요. 그분은 아무 뜻 없는 말은 하지 않았습니다. 어쨌든 그분이 좋았습니다. 그냥 그렇다고요. 다른 사람들은 '페스트예요. 페스트에 걸린 적이 있어요'라고 말합니다. 조금만 더 나갔다가는 훈장이라도 달라고 할 판입니다. 하지만 페스트가 무엇입니까? 그저 인생일 뿐이에요."

"찜질을 규칙적으로 해야 합니다."

"오! 걱정 마세요. 나는 아직 죽으려면 멀었습니다. 다른 사람들이 다 죽는 것을 볼 겁니다. 살아남는 법을 알거든요."

그의 말에 대답하듯 멀리서 기쁨의 외침 소리가 들렸다. 의사는 방 한가운데에 그대로 있었다.

"테라스로 올라가봐도 될까요?"

"당연하죠! 그 위에서 사람들을 보고 싶으신 거죠? 좋으실 대로 하세요. 하지만 사람들은 늘 똑같습니다."

리외는 계단 쪽으로 갔다.

"그런데 선생님, 페스트로 죽은 사람들을 위해 기념비가 세워진다고 들었는데 정말인가요?"

"신문에 그렇게 나왔더군요. 돌기둥이나 동판 형태로요."

"그럴 줄 알았습니다. 그리고 갖가지 연설이 이어지겠죠."

노인이 목을 켁켁거리며 웃었다.

"여기서도 들립니다. '우리 고인들은…' 그리고 사람들은 실컷 먹겠죠."

리외는 벌써 계단을 올라가고 있었다. 싸늘하고 널찍한 하늘이 집들 위로 펼쳐지고 언덕 근처에는 별들이 부싯돌처럼 단단해져 갔다. 그날 밤은 타루와 함께 그가 페스트를 잊고자 테라스로 왔던 밤과 그리 다르지 않았다. 그러나 오늘은 그때보다 낭떠러지 아래 바닷소리가 더 컸다. 공기는 잔잔한 가을바람에 실려 오던 짭짤한 맛이 없었고 움직임이 없고 가벼웠다. 그러나 도시의 소란스러운 소리가 여전히 파도 소리와 함께 테라스 아래에 부딪쳤다. 하지만 이날 밤은 해방의 밤이지 반항의 밤이 아니었다. 멀리서 어두우면서 불그스레한 빛을 통해 불빛을 받은 대로와 광장이 있다는 것을 알 수 있었다. 이제 페스트에서 해방된 밤을 맞아 욕망은 거칠 것이 없었다. 리외에게까지 다가온 것은 욕망이 으르렁거리는 소리였다.

어두침침한 항구에서 공식적인 첫 축하 불꽃이 솟아올랐다. 도시는 길고 나지막한 함성으로 불꽃을 반갑게 맞이했다. 코타르도, 타루도 그리고 리외가 사랑했으나 잃어버린 사람들도, 죽은 사람들도, 범죄자들도 모두 리외에게서 잊혀졌다. 노인의 말이 맞았다. 인간은 늘 똑같았다. 그러나 그것이 인간의 힘이자 순진함이었다. 여기서 리외는 모든 슬픔을 넘어 그들에게 다가간다는 기분이 들었다. 점점 더 강하고 길게 이어지는 함성이 테라스 밑에까지 울렸다. 그러는 중에 형형색색의 불꽃들이 점점 더 많이 하늘을 수놓았다. 리외는 그때 여기서 끝나는 이야기를 다시 쓰기로 결심했다. 침묵하는 사람들 중 하나가 되지 않기 위해서, 페스트에 희생된 사람들에게 유리한 증언을 하기 위해서, 적어도 희생자들이 당한 불의와 폭력을 계속 기억으로 남기기 위해서, 재앙의 한가운데에서 배운 것만이라도 전하기 위해서, 인간에게는 경멸해야 할 것보다 찬사를 던질 것이 더 많다는 사실을 전하기 위해서였다.

하지만 그래도 리외는 이 연대기가 결정적인 승리를 적은 기록이 될 수 없다는 것을 알았다. 이 연대기는 공포와 그 공포의 악착같은 무기에 대항해 예전에 했어야 했고 앞으로도 해나가야 할 일을 증언하는 기록이다. 성자가 될 수도 없고, 재앙을 인정할 수도 없었기에 의사가 되려고 노력하는 모든 사람들이 고통에도 불구하고 이뤄가야 할 일에 대한 증언일 뿐이었다.

리외는 도시에서 올라오는 환희의 외침을 들으면서 그 환희가 언제나 위협받고 있다는 사실을 기억했다. 왜냐하면 그는 기뽐에 들뜬 군중들이 모르는 사실을 알고 있었기 때문이다. 하지만 책을 읽으면 알 수 있는 사실이었다. 즉 페스트균은 절대로 죽거나 사라지지 않고 수십 년간 가구와 옷가지 속에서 잠들어 있을 수 있다는 사실. 방, 지하실, 트렁크, 손수건, 서류 안에서 참을성 있게 기다렸다가 때가 되면 인간들에게 불행과 교훈을 주고자 또다시 쥐들을 깨워서 행복한 도시에서 죽음을 맞이하게 하고 그 과정을 지켜볼 것이라는 사실. 그 사실을 리외는 알고 있었기 때문이다.

# LA PESTE

작품 해설

## 카뮈의 〈페스트〉와 반항하는 '우리'

변광배(전 한국외국어대학교 교수)

《페스트》는 20세기 프랑스 문학을 대표하는 작가 중 한 명인 알베르 카뮈(Albert Camus: 1913-1960)가 1947년에 발표한 소설이다. 전체 5부로 구성된 이 작품에는 오랑에서의 페스트 발생(1부), 행정 당국의 미온적인 대처, 페스트의 확산, 오랑 시민들이 느끼는 불안, 도시의 봉쇄(2부), 페스트로 인한 막대한 인명 피해와 퇴치를 위한 절망적인 노력(3~4부), 페스트의 퇴조와 새로운 삶의 시작(5부) 등의 내용이 대하 서사시처럼 전개되고 있다. 이 작품은 제2차 세계대전으로 인해 암울했던 시기를 겪은 인류에게 희망적이고 인간애가 넘치는 메시지를 전해주는 작품임과 동시에 공동선 이념이 잘 구현된 작품으로 여겨진다.

《페스트》에 대해서는 많은 찬사가 쏟아졌다. 이 작품은 출간 당시 "올해가 아니라 이 시대의 가장 중요한 작품 중 하나"라는 평가를 받았으며, 출간 일주일 만에 비평가상을 받을 정도로 큰 성공을 거두었다. 이 작품은 특히 카뮈의 모든 작품 중 "가장 완성도가 높은" 작품으로 여겨진다. 또한 이 작품은 1942년에 출간된

《시지프 신화》와《이방인》등으로 이어지는 카뮈의 명성에 기여
했을 뿐만 아니라, 출간 10년 후인 1957년, 그의 노벨문학상 수상
에도 큰 기여를 했다고 할 수 있다.

《페스트》에 대한 관심은 크게 두 가지로 압축된다. 하나는
'페스트'의 의미에 대한 것이고, 다른 하나는 페스트에 맞서 싸우
기 위해 "자원봉사자들로 이뤄진 보건 단체"(164쪽)의 활동이 가
지는 의미에 대한 것이다.

페스트의 의미부터 살펴보자. 페스트의 의미에 대해서는 다
음과 같은 해석들이 경합한다. 첫 번째로 페스트를 '흑사병黑死病'
으로 알려진 전염병으로 보는 해석이다. 이 작품에서는 194X년 4
월 16일에 출현한 쥐에 대한 이야기로부터 페스트가 물러난 겨울
까지의 이야기가 '연대기' 형식으로 전개되고 있다. 이 작품의 모
든 내용이 페스트가 전염병을 의미한다는 해석으로 수렴된다. 이
런 관점에서 이 작품은 2019년 12월부터 지금까지 전 세계적으
로 유행하고 있는 '코로나19'의 극복을 위해 노력하고 있는 우리
에게 많은 시사점을 던져주고 있다.

두 번째로 페스트가 제2차 세계대전, 보다 구체적으로는 히
틀러와 나치즘, 홀로코스트로 상징되는 비극과 악惡을 의미한다
는 해석이다.《페스트》가 이 전쟁이 끝난 직후인 1947년에 출간되
었다는 사실, 페스트에 의해 야기된 두려움과 공포, 페스트로 인
한 수많은 사람들의 무고한 죽음 등이 이 두 번째 해석의 타당성

을 뒷받침해준다.《페스트》의 마지막 부분에서 의사이자 이 작품의 서술자인 리외는 "페스트균은 절대로 죽거나 사라지지 않고 수십 년간 가구와 옷가지 속에서 잠들어 있을 수 있다는 사실. 방, 지하실, 트렁크, 손수건, 서류 안에서 참을성 있게 기다렸다가 때가 되면 인간들에게 불행과 교훈을 주고자 또다시 쥐들을 깨워서 행복한 도시에서 죽음을 맞이하게 하고 그 과정을 지켜볼 것이라는 사실"(402쪽)을 생각한다. 두 번째 해석에 따르면 이 부분에 응당 인류는 제2차 세계대전과 유사한 비극을 다시는 되풀이해서는 안 되며, 이를 위해 철저히 대비해야 한다는 메시지가 담겨 있다.

세 번째로 페스트가 한 공동체의 내부에서 발생하는 소외, 불평등, 억압 등과 같은 현실적이고 구체적인 문제에 해당한다고 보는 해석이다. 그런데 이 해석은 카뮈와《페스트》에 대한 불편한 해석, 곧 비판적인 해석이다. 그 근거는 이 작품에서 페스트에 대한 투쟁과 승리가 비현실적이고 추상적이라는 사실이다. 실제로 이 작품에서 페스트의 기세가 꺾인 것은 인간의 노력, 가령 백신 개발 등에 의해서가 아니다. 그보다는 오히려 페스트는 겨울이 다가오면서 떨어진 기온으로 인해 전염 환경이 나빠졌다고 보아야 한다. 이런 이유로 이 세 번째 해석을 지지하는 자들은 페스트와의 투쟁과 그 승리는 단지 추상적인 알레고리에 불과하다고 주장한다.

그다음으로 페스트에 맞서 싸우는 '자원봉사자들로 이뤄진 보건 단체'의 활동이 가지는 의미를 살펴보자. 이 보건 단체는 오랑 시에 페스트가 발병하고 난 뒤에 곧바로 조직된 것은 아니다. 하지만 이 보건 단체는 자발적으로 조직되었다. 의사 리외, 평범한 시민 타루, 시청 서기 그랑, 파리에서 온 신문 기자 랑베르 등이 주요 구성원들이다. 어린 아들을 페스트로 잃은 오통 예심 판사와 페스트를 신의 징벌이라고 설교했던 파늘루 신부도 짧게나마 그들과 함께 활동한다.

이 보건 단체는 평소 카뮈가 꿈꿔 왔던 공동체, 곧 '형제애'와 '연대 의식'을 바탕으로 실현된 '우리$^{nous}$'의 한 모범적인 예에 해당한다. 특히 이 보건 단체는 카뮈의 다음과 같은 주장, 즉 "나는 반항한다. 그러므로 우리는 존재한다$^{Je\ me\ révolte,\ donc\ nous\ sommes}$", 즉 고독한$^{solitaire}$ 반항에서 연대적인$^{solidaire}$ 반항으로의 이행을 구체적으로 보여준다. 다시 말해 이 보건 단체는 카뮈 사상의 핵심에 해당하는 '반항'의 집단적 주체, 즉 '반항하는 우리'의 모습과 다름 아니다.

카뮈에게 있어 '반항'은 '부조리'와 더불어 쌍을 이루는 핵심 개념이다. 카뮈의 이름을 들으면 이 두 개념이 자동적으로 연상될 정도다. 카뮈의 사상과 문학은 보통 세 계열로 구분된다. 부조리 계열, 반항 계열, 사랑 계열이 그것이다. 부조리 계열에는 《시지프 신화》(1942), 《이방인》(1942), 《오해》(1944), 《칼리굴라》(1945) 등이 포함된다. 반항적 계열에는 《정의의 사람들》(1947),

《페스트》(1947),《반항하는 인간》(1951) 등이 포함된다. 사랑의 계열은 계획 단계에 머물렀는데, 거기에는 유고집으로 출간된 《최초의 인간》(1994) 등이 포함된다.

　　카뮈는 '부조리'를 '나'와 '세계' 사이의 익숙했던 무대가 무너지는 느낌, 곧 '단절' 또는 '절연'의 감정으로 정의한다. 평상시에 이 세계는 우리가 던지는 질문에 답을 준다. 그렇기 때문에 이 세계는 우리에게 익숙하다. 하지만 어느 날 갑자기 이 세계가 답을 주지 않거나 또는 이 세계가 주는 답을 듣지 못하는 경우가 있다. '부조리'는 불어로 'absurdité'라 하는데, 이 단어에 '듣지 못하는'의 의미를 가진 불어 단어 'sourd'가 포함되어 있다는 점은 흥미롭다. 어쨌든 인간이 이 세계 앞에서 느끼는 막연한 감정이 부조리로 이해된다.

　　카뮈에 따르면 우리가 부조리를 느끼는 순간은 우리의 삶이 질적으로 고양될 수 있는 도약의 순간이기도 하다. 우리가 일상성과 기계적으로 반복되는 삶 속에 매몰되어 살아가는 경우에 우리는 부조리를 거의 느낄 수 없다. 하지만 그와 반대로 우리의 삶의 매 순간이 부조리라면, 그것은 오히려 정신 질환의 징후일 것이다. 그런 만큼 우리는 부조리를 각성하는 순간을 갖기는 하되, 그것을 극복해야 할 필요가 있다.

　　카뮈는 《시지프 신화》에서 다음과 같은 세 가지의 부조리 극복 방식을 제시한다. '자살', '종교', '반항'이 그것이다. 자살은 부조리를 형성하는 두 항項 중 하나인 '나'의 사라짐을 전제로 한다. 하지만 '내'가 사라져도 이 세계는 그대로 남아 있을 것이다. 이런 의미에서 자살을 통한 부조리 극복은 실패다. 그다음으로 종교다. 종교는 절대적 존재와 미래에 대한 희망 위에 정립된 신념 체계 다. 하지만 절대적 존재는 믿음의 대상이며, 미래에서 품는 희망 이 반드시 실현된다는 보장은 불확실하다. 이런 의미에서 종교 역 시 부조리 극복의 대안이 되지 못한다는 것이 카뮈의 주장이다.

마지막 방식은 반항이다. 카뮈는 반항을 단절된 '나'와 '세계' 사이의 관계를 다시 복원하는 것으로 규정한다. 다시 말해 '내'가 '세계'를 다시 껴안는 것이다. 카뮈는 이런 반항의 모습을 산 정상 에 굴러떨어지는 바위를 계속 떠받치면서 다시 밀어 올리는 형벌 을 받고 있는 시지프의 모습에서 발견한다. 이렇듯 반항은 세계 에 대한 끊임없는 관심, 주의, 사랑을 의미한다고 할 수 있다. 물 론 거기에는 '타인들'에 대한 관심, 주의, 사랑도 포함된다. 이런 사실들을 고려하면서 카뮈는 데카르트의 '코기토cogito'를 차용해 "나는 반항한다. 그러므로 나는 존재한다Je me révolte, donc je suis"라고 선언한다.

그렇지만 카뮈의 반항은 개인 차원에만 국한되지 않는다. 카 뮈의 관심은 점차 사회 차원으로 확장된다. 다시 말해 카뮈는 부 조리 계열에서 반항 계열, 그것도 집단적 반항 계열로 나아간다. 그 계기는 1939년부터 1945년까지 지속된 제2차 세계대전과 식민지 상황이라고 할 수 있다. 작가는 그가 발을 딛고 살고 있는 사회로부터 고립되어 살 수 없으며, 그런 만큼 작가는 이 사회에 항상 '연루되어' 있다는 사실에 대한 자각이 그것이다.

이와 같은 자각에서 출발해 카뮈는 1951년에 《반항하는 인간》에서 '형이상학적 반항'과 '역사적 반항' 개념을 제시한다. 그러면서 《시지프 신화》에서 제시했던 "나는 반항한다. 그러므로 나는 존재한다"라는 명제를 "나는 반항한다. 그러므로 우리는 존재한다"는 명제로 바꾼다. 앞에서 1947년에 발표된 《페스트》가 반항 계열에 속하는 작품이라는 사실을 지적했다. 이 작품에서 카뮈는 페스트에 맞서 싸우는 보건 단체를 통해 이와 같이 바뀐 명제를 문학적으로 형상화시키고 있는 것으로 보인다.

이 보건 단체의 활동에서 특히 눈여겨보아야 할 점은 이 단체의 네 명의 핵심 구성원들인 리외, 타루, 그랑, 랑베르가 '형제들'이며, 따라서 서로 구별이 안 되는 '우리'를 형성하고 있다는 점이다. 실제로 한 연구자는 이 작품에서 보건 단체가 조직된 후에 '우리'를 지칭하는 불어의 1인칭 복수대명사 'nous'의 사용에 주목할 것을 요구한다. 이 단계에서 한 가지 의문이 든다. '대체 위의 네 명을 형제들로 볼 수 있는 근거는 무엇인가?'라는 의문이 그것이다. 이 의문에 대한 답은 이 네 명의 인물에 《페스트》의 저자인 카뮈 자신의 모습이 부분적으로나마 투사되어 있다는 판단이다. 다시 말해 그들이 어느 정도 카뮈의 '분신alter ego'인 것이다.

먼저 의사 리외를 보자. 카뮈는 젊은 시절에 폐결핵을 앓았다. 실제로 카뮈는 병을 치료하기 위해 병원에 입원도 하고 또 요양원 생활도 했다. 이런 경험에서 그는 의사들과 많은 접촉을 했고, 또 그들의 삶과 직업의식 등을 가까이에서 지켜볼 수 있었다. 의사 리외가 가진 직업적인 참을성, 성실성, 겸손함 그리고 가난한 집안 환경 및 늙은 어머니 등과 같은 가족 관계 역시 카뮈와 아주 유사하다.

그다음으로 카뮈는 타루와도 몇몇 취향을 공유하고 있다. 타루가 가난을 겪지 않았다는 점을 제외하곤 그렇다. 해수욕, 유랑과 소요에 대한 취향, 세세한 것을 놓치지 않는 관찰 본능, 사형과 살인을 극구 거부하는 태도, 생명에 대한 존중 등이 그것이다. 특히 "신 없이 성자"(331쪽)가 되고자 하는 타루의 소망은 그대로 카뮈의 것이라고 할 수 있다. 또한 정치 활동을 한 타루의 모습은 한동안 알제리 공산당에 가입해 활동했던 카뮈의 모습을 연상시키기에 충분하다.

그렇다면 시청 서기 그랑은 어떤가? 카뮈는 그랑과도 많은 것을 공유하고 있는 것으로 보인다. 소설을 쓰면서 완벽한 표현을 추구하는 고통스러운 열정을 가진 그랑의 모습은 그대로 《페스트》를 위시해 주옥같은 작품들을 집필하기 위해 긴 시간 고뇌했던 카뮈 자신의 모습이라고 할 만하다. 또한 카뮈가 학창 시절에 시청 직원으로 아르바이트를 했다는 사실을 지적하고자 한다.

게다가 두드러지지는 않지만 선량한 마음을 지닌 채 보건 단체의 자질구레한 일을 성실하게 도맡아 하는 그랑의 모습에서도 일찍부터 가난을 체험하고 자기 분수를 지키면서 살았던 카뮈의 모습이 어른거린다.

마지막으로 신문 기자 랑베르는 어떤가? 카뮈의 삶에서 언론인으로서의 비중은 꽤 크다. 카뮈는 알제리에서도 신문사에 몸담았으며, 특히 제2차 세계대전 중에 그 유명한 〈콩바Combat〉 지의 사설을 통해 프랑스인들의 레지스탕스 운동을 촉구했던 기자이기도 했다. 또한 1939년에 아랍인들의 비참한 생활 조건을 폭로하기 위해 "카빌리의 비참"이라는 제목의 르포르타주 기사를 쓰기도 했다. 여기에 더해 카뮈는 '사랑'과 '행복'을 자신의 삶의 최우선 가치로 삼고 있다는 사실을 기회가 있을 때마다 지적해왔다. 그런데 이 모든 것을 랑베르에게서도 발견할 수 있지 않은가?

이와 같은 사실들은 보건 단체의 핵심 인물 네 명인 의사 리외, 보통 시민 타루, 시청 서기 그랑, 기자 랑베르를 한 덩어리로 뭉친 것이 바로 카뮈 자신이었다는 점을 보여준다. 또한 이것은 그대로 그들 네 명이 같은 뿌리에서 태어난 '형제들'이며, 따라서 그들이 한데 뭉쳐 페스트를 물리치기 위해 조직한 보건 단체는 돈독한 형제애와 연대 의식 위에 형성된 '반항하는 우리'의 가장 훌륭한 예라는 것을 극명하게 보여준다.

카뮈는 1957년 노벨문학상 수상 연설에서 다음과 같이 말했다. 예술, 곧 문학은 "인간의 공통적인 괴로움과 기쁨의 유별난 이미지를 제시함으로써 최대 다수의 사람들을 감동시키는 수단"이라고 말이다. 또한 카뮈는 같은 기회에 이렇게도 말했다. "작가의 사명은 최대 다수의 사람들을 융합시키는 것이므로 거짓과 굴종을 받아들일 수는 없다"고 말이다. 카뮈는 그렇게 하기 위해 작가가 수행해야 할 두 가지 임무를 제시한다. '진실' 섬기기와 '자유' 섬기기가 그것이다.

페스트가 오랑 시에 발생해 점차 퍼져가는 상황에서 의사들과 행정 관료들은 문제의 질병을 처음에 '페스트'라고 부르기를 꺼린다. 그 이유는 그렇게 하면 오랑 시민들에게 너무 큰 공포와 두려움을 줄 수 있다는 것이다. 하지만 페스트를 퇴치하기 위해 가장 먼저 해야 할 일은 다름 아닌 '페스트'를 '페스트'라고 부르면서 있는 그대로의 진실을 드러내는 것이다. 그리고 이렇게 드러난 페스트라는 진실 앞에서 모든 사람들이 어떤 강요나 유혹에 굴복하는 것이 아니라 그 진실을 받아들이고, 그 진실에 맞서 자발적이고 자유롭게 싸우는 것, 곧 반항을 도모하는 것이라고 할 수 있다. 발표된 지 70여 년이 지난 지금, 특히 코로나19라는 펜데믹 시대에 《페스트》가 갖는 의의 중 하나는 바로 이와 같은 카뮈의 문학관의 구체적인 구현에서 찾아볼 수 있을 것 같다.

### 지은이 알베르 카뮈

1913년, 알제리의 몽도비에서 아홉 남매 중 둘째로 태어났다. 포도 농장 노동자였던 아버지가 제1차 세계대전 중에 사망한 뒤, 가정부로 일하는 어머니와 할머니 아래에서 가난하게 자랐다. 1918년에 공립초등학교에 들어가 루이 제르맹의 가르침을 받았고, 이후 장학생으로 선발되어 알제 대학 철학과에 입학해 장 그르니에를 만나 많은 가르침을 받는다. 1934년, 장 그르니에의 권유로 공산당에도 가입하지만 내적 갈등을 겪다 탈퇴한다.

1942년에 《이방인》을 발표하면서 이름을 널리 알렸으며, 같은 해에 에세이 《시지프 신화》를 발표하여 철학적 작가로 인정을 받았다. 《오해》, 《칼리굴라》 등을 발표하며 극작가로서도 왕성한 작품 활동을 하다가, 1947년에는 칠년여를 매달린 끝에 탈고한 《페스트》를 출간해 '비평가상'을 수상했고, 1951년에는 공산주의에 반대하는 내용을 담은 《반항하는 인간》을 발표했다. 1957년에 마흔네 살의 젊은 나이에 노벨 문학상을 받으며 대문호의 반열에 올랐으나, 1960년에 가족과 함께 프로방스에서 크리스마스 휴가를 보낸 후 친구가 운전하는 차를 타고 파리로 돌아오던 중 빙판길에 차가 미끄러지는 사고로 생을 마감하게 된다. 사고 당시 카뮈의 품에는 발표되지 않은 《최초의 인간》 원고가, 코트 주머니에서는 사용하지 않은 전철 티켓이 있었다고 한다. 《이방인》 외에도 《표리》, 《결혼》, 《정의의 사람들》, 《행복한 죽음》, 《최초의 인간》 등을 집필했다.

### 해설 변광배

한국외국어대학교 프랑스어과와 같은 학교 대학원을 졸업했으며, 프랑스 몽펠리에3대학에서 불문학 박사학위를 받았다. 한국외국어대학교 미네르바 교양대학 교수를 역임하고, 현재 프랑스 인문학 연구 모임 '시지프'를 이끌고 있다. 지은 책으로는 《존재와 무: 자유를 향한 실존적 탐색》, 《제2의 성: 여성학 백과사전》, 《사르트르의 '문학이란 무엇인가' 읽기》 등이 있고, 옮긴 책으로는 《자살: 사회학적 연구》, 《지식인의 아편》, 《롤랑 바르트, 마지막 강의》, 《사르트르 평전》, 《레비나스 평전》(공역), 《데리다, 해체의 철학자》(공역), 《사르트르와 카뮈: 우정과 투쟁》(공역) 등 다수가 있다.

### 옮긴이 이주영

숙명여자대학교에서 불어불문학을, 한국외국어통번역대학원 한불과에서 번역을 전공한 후 출판번역 모임인 바른번역에서 회원 번역가로 활동하며 불어권 도서의 리뷰와 번역을 맡고 있다. 주요 역서로는 《거울앞 인문학》, 《재미있는 예술백과》, 《베르나르 베르베르 인생소설》, 《내 주위에는 왜 멍청이가 많을까》, 《모두 제자리》, 《인간 증발-사라진 일본인들을 찾아서》, 《기운 빼앗는 사람, 내 인생에서 빼버리세요》 등이 있다.